MASTER DER ABGRÜNDE

California Masters-Reihe: Buch 3

CHERISE SINCLAIR

VanScoy Publishing Group

Anmerkung der Autorin

An meine Leser/Leserinnen,

dieses Buch ist reine Fiktion. Und wie in den meisten Romanen wird die Liebesgeschichte in eine sehr, sehr kurze Zeitspanne hineingepresst.

Ihr, meine Lieben, lebt in der wirklichen Welt. Ihr werdet mehr Zeit brauchen als die Romanfiguren. Gute Doms wachsen nicht auf Bäumen und es gibt ein paar sehr seltsame Menschen dort draußen. Wenn ihr auf der Suche nach eurem eigenen Dom seid, hört auf euer Bauchgefühl und seid bitte vorsichtig.

Und wenn ihr ihn findet, dann nehmt zur Kenntnis, dass er nicht eure Gedanken lesen kann. Ja, so beängstigend das auch sein mag, ihr werdet euch ihm öffnen, mit ihm reden und auch ihm zuhören müssen. Teilt eure Hoffnungen und Ängste miteinander. Erzählt ihm, was ihr euch von ihm wünscht und wovor ihr abgrundtiefe Angst habt. Okay, er wird eure Grenzen etwas austesten – er ist schließlich ein Dom –, aber ihr habt ja euer Safeword. Nicht das Safeword vergessen, okay? Und passt auf euch auf. Verhütet. Vertraut euch einer Person in eurem Freundeskreis an. Teilt euch mit, kommuniziert.

Denkt dran: Safe, sane, consensual. (Sicher, vernünftig, einvernehmlich.)

Ich wünsche mir für euch, dass ihr diese besondere Person findet, die euch liebt, die eure Bedürfnisse versteht und euch im Herzen trägt.

Während ihr nach diesem besonderen Menschen Ausschau haltet, könnt ihr Zeit mit meinen California Masters verbringen.

Fühlt euch gedrückt,
Cherise

KAPITEL EINS

Melodisches Gelächter fügte der Western-Musik, die durch die Claim-Jumper-Taverne schallte, eine süßliche Note hinzu. Schmunzelnd rutschte Jake Hunt auf seiner Bank zurück und presste den Rücken gegen die Wand aus Baumstämmen. Sein Blick fiel auf die Frauen an einem Ecktisch: Gina, Serena, Andrea – alle drei groß, kurvig und weiblich. Wunderschöne Frauen. In den letzten zwei Jahren hatte er mit allen das Vergnügen gehabt. In seinen Zwanzigern hätte ihn das mit Stolz erfüllt, aber jetzt? Er konnte weder eine Freundin noch eine Ehefrau noch Kinder vorweisen. Geplant war in diese Richtung auch nichts. *Wirklich jämmerlich, Hunt.*

Es saß noch eine vierte Frau mit am Tisch: Kallie Masterson. Er schaute sie nachdenklich an. In den letzten Jahren war er ihr immer wieder über den Weg gelaufen. Bisher hatte er dem kleinen Wildfang jedoch nicht viel Aufmerksamkeit geschenkt. Das würde sich in Zukunft ändern: Logan und er wollten mit dem *Masterson Wilderness Guide* zusammenarbeiten. Da sie zum Team gehörte, war es unausweichlich, dass sie sich öfter sahen.

Im scharfen Kontrast zu den anderen Frauen am Tisch hatte Kallie kurzes, schwarzes Haar, das aussah, als ob sie es sich selbst mit einem Jagdmesser abgeschnitten hätte. Sie trug kein Make-

1

up. Und anstatt eines hübschen Oberteils, so wie es die anderen trugen, hatte sie ein rotes Flanellhemd an, das ihren schlanken Körper vollkommen bedeckte. Zudem trug sie weite Jeans und abgeschrammte Stiefel. Natürlich waren Frauen und Männer gleichberechtigt. So sollten sie auch behandelt werden, nichtsdestotrotz: Er verstand auf Teufel komm raus nicht, warum sich eine Frau wie ein Mann kleiden musste.

Oder sich wie einer benahm! Serena hatte mal erwähnt, dass Kallie die ganze Schulzeit über versucht hatte, machohafter zu sein als alle Jungs zusammen. Er versuchte, ihr Alter zu schätzen. Fünfundzwanzig oder sechsundzwanzig? In den letzten Jahren hatte sie sich in eine Miniaturausgabe von Chuck Norris verwandelt.

Er beobachtete, wie sie auf ihrem Stuhl auf- und abhüpfte, wild gestikulierte und dabei eine Anekdote zum Besten gab, bei der die anderen in hysterisches Gelächter ausbrachen. Jake grinste. Oftmals erinnerte ihn das hochfrequente Lachen von Frauen an die Kohlensäure in Sekt. Kallies heiseres Lachen erinnerte ihn an Cola. *Richtig gehört.* Die Kohlensäure in Cola gab keinen Mucks von sich, solange niemand die Flasche schüttelte. Dann, wenn sie jemand schüttelte, musste man mit einer Sauerei rechnen. Und nebenbei: Cola war zudem perfekt dazu geeignet, Rost von einer Batterie zu entfernen.

„Jake!" Serena hatte ihren Frauentisch verlassen und kam durch den Raum auf ihn zu.

Er stand auf. „Serena, was kann ich für dich tun?"

„Ich bin heute fünfundzwanzig geworden und ich will einen Geburtstagskuss." Sie warf ihr blondes, welliges Haar über ihre Schulter und flatterte mit ihren langen Wimpern.

„Das sollte kein Problem sein." Er zog sie in seine Arme, presste seinen harten Körper gegen ihre weichen Formen und küsste sie. So ausgiebig, dass das zum Großteil männliche Publikum in Jubel ausbrach. Sie rieb sich an ihm und doch zeigte sein Schwanz kaum Interesse.

Nichts Neues und nicht ihr Fehler. Sie war genau sein Typ:

weich, süß und üppig. Dieser Tage bevorzugte er die Gesellschaft eines guten Buches zu der einer Frau. Als er sie sanft von sich schob, krallte sie sich an ihm fest. Vorsichtig löste er ihre Arme, die sich um seinen Hals gelegt hatten und machte klar, dass an mehr kein Interesse bestand. „Alles Gute zum Geburtstag, Süße."

Sie zögerte an seinem Tisch. Offensichtlich hoffte sie auf mehr, doch er hatte wieder Platz genommen.

Enttäuscht sah sie ihn an. „Okay", murmelte sie und kehrte an ihren Tisch zurück. Dabei schwang sie mit ihren Hüften auf eine Weise, die den Blick jedes Mannes in der Bar auf sich zog.

Jake lehnte sich erneut an die Wand und widmete sich seinem Bier. Es war neun Uhr abends. Nicht mehr lange und er musste sich auf den Weg machen, um sich mit seinem Bruder zu treffen. In der Zwischenzeit würde er dem Hobby nachgehen, Leute zu beobachten. Hübsche Frauen, gute Musik und ... na ja, ein bisschen Action würde auch nicht schaden. Mitten in der Bar verspottete ein Tourist einen Holzfäller. Nicht besonders intelligent, wenn man bedachte, dass Barney die gleiche Statur wie sein Namensvetter hatte – ein lila Dinosaurier. War der Tourist lebensmüde?

Der Dominoeffekt war vorprogrammiert: Barney stand auf und verabreichte einen soliden rechten Haken. Der Tourist landete auf einem Tisch, an dem mehr Holzfäller saßen. Zwei Bierkrüge fielen um. Der Inhalt ergoss sich über die Beine der hochgewachsenen Männer. Einer dieser Männer schnappte sich einen Stuhl und warf ihn Richtung Barney. Der Stuhl prallte ab und traf einen Biker. Der Biker sprang auf.

So schnell war eine Schlägerei im vollen Gange.

Jake lachte. Er war seit Jahren nicht mehr bei einer ordentlichen Schlägerei dabei gewesen. Logan hatte ihn bereits damit aufgezogen, dass er älter wurde. *Ein alter Mann bin ich noch lange nicht*, dachte Jake.

Er stürzte sich ins Gewühl. Schreie aus der Richtung der vier Frauen erregten seine Aufmerksamkeit. Der Ausgang war blockiert. Andrea, Gina und Serena hatten hinter dem Tisch Deckung gesucht. Kallie stand direkt davor. Eine wilde Elfe, Stiefel gespreizt, in Kampfstellung, ihr Territorium beschützend. Er schmunzelte. Sie sah aus wie Toto, der Dorothy verteidigte.

Diese lebensmüde Frau. War sie denn von allen guten Geistern verlassen? Jake blinzelte verblüfft, als klein Toto einem Betrunkenen auswich, sich mit dem ganzen Körper gegen ihn stemmte und ihn somit vom Tisch weglenkte. Der Mann krachte stöhnend gegen die Wand. Kallie lachte und hüpfte auf und ab. Einem anderen Mann schlug sie in den Magen. Er landete auf seinen Händen und Knien. *Nicht schlecht. Wirklich nicht schlecht.* Nichtsdestotrotz war eine Kneipenschlägerei kein Ort für eine Frau.

Er schaute zum Kern der Schlägerei, wo die Biker Barney umringten. Zu nah an der Eingangstür. Jake konnte beobachten, wie Barney einen Mann quer durch den Raum und auf den Tisch der Frauen warf. Kallie hatte sich gerade umgedreht, um nach ihren Freundinnen zu sehen; sie hatte keine Chance. Der Biker knallte gegen ihren zierlichen Körper und sie landete unter ihm auf dem von Sägespänen übersäten Fußboden.

Oh Scheiße! Mit angespanntem Kiefer bahnte sich Jake einen Weg an zwei Schlägern vorbei. Einen Biker stieß er zur Seite. Er hatte nur ein Ziel: Kallie. Er packte den Kerl, der auf Kallie gelandet war, und warf ihn zu Barney zurück. Neben Kallie ließ er sich auf seine Knie. Sie war so zierlich und sie bewegte sich nicht.

Die Erinnerung an einen anderen Körper – *Mimis Körper* – schoss ihm durch den Verstand. Sie bohrte sich wie ein eisiges Messer in sein Herz. Kalter Schweiß brach auf seiner Stirn aus. „Kallie?" Er berührte ihre Wange. *Sei nicht tot, verdammt.*

Rasselnd atmete sie ein. Vor Erleichterung schwankte er leicht. *Krieg dich wieder ein, Hunt.*

Sie bewegte sich. Der große Kerl hatte ihr die Luft geraubt. Ansonsten schien es ihr gut zu gehen. Tatsächlich ging es ihr so gut, dass sie bereits Ausdrücke benutzen konnte, bei denen alle Farbe aus dem Gesicht seiner Mutter weichen würde.

„Du verfickter Hurensohn!", schrie Kallie. Was hatte sie da bloß getroffen? Sie lag bäuchlings auf dem verdammten Fußboden der Kneipe. Sie kniete sich hin, wischte sich die Sägespäne aus dem Gesicht und würgte beim Geruch von schalem Bier. *Wer auch immer es gewagt hat, würde jetzt daran glauben müssen.*

Grunzend hockte sie sich hin. Für eine Sekunde hörte sie die Engel singen. Zu früh verklang die himmlische Musik und das Gebrüll der Männer und die schwedischen Flüche des Besitzers traten wieder an ihre Ohren. Er hatte alle Hände voll zu tun, die Raufbolde davon abzuhalten, die ganze Bar zu zertrümmern. Sie holte Luft und wartete geduldig, dass die Welt aufhörte, sich zu drehen. Sie hatte noch immer vor, den Typ zu ermorden, der sie auf die Bretter geschickt hatte, aber ... später.

„Lass mich mal nachsehen, ob du verletzt bist, Süße", sagte eine tiefe Stimme. Im nächsten Moment wurde sie gepackt und herumgedreht.

Sie schaute hoch und blickte in ein schlankes, von der Sonne geküsstes Gesicht: Ein markanter Kiefer mit Grübchen. Dickes, braunes Haar. Eisblaue Augen. *Jake Hunt. Na toll.* Warum musste es gerade er sein, der sie so sah? Kallie versuchte, sich aus seinem Griff zu befreien.

Er ließ nicht locker. „Halt still", befahl er.

„Lass mich los."

Er ignorierte sie und tastete sie nach Verletzungen ab. Konzentriert betrachtete er sie. Seine Berührungen wurden sanfter, als sie plötzlich zusammenzuckte. „Deine Schulter ist geprellt."

„Mir geht's gut." Am liebsten würde sie im Boden versinken. Sie erlaubte gerade, dass Jake Hunt sie abtastete. Sie versuchte, seine Hände wegzuschieben. Keine Chance. Er war wie ein Felsblock aus Granit. „Ich brauche keine Hilfe."

„Wo tut es noch weh?"

Sein Blick schweifte über ihren Körper und sie errötete. Sie wusste, dass sie keine Sanduhrenfigur hatte. Ihr Körper glich eher einer Birne. Ob er nun eine Narbe im Gesicht hatte oder nicht, dieser Mann könnte jede haben. Wenn sie den Gerüchten Glauben schenken konnte, dann hatte er in Bear Flat auch nichts anbrennen lassen. Sie gehörte allerdings nicht zu seinen vielen Eroberungen.

„Nein, sonst tut nichts weh", murmelte sie.

„Dein Kiefer wird schon blau." Er umfasste ihre Wange mit seiner großen Hand und hielt ihr Gesicht ins Licht. „Hast du dir deinen Kopf gestoßen? Lass mal deine Augen sehen."

„Ich habe doch gesagt, dass es mir gut geht." Sie wandte ihre Augen von seinem unnachgiebigen Blick ab und versuchte aufs Neue, Abstand von ihm zu gewinnen.

Seine Stimme wurde rauer. „Sieh mich an, Kallie."

Der tiefe, kommandierende Ton ging ihr durch Mark und Bein und sie erschauerte. Ihr Blick traf unwillkürlich auf seinen.

Seine Augen verengten sich. Die Intensität, mit der er sie betrachtete, hatte eine merkwürdige Wirkung auf sie: Sie fühlte sich wie ein Reh, das von einem Puma in die Enge getrieben wurde. Sie schluckte hörbar.

Ein Lächeln huschte über seine Lippen. „Wer hätte das gedacht", murmelte er. „Manchmal täuscht der Eindruck, nicht wahr? Ich dachte immer, dass du taffer als alle Männer im Umkreis von hundert Meilen wärst." Seine Hand ruhte noch immer auf ihrer Wange. Er strich mit dem Daumen über ihre Unterlippe. Eine simple Geste, die erneut einen Schauer in ihr auslöste.

Weichei. Schlappschwanz. Ihre Muskeln hatten sich in Wasser verwandelt. Sie schaffte es gerade so, sein Handgelenk zu packen. Dabei versuchte sie, seine einschüchternde Stärke zu ignorieren, die sie unter ihren Fingerspitzen fühlen konnte. Sie wollte selbstbewusst klingen, doch ihre Stimme brach schwach und mädchenhaft heraus: „Mach das nicht."

„Was soll ich nicht machen?", fragte er in einem sanften Ton. Sie runzelte die Stirn. Er betrachtete sie anders. Auf eine Weise, die sich direkt auf ihr Herz auswirkte.

Sie schob seine Hand weg. „Sieh mich nicht so an", hauchte sie.

Seine Augen glühten vor Freude und ein schiefes Grinsen zeigte sich auf seinem Mund, wodurch sich ein Grübchen auf seiner Wange bildete. „Wirklich dumm. Ich mag es nämlich, dich anzusehen."

„Is' klar. Bist du derjenige, der mich zu Boden gerissen hat?"

„Ich attackiere keine Frauen", knurrte er. Langsam formten sich seine Lippen wieder zu einem Grinsen. „Es gibt bessere Methoden, um aufsässige Weibsbilder zu bestrafen."

Sein abschätzender Blick ließ sie erröten.

„Die Farbe steht dir, Süße", sagte er. Dann packte er ihre Oberarme und zog sie auf ihre Füße. In seinen Armen kam sie sich wie eine Stoffpuppe vor. Die schnelle Bewegung verwandelte den Raum in ein Karussell und sie sackte zusammen.

Er legte einen stählernen Arm um ihre Hüfte und zog sie an sich. Sie hatte davon geträumt, von ihm in den Armen gehalten zu werden. Ihre Fantasie hatte jedoch nie beinhaltet, davor auf dem dreckigen Fußboden einer Bar zu landen.

„Hey, Kallie." Barney steckte seinen Kopf zur Eingangstür rein und sofort flogen schwedische Kraftausdrücke des Besitzers in seine Richtung. „Tut mir leid. Ich habe den Kerl Richtung Tür geworfen. Dich wollte ich ganz bestimmt nicht treffen."

„Du hast mich mit einem Menschen beworfen?" Schon in der Highschool, als sie zusammen Baseball gespielt hatten, war Barneys Wurfarm miserabel gewesen. Anscheinend hatte sich daran nichts geändert. Nach einer Sekunde lachte sie und schüttelte ungläubig den Kopf. *Wirklich ein saumiserabler Wurf.* „Ist okay. Mir geht's gut."

Er grinste, offenbarte seine Lücke zwischen den Schneidezähnen, wie der Lausbub, der er nun mal war. Dann verschwand er aus der Tür. Sein Kampfschrei war sogar in der Kneipe zu hören.

„Nett, dass du ihm verziehen hast", sagte Jake, während er sie zu einem Stuhl führte. Als er sie losließ, konnte sie immer noch die Wärme seiner Hände an ihrer Taille spüren.

„Es wäre nicht einfach, diesen Riesen um die Ecke zu bringen."

Jakes Lachen erzeugte Gänsehaut auf ihrer Haut. Sie war froh, dass ihre Freunde zu ihr kamen. Ihr Duft überdeckte Jakes männlichen Geruch. Sofort fühlte sich Kallie gelöster.

„Süße, ich kann nicht glauben, dass du dir nichts getan hast. Das sah wirklich schlimm aus." Gina gestikulierte mit den Händen, um zu demonstrieren, wie Kallie kopfüber abgetaucht war.

Na großartig. Ich wette, Jake hat sich halb totgelacht.

Sein Grinsen bestätigte ihre Vermutung. Er strich mit dem Zeigefinger über ihre Wange. „Kleine Elfen sollten nicht kämpfen."

Von jedem anderen Menschen auf der Welt hätte sie die Bemerkung amüsant gefunden. Von ihm – von dem Mann, in den sie schon seit Jahren verknallt war – wirkte es wie eine Beleidigung. Sie versuchte zu ignorieren, wie ihre Haut unter seiner Berührung zum Leben erwacht war. Stattdessen warf sie ihm einen eisigen Blick zu. „Ich bin nicht klein und ich bin auch keine Elfe. Danke für die Hilfe und jetzt geh weg."

„Gern geschehen, Elfe." Er schaute auf die Uhr, zuckte zusammen und wandte seine Aufmerksamkeit ihren Freunden zu. „Jemand muss sie nach Hause fahren." Bevor eine ihrer Freundinnen antworten konnte, drehte er sich um und lief davon.

Nachdem er aus dem Blickfeld der drei Frauen verschwunden war, schnaufte Gina. „Es ist wirklich nervig, dass ihm diese herrische Art so gut zu Leibe steht." Sie tätschelte Kallies Schulter. „Gib mir deine Tasche. Ich fahre dich nach Hause. Du solltest wirklich –"

„– ein Bier trinken. Ich stimme zu", unterbrach Kallie ihre Freundin. „Nein, zwei Bier! Und einen Burger mit Pommes. Ich bin gerade von einer Woche in der Wildnis zurückgekommen. Auf keinen Fall renne ich jetzt nach Hause, nur weil mir das von einem aufdringlichen" – *heißen* – „Mann" – *Bastard* – „befohlen wurde."

Sie wusste, dass ihre Freundinnen Wachs in seinen Händen waren. Eine Berührung reichte aus und sie schmolzen dahin. Es gefiel ihr kein bisschen, dass sie auf seine Hände ganz genauso reagiert hatte.

Er beobachtete. Aus den Schatten. Er mischte sich nicht ein. Sein Kampf richtete sich nicht gegen seine eigenen Männer – seine Kameraden –, sondern gegen das Böse.

Die zierliche Frau, die es schaffte, einen erwachsenen Mann niederzustrecken, hatte sein Interesse geweckt. Dunkles Haar und dunkle Augen waren oft die Merkmale des Teufels.

Er würde sie beobachten. Abwarten hieß die Devise.

Sein Kaffee dampfte in der kühlen Morgenluft. Mit einem gelassenen Seufzer hob Jake den rechten Fuß aufs Verandageländer und machte es sich in seinem Stuhl bequem. Die Sonne ging bereits hinter den schneebedeckten Gipfeln im Osten auf. Zu seinen Füßen nieste Thor; seine schwarze Schnauze ruhte auf Jakes linkem Stiefel. Letzte Nacht hatte Thor einen Bären vom Gelände vertrieben und war anscheinend der Meinung, dass er sich ein Schläfchen verdient hatte.

Jake runzelte die Stirn. Er und Thor mussten unbedingt ein Gespräch unter Männern führen. Schließlich nannte sich dieser Ort Serenity Lodge und nicht Bellender-Hund-Hütte.

Sein Bruder war wach. Jake konnte Logans raue Stimme in der Lodge hören. Als Rebeccas Lachen zu ihm hallte, da wusste

Jake, dass das Frühstück nicht mehr lange auf sich warten würde. Ein verdammt gutes Frühstück, denn Rebeccas Kochkünste waren ein Traum. Logan konnte sich glücklich schätzen, diese kurvige, liebreizende Frau gefunden zu haben. *Na ja*, sie hatte Temperament, und gerade das gab der Beziehung die richtige Würze. Außerdem war sie sehr weiblich. Schon bei ihrem ersten Besuch in der Lodge hatte er das an ihrer Designerjeans und der maßgeschneiderten Bluse ausmachen können.

Jake grinste und schüttelte mit dem Kopf, als er an Kallie Masterson dachte, die gar kein Interesse daran zu haben schien, weiblich zu sein. Er war schon oft Frauen begegnet, die in männerdominierten Bereichen arbeiteten. Manche versteckten ihre Reize, wenn sie auf der Arbeit waren. Erst im Privaten ließen sie ihre weibliche Seite zum Vorschein kommen. Eigentlich war er immer davon ausgegangen, dass sie lesbisch sei. Seine Vermutung hatte sich in Luft aufgelöst, als sie unter seinem Blick und seiner Berührung so hinreißend reagiert hatte.

Er nahm einen Schluck von seinem Kaffee. Er fragte sich, wie sie auf Berührungen reagieren würde, die ... intimer Natur waren. Nur zu gerne würde er wissen, was sie unter diesen Flanellhemden und den weiten Jeanshosen versteckte. Die Taille, die seine Hände ertastet hatten, gefiel ihm. Eine Taille, die wahrscheinlich zu einem hinreißenden Hintern verlief. Wenn er daran dachte, wie es sich anfühlen würde, ihr die Jeans vom Körper zu streifen und ihren Arsch zu entblößen, wurde er hart. Er schnaubte und schüttelte den Kopf. *Lass es lieber.*

Da sich ihre wunderschönen Augen – so braun, dass sie fast als schwarz durchgingen – bei seinem Befehl geweitet hatten, wusste er, dass sie in seinen bevorzugten Praktiken keine Erfahrung hatte. Er seufzte. Eine verletzliche Frau hatte ihm gereicht. Mimis Gesicht blitzte vor seinem inneren Auge auf: Wie sie vor ihm gekniet und ihn angefleht hatte, sie zu behalten. Noch heute fühlte sich diese Erinnerung wie ein Stich in sein Herz an. Er war für eine ernsthafte Beziehung nicht geschaffen. Er wollte kein Teil einer Beziehung sein. Nie wieder.

Vor allem wollte er keine Sub, die sich ihrer Natur nicht bewusst war. Ein weiteres Problem: Kallie kam aus Bear Flat. Er hatte ein paar Frauen aus der Stadt gedatet und nie mehr als ein bisschen Vanilla-Sex mit ihnen gehabt. Suchte er eine Sub, dann tat er das außerhalb der Stadt. Mit den Sessions übertrieb er nicht. Zu grauenvoll waren die Erinnerungen an seine letzte Sub.

Er sah zu, wie die Sonne die Berghänge erwärmte und weißer Nebel aufstieg.

Nein. Er würde Kallie in Ruhe lassen. Hinzu kam, dass Logan und er im Begriff waren, eine geschäftliche Beziehung mit den Mastersons einzugehen.

Dummerweise konnte er nicht aufhören, an sie zu denken. Was ziemlich verrückt war. Er hatte nicht mehr als ein paar Wörter mit ihr gewechselt, seit sie vor ein paar Jahren nach Bear Flat zurückgekehrt war. In der Zeit war sie ihm nur durch ihre merkwürdige Art und ihre Kleidung aufgefallen.

Er schämte sich. Es gab mehrere Gründe, von ihr beeindruckt zu sein. Sie war eine gute Bergführerin, das wusste er. Und offensichtlich eine Freundin, auf die man bauen konnte. Er grinste, als er sich daran erinnerte, wie sie letzte Nacht ihre Freundinnen verteidigt hatte. Sie war eine mutige, kleine Elfe. Sie war k. o. gegangen und hatte keine Träne vergossen. Stattdessen hatte sie wie ein Holzfäller geflucht. Als er ihr aufgeholfen hatte, da hatte sie vor sexueller Energie förmlich vibriert.

Seine Nähe hatte sie erregt.

Sie wollte ihn. Jake nahm einen Schluck seines Kaffees und erinnerte sich an den knisternden Moment zwischen ihnen. Es gefiel ihr nicht, dass sie sich zu ihm hingezogen fühlte. In dem Punkt waren sie sich also einig.

Nicht, dass es eine Rolle spielte, ob ihm gefiel, wie sie auf ihn reagierte. Sie war regelrecht unter seinem Befehl dahingeschmolzen. *Unterwürfig.*

Jake legte den Kopf in den Nacken. Ein Adler kreiste über der Lodge – ein schwarzer, fliegender Punkt am Himmel. Er hob die Kaffeetasse zu seinem Mund und es kam ihm ein Gedanke:

Unterwürfig. Geschäftspartner. Zur Hölle. Er schüttete den Rest seines Kaffees in einen Busch und betrat die Lodge.

Er fand seinen Weg in die Küche. Gerade rechtzeitig, um zu beobachten, wie Rebecca mit einem Holzlöffel Logan auf die Fingerknöchel schlug.

„Lass die Finger vom Bacon", fuhr sie ihn an.

Kopfschüttelnd packte Logan sie und zog sie an sich. „Kleine Rebellin, dafür wirst du bezahlen."

Der Körper der Sub erschlaffte. Sie schenkte Logan ein Lächeln und sagte mit kehliger Stimme: „Okay."

Jake brach in Lachen aus.

Logan runzelte die Stirn und schaute zu Jake. „Ich schaffe es nicht mehr, ihr noch Angst einzujagen. Was soll ich bloß machen?"

„Du bist zu nett und außerdem macht es sie an, wenn du ihr den Arsch versohlst." Jake lehnte mit der Schulter am Türrahmen. „Versuch's doch mal mit einer Peitsche."

Logan verschränkte die Arme vor der Brust und musterte sie. „Das wäre eine Idee."

Rebeccas Augen weiteten sich. Vorsichtig trat sie einen Schritt von ihm weg, der Bacon in der Pfanne vergessen.

„Da wir gerade von Peitschen reden", sagte Jake. „Ich brauche kurz deine Aufmerksamkeit, bevor du ihr die Kleider vom Leib reißt. Es gibt da etwas, das wir mit den Mastersons besprechen sollten."

„Und das wäre?"

„Was passiert, wenn einer von den Gästen auf einer geführten Wanderung Handfesseln rausholt? Oder einen Flogger?"

Ein paar Tage später war Kallie damit beschäftigt, Midnights Hufen von Steinen und Dreck zu befreien. Dabei ignorierte sie Wyatt und Morgan. Sie war froh, dass Virgil lieber ein Polizist

12

geworden war, sonst müsste sie es jeden Tag mit drei nervigen Cousins aushalten.

Der normalerweise beruhigende Geruch von Stroh und Pferden schnürte ihr heute die Kehle zu. Sorgfältig inspizierte sie den Huf von Midnight. Schade, dass sie bereits beim letzten Pferd angekommen war. Sie konnte die Bombe nicht länger ignorieren, die ihre Brüder hatten platzen lassen. Sie war stolz auf sich, dass sie keinerlei Regung auf ihrem Gesicht gezeigt hatte. Ihr Magen hatte allerdings andere Pläne. Ihr war schlecht. Es fühlte sich an, als hätte sie einen Krug Bier in einem Zug getrunken.

Die spätnachmittägliche Sonne strömte in den Stall und ließ den Staub in der Luft glitzern. Sie seufzte innerlich und wandte sich ihren Cousins zu. „Was genau meint ihr damit, dass wir die Hunt-Brüder in Zukunft öfter zu Gesicht kriegen werden?"

Wyatt lehnte gegenüber von ihr an der Pferdebox. Ihre Katze saß zu seinen Füßen. Als sie den Blick wieder zu seinem hob, hatte er sein Grinsen noch immer nicht verloren. Morgan kam mit dem gleichen selbstgefälligen Ausdruck daher. Gutaussehende Burschen. Sicher, sie wachten über sie, mehr als über jede andere Person auf der Welt. Das bedeutete aber nicht, dass sie die beiden nicht manchmal umbringen wollte.

Sie verschränkte die Arme unter ihren Brüsten. „Also?"

„Wir haben das Thema doch bereits durch, Cousinchen", sagte Wyatt. Wie immer stieß er die Diskussion an. Wie auch auf den Pfaden in den Bergen war Morgan derjenige, der nachlegte. „Zwar meintest du, dass sie kein Interesse haben, aber letzte Woche sind wir ihnen beim Einkaufen begegnet und sie finden die Idee großartig. Wir haben die Sache besprochen und sind uns alle einig: Es könnte profitabel werden."

Na super. „Logan und Jake wollen uns also helfen, die Geschäftsidee mit den Touren in Schwung zu bringen und wir quartieren dafür unsere Klienten in ihrer Lodge ein, anstatt sie auf Yosemite Village zu verweisen."

„Korrekt." Morgan grinste. „Mehr Kundschaft für uns alle.

Jake wird weiterhin die Tagesausflüge für seine Gäste übernehmen. Wir bekommen die Gäste, die mehrere Übernachtungen
gebucht haben. Das alles hat noch einen weiteren Vorteil für
uns: Wir können früher aufbrechen, weil unsere Kunden direkt
in der Stadt übernachten."

Sicher, die Geschäftsidee brachte Vorteile mit sich, aber ...
nun hätte sie es ständig mit Jake Hunt zu tun. Bei dem Gedanken
daran wurde es ihr flau im Magen. Entweder der Mann ignorierte
sie oder sein Gesichtsausdruck zeigte Missbilligung. Beides war
verdammt nervig. Dann dachte sie jedoch an letztes Wochenende:
Wie er sie in der Taverne angesehen hatte ... Dieser Blick könnte
sogar noch schlimmer sein. Und sie bekam seinen Ausdruck, und
was er in ihr ausgelöst hatte, einfach nicht aus ihrem Kopf.

Sie konnte doch nicht zu ihren Cousins sagen: *Ich mag es nicht,
wie Jake Hunt mich ansieht.* Nein, wirklich nicht. Also musste sie
lernen, mit seinen Blicken umzugehen. Schließlich würde Jake
auf den Wanderungen nicht dabei sein. Wenn sie die Kunden an
der Lodge abholte, konnte sie ihm aus dem Weg gehen. Der Plan
hatte nur eine Schwachstelle: *Wollte ich ihm ausweichen?* „Das
macht Sinn."

„Es gibt nur ein Problem: Serenity Lodge hat den Ruf, kinky
Sexgruppen anzulocken." Wyatts Augenbrauen zogen sich
zusammen. „Wir kannten die Gerüchte und Logan hat sie uns
bestätigt."

„Kinky? Inwiefern?" *Jake und kinky?* Der Gedanke verschlug
ihr den Atem.

„Bondage und BSMD", – Morgan runzelte die Stirn – „oder
BMDS."

„BDSM, du Blödmann. Swinger, Schwulenclubs und Dinge
dieser Art." Wyatt kratzte sich über seinen Drei-Tage-Bart.
Wenn er mit einer Gruppe unterwegs war, rasierte er sich nicht.
„Wenn ein Wochenende mit diesem ... speziellen Klientel
geplant ist, werden wir gebraucht."

Mufasa kam zu ihr, strich an ihren Schienbeinen entlang und

verlangte Aufmerksamkeit. Kallie beugte sich vor und streichelte das weiche Fell des Katers. „Okay." Sie bezweifelte, dass die Mieter der Hütten vor ihren Augen merkwürdige Dinge machen würden.

„Es könnte passieren, dass diese Art von Gruppen unterwegs ... na ja ... du weißt schon", sagte Wyatt.

Ihre Augen schossen schockiert zu ihm. „Nein, ich weiß nicht, was ‚du weißt schon' bedeuten soll." Obwohl, vielleicht schon. Sie borgte sich immer wieder Bücher von Serena. Die Liebesromane waren sehr ... interessant. Bereits im College hatte sich Kallie etwas ausprobiert. Handfesseln. Spanking. In den Büchern klang BDSM aufregend; im wahren Leben war es ein totaler Reinfall gewesen. Was würden ihre Cousins wohl sagen, wenn sie ihnen davon erzählte?

„Das meinten wir auch zu Logan."

Sie schnaubte. „Als hättet ihr Erfahrung in dem Bereich."

Wyatts gebräuntes Gesicht färbte sich rot. „Morgan und ich haben schon einiges gesehen und wir haben Logan gesagt, dass wir damit kein Problem haben."

„Wirklich?" *Wow, neue Informationen.* „Kein Problem? Okay." *Wer seid ihr und was habt ihr mit meinen Cousins gemacht?*

„Es ist nicht unser Ding, aber wir sind schon ein bisschen rumgekommen, als wir jünger waren." Morgan wackelte anzüglich mit seinen dicken Augenbrauen. „In San Francisco gibt es alles."

Wyatt funkelte ihn an. „Pass auf, was du sagst."

Kallie seufzte. Ihre Cousins behandelten sie normalerweise wie einen der Jungs. Es galt zu jeder Zeit die Regel von Onkel Harvey: *„In diesem Haus sind alle gleich."* Deshalb hatte niemand etwas gesagt, als Kallie verkündet hatte, dass sie selbst ein Bergführer werden wollte. Nur beim Thema Sex hörte die Gleichberechtigung anscheinend auf. Am liebsten würde ihre Familie sie in ein Nonnenkostüm stecken. Wyatt, mit seiner Liebe zum Wilden Westen, war der Schlimmste von allen.

„Keine Bange, Kallie", sagte er. „Du wirst sowieso keine von den … speziellen Gästen der Lodge in die Berge führen."

Sie fühlte sich von seinen Worten angegriffen. „Das ist ganz schön sexistisch von den Hunts. Ich bin so gut wie ihr. Wenn wir ehrlich sind sogar besser."

Morgan grinste über den ewigen Wettstreit, wer der bessere Bergführer war. Eine Sekunde später war der Humor aus seinem Ausdruck gänzlich verschwunden. „Die Entscheidung treffen nicht die Hunt-Brüder, Cousinchen, sondern wir."

„Aber … warum?" Ihre Brust zog sich schmerzhaft zusammen. Wollten ihre Cousins sie aus dem Geschäft drängen? Es lief doch alles prima, oder nicht?

„Kallie, diese Leute haben …" Wyatts Gesicht nahm die Farbe einer Tomate an. „Diese Leute haben vielleicht Sex im Freien. Vor deinen Augen."

„Also ehrlich, Wyatt." Sie schüttelte den Kopf. „Wenn sie es im Wald treiben wie Kaninchen, kann ich ja die Augen schließen."

„Selbst, wenn wir zustimmen würden, besteht Logan darauf, dass die Guides entspannt damit umgehen können, wenn die Gäste während einer Wanderung … äh … *spielen*. Da du dich in dem Bereich nicht auskennst, dachten wir …"

Sie sollte den angebotenen Notausgang gehen. Dann müsste sie auch nicht zur Lodge gehen und könnte Jake aus dem Weg gehen. Die Sache war nur, dass sie sehr hart daran gearbeitet hatte, sich einen Platz in dem Geschäftsfeld zu sichern und mit ihren Cousins auf Augenhöhe zu sprechen. Sie waren die einzigen Verwandten, die sie aufgenommen hatten. Sie wollte nicht riskieren, dass sie ihre Zuneigung verlor, nur weil ihr bei bestimmten Gästen unbehaglich werden könnte. Außerdem … „Das klingt, als wenn die Lodge unser Geschäft ordentlich beleben würde. In dem Fall können wir es uns nicht leisten, wenn einer von uns dreien bestimmte Gruppen nicht betreut. Das würde die ganze Planung durcheinanderbringen."

Nach den unglücklichen Gesichtsausdrücken ihrer Cousins zu urteilen, hatte sie den Nagel auf den Kopf getroffen.

Sie seufzte. „Hat Logan einen Vorschlag gemacht, wie wir meine Unerfahrenheit in dem Bereich beheben können?"

„Am Freitag wird ein BDSM-Club in der Lodge zu Gast sein", sagte Morgan. „Er hat angeboten, dich herumzuführen und dir ein paar Dinge zu erklären."

Wyatt verschränkte die Arme und schaute missmutig drein. „Wir haben ihm schon gesagt, dass du damit nichts zu tun haben willst."

„Du wirst ihm sagen, dass ich meine Meinung geändert habe." Kallie imitierte seine Haltung und warf ihm denselben Blick zurück. „Jeder ist gleich in diesem Haus, du erinnerst dich?" Sie konnte ihnen ansehen, dass sie hin- und hergerissen waren. Sie wollten sie in Sicherheit wissen und gleichzeitig keine geschäftlichen Verluste erleiden. Gegen die Maxime von Onkel Harvey hatten sie jedoch keine Chance.

Wyatt fuhr sich mit einer Hand durch die Haare. „Kallie, wenn wir dich das machen lassen –"

„Du kannst mich nicht davon abhalten."

Er lehnte sich vor, legte eine Hand auf ihre Schulter und betrachtete sie aus seinen sorgenvollen, braunen Augen. „Morgan ist von einer Gruppe Fischern gebucht worden und ich muss die Bergsteiger führen. Ich kann dich doch nicht vollkommen allein in die Höhle des Löwen lassen. Wir sollten auf die nächste Party warten. Dann können wir dich begleiten."

„Und wann soll das sein?"

„In sechs Wochen", sagte Morgan.

Sie rollte mit den Augen. „Denkt doch mal nach: Wenn ich die Gruppen durch die Berge führe, bin ich auch allein. Hat Logan nicht gemeint, dass er auf mich achtgeben will?"

Ihre verkniffenen Gesichtsausdrücke entspannten sich nicht.

„Wie wäre es damit: Sobald es interessant wird, schließe ich die Augen und halte mir die Ohren zu."

Kallie hatte es ausgenutzt, dass Morgan und Wyatt sich schuldig fühlten. Für eine Woche übernahmen sie Kallies Küchendienst und erledigten die Einkäufe. Und sie drückte ihnen die Montagsgruppe auf: Anwälte aus der Großstadt, die dachten, sie wären etwas Besseres.

Das half ein bisschen. Aber die Schadenfreude hielt nicht lange an. Sie dachte bereits daran, was jetzt auf sie zukam.

Freitagabend parkte sie vor der Serenity Lodge. Sie machte den Motor aus und warf einen zögerlichen Blick auf die Veranda. Seufzend legte sie die Stirn gegens Lenkrad.

Mit hundertprozentiger Sicherheit befand sich Jake im Haus. *Zur Hölle mit dem Mann!* Eine Begegnung hatte ausgereicht. Seither war sie ihm völlig verfallen. Welche heterosexuelle Frau könnte sich auch gegen ihn erwehren? Keine. Das war die Antwort. Es war nicht eine bestimmte Sache, die ihr an ihm gefiel. Es waren die kleinen Dinge. Bei jeder Begegnung kam etwas dazu: Wie er Mrs. Peterson einfach die Einkäufe abgenommen und sie ihr zum Auto getragen hatte; wie er sich vor das Kätzchen der fünfjährigen Olivia gekniet und es bewundert hatte; wie er Dan im strömenden Regen geholfen hatte, sein Auto aus dem Schlammloch zu ziehen. Jake war davon überzeugt, dass er den Schwächeren zu Hilfe kommen sollte. Er erinnerte sie an Onkel Harvey. *Oh ja*, sie fühlte sich zu mehr als nur seinem Körper hingezogen.

Sie brachte den Mut auf, aus ihrem Jeep auszusteigen. Sie blickte finster auf die Anzahl der Autos und ihre Zweifel wuchsen. *Das sind viele Autos.* Viele Autos bedeuteten viele kinky Menschen auf der Party. Eine Beobachtung, die sie nicht so sehr aufwühlte wie ihr Dilemma mit Jake Hunt. Ob sie Morgan und Wyatt von ihrem kleinen Problem erzählen sollte?

Es verhält sich wie folgt: Erstens werde ich Jake treten, wenn er mich wieder so ansieht, als wäre ich Hundescheiße an seinem Fuß. Damit verletzt er mich, ganz klar – aber es wäre schlecht fürs Geschäft, wenn ich ihn attackieren würde, oder? Zweitens: Wenn ich zusehen muss, wie er ... Sachen mit anderen Frauen macht. Na ja, das würde sie umbringen.

Es war schon schlimm genug, von ihren Freundinnen Dinge aus zweiter Hand zu erfahren: Wie wundervoll Jake im Bett war, wie aufmerksam, wie ausdauernd. Sie runzelte die Stirn. Schon verrückt, dass er nie etwas Abgefahrenes mit ihnen gemacht hatte. Vielleicht hatte er mit BDSM nichts am Hut? Nicht, dass es sie kümmerte, was er im Bett trieb. Nein, keinesfalls. Das war ihr völlig egal.

Drittens: Es besteht die Gefahr, dass er mich so ansieht, wie beim letzten Zusammentreffen. Der Gedanke allein brachte ihr Herz zum Rasen. *Ich würde mich wie ein Hund auf den Rücken drehen, die Hände und Füße von mir strecken und ihn anflehen, dass er mich nimmt. Danach könnte ich ihm nie wieder in die Augen sehen.* Sehr schlecht für zukünftige Geschäftsbeziehungen.

Sie bezweifelte, dass diese Beichte bei Wyatt und Morgan gut ankommen würde. Sie kicherte. Natürlich war ihren Cousins bewusst, dass sie Verabredungen mit Männern hatte. Ab diesem Punkt hörten sie wahrscheinlich auf, weiter darüber nachzudenken.

Sie schlug die Tür des Jeeps zu und trat auf die Lichtung. Die kühle Nachtluft wehte den Duft von Kiefern an ihre Nase und zerzauste ihre Haare. Zwischen den Bäumen konnte sie beleuchtete Hütten erkennen. Kniehohe Solarlaternen beleuchteten die Pfade und wiesen ihr den Weg zur Lodge. Während sie über die Lichtung zur zweistöckigen Blockhütte schlenderte, glitt eine Eule an ihr vorbei. Ihre Flügel fingen die schwache Beleuchtung des Verandalichts ein. Wie ein vom Himmel fallender Panzer schoss die Eule Richtung Boden und schnappte sich eine kleine Hirschmaus. Die Maus quietschte ohne Chance auf Rettung.

Kallie wusste genau, wie sich das anfühlte.

Okay, bringen wir's hinter uns. Kallie stieg die Verandatreppe empor und wäre fast über einen riesigen Hund gestolpert, der es sich vor der Tür bequem gemacht hatte. Ein Mischling, stellte sie fest. Er stand auf und sie trat einen Schritt zurück. Ihr fiel auf, dass er mit dem Schwanz wedelte. *Nettes Hündchen.* Er würde ihr ganz sicher nicht die Kehle herausreißen. *Schade eigentlich.* Sie kraulte ihn hinter den Ohren und lachte, als er sein Gewicht gegen sie stemmte und sie fast umschubste. „Ich würde dir wirklich gern Gesellschaft leisten, mein Großer. Dummerweise habe ich schon etwas vor."

Als hätte er sie verstanden, pflanzte er sich wieder auf die Veranda. Sie schüttelte lachend den Kopf und zog die schwere Eingangstür auf. Sie überquerte die Türschwelle und musste sich zunächst an das dämmrige Licht gewöhnen. Der Raum roch nach Leder und Kaminrauch, Parfum und Sex. Er klang sogar nach Sex. Über die Musik eines gregorianischen Gesanges legte sich ein langgezogenes, tiefes Stöhnen eines Mannes. Klatschende Geräusche wurden vom Wimmern einer Frau begleitet.

Kallie schluckte hörbar, als der Raum in den Fokus rückte. Zu ihrer Linken war ein Kamin mit Ledersofas. Ein Feuer loderte und die Holzscheite knisterten. Dahinter stand ein nackter Mann, vornübergebeugt und mit der Wange an der Wand. Im Feuerschein zeigten seine blassen Pobacken rote Striemen in gleichmäßigen Abständen.

Kallies Augen weiteten sich. War es das, vor was Wyatt sie warnen wollte?

An den Wänden aus Baumstämmen hingen Laternen aus bernsteinfarbenem Glas, die den Raum in goldfarbenes Licht tauchten. Einige Bereiche blieben im Dunkeln. Teppiche kennzeichneten mehrere Sitzecken mit roten Sofas. Etwas abseits vergnügten sich Clubmitglieder bei Aktivitäten, die sie nicht ganz ausmachen konnte. Sie bezweifelte, dass sie es sehen wollte. *Das Geräusch ... Ist es möglich, dass der Mann eine Peitsche benutzt?* Ihre Hände ballten sich zu Fäusten.

Zu ihrer Rechten hielt eine Blondine in einem engen Catsuit eine brennende Kerze über eine Frau, die an einen Tisch gefesselt war. Wachs tropfte auf die nackten Brüste. Ein Zischen. Ein Stöhnen.

Das sah ... wirklich schmerzhaft aus. Wie würde sich das

anfühlen? Sich nicht bewegen zu können. Nackt. Vollkommen entblößt. Zu erwarten, dass das heiße Wachs endlich seine Wirkung entfaltete. Schmerzhaft ... oder erregend?

Ihr Körper war es, der ihr antwortete: Ihr BH fühlte sich ... enger an und der Stoff ihrer eigentlich weiten Jeans rieb über ihre empfindliche Haut. *Okay*, Wyatt behielt recht: Sie war auf diese Situation nicht vorbereitet gewesen.

Die Blondine fühlte Kallies neugierige Augen auf ihr. Abschätzend erwiderte sie den Blick. Dann schenkte sie Kallie ein Lächeln. Kallie holte tief Luft und lächelte zurückhaltend. *Ich bin cool. Ich bin eine erfahrene Frau. Ich habe schon so ziemlich alles gesehen. Wirklich.* Was zur Hölle machte sie hier eigentlich? Morgan und Wyatt hätten sie vor ihrem Besuch genauer aufklären sollen. *Oh*, dafür würde sie die beiden bestrafen. Vielleicht sollte sie sich von dem Kerl die Peitsche borgen.

Konnte es sein, dass ihre Cousins auch nicht genau wussten, was hier vor sich ging? Vielleicht waren die Clubs, die sie in San Francisco besucht hatten, nicht so ... heftig gewesen. Egal, dachte sie sich. Sie war wie abgesprochen vorbeigekommen. Sie hatte ihr Soll erfüllt. Ob es jemandem auffallen würde, wenn sie die Fliege machte?

„Machst du heute Abend bei uns mit, Baby?" Ein groß gewachsener, schlanker Mann in einer schwarzen Bikerjacke grinste auf sie herunter.

Erwischt. „Nein, mach ich nicht. Ist Logan zu sprechen?"

„Schade. Warte hier. Ich hole ihn."

Während Kallies Augen dem Mann folgten, der den Raum durchquerte, erregte eine angekettete Frau ihre Aufmerksamkeit. Sie trug nur einen Stringtanga und ihr Blick war auf die Wand gerichtet. Hinter ihr stand ein Mann, in der Hand eine Reitgerte. Als er damit ihren nackten Schenkel traf, schrie sie.

Kallie zuckte zusammen. Trotz allem fühlte sie das aufregende Kribbeln in ihrem Bauch. *Okay, ich brauche ganz, ganz dringend ein Bier.*

„Ah, du hast es geschafft." Logan kam auf sie zu. Seine rechte Hand lag im Nacken einer kurvigen, rothaarigen Frau.

Unruhig verlagerte Kallie ihr Gewicht von einem Fuß auf den anderen. War das seine Verlobte? Rebecca? Kallie hatte sie bisher nur einmal in der Stadt gesehen. Nur Jake mischte sich unter die Gesellschaft der Einwohner dieser Stadt. Der Rest blieb unter sich. Ein Schrei hallte durch den Raum und sie zuckte erneut zusammen. *Oh ja*, und wie sie unter sich blieben. „Ja, das habe ich."

Unter Logans aufmerksamen Augen wurde Kallie noch unruhiger. Ihr Blick fiel auf Rebecca. Das hätte sie lassen sollen. Das Outfit der anderen Frau ließ Kallie völlig fehl am Platz fühlen. Das smaragdgrüne Korsett betonte jede ihrer hinreißenden Kurven und erweckte in Kallie Neid. *Muss toll sein, wenn man Brüste hat.* Ihre Strapse hielten schwarze Netzstrümpfe und um ihren Hals trug sie ein dünnes Lederhalsband. Keine anderen Kleidungsstücke, noch nicht mal einen Tanga.

Rebecca starrte auf den Boden, die Hände vor dem Bauch verschränkt. *Augenblick*, dachte Kallie. Gepolsterte Handfesseln hielten ihre Hände zusammen. Das war so gar nicht die geschliffene Frau, die Kallie in der Stadt gesehen hatte. Ihr wurde flau im Magen. Rebecca sah so unterwürfig aus; hoffentlich schlug Logan sie nicht. Die Narben auf seinen Fingerknöcheln wirkten plötzlich bedrohlich.

„Ich bin froh, dass du uns Gesellschaft leistest", sagte Logan.

Sie riss ihren Blick von seinen Händen los. „Ah, ja. Ich freue mich, hier zu sein." Sie zuckte mit den Achseln, um nicht herauszubrüllen: *Du hast mir ja schließlich keine andere Wahl gelassen.*

Das verschmitzte Grinsen ließ darauf schließen, dass er es ihr ansehen konnte. „Dann lass uns mal beginnen und −"

„Logan!", rief ein Mann von der anderen Seite des Raumes. „Ich brauche deine und Beccas Hilfe."

„Hätte mich auch gewundert." Logan sah über seine Schulter und runzelte die Stirn. „Gib mir einen Moment. Ich bin gleich zurück und führe dich rum."

Logan legte einen Arm um Rebecca, während die ihren Kopf hob und Kallie zuzwinkerte. Ein humorvolles Zwinkern. Kallie konnte keine Furcht in ihren Augen erkennen.

Erleichtert seufzte Kallie. Sie stellte fest, dass ihre Hände noch immer zu Fäusten geballt waren. Sie schob sie in ihre Hosentaschen und versuchte, nicht aufzufallen. *Lässig aussehen, Kallie.* Sie schluckte schwer. *Ich sehe doch ständig Leute, die angekettet sind. Echt mal. Das ist das neue Hobby in Bear Flat. Wird bald das Fischen ablösen.*

Der gregorianische Gesang vermischte sich mit anderen beunruhigenden Geräuschen: Dem Zischen eines Mannes, der an ein X-förmiges Gestell an der Wand gefesselt war. Seine Hoden baumelten zwischen seinen gespreizten Beinen und eine Frau wickelte Lederriemen darum. Kallie zuckte zusammen. Zwar besaß sie diese Ausstattung nicht, aber durch ihre drei Cousins und ihre männlichen Freunde hatte sie gelernt, wie schmerzempfindlich dieser Körperteil war.

„Kallie?"

Beim Klang einer tiefen, geschmeidigen Stimme wirbelte sie herum. Ein wahrhaft gutaussehender Mann stand vor ihr. Er war etwas kleiner als die Hunt-Brüder – um die einen Meter fünfundachtzig. Zudem war er älter, mit silbernen Strähnen im Haar. Er trug ein weißes, langärmliges Hemd und eine maßgeschneiderte, schwarze Anzughose. Ein sehr zivilisiertes Outfit in dieser rustikalen Lodge und ein extremer Gegensatz zu ihren abgetragenen Alltagsklamotten.

„Ja, ich bin Kallie."

Er hielt ihr seine Hand hin. „Mein Name ist Simon. Logan hat mich gebeten, dir bis zu seiner Rückkehr Gesellschaft zu leisten."

Gerettet! Sie akzeptierte seine warme Hand und schüttelte diese. Es war ihr unangenehm, wie kalt ihre Handfläche war. „Danke, das weiß ich zu schätzen."

„Komm, setzen wir uns vor den Kamin. Vom Sofa aus haben wir den besten Blick und du kannst mich mit Fragen durchlöchern." Er führte sie zu einer massiven Ledercouch und setzte sich. Entspannt legte er seine Arme auf die Rückenlehne, ein freundliches Lächeln wanderte über seine Lippen. Sie mochte ihn schon jetzt.

„Ich habe mit mehr Leuten gerechnet", äußerte Kallie nach einer Minute. „Meine Cousins meinten, dass es sich um einen Club handelt."

„Auf gewisse Weise. Wir gehören alle einem BDSM-Club an. Es gefällt uns, hin und wieder San Francisco zu entfliehen und zusammen Zeit zu verbringen."

Jake und Logan kannten also diese Menschen? Demnach würde ihr auch kein Wahnsinniger mit Ketten und Peitschen nachstellen, oder? Genau in diesem Augenblick kam ein Mann vorbeigelaufen, der an seinem Gürtel eine geflochtene Peitsche trug. Sie schaute ihm nach und erinnerte sich an Serenas Romane. Sie hätte sich niemals träumen lassen, dass Leute so was im realen Leben machten. Mit jeder Sekunde wuchs ihr Unbehagen.

Simon lächelte. „Entspann dich, kleine Sub. Wir haben alle unsere eigenen Subs – abgesehen von Jake. Niemand wird dich belästigen und es hat keiner etwas gegen einen Beobachter einzuwenden, sonst würden wir nicht in der Öffentlichkeit spielen."

„Oh. Okay." Sie runzelte die Stirn. „Und ich bin keine Sub."

„Nein?" Er studierte sie für eine Minute und wies dann auf einen Mann, der gerade eine Frau mit dem Gesicht nach unten an einen Couchtisch fesselte. „Findest du es aufregend, bei einem Dom und seiner Sub zuzusehen?"

Die Frau trug nur ein Bustier und einen Tanga. Der Dom fesselte sie, bis ihre Beine gespreizt waren. Dann berührte er sie. Intim. Mit Bedacht. Die Frau wackelte hin und her, stöhnte und streckte ihm ihr Becken entgegen. Lächelnd richtete sich der Mann auf. Liebevoll streichelte er mit glitzernden Fingern über ihren Hintern.

Kallie atmete zittrig aus. Der Raum schien übermäßig heiß

zu sein. „Es ist wie bei einem Porno", murmelte sie und riss ihren Blick weg. „Jeder wäre interessiert."

„Auf eine gewisse Weise stimmt das natürlich", stimmte Simon zu. „Aber das war auch nur eine Kostprobe. Was hältst du vom Hauptgang?"

„Bitte was?"

Er nickte Richtung des Doms und seiner Sub. Kallie drehte sich gerade noch rechtzeitig, um zu sehen, wie seine Hand mit einem hörbaren Laut auf ihrem nackten Po landete.

Kallie zuckte zusammen, als hätte er sie getroffen. Der Mann verpasste seiner Sub ein ausgiebiges ... Spanking und es war Kallie nicht möglich, den Blick abzuwenden. *Lieber Gott.* Als er von seiner Sub abließ, war Kallie so feucht, dass sie das Gefühl hatte, in einer Pfütze zu sitzen. Das war so gar nicht – nicht im Geringsten – wie das, was sie ausprobiert hatte.

Das amüsierte Funkeln in Simons Augen verriet ihr, dass er jede Emotion auf ihrem Gesicht hatte ablesen können. „Also, kleine Sub", sagte er. Er brauchte die Bezeichnung nicht betonen, denn er hatte seinen Standpunkt klar gemacht. „Hast du Interesse daran, heute Abend zu spielen?"

„Ich –" Der Gedanke daran, dass sie von jemandem an einen Tisch gebunden und sie von einem Mann – *Jake* – den Hintern versohlt bekam ... „Nein. Natürlich nicht."

Er zog eine Augenbraue hoch.

Sie errötete. „Du hast doch selbst gesagt, dass alle ... liiert sind."

Nachdenklich hob er den Blick über ihren Kopf und seine Lippen verzogen sich amüsiert. „Eigentlich meinte ich, dass Jake keine Sub hat."

Sie schnaubte. „Jake mag mich nicht. Er verabredet sich nur mit Marilyn-Monroe-Verschnitten." *Und nicht mit brustlosen, fettarschigen Frauen ohne Sexappeal.*

„Merkwürdig, denn du siehst seiner Ex-Freundin zum Verwechseln ähnlich: gleiche Größe, zusammen mit den dunklen Haaren und den dunklen Augen."

Jake hatte eine Freundin gehabt. Das musste gewesen sein, bevor sie nach Bear Flat zurückgekehrt war. Und sie ähnelten einander? *Simon musste scherzen.*

„Ich sehe wirklich aus wie sie?" Er lachte und Kallie zog eine Grimasse. *Warum habe ich nicht gleich dem ganzen Raum verkündet, dass ich auf Jake Hunt heiß bin?* Sie starrte auf ihre Füße. Vielleicht sollte sie einfach solange auf den Boden starren, bis sie die Flucht ergreifen konnte. Auf keinen Fall sollte sie sich länger umschauen. Keine gute Idee.

Abgetragene, braune Stiefel traten in diesem Moment in ihr Blickfeld. Der Saum der Jeans war so abgewetzt, dass er die blaue Farbe verloren hatte. Sie hob den Blick. Ein schwarzes T-Shirt spannte sich über einen Sixpack und eine muskulöse Brust. Ein sehniger Nacken. Ihre Erkundungstour endete auf einem markanten Gesicht mit eisblauen Augen.

Jake.

KAPITEL ZWEI

„Ähm." **Kallie wurde** heiß. Warum konnten sich nicht einfach die Dielenbretter öffnen? Wo war nur ein gutes Erdbeben, wenn man eines brauchte? Wie viel hatte er mit angehört?

„Ja, Kallie, du ähnelst ihr", sagte er in einem ruhigen Ton. Simons Bemerkung hatte er definitiv gehört. Ihr Gesicht glühte vermutlich inzwischen so rot, dass der gesamte Raum erstrahlte.

„Oh. Okay." *Ich sehe aus wie seine Ex.* Der Gedanke war zugleich unbehaglich und beruhigend.

Neben ihrer Hüfte platzierte er seinen rechten Fuß auf der Couch und lehnte sich vor. Mit den Unterarmen auf dem Schenkel musterte er sie so intensiv, dass sie alles gab, um nicht nervös umherzurutschen. Sein männlicher Duft erinnerte sie an den Wald – frisch, anziehend und friedlich. War es möglich, dass er in den letzten paar Sekunden nähergekommen war? Sie wich zurück und stellte in dem Moment fest, dass Simon verschwunden war. Ohne ein Wort hatte er sie dem Wolf zum Fraß vorgesetzt. Ihr Herz klopfte so laut in ihrer Brust, dass es das Spanking wenige Meter weiter zu übertönen schien.

„Eigentlich wollte ich mich von dir fernhalten", flüsterte er.

Autsch, das tat weh. „Dann verschwinde." Sie wedelte mit der Hand, um ihn zu verscheuchen.

„Doch du musstest dich ja hier hinsetzen und Fragen stellen."

„Kein Problem. Von nun an werde ich einfach die Klappe halten." Wenn ihr Herz nur endlich wieder runterkommen würde. Vielleicht wäre sie dann in der Lage, ihr Gehirn einzusetzen. „Ich habe an Informationen über deine Ex kein Interesse, okay?"

„Sie war auch meine Sub", sagte er mit tiefer Stimme. So schroff wie ein Abhang in den Bergen und genauso gefährlich. „Und ich bin ihr Master gewesen. Weißt du, was das bedeutet, Elfe?"

Ihr Mund war vollkommen ausgetrocknet. Sie schaffte es nicht, auch nur ein Wort herauszubringen, weshalb sie lediglich mit dem Kopf schüttelte. *Master?*

Er strich mit einem Finger über ihren Kiefer – so langsam, dass sie seine Wärme und die raue Haut eines Mannes spürte, der mit den Händen arbeitete. „Es gefällt mir, wie du unter meiner Berührung heiß wirst", murmelte er, während er Kalhe direkt in die Augen sah. „Ich war ihr Master. Es bedeutet, dass sie meinen Befehlen gefolgt ist. Immer. Ausnahmslos. Wenn ich ihr befohlen habe, sich auszuziehen und sich übers Bett zu lehnen, damit ich sie von hinten nehmen konnte, dann hat sie das mit einem Lächeln getan."

Sie stellte sich vor, wie er das Beschriebene mit ihr tun würde. Wie er sie an den Hüften packen, seinen harten Schwanz zwischen ihren Schenkeln positionieren und sich tief in ihr vergraben würde ... Die Vorstellung raubte ihr den Atem.

Er umfasste ihr Kinn, hob ihren Kopf und sah ihr in ihr erhitztes Gesicht. „Ich konnte ihr befehlen, sich mit gespreizten Beinen aufs Bett zu legen. Ich konnte mit ihr tun, was ich wollte und entzog ihr zu unser beider Vergnügen die Erlaubnis, zur Erlösung zu kommen."

Die Wände ihres Geschlechts zuckten. Sofort wunderte

Kallie sich, was er mit der Frau gemacht haben könnte. Wie hatte er sie berührt?

Seine Lachfältchen an seinen Augen zeigten sich und er rieb mit den Fingerknöcheln sanft über ihre Wange. „Du wirst rot, kleine Kallie."

„Ich ..." Sie hob eine Hand, um seine wegzuschlagen.

„Nicht. Bewegen." Der Befehl brach über sie herein wie ein verheerender Sturm. Sie erstarrte. Es bewegte sich kein Muskel in ihrem Körper. Gleichzeitig wurde ihre Haut empfindlicher. Ihr Körper erwachte von Neuem. In ihrem ganzen Leben hatte noch niemand derartige Empfindungen in ihr geweckt. Dabei hatte er noch nichts gemacht.

Ein tiefes Lachen entrang ihm. „Kleine Sub." Mit beiden Händen packte er ihr Hemd und zog sie auf die Füße. „Simon hatte recht. Du willst spielen." Keine Frage, eine Feststellung.

Ihr Herz raste. Er hielt ihre Augen mit seinem Blick gefangen. *Unheimlich.* Sie schüttelte den Kopf, versuchte, sich von dem Zauber seiner Gegenwart zu befreien, aber es brachte nichts. „Nein. Nein, wirklich nicht."

„Lüg mich nicht an, Kallie", sagte er so sanft, dass ihr das letzte Wort im Hals stecken blieb.

Sie wandte ihren Blick ab. *Überlege dir das gut, Kallie.* Sie wollte ihn, seit sie ihn das erste Mal gesehen hatte. Und jetzt konnte sie ihn haben. Aber hier? Wie mutig war sie?

Sie war nicht gerade dafür bekannt, etwas Unvorhergesehenes zu tun. Ihr Ziel war es immer gewesen, sich anzupassen. Und plötzlich wollte sie die Richtung ändern? Das klang so gar nicht nach ihr. Andererseits müsste sie ihren Cousins ja nichts davon erzählen. Sie konnte ihr Techtelmechtel mit Jake für sich behalten. Über ihre Lippen huschte ein Lächeln. *Meine Träume wären danach weitaus interessanter. Gott, ja, ich will es. Ich will ihn.* Entschlossen hob sie den Blick. Als sie ihm in die Augen sah, blieben ihr die Worte im Hals stecken. Sie schaffte nur ein kleines Nicken.

„Das reicht mir." In seinen Augen kam ein Sturm auf. „Wir spielen bloß dieses eine Mal miteinander. Nur heute Nacht."

„Ich weiß." Jakes berüchtigte *Nur eine Nacht*-Regel. Es vergingen Monate, bevor er sich bei Frauen erneut meldete, mit denen er bereits das Vergnügen gehabt hatte. Jeder wusste, dass er körperliche Intimität ohne emotionale Bindung wollte. Sie rechnete es ihm daher hoch an, dass er sie nicht anlog, um sie ins Bett zu bekommen. Mit der Wahrheit konnte sie umgehen. „Kein Problem."

Er musterte sie aufmerksam, als wolle er sichergehen, dass sie es ernst meinte. „Also gut." Ein schiefes Lächeln zeigte sich auf seinem Gesicht, das seine Stoppeln in einen gefährlichen Schatten warf. „So soll es sein. Lass uns beginnen." Er griff nach ihrem Westernhemd und die Knöpfe flogen wie Gewehrkugeln um sie herum.

„Hey!" Die kühle Luft strich über ihre erhitzte Haut und sie griff nach den Seiten ihres Hemdes.

„Lass es offen, kleine Elfe. Ich mag nackte Haut." Sein umwerfendes Grinsen blitzte auf und erstickte jeden Protest ihrerseits im Keim. Warum musste er auch so gut aussehen? „Und jetzt lass uns mal herausfinden, was *du* magst." Er drehte sich um und zog sie vor sich, so dass ihr Rücken gegen seine Brust lehnte.

Kallie schluckte schwer. In dieser Position blickte sie direkt zu der Frau auf dem Couchtisch.

Die Rothaarige lag noch immer gefesselt auf dem Bauch. Der Dom hatte seine rechte Hand zwischen ihren Schenkeln. Die Bewegung seines Armes verriet eindeutig, wo sich seine Finger befanden. Mit der anderen Hand verteilte er Klapse auf ihren Pobacken. Bei jedem Schlag bäumte sie sich auf und riss an ihren Fesseln.

Kallies Herz raste. Sie spürte jeden einzelnen Schlag. Das war alles viel ... viel ... zu irgendwas. Sie versuchte, sich wegzudrehen.

Jake festigte seinen Arm um ihre Taille. „Schau hin, Kallie." Sein warmer Atem strich ihr über die Ohrmuschel.

Die Stimme der Frau wurde lauter. „Oh, Sir. Oh, Sir. Ohhhh!"
Schreiend kam sie zum Höhepunkt.

Kallies Atemzüge beschleunigten sich und ihr wurde heiß.
„Lass mich gehen", flüsterte sie mit einem heiseren Unterton.

„Auf keinen Fall." Er senkte den Mund auf ihre Schulter und
biss sie sanft. Kallie schnappte nach Luft, als ein Hitzeschwall
sie wie ein Blitzschlag durchfuhr und direkte Einwirkung auf
ihre Klitoris hatte.

„Du steckst voller Überraschungen", hauchte Jake an ihrer
Haut.

Nein, er war es, der voller Überraschungen steckte. Trotz all
der heißen und erotischen Fantasien, die sie in den letzten
Jahren von ihm gehegt und gepflegt hatte, hätte sie sich selbst in
ihren kühnsten Träumen nicht vorstellen können, dass er sie
wollen würde. *Er mag mich nicht.* Jedenfalls dachte sie das immer.
Was hatte sich geändert? Sorge nagte an ihren Eingeweiden wie
eine ausgehungerte Ratte. „Ich bin nicht deine Ex-Freundin."

„Okay", sagte er, seine Stimme ein tiefes Grummeln in ihrem
Ohr. Er spreizte die Finger seiner Hand auf ihrem nackten
Bauch.

Sie schmolz dahin. Jeder einzelne Knochen in ihrem Körper
löste sich auf.

Verstand er, was sie ihm hatte sagen wollen? Sie versuchte es
nochmal: „Ich bin nicht sie." *Ich will keine Ex-Freundin ersetzen.*

Er schnaubte ein kurzes Lachen heraus. „Glaube mir, wenn
ich dir sage, dass du ihr nur äußerlich ähnelst. Eure Persönlich-
keiten könnten unterschiedlicher nicht sein." Nach einem
Kompliment klang das nicht. „Keine Sorge. Ich weiß, dass du
Kallie ‚Macho' Masterson bist."

Das beleidigende Kompliment ließ Wärme in ihr aufsteigen.
Endlich wusste er, dass sie existierte. Er *sah* sie.

Seine Hand glitt tiefer. Die Finger schoben sich an dem Bund
ihrer Hose vorbei und seine Hand verharrte schließlich auf
ihrem Venushügel. Wenn jemand sie fragen würde, wie sich
dieser Moment für sie anfühlte, dann bekäme diese Person

folgende Antwort: *Ich habe das Gefühl, als würde jemand ein bren- nendes Streichholz in einen Strohhaufen werfen.* Die Flammen schlugen unkontrolliert in die Höhe. Er presste sie enger an sich und etwas stieß gegen ihren Hintern. Er war erregt. Er wollte sie. Sie war außer sich vor Freude. Er wollte sie!

Ihr Atem stockte, als seine andere Hand den Weg in ihren BH fand und er ihre Brust umschloss. Sie erstarrte und versuchte, sich aus seinem Griff zu befreien. Sie rechnete mit einem Kommentar, den sie jedes Mal zu hören bekam: *„Warum machst du dir die Mühe mit BHs?"*

Stattdessen festigte er wieder seinen Griff und sagte: „Nicht bewegen, Sub."

Der strenge Befehl sandte Funken über ihre empfindliche Haut. Sie ignorierte seinen Befehl und wagte den Versuch, sich zu bewegen, aber es gab keine Chance, ihrer Unsicherheit zu entkommen. Mit dem Gefühl ihrer Unbeweglichkeit ging die Erkenntnis einher, dass er mit ihr alles machen konnte, was er wollte. Ihr Inneres schmolz wie Eis in der Sonne.

Sein tiefes Lachen ließ sie erschauern. Gleich darauf biss er ihr ins Ohrläppchen. Der unerwartete Schmerz hatte direkten Einfluss auf ihr Geschlecht und sie stöhnte.

„Ich werde heute Abend sehr viel Spaß haben", murmelte er. „Also, sag mir, hast du schon mal irgendetwas in diese Richtung ausprobiert?"

Am liebsten würde sie sich wie ein Kätzchen an ihm reiben. *Berühre mich.* Wieso musste er nur so viel reden? Sie wollte auf seine Frage nicht antworten. Sein Schweigen und seine unbeweg- lichen Hände zwangen sie zu einer Antwort. „Ein paar Mal. Aber es hat mir nicht gefallen." Sie hatte es geahnt. Die Sache war zu gut, um wahr zu sein. *Sei ehrlich, Kallie.* Widerstrebend fügte sie hinzu: „Ich bin nicht unterwürfig, wenn du das meinst. Jetzt willst du dir bestimmt eine andere Frau suchen." Innerlich wimmerte sie. „Das ist okay."

„Du denkst also, dass du nicht unterwürfig bist. Ah ja." Seine Hand glitt tiefer. Er legte seine Finger auf ihre Schamlippen, wodurch er ihrer Klitoris gefährlich nahekam. Wie sollte sie sich jetzt noch auf etwas Anderes konzentrieren als auf das pochende Nervenbündel zwischen ihren Schenkeln?

„Erzähl mir mehr. Was hast du gemacht?"

„Ich ..." Ihr Gehirn wollte nicht arbeiten. „Einer wollte mich ans Bett fesseln und ich habe ihn nicht gelassen. Zwar klang der Gedanke aufregend, aber ... Ein anderer wollte mir ein Spanking verpassen und ich konnte einfach nicht aufhören zu lachen."

„Okay. Das klingt für mich so, als hätte das Vertrauen gefehlt." Er drehte sie zu sich um.

Seine warmen Hände, die er von ihrem Körper genommen hatte, hinterließen eine Kälte, die sie schockierte. *Er wird mich nach Hause schicken. Ich weiß es. Ich hätte lügen sollen.*

Er legte die Hände auf ihre Schultern. „Vertraust du mir, Kallie?"

Die Frage kam unerwartet und sie musste ihre Denkrichtung ändern. Vertraute sie ihm? Kannte sie ihn gut genug, um diese Frage zu beantworten?

„Lass es mich anders formulieren: Kannst du mir genug vertrauen, so dass ich dich hier, vor anderen Menschen, fessle, deinen hinreißenden Hintern versohle und dir Lust bereite?"

Ihr Mund trocknete aus. Der Gedanke an ihn – an Jake –, wie er sie berühren, sie fesseln, ihr Lust bereiten würde ... Sie runzelte die Stirn. *Den Po versohlen?*

Die Fältchen um seine Augen vertieften sich. „Ich kann dir jeden deiner Gedanken vom Gesicht ablesen, meine Süße."

Sie dachte an den Dom und seine Sub, wie er sie mit den Fingern zum Höhepunkt getrieben hatte. „Lust bereiten – uns beiden oder nur mir."

„Also." Er strich mit der Fingerspitze langsam über ihre Wange und sein Blick war intensiv auf ihr Gesicht gerichtet. „Ich will dich mit meinen Händen berühren. Ich will deinen Körper erkunden."

Die Worte brachen aus ihr hervor wie ein Ballon, der sich in ihrer Brust aufblähte und plötzlich explodierte: „Ich will mehr!

Ich will dich in –" Sie konnte es nicht aussprechen; sie schaffte es einfach nicht. „Ähm ... ich ...."

„Du willst meinen Schwanz in dir haben?"

Hitze stieg ihr ins Gesicht. Sie hatte das Gefühl, in einer Sauna zu sitzen. *Gott*, ihr war so heiß. „Ja", flüsterte sie. *Augenblick mal.* Entschlossen schluckte sie den Kloß in ihrem Hals herunter und sagte mit fester Stimme: „Ja."

Er umfasste ihre Wange mit seiner schwieligen Hand. „In Ordnung, Süße." Er lächelte. „Diesen Wunsch erfülle ich dir. Den Rest des Abends richten wir uns allerdings danach, was ich mir wünsche. Und nun zu etwas anderem: Hast du in der Vergangenheit Safeworder benutzt?"

„Ja." Sie runzelte die Stirn. Sie konnte sich nicht an eines erinnern.

„Müssen wirklich unvergessliche Momente gewesen sein. Wie wäre es mit ‚Barney'? Ich bezweifle, dass du seine Treffsicherheit jemals vergessen wirst." Er schob einen Finger unter ihr Kinn und das amüsierte Grinsen verschwand von seinen Lippen. „Kallie, hör mir gut zu: Wenn dich etwas beunruhigt oder du die Schmerzen nicht langer erträgst, dann sag ‚Barney'. Sag dein Safeword und ich breche sofort ab. Um sicherzugehen, möchte ich dir ein zweites Safeword anbieten: Rot. ‚Rot' ist ein allgemein gebräuchliches Safeword. Sobald du es rufst, kommen die Leute angerannt, Simon eingeschlossen, um nachzusehen, was nicht stimmt. Du kannst mir glauben, wenn ich dir sage, dass ein Dom, der dieses Safeword missachtet, seine verdiente Strafe bekommt."

„Barney. Rot. Verstanden." *Okay. Super.* Es gab also einen Notausgang. Sie sah ihm tief in die Augen und die Stärke, die von ihm ausstrahlte, war überwältigend. Leider hatte das Gespräch hinsichtlich des Safewords ihr nicht die Angst genommen. Dasselbe galt auch für ihre Erregung, die immer noch wild in ihr wütete.

„Und jetzt die Regeln." Er rutschte näher. Sogar sitzend war seine Größe einschüchternd. Ähnlich zu ihrem Maine-Coon-Kater, der sich mit seinen riesigen Pfoten einer Maus näherte.

Der Hauch eines Lächelns umspielte seine Lippen und lockte ein Grübchen auf seiner rechten Wange hervor. So schnell wie es aufgetaucht war, verschwand es auch wieder. „Du hast heute Abend nur die Kontrolle über die Benutzung des Safewords. Sonst treffe ich die Entscheidungen."

Sie nickte. Wieso fühlte sich das gleichzeitig falsch und so verdammt richtig an? Geradezu ... befreiend.

„Du machst, was ich sage. Sofort. Keine Rückfragen, kein Zögern, kein Diskutieren. Ich will nur ein ‚Ja, Sir' oder ein ‚Ja, Jake' von dir hören. Habe ich mich verständlich ausgedrückt?"

Als sie nickte, verengten sich seine Augen. Eilig fügte sie hinzu: „Äh, richtig: Ja, Jake." *Hätte ich salutieren sollen?*

„Viel besser." Er ließ sie los und trat einen Schritt zurück. „Zieh dich aus."

„Bitte was?"

Er antwortete nicht, sondern hob lediglich sein Kinn etwas an. Diese kleine Geste reichte aus: Mit hochrotem Kopf streifte sie sich ihr Hemd über die Schultern und ließ es auf den Boden fallen.

Er nickte zufriedenstellend und sie konnte wieder aufatmen. Sie öffnete ihre Stiefel und zog sie aus. Es folgten ihre Socken, ein Messer und ihre Jeans. Beschämt stand sie in ihrem billigen, weißen BH und ihrem Baumwollhöschen vor ihm. Ihr war bewusst, dass sie von Menschen umgeben war. Merkwürdigerweise waren ihr die anderen Menschen egal. Es zählte nur der Ausdruck auf seinem Gesicht. Sie schaffte es nicht, den Blick von ihm abzuwenden. Halbnackt stand sie vor ihm. Er konnte alles sehen. Er könnte sie immer noch abweisen. Nervös spielte sie mit ihren Fingern.

„Zumindest bist du in der Wahl deiner Kleidung konsequent", murmelte er. „Komm her."

Sie trat zwei Schritte vor. Er strich mit den Fingerspitzen über den Stoff ihrer Unterwäsche. Der Laut, der von ihm folgte, klang mächtig nach Abscheu. Dann packte er ihr Höschen und riss es ihr über die Beine.

Oh Gott. Sie versuchte, sich ihr Unbehagen nicht ansehen zu lassen, als sie aus ihrem Höschen trat. Er griff um sie herum, öffnete ihren BH und zog ihn ihr über die Länge ihrer Arme.

Sie war nackt. Mitten in einem Raum voller Leute. *Wirklich irre*, dachte sie. Das Verlangen, ihn zu berühren, war so überwältigend, dass sie am liebsten schreien würde.

Als seine großen Hände ihre Brüste umfassten, schoss flüssige Lava durch ihren Körper, direkt zu ihrer Pussy. „Unter all diesen Klamotten befindet sich eine Frau. Freut mich. Und deine Brüste fühlen sich noch besser an, als sie aussehen", kommentierte er. Er rieb mit seinen Daumen über ihre Nippel. Das Gefühl verwandelte ihre Knie zu Wackelpudding.

„Sie sind nicht groß", flüsterte sie. Sie wusste, dass er sonst Frauen mit Körbchengröße C bevorzugte und –

Mit einem Zwicken in eine Knospe unterbrach er ihren Gedankengang. Ihr entfuhr ein Lustschrei. Ihre Klitoris pochte, als hätte er sie auch an dieser Stille gezwickt.

„Du hast wunderschöne Brüste, meine kleine Elfe. Für mich ist es wichtiger, dass sie empfindlich sind. Die Größe ist mir egal."

Wirklich? Ihm gefiel, was er sah. Eine Last fiel von ihren Schultern. Das größte Kompliment, das sie sich vorstellen konnte, war die Beule in seiner Jeans. Alles wegen ihr. Ein Lächeln huschte über ihre Lippen.

Er ging zur Couch und zog aus einer Ledertasche ein Paar Handfesseln. „Dreh dich um, kleine Sub."

Ihr Herz fing schon wieder an, schneller zu schlagen. Das konnte einfach nicht gut für ihr Herz sein, oder? Sie starrte auf die Fesseln. „Aber ..."

„Wie lautet deine Antwort?" Er wartete nicht auf ihre Antwort. Stattdessen wirbelte er sie herum, bis sie ihm den Rücken zuwandte. Sie spürte, wie er ihr eine Handfessel ums linke Handgelenk anlegte. „Kallie?"

„Ja, Sir." Sie klang wie ein ängstliches Kätzchen und er lachte.
„Entspann dich, Süße."

Die zweite Handfessel folgte. Jetzt hörte sie ein *Klicken*. Sie
versuchte, sich zu bewegen. Natürlich hatte sie keine Chance: Er
hatte die Handfesseln miteinander verbunden und hielt so ihre
Hände hinter ihrem Rücken fixiert. *Praktisch.* Virgil, ihr Cousin
bei der Polizei, wäre beeindruckt.

Nur entspannt fühle ich mich gerade nicht.

Jake trat vor sie und ließ seinen Blick über ihren nackten
Körper schweifen. Die Erkenntnis, dass sie ihm vollkommen
ausgeliefert war und er sie berühren konnte, wie er Lust und
Laune hatte, erregte sie auf eine Weise, die sie niemals für
möglich gehalten hatte. Ihre Nippel hatten sich zu harten
Diamanten aufgerichtet.

Mit einem zufriedenen Grinsen machte er genau das, was sie
befürchtet hatte: Er schaute ihr ins Gesicht und strich mit den
Fingerknöcheln über ihre Brüste. Seine rauen Hände, schwielig
von seiner körperlich harten Arbeit, konnten sich nicht eroti-
scher anfühlen. Er wandte sich einer harten Knospe zu und sie
zuckte zusammen. Instinktiv riss sie an ihren Handschellen –
ohne Erfolg. Sie schwankte. Er zwickte in den rechten Nippel
und ihr stockte der Atem. Jede Bewegung machte ihr bewusst,
wie hilflos sie in diesem Moment war – und wie sehr sie diese
Hilflosigkeit erregte.

Wie war das möglich? Und warum zur Hölle hatte sie zugestimmt? Nacktheit, Handfesseln, Sex. *So bin ich nicht.*

Er wuschelte durch ihr kurzes Haar, schob die Hand durch
ihre Wellen und packte zu. Sie keuchte, als er ihren Kopf zurück-
riss und sie küsste. Er neckte ihren Mund, bis sie ihre Lippen
teilte. Er nutzte den Moment aus und stieß mit der Zunge in
ihren Mund. Sie wollte ihn berühren. Sie wollte ihre Finger in
seinen dicken, braunen Haaren vergraben, aber ... Sie hatte nicht
die Kontrolle. Sie konnte ihre Arme nicht bewegen. Die schwankenden Dielen unter ihren Füßen schienen ins Bodenlose zu
fallen, als er ihre Lippen mit den seinen vereinnahmte. Leiden-

schaftlich, ausgiebig und voller Hingabe nahm er sie in Besitz.
Anders würde sie es auch nicht wollen.

Jake hatte eine Hand auf Kallies Schulter. Er spürte ihre Versuche, sich zu bewegen. Er spürte jeden Schauer, der durch ihren
Körper jagte, und sah ihr an, wie sehr es sie erregte, wenn sie an
ihren Fesseln zog. Ihre instinktive Unterwerfung riss ihn aus
seiner langjährigen Zurückhaltung und brachte das unbändige
Verlangen eines Doms an die Oberfläche.

In den zwei Jahren nach Mimis Tod hatte er sich immer
wieder an unterwürfigen Frauen erfreut, jedoch hatte er die
Sessions zahm gehalten. Er hatte nicht das Bedürfnis verspürt,
die Grenzen der Subs zu durchbrechen oder zum emotionalen
Kern vorzustoßen. Sich vollkommen auf eine Session einzulassen, verlangte auch vom Dom, dass er seine Seele freilegte.
Dadurch wurde zwischen Sub und Dom ein Band geknüpft.

Genau diese Verbindung wollte er nicht länger. Er hatte
Mimis Persönlichkeit vollkommen falsch eingeschätzt. Wenn
ihm das bei ihr passiert war, konnte es bei jeder Sub passieren.
Er wusste nicht, ob er seinem Bauchgefühl noch vertrauen
konnte. *Ich verdiene keine Sub.*

Kallie löste etwas in ihm aus, das er für verloren geglaubt
hatte. Ihr haftete eine Verletzlichkeit an und gleichzeitig
forderte sie ihn mit jedem Blick heraus. Lebendig und lebens-
lustig – ja, das traf auf sie zu.

Ohne diese Klamotten, die sie wie eine Schutzschicht vor
der Wirklichkeit bewahrte, konnte er sehen, dass sie ganz
Frau war. Er schob sie etwas von sich, betörte ihre Lippen
und legte seinen Daumen auf ihre pulsierende Halsschlag-
ader. Es gab keinen Zweifel; sie war erregt und erwartete
wahrscheinlich, dass es endlich losging. Sie erwartete, dass er
ihr den hübschen Hintern versohlte. Der Gedanke, ihre
weichen Arschbacken unter seinen Handflächen zu spüren,
machte ihn noch härter, als er sowieso schon war. Wenn die

Hand mit der Haut in Kontakt kam und die Sub mit einem intensiven Lustschauer antwortete ... Er konnte es nicht erwarten.

Was sie jedoch lernen musste: Die Erwartungen einer Sub wurden selten vom Dom erfüllt. Er würde sie ein wenig in der Lodge herumführen, um ihre Hoffnung zu zerschlagen. Zurzeit sah sie nur ihn. Was würde passieren, wenn ihr bewusst wurde, wie viele Menschen sich mit ihr im Raum befanden?

Er lächelte bei dem Gedanken. Zuzusehen, wie das Gesicht einer Sub vor Verlegenheit rosa anlief, war eine der kleineren Freuden eines Doms. Im Geiste ging er bereits durch, wie öffentlich er die kommende Session halten wollte.

„Komm, meine Kleine, lass uns ein bisschen herumlaufen." Er wollte, dass sie mehr über die Szene lernte. Er wollte bei jeder Session ihre Reaktion beobachten. Bereits in den ersten Jahren als Dom hatte er gelernt, dass viele Subs Ängste verborgen hielten. Bei diesen Ängsten konnte es sich um alte Landminen handeln – tief vergraben. Der kleinste Auslöser reichte aus, um eine Katastrophe anzurichten. Manchmal hatten die Subs keine Ahnung, dass solche tickenden Zeitbomben in ihnen schlummerten. Aus diesem Grund war es auch so wichtig, dass Dom und Sub miteinander kommunizierten und sie ehrlich miteinander waren. Auf diese Weise konnte Schlimmeres verhindert werden.

Meistens. Mimi hatte ihn das gelehrt. Mit Aufbietung aller Willenskraft verdrängte er seine Schuldgefühle. Er packte Kallie am Oberarm und erfreute sich an ihren angespannten Muskeln, die unter ihren weiblichen Rundungen bereits zu zittern begannen. Zähe, kleine Sub.

Nach zwei Metern hielt sie plötzlich an, als wäre sie gegen eine Wand gerannt. Jake folgte ihrem entsetzten Blick und musste ein Lachen unterdrücken.

Rebecca und Rona waren Seite an Seite an die Wand der Blockhütte gekettet. Beide trugen Korsetts und Strapse und hatten Spreizstangen zwischen den Fußknöcheln. Vor ihnen standen ihre Doms, Simon und Logan, die über ihre Schultern sahen und Kallie ein Lächeln zuwarfen.

Jetzt passierte es: Kallie erinnerte sich daran, dass sie nackt war. Nackt und umgeben von Menschen. Sie trat den Rückwärtsgang an.

Jake festigte seinen Griff und ließ die andere Hand über ihren Oberkörper fahren. Sein Ziel: ihre linke Brust. „Heute Nacht gehört dein Körper mir, kleine Sub", flüsterte er ihr ins Ohr. „Und wenn ich will, kann ich ihn vorzeigen."

Er antwortete auf die Angst, die ihr in den Augen stand. „Nur vorzeigen, Süße. Heute Nacht werde ich der Einzige sein, der dich berührt."

Sie entspannte sich unter seinen Fingerspitzen.

„Hübsche, kleine Sub, Jake", sagte Logan, als hätte er nicht gerade noch mit Kallie gesprochen.

Simon musterte Kallie für eine geraume Weile und lächelte daraufhin zufrieden. *Oh ja*, er hatte das Gespräch mit Kallie gelenkt, um Jake aus seiner Höhle zu locken. Jake war sich dessen bewusst; trotzdem hatte er nicht widerstehen können. *Manipulativer Bastard.*

Mit geschlossenen Augen gab Rona ein frustriertes Stöhnen von sich. Sie erregte damit Simons und Logans Aufmerksamkeit. Es machte den Anschein, dass sie auf etwas warteten. Ein paar Sekunden später piepte Logans Uhr. Dieser nickte Simon zu, der einen Knopf auf einer Fernbedienung presste. Ein Summen ertönte.

Jakes Augen landeten auf Simons Sub und dem Vibrator, der zwischen ihren Schenkeln mit einem Harness befestigt war. Ein Lustschauer durchlief die Frau und ihre vollen Brüste bebten. Sie stand kurz vor einem vernichtenden Orgasmus.

„Die Zeit ist abgelaufen", sagte Logan und Simon schaltete den Vibrator aus. Das Summen verstummte. Rona winselte und wackelte mit dem Hintern, als würde sie ihn auf diese Weise davon überzeugen, den Vibrator wieder einzuschalten.

„Du bist ein Bastard, Simon. Wie lange quälst du sie schon?", fragte Jake und schaute zu seiner eigenen Sub, die auf die Frauen, die Brustklemmen und die umgeschnallten Vibratoren starrte. Simons Sub Rona hatte einen Rabbit umgeschnallt, der sie vaginal und klitoral stimulierte; Logans Sub Rebecca schien das Vergnügen mit einen Doppel-Vibrator zu haben, der in ihrer Vagina und ihrem Anus steckte.

„Noch gar nicht so lange. Du bist dran", sagte Simon zu Logan. Logan betätigte die Fernbedienung in seiner Hand und Rebecca bäumte sich auf, als ihr Vibrator zum Leben erwachte. Jetzt überwachte Simon die Zeit, während Logan sich an seiner windenden Sub erfreute.

„Zeit ist um", sagte Simon und Logan schaltete den Vibrator aus. Rebecca winselte und ein Schweißtropfen bahnte sich einen Weg zwischen ihre üppigen Brüste.

Ihre Hüften schoben sich ruckartig nach vorn. „Oh, bitte, biiiitte, Sir ..."

„Verdammt." Logan zog einen Fünf-Dollar-Schein heraus und gab ihn Simon. „Du hast gewonnen."

Simon lachte und klopfte Logan auf die Schulter. „Meine Rona ist besonders starrsinnig. Nach all den Jahren als Krankenhausverwalterin, in denen sie sich mit Ärzten auseinandersetzen musste, weiß sie, wann man den Mund halten sollte. Dabei spielt es auch keine Rolle, wie lange ich sie foltere."

„Okay, ich bin also der Verlierer." Logan musterte die zwei Subs und lächelte. „Wie wäre es mit einer weiteren Wette? Wessen Sub bei der – sagen wir mal bei der mittleren Einstellung – am längsten durchhält, gewinnt."

„Geht klar." Simon wandte sich seiner Sub zu. „Rona, du darfst ohne meine Erlaubnis nicht kommen. Verstanden?"

Die Frau öffnete ihre vor Verlangen glasigen Augen. „Ja, Master."

Rebecca erhielt von Logan den gleichen Befehl.

Jake schüttelte den Kopf und führte Kallie weiter. Rona würde diese Wette verlieren, egal wie viel Disziplin sie hatte.

Wenn die Ohren des Rabbits gegen ihre Klitoris flatterten, half auch ihre Dickköpfigkeit nichts.

Er betrachtete seine kleine Sub. So wie Kallie die Vibratoren mit offenem Mund angestarrt hatte, bezweifelte er, dass sie viel Erfahrung mit Spielzeugen dieser Art hatte. Sie schien der Typ für Billigvibratoren ohne Extras zu sein, falls sie überhaupt einen besaß. Er lächelte. Ein Grundkurs in Spielzeugkunde würde folgen. Erst die Theorie und dann ... Er streichelte mit der Hand über ihren Arsch, der so schön rund und weich war. „Übrigens, mein Elfchen ...“

Sie hob den Blick zu ihm. Ihre sexuelle Aura prallte in Wellen gegen ihn. *Verdammt*, er wollte sie über eine Sofalehne beugen und ... Er holte tief Luft und zeichnete mit dem Daumen ihre Unterlippe nach. Die Zeit würde kommen.

Zuerst wollte er sie noch genauer in den Freuden der Unterwerfung unterweisen. Und das brachte ihn zu einem anderen Gedanken. „Später am Abend werde ich dir die Erlaubnis nehmen, zu kommen. Stellt das ein Problem für dich dar?“

Sie schüttelte zunächst den Kopf. Schon bald zeigte sich ein Runzeln auf ihrer Stirn und sie biss sich auf die Lippe.

Er unterdrückte ein Lächeln. Er vermutete, dass sie normalerweise nicht schnell zum Höhepunkt gelangte. Jetzt hatte sich allerdings die Umgebung verändert. Sie befand sich in einer Atmosphäre, in der die sexuelle Energie greifbar war. Wie lange wäre es ihm möglich, ihr einen Orgasmus zu verweigern? *Ausgezeichnet.* Noch eine Sache, um seine kleine Sub anzuheizen.

Es verlangte Fingerspitzengefühl, eine neue Sub einzuweisen. Sie musste sich geborgen fühlen, damit sie sich ihm hingab. Außerdem war es wichtig, dass sie das Gefühl des Kontrollverlustes spürte. Halbherzige Dominanz war nicht befriedigend.

Bei der Eingangstür hielten sie an. Angela hatte die Brüste ihrer Freundin mit Wachs bedeckt und den Wassertropfen auf dem Fußboden zu urteilen, war sie kurzzeitig zu Eiswürfeln übergegangen. Im Moment hielt sie wieder eine Kerze in der Hand. Tropfen für Tropfen näherte sie sich der Pussy ihrer Sub.

Bei dem Kontakt mit dem heißen Wachs bebte sie und streckte der Domina ihr Becken entgegen. Die perfekte Symbiose aus Schmerz und Lust.

Jake studierte Kallies Gesicht und wickelte einen Arm um ihre Taille. Jedes Mal, wenn Angela die Kerze tippte, so dass das Wachs heruntertropfte, zuckte Kallie zusammen. Nein, daran fand sie keinen Gefallen. Nichts für heute Nacht.

Gerade als er sich zum Gehen umdrehte, landete der erste Tropfen auf der Klitoris der Sub. Sie schrie und kam lange und hart. Jake unterdrückte bei dem erschreckten und faszinierten Ausdruck auf Kallies Gesicht ein Lachen.

„Komm weiter, Sub", sagte er und führte sie auf die gegenüberliegende Seite des Raumes, wo Caron eine einschwänzige Peitsche bei einem männlichen Sub benutzte.

Es dauerte nicht lange, bis er erkannte, dass Kallie kein Interesse an dieser Art von Schmerz hatte. Ihre Reaktion auf die roten Striemen des männlichen Subs sagten alles. Allerdings war es sehr wohl möglich, dass sich Vorlieben änderten. Fürs Erste würde er sich auf Spielzeuge, Spankings, Exhibitionismus und Dominanz konzentrieren. Das war schon mal ein netter Anfang. *Nur für heute Nacht.* Das Bedauern, das sich bei diesem Gedanken in seinen Kopf einschlich, bestätigte seinen Entschluss.

Apropos, Spielzeuge … Er führte Kallie zu seiner Ledertasche und zog einen seiner Favoriten heraus.

Kallie versuchte noch immer die Situation, in der sie sich befand, zu verstehen, und so brauchte sie eine Minute, um auf das Objekt zu reagieren, das er aus seiner Tasche zog. Es hatte nur einen Durchmesser von fünf Zentimetern, in der Form eines bernsteinfarbenen Schmetterlings, an dem vier schwarze Riemen befestigt waren. Es war sogar bespickt mit Antennen! *Oh Gott.* Es lief ihr kalt den Rücken runter. „Was ist das?"

Auf ihre Frage erntete sie einen finsteren Blick, der sie

wieder verstummen ließ. Jake ging vor ihr auf die Knie. Er legte den geleeartigen Schmetterling direkt auf ihre Klitoris.

Ein Sexspielzeug. Er legte ihr ein Sexspielzeug an. In der Öffentlichkeit. Ihr ganzer Körper lief feuerrot an. Während er ihr die Riemen um Hüfte und Schenkel schnallte, spürte sie, wie empfindlich ihre Klitoris war. Das Nervenbündel pulsierte im Rhythmus ihres Herzschlages. *Ich will Sex. Jetzt, hier und auf der Stelle.*

Als könnte er ihre Gedanken lesen, murmelte er: „Geduld, kleine Sub." Er klebte einen kleinen Controller an ihren Schenkel. *Verdammte scheiße!* Das war genauso schlimm wie das, was Logan und Simon gerade machten. Sie wollte Jake. Auf unheimliche Spielchen konnte sie verzichten.

Dann ging es los: Er betätigte die Fernbedienung. Der Schmetterling flatterte und vibrierte direkt auf ihrer Klitoris. Sie erstarrte, als ein brennendes Verlangen sie vollkommen einnahm.

Jake gab ein tiefes Lachen von sich und die Vibrationen stoppten. „Interessant. Die Herausforderung besteht also nicht darin, dich zum Höhepunkt zu bringen, sondern ihn so lange wie möglich hinauszuzögern." Er kniete immer noch und sein Atem strich über ihr erhitztes Geschlecht. *Oh Gott. Mehr.* Sie konnte nichts tun, um ihn zu mehr zu animieren. Sie konnte lediglich in ihrer Position verharren, bis er keine Lust mehr hatte, sie in den Wahnsinn zu treiben. Er konnte sie berühren, sie betören, necken und mit ihr spielen. Bei dem erotischen Gedanken schloss sie ihre Augen – er konnte mit ihr tun, was er wollte.

„Spreiz deine Beine", sagte er. Sie folgte dem Befehl. Und dann berührte er sie endlich: Er legte seine Hände auf ihre Waden. Sie versuchte, sich ihm entgegenzustrecken. Ein strenges „Halt still!" stoppte ihre Bewegungen. Als seine schwieligen Hände sich einen Weg über ihre Schenkelinnenseiten bahnten, ballten sich ihre Hände zu Fäusten. *Noch ein Stück weiter oben. Oh, bitte.*

Sie unterdrückte ein Wimmern. Wenn er nicht bald etwas machte, würde es damit enden, dass sie wie Rebecca lautstark bettelte. *Nein, das werde ich nicht. Auf keinen Fall.* Es gab nur ein Problem: Ihre Pussy fühlte sich so geschwollen an und ihre Klitoris pochte so schmerzhaft, dass sie bald keinen anderen Ausweg mehr sehen würde. Alles, was sie am heutigen Abend erlebt und gesehen hatte, zusammen mit den Berührungen von Jake, hatte ihr Verlangen in die Höhe getrieben. Und jetzt quälte er sie auch noch mit kurzen Vibrationsintervallen.

„Arme, kleine Elfe", hauchte er. Seine Hände wanderten weiter Richtung Norden, zum Übergang zwischen Schenkel und Hüfte. Ihr stockte der Atem. Ihre Beine waren gespreizt und ihre Pussy war leicht zugänglich. Seine Finger umkreisten den Schmetterling, fuhren über ihren Venushügel und fanden dann ihre geschwollenen Schamlippen. Sie war so feucht. Es verlangte ihr so sehr nach mehr, dass sie am ganzen Leib bebte. Das blöde Teil auf ihrer Klitoris verhinderte, dass er sie an eben dieser Stelle berühren konnte.

Als sie ihre Augen wieder öffnete, bemerkte sie, dass er sie beobachtete. Seine blauen Augen waren intensiv auf sie gerichtet. Im gleichen Atemzug drang er mit einem Finger in sie ein.

„Ah!" Die Lust durchfuhr sie so plötzlich und war so intensiv, dass ihre Knie bebten. Sie spannte den Körper an und biss sich auf die Lippe. Aus den Augenwinkeln sah sie Bewegung: Simon und Logan sahen zu. *Verdammt.* Sie war nackt, ihre Beine waren gespreizt und der Finger eines Mannes steckte in ihr. Der Moment war ihr unangenehm und sie spürte, dass Hitze in ihr Gesicht strömte. *Oh nein.* Das war einfach zu viel. „Jake, ich kann nicht –"

Der Schmetterling schaltete sich an und vibrierte direkt an ihrer geschwollenen Klitoris. *Oh Gott.* Ein Druck baute sich in ihr auf. Mit jeder weiteren Sekunde wurde es überwältigender. Sie konnte den Orgasmus förmlich schmecken. Sie keuchte. Sie musste ... Sie wollte ...

Der Vibrator verstummte. Sie blinzelte verdutzt. Für einen Moment war sie wie gelähmt und nicht in der Lage, zu atmen. Er zog seinen Finger aus ihr heraus und packte sie mit beiden

Händen an den Hüften. Er musste vorausgesehen haben, dass ihre Beine nachgeben würden. Doch sie musste sich keine Gedanken machen. Er fing sie auf und zog sie an seine Brust. Sein tiefes Lachen schüttelte sie durch.

Ihr Herz raste, während ihr Geschlecht brannte, loderte und vor Begierde pulsierte. Sie war stolz auf sich, dass sie ihn nicht anschrie, allerdings konnte sie sich ein Zischen in seine Richtung nicht verwehren: „Du Arschloch!" Auch diese Worte kamen zu laut, zu verärgert heraus.

Sein Lachen war tief und sinnlich; es schmolz ihr Innerstes wie Schokolade in der Sonne. „Na aber. Damit hast du dir ein Spanking eingebrockt." Er grinste belustigt. „Natürlich hätte ich dir so oder so den Hintern versohlt. Einfach weil ich Lust darauf habe."

Ihre Kinnlade fiel herunter.

„Richtig gehört. Und du wirst es ertragen." Er ergriff ihren Arm. Indessen versuchte sie, wieder zu Atem zu kommen. Es war nicht das erste Mal, dass er ein Spanking erwähnt hatte. Sie fragte sich nur langsam, wann endlich der Sex kam ...

Dann kam ihr ein erschreckender Gedanke und sie erschauerte: ein Spanking? Hier in der Öffentlichkeit? Er war nicht einer ihrer Ex-Freunde, die sie nicht ernstnehmen konnte. Nein, das war Jake. Wie hart würde er sie schlagen? Ihr Magen verkrampfte sich, als ihre Angst überhandnahm. Das war Jake, von dem sie bereits wusste, dass er ihr nicht nur ein oder zwei Klapse auf den Po verpassen würde. Er würde nicht aufhören, nur weil ihr unbehaglich wurde. Er würde nur aufhören, wenn sie ‚Barney' sagte. Ihr Atem geriet völlig außer Kontrolle.

Er ignorierte, dass sie ihre Fersen in den Fußboden stemmte und zog sie zu einem Ledersessel vor dem Kamin. Er stellte sich hinter die Lehne, löste die Fesseln, drehte sie mit dem Gesicht zur Couch und sagte: „Beug dich über die Lehne."

Sie schaute auf den Sessel. Wenn sie sich hier über die Lehne beugte, wäre ihr Po für jeden im Raum sichtbar. *Nein, nein, nein.*

Sie versuchte, einen Blick auf die Umgebung zu erhaschen und abzuschätzen, wer zusah.

„Beachte sie nicht. Du musst dich nur auf mich konzentrieren." Er legte seine Hand zwischen ihre Schulterblätter und half ihr in die angewiesene Position. „Mach dir keine Sorgen. Sie werden sich alle an dem Anblick deines hübschen Hinterns erfreuen. Vor allem, wenn meine Abdrücke auf deinen Arschbacken zu sehen sind."

Oh, du lieber Gott. Seine Worte, so unanständig, waren ihr unangenehm. Dennoch konnte sie den intensiven Lustschauer nicht verbergen. Entblößt stand sie vor all den Männern, die mittlerweile keine Fremden mehr für sie waren: Logan und Simon. Was würden sie sehen? Was würden sie denken?

Er wartete nicht auf eine Antwort, sondern drückte sie lediglich mit dem Bauch auf die Lehne. Der Ledersessel fühlte sich kalt auf ihrer Haut an. Ohne den Druck von ihrem Rücken zu nehmen, hob er ihr Hüften, bis ihre Beine baumelten. Ihr Venushügel drückte gegen den Sessel, wodurch sich der berauschende Effekt des Schmetterlings noch intensiver auf ihrer Klitoris anfühlte.

Sie krallte sich an einem Kissen fest, um nicht herunterzurutschen. „Jake!"

Er gab ihr einen bestrafenden Klaps auf den Hintern. „Schweig, Sub." Der brennende Schmerz und das Gefühl seiner Hand auf ihrer erhitzten Haut erregte sie. Sie schloss ihre Augen und ruhte mit den Unterarmen auf dem Kissen, während Begierde ihr Schamgefühl hinwegspülte. Der Klang einer Peitsche trat an ihre Ohren; jeder Schlag war begleitet von dem Stöhnen eines Mannes. Wenige Meter vor ihr bettelte eine Frau ihren Dom an. Das tiefe Summen von Gesprächen erhob sich über der stimmungsvollen Musik.

Etwas legte sich um ihren linken Knöchel. Eine Fußfessel. Dann wurde ihr Bein nach außen gedrängt. Sie bemerkte, dass sie es nicht mehr bewegen konnte. Jake hatte sie an den Sessel gefesselt. Er machte das Gleiche mit ihrem anderen Knöchel und befestigte ihn auf der gegenüberliegenden Seite des Sessels. Ihr Po ragte in die Luft und ihre Pussy präsentierte sich jedem Anwesenden.

Sie wand sich und versuchte, die Beine zu bewegen. Es gab keine Möglichkeit, ihm zu entkommen. Verängstigt spannte sie jeden Muskel in ihrem Körper an.

Er trat direkt hinter sie und sie spürte, wie er sich mit der Jeans gegen ihre Schenkel presste. „Sehr schön, meine Süße", sagte er, seine Stimme eine dunkle Liebkosung, die ihre Angst in Rauch auflöste. „So gefällst du mir besonders gut: Mit deinem hinreißenden Arsch in die Höhe gestreckt und deiner Pussy vor mir präsentiert. Jetzt kann ich mich an dir erfreuen, solange ich will."

Ihr Atem ging stoßweise. *Oh Gott.*

Seine starken Hände kneteten ihren Po. Immer wieder neckte er sie, indem er durch die Falte unterhalb ihres Hinterns glitt, bis er so nah an ihr Geschlecht kam, dass sie laut aufstöhnte. Der Schmetterling an ihrer Klitoris blieb still. Sie wollte, dass sich das verdammte Teil endlich regte!

Seine Finger fanden ihre Pussy, glitten durch ihre Falten. Sie war so feucht. Er umkreiste ihren Eingang, bis ihr Geschlecht vor Verlangen glühte. Jedes Mal, wenn er an den Schmetterling stieß, erschütterte sie ein Gefühl, das einem sinnlichen Stromschlag gleichkam. Sie rutschte hilflos auf der Lehne herum, in dem Versuch, ihn zu mehr zu ermuntern.

„Eine unruhige kleine Sub, mit der ich mein Verlangen stillen werde." Seine tiefe Stimme umhüllte ihre Sinne. „Zehn Schläge dafür, dass du deinen Dom beleidigt hast."

„Was?" Sie schnappte nach Luft.

„Elf Schläge." Er landete den ersten Klaps auf ihrem Hintern. So hart, als hätte er eine Mücke gesehen. Es war nicht besonders schmerzhaft und schaffte es dennoch, ihre Sinne zum Knistern zu bringen. Plötzlich drang erbarmungslos einer seiner Finger in sie ein. Mit der anderen Hand schlug er ein zweites Mal zu. Ihre Konzentration lag einzig und allein auf dem Gefühl, das sein

Finger in ihrem Geschlecht in ihr auslöste. Er glitt durch ihre feuchte Spalte. Es fühlte sich gut an, ihn dort zu spüren, und doch brauchte sie mehr.

Sie stützte sich mit den Händen ab, versuchte ihm ihren Po entgegenzustrecken und sofort bestrafte sie ein ungewöhnlich harter Klaps. „Halte still, sonst muss ich deine Hände auch fesseln, Kallie."

Sie erstarrte. Sein Finger drang immer wieder in sie ein und langsam passten sich ihre Atemzüge seinen Stößen an. Und dann geschah es: Er schaltete den Schmetterling an.

„Aaah!" Sie erschauerte, bebte und ließ sich von den Vibrationen in ungeahnte Höhen treiben.

Der nächste Schlag ließ nicht lange auf sich warten. Dieses Mal härter, wodurch die Empfindung in ihrer Klitoris verstärkt wurde. Er fügte einen zweiten Finger hinzu und füllte sie aus. Rein und raus, rein und raus. Sie versuchte, sich aufzubäumen. Ihre Hände ballten sich zu Fäusten, als sie merkte, dass sie sich nicht bewegen konnte. Sie stand kurz vor einem Orgasmus. Sie sehnte sich so verzweifelt danach. Gleich. Nicht mehr lange. Nur noch ein bisschen ...

Der nächste Schlag war härter. Jeder Schlag war begleitet von einem kraftvollen Eindringen seiner Finger. Brennender Schmerz folgte siedender Lust. Die Vibrationen nahmen von ihrer Klitoris Besitz und die Wände ihres Geschlechts pulsierten um seine Finger herum. Der Druck in ihr stieg, bis sie sich einer Explosion gegenübersah. Es brauchte nicht mehr viel. Nur noch ein bisschen ...

Er stoppte das Spanking und verlangsamte die Vibrationen. *Verdammter Mistkerl.* Es zählten nur noch die Finger in ihr. Diese Finger bildeten den Mittelpunkt ihres Universums. Jeder Stoß, jede Invasion flutete ihre Sinne mit exquisiter, überwältigender Lust und stieß sie einmal mehr an die Klippe. Ihre Beine zuckten, die Ketten rasselten und ihr ganzer Körper spannte sich in Erwartung eines vernichtenden Sturms an.

Klatsch. Ihr Po brannte von dem harten Schlag. Während der

Schmerz sie durchfuhr und ihr die Tränen in die Augen trieb, stieß er mit den Fingern tief in sie hinein und schubste sie damit über die Klippe. Glühende, blendende Wellen der Lust rissen sie in einen Strudel der Empfindungen, die ihre Welt erschütterten.

Es dauerte eine Weile, bis sie in die Wirklichkeit zurückkehrte. Ihr Herz versuchte noch immer, aus ihrem Brustkorb zu springen, als sie bemerkte, dass die Vibrationen gestoppt hatten.

Er stand zwischen ihren gespreizten Beinen und massierte ihren brennenden Po. Sie hörte sich selbst stöhnen. *Das bin nicht ich.* Ihr Geschlecht pulsierte noch immer. *So will ich nicht sein.*

„Mach mich los", verlangte sie. Ihr Versuch, ihre Stimme kraftvoll klingen zu lassen, scheiterte kläglich.

„Oh, ich denke gar nicht daran, meine Kleine", sagte er amüsiert. Dann hörte sie es: Ein Reißverschluss öffnete sich. Eine Verpackung wurde aufgerissen.

„Jake?" Ihr Puls, der sich allmählich wieder normalisiert hatte, raste erneut los und ihre Muskeln spannten sich an.

Er packte ihre Hüften und dann spürte sie ihn an ihrem Eingang. Er war riesig. Behutsam drang er in sie ein. Zuerst war es schmerzhaft, obwohl sie nicht feuchter hätte sein können. Als seine gesamte Länge in ihr war, schnappte sie nach Luft. Sie fühlte sich so voll, so ausgefüllt.

Sie testete die Empfindung, ihn in sich zu haben, indem sie mit den Hüften wackelte. Er packte ihre Hüften fester und sagte in einem warnenden Ton: „Still halten, kleine Elfe."

Als das Gefühl, vollkommen unter seiner Kontrolle zu stehen, sie wie eine Lawine mitriss, reagierte ihr Körper zunächst, indem er sich anspannte. Dann geschah etwas Unerwartetes mit ihr: Instinktiv gab sie sich ihm hin. Sie erschlaffte unter ihm. Er hatte das Kommando. Und genau das wollte sie. Sie wollte, dass er ihr die Kontrolle entriss.

„So ist es gut, Süße." Seine tiefe Stimme fühlte sich wie eine tröstende Umarmung an. „Du bist ein braves Mädchen."

Seine anerkennenden Worte legten einen Schalter in ihr um: Alles fühlte sich plötzlich noch berauschender an. All das geschah, bevor er sich in Bewegung setzte. *Oh, mein Gott.* Und wie er sich in Bewegung setzte.

Langsam. Schnell. Jeder Stoß löste einen Lustschauer in ihr aus. Jeder Rückzug ließ sie aufstöhnen. Höher und höher stieg sie. Ihre Empfindungen drohten, sie in den Abgrund zu reißen. Sie klammerte sich ans Kissen – die einzige Sache, die sie in diesem Universum noch kontrollieren konnte. Er hatte sie nicht nur für sein Vergnügen gespreizt und gefesselt, sondern sie auch perfekt positioniert, so dass ihr brennender Hintern jedem Stoß ausgesetzt war. Das Gefühl der Machtlosigkeit erschütterte sie und kehrte wie die Flut mit ansteigender Begierde zurück.

Bei jedem Stoß rieb ihre Klitoris gegen den Schmetterling. Und plötzlich erwachte er zum Leben. Die Vibrationen gaben ihr den Rest.

„Oh, Fuck ...“

Jake grinste, als seine kleine Sub den Fluch ausstieß. Ihre Hüften zuckten unkontrolliert. Er hatte sie fest im Griff und bei jedem Stoß drang er hart und tief in sie ein. *Verdammt, fühlte sich das gut an.* Sie war heiß und eng und pulsierte um seine Länge. Obwohl die Unterwerfung neu für sie war und sie sich ihrer Reaktion schämte, war sie dennoch aufrichtig.

Freudvoll. Ihre Reaktion wärmte ihm das Herz. Schließlich war sie gekommen und ihren sinnlichen Lippen waren heisere Schreie entrungen.

Er schaltete den Schmetterling aus und umfasste ihre Brüste, während er sich seiner Lust hingab. Wie eine heiße Faust schloss sich ihr Geschlecht um seinen Schwanz. Schon bald verließ ihn jede Willenskraft. Nichts und niemand würde ihn jetzt noch von seiner lang ersehnten Erlösung abhalten. Es fühlte sich an, als würde ihn ein Bulldozer erfassen. Es begann in seinen Zehen. Jeder Tropfen Blut in seinem Körper strömte in seine Eier. Sein Schwanz schwoll an. Zuckend wurde er von einem weißen Blitz getroffen, der ungeahnte Lust mit sich brachte. Er sackte zusammen und presste seine Brust gegen ihren nackten Rücken. Als er seine Umgebung wieder wahrnehmen konnte, stellte er fest, dass sie über seinen Handrücken streichelte.

Verdammt, sie war bezaubernd. Zähe, kleine Kallie. Wenn man ihrer Familie und ihren Freundinnen trauen durfte, dann war sie der Schrecken der Highschool gewesen und hatte immer versucht, taffer zu sein als ihre älteren Cousins und die anderen Jungs in der Schule. Aber hier? Mit ihm? War sie ganz Frau. Er knetete sanft ihre Brüste und fühlte, wie ein Schauer durch ihren Körper schoss und ihre Pussy um seinen Schwanz zuckte. Lächelnd liebkoste er sie mit den Lippen am Hals und streichelte sie sanft. Noch wollte er die Verbindung nicht unterbrechen.

Welche Verbindung? Er schloss die Augen und holte tief Luft. *Es gibt keine Verbindung.*

Trotz seines inneren Widerstandes konnte er die Verbindung nicht abstreiten. Ihre Hingabe hatte nicht nur sie verändert, sondern auch ihn. Er konnte sie bereits besser durchschauen, was ihre Sessions um ein Vielfaches intensivieren würde. Am Ende, da war er sich sicher, würden ihre Reaktionen und Gefühle in einem erotischen Tanz aus Dominanz und Unterwerfung münden.

„Gib mir eine Sekunde, Süße", murmelte er und zog seinen Schwanz aus ihrer Hitze. Nachdem er das Kondom entsorgt hatte, band er sie los, entfernte den Schmetterling von ihrer Klitoris und half ihr auf die Füße. Ihre Augen waren noch immer glasig, ihr Mund geschwollen. Jetzt wo er ihre Brüste sah, musste er erkennen, dass er sie an dieser Stelle noch nicht gekostet hatte.

Diese hässlichen Klamotten, die sie immer trug, hatten nicht nur einen heißen Körper vor seinen Augen verborgen, sondern auch eine Frau, die vor Leidenschaft zu vibrieren schien. Er hätte genauer hinsehen sollen. Wiese war er nur so blind gewesen? Sich für sein Versäumnis zu verfluchen, war sinnlos, schließlich hatte sie alles getan, um ihre wahre Natur zu verschleiern. Noch verstand er den Grund nicht. Warum versteckte sie sich hinter unförmigen Klamotten und einer taffen Persönlichkeit?

„Komm her, Kallie. Lass uns ein bisschen reden." Er hob sie in seine Arme. Ihre schlanke Statur rief Erinnerungen an Mimi in ihm wach, die ein jähes Ende fanden, als sich Kallie so vertrauensvoll an ihn kuschelte. Mimi war von Natur aus zurückhaltend gewesen. Reserviert. Sie war ihm kaum entgegengekommen. Nur bei Sessions war es ihm hin und wieder gelungen, ihre Schutzmauern zum Bröckeln zu bringen. Kallie war nicht zurückhaltend. Nicht reserviert. Sie strotzte vor Kraft – ihr Körper und auch ihr Geist.

Er setzte sich auf den Sessel, auf dem sie gerade zu Gange gewesen waren, und bemerkte Simon aus den Augenwinkeln. Er lehnte an einen Tisch und sprach mit seiner Sub. Der Dom hatte sich das Schauspiel nicht entgehen lassen.

Jake hob eine Hand und machte das bekannte Zeichen dafür, dass er gerne etwas zum Trinken für sich und seine Sub hätte. Simon nickte und eine Minute später brachte ihm Rona zwei Gläser Wasser. Mit schweren Lidern trat sie näher. Er konnte ihr ansehen, dass Simon sie ordentlich rangenommen hatte. Er musste grinsen. „Danke, Blondie. Darf ich annehmen, dass du den zweiten Wettkampf mit Becca verloren hast?"

Sie errötete.

„Bestraft dich Simon gerade für deine fehlende Kontrolle?" Jake hob eine Augenbraue. „Vielleicht sollte ich ihm ein paar Tipps geben. Ein Flogging ist immer sehr motivierend für eine Sub."

Der Elan, mit dem sie das zweite Glas auf dem Tisch abstellte, zeigte ihm, wie gerne sie es ihm ins Gesicht geworfen hätte. Natürlich wusste sie genau, dass er nur scherzte. Ein Blick auf ihren Master – oh ja, Simon hatte in der ganzen Zeit nicht die Augen von ihr gelassen – änderte jedoch ihren Plan. Sie blitzte ihn für eine Sekunde an, bevor sie aufgab und laut lachte. „Du bist so ein Mistkerl."

Er erwiderte das Lachen und spürte, dass sich Kallie in

seinen Armen regte. „Hier, Kleines." Er reichte ihr ein Glas. Als er ihr in die Augen sah, bemerkte er ihren finsteren Blick. *Zwei wütende Frauen in unter einer Minute. Das musste ein Rekord sein. Super gemacht, Hunt.*

„Ich bin nicht klein", murmelte sie und leerte das Glas in einem Zug.

„Es tut mir leid, dass ich dir das sagen muss, Elfe, aber du bist definitiv klein."

***Und du bist** ein Blödmann*, dachte Kallie. Sie seufzte. Der Abend war bisher so ... großartig gewesen. Warum musste er ihn ruinieren, indem er sie ständig als ‚klein' bezeichnete?

Seine Augen strahlten vor Belustigung. Bei dem schiefen Lächeln, das folgte, zeigte sich ein Grübchen. Sie konnte nicht anders: Sie hob die Hand und zeichnete mit dem Finger das Grübchen nach. Ein Grübchen, das sich vertiefte, weil es ihm gefiel, dass sie ihn berührte.

Ihr Blick blieb an seinen Lippen hängen. Er hatte ihren Mund erobert, hatte ihr ein Spanking verpasst und sie hart rangenommen. Ihr Po brannte und ihr Geschlecht zuckte noch immer.

Und, *oh Gott*, sie wollte es wiederholen.

Er zog eine Augenbraue hoch, dabei entstand ein Runzeln, das sich durch die Narbe auf seiner Stirn zog. Nachdem er sein Wasserglas abgestellt hatte, strich er mit dem Finger entlang ihres Kiefers. Sein Daumen rieb über ihre Lippen, ohne dass er den Blick von ihr abwandte.

„Das sah nach einem interessanten Gedanken aus", murmelte er. Ohne zu fragen, sorgte er dafür, dass sie sich wieder an seinen Arm lehnte. Sie erwartete einen Kuss. Stattdessen tauchte er mit seinem Kopf tiefer und fuhr mit seinen Lippen über eine Brust. Sie erstarrte, als ganz neue Nervenenden in Aktion traten.

Sein Mund umschloss ihren Nippel und seine Zunge, die so unglaublich heiß und nass war, umspielte die empfindliche

Knospe. Sie reckte sich ihm entgegen. Schon früher hatten Männer ihre Brüste liebkost, aber noch nie, wenn sie schon so empfindlich waren. Es war beinahe zu ... viel.

Dann saugte er an ihrem Nippel.

Sie sog scharf den Atem ein. Jedes heftige Saugen sandte einen Stromschlag zu ihrer Klitoris. *Zur Hölle*, wenn er so weitermachte, würde er sie einem weiteren Orgasmus entgegentreiben. Er nahm die Spitze zwischen Zunge und Gaumen und biss sanft zu. Der Schmerz ließ sie höher und höher fliegen.

Sie winselte und konnte nicht glauben, dass sie gerade dieses Geräusch gemacht hatte. Sie wollte sich von ihm lösen, aber der Arm hinter ihrem Rücken war unbeweglich und hielt sie in der Position, in der er sie offensichtlich haben wollte.

Er wechselte zur anderen Brust und plötzlich berührte seine Hand ihren Venushügel. *Gott*, sie wollte es – so sehr – und doch ...

„Spreize die Beine, kleine Sub." Er tippte mit den Fingern gegen ihre Schenkel. „Sofort."

Sie tat, was er ihr befahl, und sofort glitt er mit seiner Hand in ihre Nässe und fand ihre Klitoris. Er umkreiste das Nervenbündel, bis sie nicht mehr bestreiten konnte, dass sie erregt war. Ihre Klitoris wagte sich heraus und schwoll an. Sie fühlte bereits die Vorzeichen eines Orgasmus. Dann nahm der Bastard den Druck weg, spielte mit der Vorhaut und schnipste hin und wieder gegen ihre empfindliche Klitoris. Lustschauer jagten durch ihren Körper, ihr Verlangen auf dem Höchstpunkt.

Oh Gott, ihre Hüften zuckten ihm entgegen.

Er lachte tief und sein Atem strich warm über ihre Brust. Er wandte sich wieder ihrer anderen Brust zu und saugte den zugehörigen Nippel zwischen seine Lippen. Gleichzeitig glitt er in sie – mit zwei Fingern –, während sich sein Daumen an ihrer Klitoris zu schaffen machte. Lust, Schmerz, Erlösung. Ein grelles Licht erfüllte ihr Sichtfeld. Das Blut rauschte durch ihre Ohren. Wellen der Lust brachen über sie herein, wieder und wieder! Ihr gesamter Körper zuckte und bebte.

Als der Höhepunkt zu einem Ende fand – ein Höhepunkt, der sich unendlich angefühlt hatte – erschlaffte sie in seinen Armen. Es dauerte eine Zeit, bis sie es schaffte, die Augen zu öffnen und ihm in sein markantes, unnachgiebiges Gesicht zu sehen. Sie fühlte sich so sicher bei ihm, dass sie ihm einfach alles erlaubte. Wie stellte er das nur an?

Er rieb seine Wange an ihrer und sie fühlte sich ... wertgeschätzt und umsorgt. Sie legte ihre rechte Hand auf sein Gesicht und verlor sich in den Tiefen seiner blauen Augen. Nach einer Minute seufzte er. „Kleine Sub, was soll ich nur mit dir machen?" Er ließ sie nicht antworten. Stattdessen senkte er die Lippen auf ihren Mund und küsste sie so sanft, dass ihr die Tränen kamen.

Als er den Kopf hob, stellte sie fest, dass seine Hand noch immer ihr Geschlecht berührte. Er setzte die Finger in Bewegung und ihr Magen flatterte. Wie nur? Wie? Wie konnte er diese Empfindungen in ihr auslösen?

Er lachte und nahm die Finger weg. Konzentriert sah er in ihre Augen und schob dann seine feuchten Finger zwischen seine Lippen. Er erlaubte sich eine Kostprobe, einfach so. Auf seiner Wange blitzte wieder das Grübchen auf und er sagte sanft: „Das nächste Mal werde ich dich dort kosten." Er neigte seinen Kopf. „Ich werde dich fesseln und dich wie ein Festmahl vor mir ausbreiten. Ein Knebel wäre auch eine Idee, damit ich nur dein erregtes Winseln höre."

Ein schockierter Laut entrang ihr und seine Lachfalten vertieften sich. „Oh ja. Genau diese Laute möchte ich dann von dir hören."

Gott, sie wurde sich ihrer Hilflosigkeit bewusst. Trotz allem konnte sich nicht bestreiten, dass seine Dominanz ein tiefes Bedürfnis in ihr befriedigte, von dem sie bisher nichts geahnt hatte.

Er streichelte sie, liebkoste und betörte sie, bis sie wie eine Katze schnurrte. Er wendete seine Hand und fuhr mit den Fingerknöcheln über ihre harten Nippel. „Hattest du Angst, als ich dich gefesselt habe?"

Er wartete auf ihre Antwort. Seine Geduld war beeindruckend. Das war sie von ehemaligen Liebhabern nicht gewohnt. Seine ganze Aufmerksamkeit lag einzig und allein auf ihr. Zu jeder Zeit. Immer. Er fixierte sie, musterte ihre Augen, ihr Gesicht, bemerkte jedes kleine Blinzeln, jede Regung ihrer Muskeln, jeden Atemzug. Das gab ihr das Gefühl ... besonders zu sein. Allerdings fühlte sie sich dadurch auch wie ein Tier im Zoo.

„Kallie, ich habe dich was gefragt."

Er würde keine Geheimnisse zulassen, stellte sie mit leichtem Unbehagen fest. Und sie hatte keine Geheimnisse. Wirklich nicht, also ... „Ob ich Angst hatte? Nein." Sie zögerte, suchte nach den richtigen Worten. „Es hat mir gefallen, dass du die Kontrolle an dich gerissen hast. In der Vergangenheit musste ich immer entscheiden, was passiert und wie weit wir gehen. Du hast mir gar keine Wahl gelassen."

Er nickte. Sie konnte ihm ansehen, dass er von ihrer Antwort überrascht war.

„Und was denkst du von dem Spanking?" Er fuhr mit seiner Hand über ihren Po. Das unerwartete Brennen brachte sie zum Quietschen und sie versuchte, von ihm wegzurücken. Er grinste. „Noch ein bisschen wund?"

Sie blitzte ihn an. Ihr Hintern fühlte sich heiß und empfindlich an. Seine schwieligen Hände halfen in dem Punkt sicher nicht. „Wie kommst du nur darauf?"

Er packte eine Pobacke und sie schrie. „Und nun probier's nochmal, und sei ehrlich."

„Der Teufel soll dich ..."

Wieder packte er ihr empfindliches Fleisch. „Autsch." Nichtsdestotrotz konnte sie fühlen, dass sie feucht wurde. Es lag nicht allein am Schmerz, sondern auch an dem Versuch, ihren Willen zu brechen. Die Welt wackelte in ihren Grundfesten. Es erinnerte sie an den Tag, als sie im Wald vom Weg abgekommen war. Aufregend und unheimlich zugleich.

„Kallie?"

„Das Spanking hat wehgetan, aber der Schmerz war es, durch

den ich noch heftiger kommen konnte." Und die Kontrolle, die Dominanz, das Wissen, dass er ihr Schmerz zufügen konnte, weil er die Empfindung mit Lust auszugleichen wusste.

„Besser." Er küsste sie zur Belohnung und flüsterte an ihren Lippen: „Das nächste Mal nehme ich ein Paddle."

Die Hitzewelle, die sie durchfuhr, beunruhigte sie. Fragend neigte sie ihren Kopf. „Nächstes Mal? Ich dachte …"

„Nur eine Nacht, richtig. Aber noch ist die Nacht nicht vorbei."

KAPITEL DREI

Jake hatte nicht angerufen.

Kallie hüpfte aus ihrem Jeep und schlug die schwere Tür zu. Der laute Knall gab ihren Gefühlen Ausdruck. *Arschloch, Bastard, Ratte, Saftsack.* Sie war sich so sicher gewesen, dass er sie anrufen würde. Sie war sich so sicher gewesen, dass er es auch gespürt hatte.

Anscheinend hatte sie sich geirrt. Kein Wort von ihm in den letzten fünf Tagen. Sie strich sich das schweißnasse Haar aus ihrer Stirn. *Scheißtag! Es ist eine trockene Hitze,* sagten alle. Temperaturen über dreißig Grad waren nicht gut für sie, denn dann brütete sie entweder Gedanken aus oder hatte das dringende Bedürfnis, einem Typen namens Jake in die Fresse zu schlagen. Er war so ein ... *Okay, sei fair, Kallie.* Er hatte es ihr vorab gesagt: *„Nur heute Nacht."*

Trotzdem ...

Morgan war gestern in der Lodge gewesen und Jake hatte noch nicht mal nach ihr gefragt. Und natürlich war Morgan jetzt misstrauisch, da sie es sich nicht hatte verkneifen können, ihn zu fragen, ob Jake nach ihr gefragt hatte. *Verdammte Scheiße!* Es fühlte sich an, als wäre sie wieder auf der Highschool. Genervt stapfte Kallie in den kleinen Lebensmittelladen. Sie musste sich

wirklich zusammenreißen, um die Tür nicht hinter sich zuzu-
knallen.

Sie sollte sich glücklich schätzen. Schließlich hatte Logan
weder mit Wyatt noch mit Morgan Einzelheiten von Samstag-
nacht geteilt. Er hatte nur zu den beiden gemeint, dass Kallie
mit den Aktivitäten der Gäste offenbar einverstanden war.
Genau das hatte sie auch ihren Cousins gesagt, weshalb sie
hoffentlich keine Vermutungen anstellten. Nicht, dass die beiden
jemals nach genaueren Ausführungen fragen würden, wenn es
um Sex ging.

Sie nahm sich einen Einkaufskorb. Hinter der Theke stand
der Eigentümer David Whipple, der mit dem rothaarigen Lieferanten im Gespräch war. David bemerkte sie und fragte: „Wie
geht's dir, Kallie?"

„Super." *Einfach super.* In den letzten Tagen hatte Wyatt, wie
abgemacht, die Einkäufe erledigt. Am Anfang hätte sie nicht
glücklicher sein können. Sie hatte doch tatsächlich gedacht, dass
ihr der Coup des Jahres gelungen war: Kein Einkaufen, kein
Saubermachen und dazu noch Sex mit Jake. Besser hätte das
Leben nicht sein können. Doch dem Höhegefühl war schnell
pure Ernüchterung gefolgt. Die Erinnerung an ihren Abend mit
Jake brachte ihre Nippel an die Front. Sie kribbelten und wurden
hart ... Kallie errötete.

Sie wandte sich ihrer eigentlichen Aufgabe zu und musterte
das Regal mit den Crackern, den Keksen und den Chips. Ein
Beutel Kartoffelchips und ein Sour Cream Dip wanderte in ihren
Korb.

Sie grüßte Mrs. Jenkins und lächelte ihren kleinen Hund auf
dem Kindersitz des Einkaufswagens an. Er sah aus wie ein Fellknäuel, der in einem unerbittlichen Kampf mit einer Socke den
Kürzeren gezogen hatte. Der Spitz kläffte zweimal und winselte
dann vor Erschöpfung. *Oh ja*, genau diesen Laut hatte sie in der
Lodge auch gemacht. Mehrmals.

Sie zögerte nur kurz, bevor sie sich aus dem Bierregal zwei
Flaschen Sierra Nevada holte. Zwei, für sie allein. Ihre drei

besten Freundinnen waren in der Vergangenheit alle mit Jake ausgegangen. Obwohl sie ihnen wirklich alles erzählte, hatte sie sich bisher noch nicht getraut, ihren Freundinnen von ihrer Besessenheit mit Jake zu berichten. Es hatte nur einen Blick gebraucht und sie war ihm vollkommen verfallen gewesen. Diese muskulösen Beine, die breiten Schultern, dieses wie aus Stein gemeißelte Gesicht, das Grübchen in seinem Kinn und die Augen in der Farbe ihres liebsten Bergsees. Und nicht zu vergessen: seine großen, talentierten Hände. *Oh*, und wie talentiert diese Hände waren. Er hatte genau gewusst, wie er ihren Hintern versohlen, ihre Pussy streicheln und sie dominieren musste. Er hatte sie um den Verstand gebracht, in die Knie gezwungen und sich dann nicht gemeldet. Sie seufzte. Auf keinen Fall würde sie mit Serena oder Gina ins Detail gehen. Auf keinen Fall. Keine gute Idee.

Leider bedeutete das auch, dass sie niemanden hatte, mit dem sie sich über ihn auslassen konnte. Sie musste sich also ihre eigene Tüte Mitleid kaufen. Sie schaute auf den Inhalt ihres Korbes. Alle wichtigen Lebensmittelgruppen waren vertreten: Salz, Alkohol, Fett. Fehlten noch Zucker und Schokolade.

Ben & Jerry's war ein Muss. Sie warf das Eis in ihren Korb, hielt kurz inne, zuckte mit den Achseln und holte sich eine zweite Geschmacksrichtung aus dem Kühlfach. Die Chancen, dass sie sich morgen besser fühlte, standen schlecht. Sehr schlecht. *Heilige Scheiße, ich bin so dumm gewesen!*

Sie stellte ihren Einkauf auf die Theke und ließ sich sogar zu einem Lächeln für David hinreißen.

Er strahlte sie an. Er war um die einen Meter achtzig groß und hatte seit der Highschool ganz schön an Muskelmasse zugelegt. Wahrscheinlich musste er den ganzen Tag Lieferungen von einer Ecke in die andere schleppen. Damals hatten sie nicht viel miteinander zutun gehabt. Er hatte zu den Strebern gehört, während sie immer mit den Sportlern abgehangen und Fußball oder Baseball gespielt hatte.

Leider kein Basketball. Alle anderen Kinder um sie herum

waren ihr höhentechnisch immer überlegen gewesen. Dabei war es auch egal, wie schnell sie rennen konnte. Das Leben konnte manchmal wirklich kacke sein.

„Das ist dann alles, Andrew." David unterzeichnete auf dem elektronischen Gerät des Lieferanten. „Treffen wir uns nächste Woche wieder zum Pokern?"

„Klar, bin dabei."

Andrew ging und David wandte seine Aufmerksamkeit ihren Einkäufen zu. Er ließ den Blick über den Inhalt ihres Korbes schweifen und hob irritiert den Kopf. *Was ist? Ist es etwa nicht normal, dass Leute diese Mengen Junkfood kauften?* Er nahm das Bier heraus und tippte es in die Kasse ein. „Unser Date letzten Monat hat mir gut gefallen."

„Äh, mir auch", sagte sie. Sie hatten zusammen zu Abend gegessen und waren dann ins Kino gegangen. Er war ein netter Mann. Viel, viel netter als Jake und dennoch –

„Hast du diese Woche Zeit?"

Sie zögerte und ging im Kopf ihren Dienstplan durch. Das Wochenende war verplant. Rebecca hatte sie eingeladen, am Samstag mit in die Claim-Jumper-Taverne zu kommen. Am Sonntag war sie für eine Führung gebucht. Eine Frauengruppe, die eine Übernachtung auf dem Little Bear Mountain gebucht hatte.

Anfang nächster Woche war sie noch frei. Allerdings klang es nicht gerade verlockend, auf ein Date zu gehen. Nicht mit David. *Ich will Jake.*

Als hätte sie ihn heraufbeschworen, sah sie aus den Augenwinkeln, wie er mit Logan die Straße überquerte. Große Kerle. Sie hatte gehört, dass die beiden Brüder in der Armee gedient hatten. Trotz ihres lässigen Gangs verströmten sie den Eindruck, als seien die Earp-Brüder auf dem Weg zur *O.K. Corral-*Schießerei.

Und weil der Tag nicht schon schlimm genug für sie war, mussten sie natürlich den Laden betreten.

Jake sah sie und erstarrte. Das Lachen auf seinen Lippen

erlosch. „Guten Morgen, Kallie." Seine Stimme war übertrieben höflich – als begrüße er eine ... Touristin. Als hätte er sie noch nie geküsst, als wäre er noch nie in ihr gewesen oder hätte noch nie an ihren harten Nippeln gesaugt. Er schien seinen *Nur eine Nacht*-Quatsch wirklich sehr ernst zu nehmen. *Bastard.*

Logan warf Jake einen genervten Blick zu und drehte sich dann mit einem Lächeln zu Kallie: „Guten Morgen, Süße."

Sie war verärgert. Der Kloß in ihrem Hals bereitete ihr Schwierigkeiten beim Sprechen. *Verdammt*, auf keinen Fall wollte sie, dass Jake sah, wie sehr er sie mit seinem Verhalten verletzte. „Hey."

Zudem war ihr Davids Ausdruck nicht entgangen. Als die Brüder das Geschäft betreten hatten, war seine Stimmung dahin gewesen und sein Gesicht spiegelte Jakes Ausdruck wider. Der Besitzer grüßte Logan und fuhr dann fort, Kallies Einkauf zusammenzurechnen. „Wie wär's mit Donnerstag?", fragte er sie. „Mike will an dem Abend grillen."

Kallie konnte nicht anders und richtete ihre Aufmerksamkeit wieder auf die Hunts: Logan zog eine lange Einkaufsliste heraus, während Jakes Blick auf ihren Snacks hing. Er runzelte die Stirn, was die Narbe auf seiner Stirn aufblitzen ließ. Intensive, blaue Augen wanderten zu ihr.

Sicher hatte er keine Ahnung, was Schokolade oder Unmengen an Eis bei einer Frau bedeuteten, oder? In Anblick dieser Frage errötete sie und wandte rasch ihr Gesicht ab. *Du bedeutest mir rein gar nichts.* „Donnerstag klingt super, David. Wann holst du mich ab?"

In mieser Stimmung trug Jake die zwei Einkaufstüten durch die Hintertür der Lodge in die Küche und stellte sie dort auf die Arbeitsfläche.

„Perfektes Timing. Ich wollte gerade mit dem Mittagessen anfangen." Rebecca machte sich an die Tüten und räumte die

Lebensmittel weg. „Morgen möchte ich Schokokuchen backen. Hast du ans Eis gedacht?

„Ich denke." *Hoffentlich.* Er konnte sich nicht erinnern, am Eisfach gewesen zu sein.

„Donnerstag klingt super, David." Er schaute finster, als er an Kallies melodische Stimme dachte, und das siegreiche Grinsen von Whipple. *Bastard.* Jake hastete aus der Küche und kam auf dem Weg zum Auto an Logan vorbei.

Komm drüber weg. Es war ihr gutes Recht, sich zu verabreden. Er *wollte,* dass sie sich verabredete. Es kam ihm sehr gelegen, dass sie nicht klammerte und nach der gemeinsamen Nacht keine Ansprüche stellte. Die Terrassentreppe hinunter spürte er, wie ihm der Schweiß den Rücken hinuntertropfte. Kallies Haut hatte vor Schweiß geglänzt, als er sich in ihr verloren hatte. Geleckt hatte er sie zwischen ihren kleinen Brüsten und dabei das Salz geschmeckt, dass auf ihrer Haut klebte. Sie hatte unter ihm gebebt und er hatte ihre Knie gegen ihre Brust gedrückt. Sie war so feucht gewesen, dass er mit einem Stoß in ihre Hitze eindringen konnte.

Ein Schlag auf seine Schulter brachte Jake ins Stolpern.

„Die Einkaufstüten tragen sich nicht von alleine ins Haus", sagte Logan. „Hast du vor, hier den ganzen Tag rumzustehen?"

„Richtig, tut mir leid." Kopfschüttelnd setzte sich Jake in Bewegung und versuchte, die Erinnerung an Kallie aus seinem Verstand zu verdrängen. Als wäre das so einfach! Es machte keinen Sinn, sich selbst zu belügen. Sicher, sie würde mit Whipple auf ein Date gehen, aber er hatte den Inhalt ihres Einkaufskorbs gesehen: Schokolade und Eis. Chips und Dips. *Scheiße.* Er hatte ein schlechtes Gewissen.

Wenn Mimi traurig gewesen war, dann hatte sie geweint. Eine einfache Lösung. Jedoch hatte er mit genug Frauen zusammengelebt. Er kannte die Mittelchen, die Frauen benutzten, um ihre Stimmung zu verbessern. Wo sich ein Mann sinnlos besaufen würde, da verzog sich eine Frau mit einem Pint Eis und Chips ins Bett.

In Kallies Korb hatte er beides vorgefunden. Man musste kein Genie sein, um zu wissen, was Sache war. Außerdem der Blick, dem sie ihm beim Betreten des Geschäfts zugeworfen hatte: Schmerz hatte ihre Augen befallen. Ihre angespannten Schultern hatten ihm unmissverständlich mitgeteilt, dass er ihren Stolz verletzt hatte. Nichtsdestotrotz hatte sie ihn nicht angeschrien; sie hatte ihren Gefühlen nicht Luft gemacht oder geweint. Sie war eine starke Frau. Was keine Überraschung für ihn war. Er bewunderte sie dafür.

Er seufzte und warf sich den Zwanzig-Kilo-Sack Hundefutter über die Schulter.

Wer hätte gedacht, dass die kleine Miss Macho weibliche Verhaltensweisen an den Tag legen würde? Er hätte keinen Sex mit ihr haben sollen. Er hatte nur ein wenig Spaß haben wollen ... und jetzt war aus diesem Spaß etwas Ernstes herangewachsen. Die Art, mit der sie sich ihm unterworfen hatte – zuerst mit Bedacht, dann mit zunehmender Vertrautheit, weil ihre Schutzmauer gebröckelt hatte. Er hatte es in ihren Augen gesehen. Diese benommene Verwunderung, die ihn noch jetzt mit Demut erfüllte. Und wie sie ihn akzeptiert hatte, in ihren Körper – mit einer Hingabe, die seinesgleichen suchte. Das hatte seine Kontrolle auf die Probe gestellt.

„Jake, bring das Hundefutter ins Haus!"

Jake kehrte in die Realität zurück und blickte in Logans genervtes Gesicht. „Bin ja schon dabei."

Es war gut, dass sie in die Zukunft blickte.

Jake ging in die Küche und öffnete den Plastikbehälter, in dem Thors Trockenfutter gelagert wurde. Gut, dass sie mit Whipple ausging. Er war erleichtert – froh –, dass sie sich nicht nach ihm verzehrte. Logan stieß gegen seine Schulter. „Jake, jetzt schütte endlich das verdammte Futter in den Behälter."

Kallie zog das Schmirgelpapier aus dem Maul des übergroßen

Holzfrosches und stupste gegen seine grüne Nase. Nachdem sie vor zwei Jahren aus Alaska zurückgekehrt war, hatte sie die Figur aus Lindenholz geschnitzt. Die buschigen Augenbrauen und der Bart des Frosches waren eine Anlehnung an ihren Onkel Harvey. Sein erster Blick auf die Figur hatte einen Lachanfall bei ihm ausgelöst. *Ich vermisse dich, Onkelchen.*

Als sie einen Schwamm einseifte, fiel ihr das Chaos um sie herum auf und sie rümpfte die Nase. Egal, wie viele Abmachungen eine Frau auch traf, am Ende musste sie doch den Abwasch machen. Ihre Höhlenmenschen-Cousins wuschen Geschirr nur an den Tagen ihres Küchendienstes ab. In den Tagen dazwischen ignorierten sie jeden strengen Geruch in der Küche. Tötete Testosteron den Geruchssinn?

Sie stieg über Mufasa, der es sich – typisch Katze – mitten auf dem Fliesenboden bequem gemacht hatte, räumte den Geschirrspüler aus und bestückte ihn gleich danach wieder mit dreckigen Tellern und Schüsseln.

Vielleicht sollte sie die schmutzigen Teller mal in den Betten ihrer Cousins drapieren? Würden sie die Andeutung verstehen?

Sie grinste. Gerade stellte sie sich die Reaktion ihrer Cousins vor, als die Realität sie einholte: Ihre Belustigung wich eisiger Kälte in ihrem Herzen. Schmerzhaft pulsierte das Organ in ihrer Brust – wie eine Warnung, die sie nicht ignorieren konnte. Weder das Geschirr noch das Haus gehörten ihr. Nicht wirklich.

Sie war bloß die arme Verwandte, die Onkel Harvey aufgenommen hatte, nachdem Tante Teresa sie nicht mehr wollte. Niemand hatte sie gewollt. Niemals würde sie ihren Platz in diesem Haus vergessen.

Sie versuchte, angetrocknete Tomatensauce von der Arbeitsfläche zu schrubben. War sie zu vorsichtig? Okay, ja, vielleicht war der Gedanke immer präsent in ihrem Kopf. Allerdings wusste sie nur zu genau, wie Menschen einem plötzlich die Liebe entziehen konnten, die warme und tröstende Decke der Geborgenheit. Ihre Mom hatte sie geliebt – das wusste sie –, aber sie war gestorben, als Kallie acht Jahre alt war. Es war unfair, in so jungen Jahren seine Mutter zu verlieren, dachte Kallie, und verstärkte ihre Bemühungen, den Fleck von der Arbeitsfläche zu bekommen.

Zwei Jahre nach dem Tod ihrer Mutter hatte ihr Stiefvater sie zu Tante Penny abgeschoben. Zumindest hatte er ihr eine Erklärung gegeben: *„Ich möchte wieder heiraten und Annabelle hat schon zwei Kinder."*

Mit zwölf wurde sie von Tante Penny zu Tante Teresa weitergereicht. Diesmal bekam sie keine Erklärung, sondern nur: *„Es tut mir leid, Kallie, aber hier kannst du nicht länger bleiben."*

Einen Monat lang hatte sie sich nach der Umstellung in den Schlaf geweint. Mit der Zeit zog sie das lustige Treiben in Tante Teresas Haus wie magisch an und ihr Gemütszustand verbesserte sich. Ein paar Jahre später wurde sie in ein Flugzeug an die Westküste gesetzt, um Onkel Harvey zu besuchen. Einen Rückflug hatte es bis zum heutigen Tag nicht gegeben.

Die Erinnerung schmerzte sie noch immer. Kallie tröpfelte Spülmittel in eine Bratpfanne. Der Umzug war nicht einfach gewesen. Aus einer Stadtwohnung, mit einer lebenslustigen Tante und ihren jüngeren Cousinen, in ein Blockhaus mitten in der Wildnis, wo sie sich mit drei älteren Cousins und ihrem reservierten Onkel abfinden musste. Sie war eingeschüchtert gewesen.

Dennoch hatte sie gewusst, dass dies ihre letzte Chance war. Wenn die Mastersons sie nicht mehr wollten, gab es niemanden, der sie aufnehmen würde. Bis heute verstand sie nicht, was sie falsch gemacht hatte. War sie denn nicht liebenswert?

Onkel Harvey und ihre Cousins Morgan, Wyatt und Virgil mussten sich plötzlich mit einem Mädchen im Teenageralter arrangieren. Sie hatte ihnen die Tränen erspart; erfahrungsgemäß wusste sie, dass Weinen nichts half. Am Anfang hatte sie sich so unauffällig wie möglich im Haus bewegt. Sie hatte die Zeit genutzt, um ihre neue Umgebung abzuschätzen. Es hatte nicht lange gedauert, bis sie herausfand, was von ihr erwartet wurde, um dazuzugehören. Ihre Cousins wussten nicht, was sie mit einem Mädchen anstellen sollten. Die drei Jungs hatten sie wie einen von ihnen behandelt. Kallie lächelte. Sie behandelten sie wie einen kleinen Bruder und lehrten sie, wie man in dieser Gegend überlebte: vom Rucksack packen bis hin zum Kämpfen und Schießen.

Es fühlte sich gut an, taff zu sein und sie hatte ihr neues Leben mit offenen Armen willkommen geheißen.

Trotzdem behandelten ihre Cousins sie noch immer wie eine Zwölfjährige. Sie war kein trauriges, zerbrechliches Mädchen mehr. Es war ein Wunder, dass sie keine gespaltene Persönlichkeit entwickelt hatte.

Der Verlust von Onkel Harvey im letzten Jahr hatte ein tiefes Loch in die Herzen der Vier gerissen. Er hatte sie geliebt. In dem Punkt war sich Kallie sicher. Nach ihrer Zeit in Alaska war sie nach Bear Flat zurückgekehrt und Onkel Harvey hatte sie freudestrahlend begrüßt. Sie war sich sicher, dass die ganze Stadt seine Jubelschreie gehört hatte.

Sie hatte ihn vermisst. Sie hatte sie alle vermisst. Gewiss hatte sie es nie bereut, Bear Flat für eine Weile verlassen zu haben, um aufs College zu gehen und ein wenig Erfahrung zu sammeln. Ihre gewohnte Umgebung zu verlassen, war schwer gewesen. Sie hatte sich ein College in der Nähe gesucht, so dass sie regelmäßig nach Hause fahren konnte. Aber Alaska ... Sie hatte absichtlich ein weit entferntes Jobangebot angenommen, damit sie nicht nach Hause flüchten konnte. Rückblickend musste sie zugeben, dass sie ihre Cousins und ihren Onkel wahnsinnig vermisst hatte. Die gesprächigen Mahlzeiten, die Neckereien und das Gezanke – und das Lachen, wenn sie versuchte, es ihnen heimzuzahlen. Sie hatte es sogar vermisst, wie sie immer von ihnen herumkommandiert wurde.

Hin und wieder, das gab sie zu, war ihr in den Sinn gekommen, auszuziehen. Sie rümpfte die Nase bei dem dreckigen Geschirr, dann huschte ein Lächeln über ihre Lippen. Sicher, sie hätte an Unabhängigkeit dazugewonnen, aber sie hätte auch etwas verloren. Das war es ihr nicht wert gewesen. Ihre Cousins

mussten ähnlich empfinden, denn alle waren sie in ihr Eltern-
haus zurückgekehrt. Vielleicht waren sie aber auch nur faul. Mit
dem Viehbestand und den hektischen Dienstplänen war es einfacher, wenn sie alle unter einem Dach wohnten.

Dass Onkel Harvey dieses riesige Haus gebaut hatte, war
eine gute Sache. Sobald jemand achtzehn geworden war, hatte er
an das Blockhaus angebaut, wodurch mit der Zeit jedes Schlafzimmer zu einem Mini-Apartment heranwuchs. Onkel Harvey
war listig gewesen. Auf diese Weise hatte der alte Mann sicherge-
stellt, dass seine Kinder bei ihm blieben.

Sie starrte an die Wand aus Ziegelsteinen. Was würde sie
machen, wenn einer ihrer Cousins heiratete?

Das Klingeln des Telefons rettete sie davor, die Tristesse
dieses Gedankens weiterzuspinnen. Sie eilte ins Wohnzimmer,
um das Gespräch anzunehmen. Das Klingeln stoppte, bevor sie
das Telefon erreichte. Wyatt musste den Anruf entgegenge-
nommen haben. Sie sammelte daraufhin Geschirr ein, das im
Haus verteilt war, und hörte Wyatt sagen: „Ich weiß nicht genau,
Logan. Morgan und ich sind am Dienstag ausgebucht. Und
Kallie auch." Bei der Erwähnung ihres Namens trat sie ins Büro.

Wyatt hob den Kopf. Sein Haar war zerzaust. Es wurde deutlich, dass er an der Buchhaltung gesessen hatte. Er hasste die
Buchhaltung.

Serenity Lodge musste Klienten für sie haben. Sie ignorierte
die kleine Stimme, die sagte: *Tu's nicht, tu's nicht, tu's nicht.* Ihre
Abneigung gegen ein Wiedersehen mit Jake tat nichts zur Sache.
Hier ging es schließlich ums Geschäft.

Sie ignorierte Wyatts Handzeichen, nicht den Mund zu
öffnen, und sagte laut und deutlich: „Ich bin Dienstag frei. Mit
der Frauengruppe komme ich bereits am Montag zurück."

„Ich rufe zurück, Hunt." Verärgert legte er auf. „Wieso musst
du immer dazwischen quatschen? Ich will nicht, dass du eine
Buchung aus der Lodge annimmst."

„Das dachte ich mir. Wir sind das doch schon durchgegan-
gen, erinnerst du dich?" Sie funkelte ihn wütend an. „Echt mal,

Wyatt, diese Gruppen können auch nicht schlimmer sein, als die eingebildeten Yuppies von letzter Woche. Sie dachten doch tatsächlich, dass der Bergführer-Service beinhaltete, dass ich in ihre Schlafsäcke springe."

Sein Gesicht lief dunkelrot an und er explodierte: „Verdammte Scheiße, Kallie! Wer zum Teufel hat es gewagt, dich anzufassen?"

So wirst du ihn nicht überzeugen, Weib. „Nur versucht, Wyatt. Ich habe dem Idioten klargemacht, aus welchem Holz ich geschnitzt bin." Sie rollte mit den Augen. „Ich habe einen leichten Schlaf, hatte ein Messer neben mir liegen und weiß genau, wie man sich Arschlöcher vom Leib hält. Schließlich habt ihr mich in dem Punkt unterwiesen. Setz dich hin."

Grunzend sank er zurück in seinen Stuhl. „Okay, aber diese Leute von der Lodge sind ein anderes Kaliber. Virgil hat Morgan und mir nochmal zu verstehen gegeben, dass wir dich nicht in ihre Nähe lassen sollen." Er fuhr behutsam mit dem Finger über einen blauen Fleck an seinem Kiefer. „Er meinte, dass die Hunts sich auch in diesem Lifestyle bewegen."

„Oh?" Sie hoffte, ihr Ton klang überrascht. *Wenn er nur wüsste* ... Dann würde er sie wahrscheinlich ins Kloster stecken. „Wen interessiert das? Und wenn die Gäste sich vom Trapez schwingen, während sie" – vögeln – „rummachen. Mich muss das nicht interessieren. Ich kann mich einfach vom Schauplatz entfernen und warten, bis sie fertig sind."

Wyatt schaute sie missmutig an.

„Schlimmer als die Camper, die denken, dass die Welt auch ohne Deo ein guter Ort ist, können sie auch nicht sein, stimmt's?"

Er stieß ein Lachen aus. „Der Punkt geht an dich."

„Und noch etliche andere. Ich bin Teil des Unternehmens. ,Jeder im Haus ist gleichberechtigt.' Du erinnerst dich?"

„Pa hat es mit dem Mantra vielleicht etwas übertrieben", murmelte er.

Sie verschränkte die Arme vor der Brust. Sie weigerte sich, in dem Punkt nachzugeben. Er seufzte, hob die Hände abwehrend in die Höhe und sagte: „Also gut. Du hast gewonnen. Wir brauchen Ausrüstung für vier Leute – zwei Pärchen –, für eine Übernachtung in den Bergen, und das in der Nacht von Dienstag auf Mittwoch."

Für ihren geistigen Gemütszustand fragte sie zur Sicherheit nochmal nach: „Nur vier Leute? Und keiner von den Hunts?"

„Das bezweifle ich. Warum sollten sie mitkommen?"

Gut. Das ist gut. „Logan soll uns die Einzelheiten faxen." Im Geiste schüttelte sie den Kopf. Die Mastersons hatten jetzt geschäftlich mit den Hunts zu tun. Das bedeutete, dass sie sich ihre albernen Gefühle verkneifen und sich aufs Wesentliche konzentrieren sollte. Selbst wenn es wehtat. Ihr Plan war simpel: Wenn sie Jake – Bastard – Hunt begegnete, würde sie sich genauso kalt verhalten, wie er das im Geschäft getan hatte.

„Ich richt's ihm aus." Wyatt griff nach dem Telefon. „Übrigens habe ich die Hunts zu unserer Party am vierten Juli eingeladen. Logan hat gesagt, dass sie kommen."

„Oh." Sie schluckte schwer und hoffte, den frustrierten Schrei im Bann halten zu können. „Wie nett." Erst in der Küche verlor sie jegliche Beherrschung, schlug mit der Faust auf die Arbeitsfläche und knurrte. Sie knurrte wie Mufasa, wenn man ihm seine Beute – zumeist eine Maus – wegnahm.

Knurren. Gewalteinwirkung gegen die Arbeitsfläche. Sehr unzivilisiert. Sie sollte schleunigst zu ihrem Zufluchtsort gehen und Stress abbauen, sonst würde sie Wyatt den Kopf von den Schultern reißen. Nicht, dass das etwas bringen würde. Sein Gehirn saß eindeutig weiter südlich.

Jake und Logan traten in die Claim-Jumper-Taverne. Die Country-Musik traf Jake zuerst: *Good Hearted Woman* von Waylon und Willie. *Nicht schlecht*, dachte er. Zur Abwechslung hatte der

Besitzer Gustav mal nicht Johnny Cash in der Dauerschleife. Noch nicht.

Der Geruch von Bier und Burgern vermischte sich mit einem Hauch von hoffnungsvollem *Vielleicht werde ich heute flachgelegt*-Parfum und Aftershave. Auf den ersten Blick machte es den Anschein, als hätte sich die gesamte tausendköpfige Bevölkerung von Bear Flat in diese kleine Kneipe gequetscht. Hier nannten sie das jedoch einen normalen Samstagabend. Touristen aus den Pensionen unterhielten sich mit Holzfällern und Fischern aus der Gegend. Und mit Lieferanten. Am Tisch in der Nähe des Eingangs saß der rothaarige, muskulöse Kerl, der die Lodge immer mit Getränken belieferte. Andrew nickte den Brüdern zu. „Hey."

„Guten Abend, Secrist", antwortete Jake. Er bemerkte, dass die größtenteils männlichen Besucher in die entfernte Ecke starrten, wo Serena, Gina und Logans Verlobte alle Aufmerksamkeit auf sich zogen.

Auf dem Weg zur Tür hatte Rebecca verkündet, dass heute ein Mädelsabend geplant war und sie sich vergnügen wollte. Deshalb hatte Logan seinen Bruder überredet, mit ihm in die Stadt zu fahren. Auf keinen Fall würde er das Risiko eingehen, dass seine hübsche, kurvige Sub auf dem Highway einen Unfall baute.

Er zwängte sich an der Garderobe mit den Baseballcaps und Cowboyhüten vorbei, lehnte seine Schulter gegen die Wand aus Baumstämmen und musterte Becca. Sie sah glücklich aus. Das tat sie sonst zwar auch, im Moment schien sie darüber hinaus angeheitert und zum Lachen aufgelegt zu sein. Er schaute zu Logan. „Sie sieht wie ein Mädchen aus, das Spaß mit ihren Freundinnen hat."

Logan hob einen Fuß auf den Stuhl, stützte die Ellbogen auf seinem Oberschenkel ab und beobachtete seine Sub. „Das hat sie vermisst, oder?"

„Sieht so aus. So gesellig wie sie ist, hatte sie in San Francisco bestimmt einen ganzen Haufen Freunde."

„Und hier hatte sie bisher niemanden. Fuck, ich bin so blind gewesen. Ich werde dafür sorgen, dass sie mehr Freizeit hat, um auch mal in die Stadt zu gehen – selbst, wenn ich die kleine Workaholicerin zwingen muss."

Jake zuckte zusammen. „Bitte nicht zwingen. Noch einen Streit von euch stehe ich nicht durch." Als Logan und Jake das letzte Mal geschäftlich nach San Francisco mussten, hatte Rebecca darauf bestanden, in der Lodge zu bleiben. Logan hatte das Risiko nicht eingehen wollen. Rebecca allein im Wald kam für ihn nicht in Frage. Also hatte er sie ins Auto verfrachtet. Die Rothaarige war eine großartige Köchin, aber in der Woche nach der Geschäftsreise hatte sie absichtlich die Mahlzeiten ruiniert. Jake fragte sich bis heute, wie die Gäste wegen des Essens in Lobeshymnen ausbrechen konnten. Das Schlimme an der Sache war gewesen, dass sie ihn mit in ihren Kampf gegen Logan rein- gezogen hatte.

Logan grinste. „Weichei. Aber gut, ich werde sie entscheiden lassen. Gott segne Kallie, dass sie die Einladung ausgesprochen hat."

„Kallie hat sie eingeladen? Kallie ist hier?" Jakes Eingeweide verdrehten sich wie ein Wurm am Haken. *Zur Hölle*, wenn er das gewusst hätte, wäre er nicht gekommen.

„Hat sie." Logans Blick hing auf Rebecca. Jedes Mal, wenn sie lachte, huschte ein Lächeln über seine Lippen. „Mein Gott, sie ist wunderschön."

„Das ist sie wirklich." Eine Schönheit, die die Welt seines Bruders auf den Kopf gestellt hatte. *Danke, Becca.*

„Ich denke, wir haben Zeit, um uns ein Bier zu gönnen." Logan nickte zu einem stämmigen Mann auf der anderen Seite der Taverne. „Bart ist hier. Ich gehe flott zu ihm, um unsere Bestellung durchzugehen. Bring mir ein Bier mit."

„Wird gemacht." Während Logan zum Holzhändler ging, ließ Jake den Blick über den Raum schweifen und nickte den Leuten zu, die er kannte. Wo war die kleine Elfe?

Er fand sie an der Bar mit David Whipple. Gerade als Jake

sie erblickte, legte der Lebensmittelhändler seinen Arm um sie. Auf eine furchtbare, besitzergreifende Weise.

Er knurrte, was Jake genauso schockierte wie den Touristen neben ihm, der verstört zurückschreckte. *Scheiße, krieg dich wieder ein. Sie gehört dir nicht.*

Gehört sie doch.

Auf ihre einzigartige, feenhafte Weise war Kallie noch schöner als Rebecca. Ihr Haar zerzaust, so als hätte sie gerade erst das Bett verlassen. *Nach meinem Spanking hat sie genauso ausgesehen.* Sie hatte ihr Flanellhemd ausgezogen und es sich um die Hüfte gebunden. Darunter trug sie ein Tanktop, das ihre gebräunten Arme zeigte. Samtweiche Haut ...

Ich sollte mich von ihr fernhalten.

Sie warf den Kopf in den Nacken und lachte. *Verdammt*, er mochte ihr Lachen. Das Funkeln in ihren Augen war dermaßen erregend und ...

Tue das nicht, Hunt. Als er den Bartresen erreichte, beobachtete er, wie sie sich von Whittle losriss und zum Tisch mit Rebecca und ihren Freundinnen lief. Zwei von den vier Gläsern, die zu ihrer Bestellung gehörten, hielt sie in den Händen. Er würde also hier warten, bis sie für die anderen beiden zurückkam. Sein Missmut darüber, dass Whipple sie berührt hatte, trübte sein Urteilsvermögen. Dabei war es ihm doch scheißegal, richtig?

Whipple blickte herüber, schaute ihn kurz finster an und senkte den Kopf. Die Abneigung war beiderseitig. David Whipple war Mimis Ex-Freund gewesen. Sie hatte mit ihm Schluss gemacht, kurz bevor sie sich am selben Abend getroffen hatten. Als er ihr blaues Auge und ihre geschwollene Lippe sah, hatte er dem Bastard einen Besuch abgestattet. Er und Whipple würden niemals Freunde werden. Kein Verlust, wie Jake fand.

„Hunt." Der alte Schwede, der die Getränke ausschenkte, sah genauso ramponiert aus wie die Kneipe. „Guten Abend, Junge. Was hättest du gerne?"

Jake grinste. Der alte Mann war der Einzige, der ihn mit ‚Junge' ansprach. „Zwei Bier."

Gustav füllte zwei Gläser, stellte sie auf den Tresen und wischte mit einem schmutzigen Handtuch übergelaufenen Schaum von der Bar.

Jake bezahlte und schnappte sich sein Bier. Auch die kalte Flüssigkeit schafft es nicht, seinen Geist von Kallie zu befreien. Bei seinem Körper war jeglicher Widerstand ohnehin zwecklos. Ein Blick reichte aus und er war steinhart. Hatte er sich wirklich Sorgen darum gemacht, dass sein bestes Stück das Interesse verloren hatte?

Er lehnte seinen Ellbogen auf den Bartresen und beobachtete, wie Kallie die Gläser auf den Tisch stellte. Die nächsten Worte richtete sie an Rebecca. Sie lachte bei der Antwort und kehrte in seine Richtung zurück, um die anderen beiden Getränke zu holen.

Jake ging zwei Schritte auf sie zu, um ihr den Weg abzuschneiden.

Warum hatten sie sich bloß für einen Tisch entschieden, der so weit von der Bar entfernt stand? Das fragte sich Kallie, als sie zurückeilte, um die zweite Runde Getränke zu holen. Sie wich einem schwankenden Touristen aus, der sie damit gefährlich nah an Bens Tisch trieb, einem Lustmolch. Sie schlug seine Hand von ihrem Hintern weg, nur um zwei Schritte weiter beinahe über den betrunkenen Verne zu stolpern. Sie half dem älteren Herrn zurück auf die Füße und tanzte mit ihm bis zur Mitte der Tanzfläche. Sie bezweifelte, ihn jemals nüchtern gesehen zu haben. Gut war nur, dass er ein angenehmer Betrunkener war. Vor zehn Jahren hatte er ihr auf dem Parkplatz Unterricht im Country Line Dance gegeben, nachdem irgendein Mistkerl, an dessen Namen sie sich nicht mehr erinnerte, sich über sie lustig gemacht hatte. Durch Vernes Hilfe war sie zu einer der besten Tänzerinnen in der Stadt geworden.

Er gluckste und tätschelte ihre Schulter. „Du hast es immer noch drauf, Mädchen."

„Das kann ich nur zurückgeben, Verne." Sie küsste ihn auf seine lederne Wange und er grinste so breit, dass sie seine silberfarbenen Füllungen sah. Lachend drehte sie sich weg und lief gegen eine Wand. Die Muskelwand eines Mannes.

Sie hörte ein tiefes Lachen und kräftige Hände packten sie an den Oberarmen. „Vorsichtig, Elfchen."

Wie Schnee in der heißen Sonne verwandelte sich jede Zelle ihres Körpers in Matsch. Ihr war klar, dass sie den Effekt, den er auf sie hatte, nicht vor ihm verbergen konnte. „Hi, Jake", murmelte sie, ohne den Blick von seiner breiten Brust zu nehmen.

„Kallie." Seine Stimme donnerte wie eine Schneelawine über sie hinweg. Jeder ihrer guten Vorsätze wurde in den Abgrund gerissen. Ihr Herz beschleunigte sich und schlimmer noch: Sie konnte spüren, wie ihre Brüste anschwollen und ihre Haut die Hitze seiner Hände aufnahm. Sicher, sie konnte ihrem Verstand sagen, ihn aus den Gedanken zu verbannen. Das Problem: Ihr Körper verfolgte einen anderen Weg und erinnerte sich nur zu gut daran, wie Jake sich anfühlte. Sein Schwanz, der sie auf diese magische Weise ausgefüllt hatte. Seine Hände, die –

Sie musste weg von ihm. Sie versuchte, ihn zu umrunden.

Er legte einen Finger unter ihr Kinn und hob ihren Kopf. „Redest du nicht mehr mit mir, Kallie?"

Seine Augen wirkten in diesem Licht weitaus blauer als sonst. Am liebsten würde sie sich bis in alle Ewigkeit in den verführerischen Tiefen verlieren. Doch das wollte er nicht. Sie wollte das nicht. *Lügnerin*. Sie *sollte* das nicht wollen. Sie hatte keine Ahnung, wie sie mit ihren Empfindungen umgehen sollte. Sie zwang sich ein Lächeln auf die Lippen. „Ich bin mit meinen Mädels hier, Mister. Du hast für den heutigen Abend nicht die passende Ausstattung."

Sie riss sich los und ging zur Bar. Wenn er sie erneut anfasste, würde er mit ihrer Faust Bekanntschaft machen. Übertriebene

Reaktion? Vielleicht, aber er stand ja auf BDSM, richtig? Was war schon ein bisschen Schmerz unter Freunden?

Bei der nächsten Runde würde sie Serena losschicken.

Sie erreichte die Bar und fand sich wieder David gegenüber, der sie mit einem merkwürdigen Gesichtsausdruck betrachtete. „Belästigt dich der Kerl, Kallie?" Er legte seinen Arm um sie.

Sie fühlte sich wie ein Huhn zwischen zwei hungrigen Füchsen. Sie trat einen Schritt von ihm weg. „Nichts, womit ich nicht klarkomme." Sie schnappte sich das Bier so ruckartig, dass es über den Rand schwappte.

„Der Grillabend hat Spaß gemacht", sagte er. „Hättest du Interesse, das morgen zu wiederholen? Es gibt –"

„Nein." Das Wort schoss ihr unüberlegt über die Lippen. Zu direkt, trotzdem nahm sie ihre Antwort nicht zurück. „Ich mag dich, David, aber: nein, danke. Dating ist nicht –" *Scheiße*, wieso fand sie in Situationen wie diesen nie die richtigen Worte?

Er schaute finster. „Ist er der Grund? Jake Hunt."

Kallie schaute über ihre Schulter und sog scharf den Atem ein. Jake stand neben Verne und lauschte einem seiner niemals endenden Witze. Seine Augen waren jedoch auf sie gerichtet. Sie konnte sich dem Lustschauer nicht verwehren. Sein Blick war so heiß, dass sie befürchtete, in Flammen aufzugehen. Sie entzog sich seinen Augen und spürte weiterhin die Intensität seines Blickes auf ihr.

David packte sie am Arm. „Lass dich nicht auf ihn ein, Kallie. Ich bin besser für dich. Wir passen perfekt zusammen."

„Äh ... danke, David." Sie wich zurück. Sein Gefühlsausbruch hatte sie verunsichert. Sie kannte ihn als reserviert. Höflich. In ihm loderte kein Feuer wie bei Jake. Doch Jake wollte sie nicht. Der Gedanke stieß ihr bitter auf. „Ich glaube, ich bin für niemanden gut."

Sie rannte zum Tisch zurück, machte dabei einen großen Bogen um Jake und stellte die Gläser ab. „Hier ist dein Bier, Rebecca."

Seufzend ließ sie sich auf ihren Platz plumpsen, schnappte

sich ihr Bier und trank die Hälfte in einem Zug. Ein flüchtiger Blick auf Jake zeigte, dass er noch mit Verne beschäftigt war. Kallie schüttelte den Kopf. Sie erinnerte sich an Vernes Geschichte, wie Jake in den reißenden Fluss gesprungen war, um ihn herauszuziehen. *Verdammt.* Das Letzte, was sie jetzt brauchte, waren Heldengeschichten von dem Mann, der sie nicht wollte, nach dem sie sich aber verzehrte.

Als David auf dem Weg zu den Toiletten an den beiden Männern vorbeikam, starrte er Jake so hasserfüllt an, dass sie befürchtete, Jake würde jeden Moment tot umfallen. Sie fühlte nicht anders.

Serena und Gina schnatterten über den männlichen Star einer neuen TV-Show und hatten – *Gott sei Dank* – nichts von ihrem kleinen Zwischenspiel mit Jake mitbekommen. Rebecca jedoch …

„Sehr interessant." Rebecca nahm einen Schluck von ihrem Bier und blickte über den Rand des Glases direkt auf Jake. „Ich habe noch nie gesehen, dass er jemanden auf diese Weise ansieht. Er ist immer so unbekümmert; nichts bringt ihn aus der Fassung. Und wenn er eine Session mit einer Frau spielt, dann hat es immer den Anschein, als schaltete er seine Gefühle ab. Bei der Party letzte Woche hat er eine andere Seite von sich gezeigt. Und heute Abend blitzt diese Seite wieder auf." Sie drehte den Kopf zu Kallie und zog eine Augenbraue hoch.

Indessen schaffte es Kallie nicht, den Blick von dem gutaussehenden Sackgesicht zu nehmen. „Ohne dich anzusehen, weiß ich, was du mir sagen willst. Zwischen Jake und mir läuft nichts." Sie leerte ihr Bier und schaute missmutig. „Wir hatten einmal Sex. Vorher hat er mir seine *Nur für eine Nacht*-Belehrung gegeben. Er hat deutlich gemacht, dass er nicht an mehr interessiert ist."

„Eine *Nur für eine Nacht*-Belehrung?" Rebecca prustete vor Lachen. „Er ist sehr ehrlich, deswegen kann ich mir das bei ihm sehr gut vorstellen. Wenn ich so darüber nachdenke, habe ich ihn tatsächlich noch nie mit einer Frau zweimal gesehen."

Rebecca neigte ihren Kopf und studierte Jake. „Im Moment verhält er sich allerdings nicht wie ein Mann, der nur an einer Nacht mit dir interessiert ist. Er schafft es einfach nicht, den Blick von dir zu nehmen."

„Soll er doch. Ist mir scheißegal." *Idiot.* Er hatte doch ein Telefon, oder? Wenn er sie sehen wollte, musste er einfach nur anrufen. Im Lebensmittelgeschäft hatte er sie kaum beachtet. Und sobald er ein paar Bier intus hatte, war er plötzlich an einem Quickie interessiert, nur damit er sie danach erneut wie Luft behandeln konnte? Sie schnaubte.

Rebecca tippte mit dem Finger gegen ihre Lippen. „Du könntest einen Flirtversuch starten. Oder dich in ein sexy Outfit schmeißen."

„Sowas kann ich nicht. Flirten oder mich sexy anziehen, gehört nicht zu meinen Talenten."

„Das kann nicht sein. Hat dir in deiner Jugend niemand die Basics erklärt?" Der erschreckte Ausdruck auf dem Gesicht der Rothaarigen brachte Kallie zum Kichern.

„Drei ältere Cousins und ein konservativer Onkel. Ich wollte dazu passen, also habe ich mich so angezogen wie sie ... Sie sind so an meine Kleiderauswahl gewöhnt, dass ich aufgezogen wurde, wenn ich mich aus meiner Komfortzone bewegt habe." Kallie lächelte reumütig. „Erst auf dem College hatte ich mein erstes Date. Ich denke, ich bin ein hoffnungsloser Fall."

„So ein Blödsinn. Es ist nie zu spät, etwas Neues auszuprobieren." Rebecca neigte ihren Kopf zur Seite und musterte Kallie. „Ich denke, deine Kleidergröße weiß ich. Wenn wir ein bisschen —"

Um Gottes willen! „Wie hast du Logan eigentlich kennengelernt?"

Die Ablenkung funktionierte. Rebecca errötete wie eine Verkehrsampel und lehnte sich zu Kallie, so dass nur sie Rebeccas geflüsterte Worte hörte. „Erinnerst du dich noch daran, wie geschockt du letzte Woche warst? Na ja, du hättest mich an meinem ersten Abend in der Lodge sehen sollen – an dem Tag, an dem ich Logan begegnet bin. Mein Ex-Freund hatte mich zu einem Ausflug in die Serenity Lodge überredet." Sie zögerte und schaute auf Serena und Gina, die darüber debattierten, ob man die Schwanzgröße eines Mannes eher an der Länge des Daumens oder an der Länge des Fußes ablesen konnte.

Interessant. Kallies Blick fiel auf Jakes Füße und – *oh ja* – seine riesigen Stiefel.

Rebeccas Blick folgte ihrem und sie brach in Lachen aus. Sie hatte die Aufmerksamkeit jedes Mannes im Raum – Logans inklusive. Der Blick, der ihr von ihrem Verlobten zugeworfen wurde, war heiß genug, um einen Waldbrand auszulösen. Kallie war eifersüchtig. Kein Mann hatte sie jemals so angesehen. Sie holte tief Luft und versuchte, sich auf das eigentliche Thema zu konzentrieren. „Okay, du bist also mit deinem damaligen Freund zur Lodge gekommen. Was ist dann passiert?"

Nachdem sie sich nochmals versichert hatte, dass die anderen zwei nicht zuhörten, sagte Rebecca: „Mit meinem Freund und seinem Swingerclub."

„Swinger ... das ist, wenn jeder mit jedem rummacht, richtig?"

„Korrekt. Und alles in der Öffentlichkeit." Rebecca rollte mit den Augen. „Ich habe nicht nachgedacht. Na ja, es kam, wie es kommen musste: Mein Ex-Freund hatte sich für den Abend eine Frau ausgesucht und sie mit in unsere Blockhütte genommen, um ... na ja ... du weißt schon. Ich konnte nicht wirklich etwas sagen. Ich wusste, mit wem wir hier verkehrten ... Ich habe die beiden also zusammen gesehen und bin aus der Hütte gerannt. Logan fand mich halb erfroren auf der Hollywoodschaukel und hat mich in seine Wohnung gebracht, um mich ... aufzuwärmen."

Kallie prustete vor Lachen. Sie erinnerte sich an den besitzergreifenden Griff an Rebeccas Nacken, als sie die beiden in der Lodge gesehen hatte. „Ich kann mir gut vorstellen, dass er dich sehr heiß bekommen hat."

„Ja, zurückhaltend ist er nicht gerade." Rebecca schaute Kallie spitzbübisch an. „Er entdeckte schnell, dass ich unterwürfig bin und hat mich in seine Welt geführt. Niemals hätte ich gedacht, dass ich der exhibitionistische Typ bin, aber beobachtet zu werden, gibt einem den gewissen Kick."

Kallie wandte ihren Blick ab. Rebeccas Worte lösten Erinnerungen in ihr aus, die sie versucht hatte, zu verdrängen: muskulöse Arme; schwielige Hände, die ihre Beine spreizten; die Laute, die sie von sich gegeben hatte, obwohl sie wusste, dass sie beobachtet wurde ... Hitze stieg ihr in die Wangen. Dann brach die Realität über ihr zusammen. Leider würde sie diese Erfahrung mit Jake nicht wiederholen.

Er starrte auf die Schlampe, die an der anderen Seite der Bar verweilte. So unhöflich. Sie war eine von den Frauen, die einen Mann bei den Eiern packte und fest zudrückte. Sie kannte kein Erbarmen. Und da saß sie nun, zufrieden mit sich und der Welt, und weidete sich an seinem Unglück. Die Dunkelheit in ihren Augen spiegelte die Schwärze ihrer Seele wider.

Ihr Lachen hallte durch die Taverne – ein schrecklicher Laut, der seine Eingeweide zerfetzte. Der erste Dämon hatte seine Manneskraft herausgefordert. *„Du kriegst ihn ja nicht mal hoch, Loser. Ich bin fertig mit dir."* Danach hatte sie ihr schwarzes Haar über ihre Schultern geworfen und sich von ihm abgewandt.

Seine Finger festigten sich um den Burger in seiner Hand und verarbeiteten sein Abendessen zu Brei. Ketchup tropfte auf den Tisch. Es erinnerte ihn an Blut.

Eine Frau konnte einem Mann unter die Haut gehen. Sie war in der Lage, seinen Verstand auszulöschen und seinen Geist zu brechen, bis nichts mehr von ihm übrig war. Er schaffte es nicht, von ihr loszukommen. Er erlaubte ihr, ihn in Stücke zu reißen. Nur Finsternis blieb zurück. Abgründe, die niemand, nicht mal der Mann selbst, ergründen wollte. Schon bald erreichte er einen Punkt, an dem das Leben keinen Wert mehr hatte.

Er ließ die Reste seines Burgers fallen und starrte auf die roten Flecken auf seiner Hand. Rote Flüssigkeit war auch aus der weißen Narbe auf seinem Handgelenk gequollen, nachdem er sie sich aufgeschlitzt hatte. Er hatte zugesehen, wie das Blut aus seinem Körper rann und in den Teppich sickerte.

Es war falsch gewesen, diesen Schritt zu gehen. Und er sollte dem Dämon die Schuld geben und nicht sich selbst. Auf dem Weg der Genesung hatte er an Einsicht gewonnen: Sein Therapeut mit der Stimme eines Engels hatte ihm immer wieder versichert, dass er an dem Ende der Beziehung keine Schuld trug.

Die Schlussfolgerung war einfach: Es musste also ihre Schuld gewesen sein. Sie war verantwortlich. Manche Frauen waren einfach böse.

Sie war böse gewesen. Deswegen hatte er sie geschlagen und geschlagen und geschlagen, bis er den Teufel ausgetrieben hatte. Die Schreie des Dämons waren Bestätigung genug für ihn, dass er das Richtige tat. Ihre Schreie – so eindringlich, dass sein Trommelfell beinahe geplatzt wäre. So schmerzhaft, dass er beinahe aufgehört hätte. Er wusste jedoch zu diesem Zeitpunkt, dass Aufgeben keine Option war. Der Dämon durfte nicht gewinnen. Erst als die Schreie verklungen waren, ließ er von ihm ab und plötzlich – wie durch ein Wunder – hatte seine Männlichkeit auf sein Kommando reagiert.

Dunkle Haare. Dunkle Augen. Die Zeichen des Teufels. Viele Frauen schafften es, dem Flüstern des Bösen zu widerstehen. Andere hatten keine Chance. Die Gefallenen verspotteten die Männer – seine Kameraden – und ruinierten ihr Leben und zerstörten ihre Seelen.

Sorgfältig wischte er die rote Flüssigkeit von seiner Hand. Er wusste, dass ihm keine andere Wahl blieb. Er war der Einzige, der es tun konnte. Er musste sein eigenes Leben, seine Seele, riskieren, um den Dämon in die Hölle zurückzuschicken.

KAPITEL VIER

Eine Stunde später rutschte Kallie mit dem Stuhl vom Tisch weg. Es war an der Zeit, nach Hause zu gehen. Der meiste Alkohol war inzwischen schon wieder aus ihrem Körper.

Logan hatte Gustav bestochen und mit ihm ausgehandelt, Johnny Cash eine Pause zu gönnen und stattdessen einen Walzer zu spielen. Er hatte Rebecca vom Stuhl gezogen und mit ihr getanzt. Indessen hatten Gina und Serena mit Holzfällern geflirtet. Kallie hatte keinen der Männer interessant gefunden – nicht, solange Jake an der Bar saß und sie jeden mit ihm verglich.

Mistkerl.

Abgesehen von ihrem Gespräch mit Rebecca war das ein beschissener Abend gewesen. Dazu hatte Jakes Anwesenheit beigetragen. Schließlich brauchte es ihrerseits sehr viel Energie, um ihn zu ignorieren.

Kallie zog sich ihr Flanellhemd über und trat ins Freie. Die kühle Luft und die Stille des Parkplatzes waren eine willkommene Abwechslung zu der lauten und stickigen Kneipe. Kopfschüttelnd setzte sie sich hinter das Lenkrad ihres Jeeps und steckte den Schlüssel ins Zündschloss. Sie drehte den Schlüssel und ihr Auto gab ein trauriges Geräusch von sich.

Das kann doch nicht wahr sein! Sie versuchte es erneut. Das gleiche, traurige Geräusch erklang. Mit einem verzweifelten Seufzer stieß sie mit der Stirn gegen ihr Lenkrad. Dann stieg sie aus und sah sich in der Umgebung um. Sie war allein auf dem Parkplatz. Niemand war zu sehen, niemand konnte ihr Starthilfe geben. *War ja klar.* Sie sah zur Eingangstür der Kneipe. Sie konnte doch nicht vor den Augen von Jake um Hilfe bitten. Auf keinen Fall wollte sie vor ihm wie ein schwaches Mädchen erscheinen, das es nicht schaffte, ein Auto zum Laufen zu bekommen.

Zweifellos würde er ihr anbieten, sie nach Hause zu fahren.

Oh nein. Eher würden alle Gletscher auf der Welt auf einmal schmelzen, bevor sie seine Hilfe annehmen würde! Sie schaute zum Himmel. Ein paar Wolken. Die dünne Sichel des Mondes bot nicht das beste Licht, aber es würde reichen. Sie kramte im Handschuhfach nach der Taschenlampe. Sie flackerte bereits, dennoch hoffte Kallie, dass sie den Weg überstehen würde.

Ein paar Meilen durch die kühle Sommernacht würden sie nicht umbringen. Laufen dauerte auch nicht länger als die Fahrt über den kurvenreichen Kieselweg. Entschlossen überquerte sie den Parkplatz. Ein letztes Mal schaute sie über ihre Schulter und sah, wie ein junger Mann aus der Hintertür schwankte, und sich in unmissverständlicher Weise vorbeugte. Er entleerte seinen Magen.

Sie schüttelte den Kopf. Armer Kerl. Leider war ihr Abend auch nicht so verlaufen, wie sie sich das vorgestellt hatte. Vielleicht hätte sie mit David heimgehen sollen und neue Erinnerungen mit ihm erschaffen sollen, um Jake aus ihrem Verstand zu vertreiben. Wie im Lied *I'm Gonna Wash That Man Right Outta My Hair* gesungen wurde, hätte sie den Mann aus ihren Gedanken vögeln müssen.

Sie schnaubte ein Lachen heraus. So gut wie das klang, es würde niemals zur Realität werden. Der Gedanke daran, jetzt Sex zu haben – mit einem anderen Mann als Jake – fühlte sich falsch an. Sie schob die Hände in ihre Hosentaschen und marschierte am Straßenrand entlang. Vorbei an Davids Lebensmittelladen, der gleich gegenüber von der Polizeistation war.

Vorbei an den zwei Antiquitätenläden und dem winzigen Museum. Die Wolken, die am Mond vorbeizogen, projizierten bewegliche Schatten auf die Schindeldächer.

Gott, sie war eine verdammte Idiotin! Sie wollte Jake, seit sie ihm das erste Mal begegnet war. Alles an ihm erregte sie: von seiner tiefen Stimme und seinem schelmischen Lächeln bis zu seinen breiten Schultern. Ganz zu schweigen von den Bartstoppeln, die seinen Kiefer zierten. Sie bezweifelte, dass sie jemals von ihrer Besessenheit loskommen würde.

Ihre Schritte hallten durch die Nacht. Es dauerte nicht lange, bis sie die Hauptstraße verlassen musste. Die eine Nacht, in der sie Sex mit ihm gehabt hatte – Liebe machen konnte man das schlecht nennen –, hatte ihren Fantasien nur noch mehr Zündstoff geboten. Wie er mit seinem harten Schwanz in sie eingedrungen war und sie dabei in seinen Armen gehalten hatte, war berauschend gewesen. Er hatte ihr das Gefühl gegeben, dass er jeden Millimeter von ihr erkunden wollte. Er war so hart gekommen, dass er mit seinen Fingern Abdrücke auf ihren Hüften hinterlassen hatte. Wie er sie angeschaut hatte, als er sie festband und sie sich nicht bewegen konnte ...

Na großartig. Jetzt hatte sie sich selbst heiß gemacht. *Dummerchen.*

Eine Meile stadtauswärts wurden die Häuser weniger und die Bäume dichter. Das Blattwerk blockierte das Mondlicht. Die Scheinwerfer eines Autos näherten sich und bogen in eine Seitenstraße. *Schade.* Vielleicht hätte sie eine Mitfahrgelegenheit ergattern können. Hin und wieder benutzte sie in den dunklen Bereichen ihre Taschenlampe. Unter ihren Stiefeln knirschten die losen Kiesel. Ein leichtes Lüftchen brachte die Blätter der Bäume zum Rascheln und trug frischen Schneegeruch aus den umliegenden Bergen mit sich.

Nach zwei Meilen lief ihr ein kalter Schauer über den Rücken. Sie hielt an. Etwas – oder jemand – beobachtete sie. Es könnte ein Kojote sein. Sie drehte sich um ihre eigene Achse und musterte die Umgebung. Keine leuchteten Augen, die das

Mondlicht reflektierten. Die Lichter von den Häusern der Stadt waren durch die Bäume kaum noch zu erkennen. Kein Kojote mit Selbstachtung würde versuchen, sich durch das dichte Unterholz neben der Straße zu zwängen.

Ein Mensch? Von wem sie auch beobachtet wurde, sie mochte das Gefühl nicht. Sie fühlte sich wie die Beute eines Raubtieres.

Sie hörte ein Knacken. Rascheln. Ihre Schultern spannten sich an. *Na großartig.* Und wo war eigentlich ihr Gewehr, wenn sie es brauchte? *Scheiße*, sie hatte sich noch nicht mal ihr Messer umgeschnallt. Sollte sie zurück in die Stadt laufen? Sie sah aus dem Augenwinkel eine Bewegung und wirbelte herum. Ein kleiner Schatten sprang über die Straße und verschwand in der Dunkelheit des Straßengrabens. Nur eine Katze. Trotzdem wollten sich die Haare in ihrem Nacken nicht entspannen.

Reiß dich zusammen und geh weiter. Geh schneller. Ihre Gänsehaut wollte nicht verschwinden. Angespannt setzte sie ihren Weg fort. Ein weiteres Rascheln war hinter ihr zu hören. Sie drehte sich in die Richtung. Im Gebüsch wackelten Zweige. Sie konnte fühlen, dass in den Büschen etwas Großes lauerte. Ein Bär vielleicht? Rund um die Campingplätze wurden öfter Bären gesichtet, aber sie verfolgten keine Menschen.

Ihre Hände ballten sich zu Fäusten. Sie befürchtete, dass es sich um einen Menschen handelte. Irgendein Arschgesicht wollte ihr Angst machen! Das sterbende Licht ihrer Taschenlampe war zu schwach, um die andere Straßenseite zu beleuchten und würde nur ihre Position preisgeben. Dank ihrer Cousins, die ihr Selbstverteidigung gezeigt hatten, würde sie für den feigen Typen keine leichte Beute abgeben.

Ein Brummen näherte sich. Ein Pickup. Die Scheinwerfer blendeten sie. Sie verengte die Augen und wich zurück, um nicht überfahren zu werden. Das Fahrzeug hielt direkt neben ihr an.

„Steig ein." *Jake.*

Sie blinzelte in dem Versuch, ihr Sehvermögen wiederzuerlangen. Sie öffnete bereits den Mund, um ihn fortzuschicken, änderte aber abrupt ihre Meinung. *Verhalte dich nicht wie die letzte Idiotin.* Sie umrundete das Fahrzeug zur Beifahrerseite und Jake lehnte sich so über die Konsole, dass er ihr die Tür öffnen konnte.

Sie stieg ein und glitt in den warmen Sitz. Die Erleichterung, die sich in ihr breitmachte, brachte ihre Stimme zum Zittern: „D-danke."

Trotz der Beleuchtung des Armaturenbrettes konnte sie seinen Gesichtsausdruck nicht deuten. Er betrachtete sie eine ganze Weile, dann drehte er die Heizung hoch. Langsam drang die Wärme in ihre Knochen vor und sie entspannte sich. *Warm.* Sie sackte im Sitz zusammen und atmete das Aroma von Leder und Jakes Geruch nach Wald ein. *Sicher.*

Seine Beute war ihm entwischt. Als ihr Auto nicht angesprungen war, hatte er das als ein Zeichen gewertet. Vielleicht hatte er falsch gelegen. Vielleicht hatte die Dunkelheit ihre Seele noch nicht vollends verzehrt. Er sah dem Pickup nach, seine roten Rücklichter glühten wie die Augen eines Dämons, dann wurde er eins mit der Dunkelheit.

Gleichermaßen enttäuscht und erleichtert warf er den schweren Ast ins Unterholz und lief in die Stadt zurück. Er durfte erst handeln, wenn er sich hundertprozentig sicher war. Allein der Gedanke daran, einen weiteren Dämon in seine Schranken zu weisen, machte ihn hart.

Er würde sie weiter beobachten. Er würde Geduld beweisen.

Jake schluckte seinen Ärger runter und schwieg auf der Fahrt. Die vielen scharfen Kurven forderten seine Konzentration. Er hatte nur ein Bier getrunken und eine angemessene Zeit gewartet, bevor er sich hinters Steuer gesetzt hatte. Noch immer war er verdammt wütend. Er hatte gesehen, dass sie die Taverne alleine verlassen hatte. Dass sie alleine gegangen war, hatte ihn zuerst gefreut, dann war die Ernüchterung gefolgt: Auf dem Parkplatz war ihm ihr Auto aufgefallen. Ein blasser Mann, der in der Nähe an der Wand lehnte, hatte ihm lallend unterbreitet, dass eine kleine Frau aus dem Jeep gestiegen war und sich zu Fuß aufgemacht hatte. *Zu Fuß!*

Gelaufen. Mitten in der Nacht. Wenn sie ihm gehören würde, hätte er ihr bereits die Hose runtergezogen und ihr für ihr leichtsinniges Verhalten den Arsch versohlt.

Diese Idee gefiel ihm und ließ ihn nicht los.

Sie würden beide sehr viel Freude an seinen Bestrafungsmethoden finden.

Beim Schild MASTERSON WILDERNESS GUIDE SERVICE bog Jake von der Straße ab und fuhr über einen engen Kiesweg, der nach einer halben Meile in ein kleines Tal führte. Zu seiner Linken blickte er auf so viele Bäume, dass er den Wald nicht sehen konnte. Rechts breiteten sich Pferdeweiden aus und als sie sich dem Ranchhaus näherten, sah er die Lichtung. Er parkte. Das Mondlicht machte es möglich, auch in der Nacht die Scheune neben den Koppeln zu erkennen. Nicht weit entfernt stand das zweistöckige Blockhaus, das sich perfekt in die Natur einschmiegte. Es brannte kein Licht.

„Keiner Zuhause?", fragte Jake.

Sie schüttelte mit dem Kopf. „Virgil hat diese Woche Nachtschicht. Morgan und Wyatt sind mit einer großen Gruppe zum Gray Mountain gewandert. Sie kommen morgen Nachmittag wieder."

Ihre Worte kamen bei ihm an: sturmfreie Bude. Sofort wurde er hart. *Schlechte Idee, Junge.* Nicht, dass der Schwanz von Männern für gute Ideen bekannt war.

Er sprang aus dem Pickup und ging ums Fahrzeug herum. Natürlich wartete sie nicht darauf, dass er ihr aus dem Auto half. Sie sprang heraus und stand fest auf ihren Füßen, bevor er bei ihr ankam. „Für jemanden, der so viel getrunken hat wie du, bist du ganz schön nüchtern."

„Ich habe beizeiten aufgehört", sagte sie. „Nicht zu vergessen: kalte Nachtluft, die kleine Wanderung, zusammen mit dem Adrenalinschub und der einhergehenden Angst."

Sie war bereits auf der Veranda, erst dann erreichte ihn ihre letzte Bemerkung. Sie meinte doch nicht etwa ihn, oder? Er packte ihren Oberarm und drehte sie herum. „Adrenalinschub, Angst? Was meinst du damit?"

„Nicht wichtig."

Ihre nonchalante Art ging ihm langsam auf den Sack.

„Danke fürs Mitnehmen, Jake."

Er riss ihr den Schlüssel aus der Hand und ignorierte ihren jämmerlichen Versuch, sie sich zurückzuholen. Zielstrebig marschierte er zur Eingangstür und schloss sie auf. Er schob sie ins Haus und folgte ihr ins Innere. Sofort bemerkte er, dass es sich um ein Zuhause handelte – ein Heim, in dem man sich wohlfühlte. Wo Gemütlichkeit höher geschrieben wurde als der Wunsch, andere Leute zu beeindrucken. Vom schmalen Eingangsbereich, in dem Ausrüstung, Jacken und Stiefel ihren Platz fanden, eröffnete sich ein riesiges Wohnzimmer. Die Baumstämme, die die Wände bildeten, glänzten matt. Einige Regale waren mit Büchern gefüllt, andere mit DVDs. Auf einem Regal sammelten sich winzige, geschnitzte Wilder-Westen-Figuren. Er trat näher. Eine Pferdekoppel, eine Scheune und winzige Cowboys mit gezogenen Revolvern. Beinahe konnte er die Schüsse des dargestellten Duells hören. Er schmunzelte, als er erkannte, was genau er vor sich sah: Es handelte sich um eine Nachbildung der Schießerei am O.K.-Corral. Er erinnerte sich, dass Harvey Masterson immer leidenschaftlich darüber gesprochen hatte. „Die sind bemerkenswert. Wo hast du sie gefunden?"

„Ich habe sie geschnitzt."

„Du hast sie gemacht? Verdammt, ich bin beeindruckt. Vielleicht kann ich dich ja überzeugen, etwas für unsere Lodge zu schnitzen." Er schaute sich im Rest des Raumes um: Riesige, bequeme Möbel, ein Couchtisch, auf den man seine Füße stellen konnte und ein ernstzunehmender Eisenofen. „Nett habt ihr es hier."

„Finde ich auch." Sie nahm ihm die Schlüssel ab und streckte ihm dann die Hand für einen Handschlag entgegen. Er hatte es mit einer kleinen, reservierten Königin zu tun.

Ich würde es nie mit Worten aussprechen, aber kannst du dich jetzt endlich verziehen? Genau das dachte sie gerade. Er umfasste ihre ausgestreckte Hand und zog sie an sich. „Wir werden später darüber reden, wieso ich dich überhaupt aufgabeln musste", sagte er mit rauer Stimme. „Bis dahin – was zum Teufel!"

Er schob sie hinter sich, als sich eine riesige Katze näherte. Sie sprang auf die Couchlehne. Schwarze Haarbüschel an den spitzen Ohren wie bei einem Luchs und der Schwanz so lang und buschig wie bei einem Waschbären. „Das kann doch keine Katze sein. Was zur Hölle ist das?"

Ihr heiseres Lachen legte sich wie eine Faust um seinen Schwanz. *Verdammt.*

Das Monster starrte ihn aus grün-goldenen Augen an.

„Mufasa ist eine Main-Coon-Katze."

„Mufasa? Nach dem Vater von Simba in *Der König der Löwen?*"

Überrascht zog sie die Augenbrauen hoch. „Wow. Ich hätte nicht gedacht, dass du den Film kennst."

„Ich habe sehr viele Nichten und Neffen." Nach der Größe der Pfoten zu urteilen, konnte Mufasa mit einem Schlag jemandem den Bauch aufschlitzen. Jake ließ die übergroße Katze nicht aus den Augen, während seine Hände zu Kallies Po wanderten. Ihre großen Augen fanden seinen Blick. Er packte ihre weichen Arschbacken, presste sie an sich und verwehrte sich nicht ihre Lippen. Er küsste sie.

Wie würden sich ihre vollen Lippen um seinen Schwanz anfühlen? *Verdammt.* Ihr Seufzen war wie Musik in seinen Ohren. Langsam entspannten sich ihre Muskeln und sie gab sich dem Kuss hin. Und dann boxte sie ihm gegen die Brust. „Aufhören!"

Ein enttäuschtes Grummeln machte sich Luft und er ließ sie los und trat zurück.

Sie blinzelte überrascht. „Es ist gut zu wissen, dass du hörst, wenn ich protestiere."

„Ein Dom sollte immer hören können, ob eine Frau Interesse hat oder nicht." Der Dom in ihm hatte zudem registriert, wie erregt sie war und dass ihre Lippen nicht nur vom Küssen rot waren. Dummerweise hatte ihr Verstand gewonnen. Ihr Gesichtsausdruck zeugte von Unmut. Sie war dickköpfig, das musste er ihr lassen. Nichts würde er lieber tun, als die strengen Züge auf ihrem Gesicht zu lockern.

„Jake, du warst es, der nur eine Nacht wollte. Das hast du mir klar und deutlich gesagt und ich bin dir für deine Ehrlichkeit sehr dankbar. Bestimmt hast du auch gemeint, was du gesagt hast, schließlich hast du mich seither nicht angerufen." Sie verschränkte die Arme vor der Brust – auf einer Höhe, um ihre harten, kleinen Nippel, die durch ihr Oberteil zu sehen waren, vor seinen Augen zu verschleiern.

Er musste sich von innen auf die Wange beißen, um nicht laut aufzulachen. „Das ist wahr."

„Und jetzt hast du ein paar Bier getrunken und willst plötzlich vögeln. So geht das nicht."

Ärger und Schmerz lieferten sich in ihren dunklen Tiefen einen Kampf. Seine Belustigung verflüchtigte sich.

Sie sah, wie das Lachen aus seinen Augen verschwand und sein Kiefer zu Stein erstarrte. Sie konnte sich nicht erklären warum, aber dadurch wollte sie ihn noch mehr.

„Erstens: Der Alkohol hat rein gar nichts damit zu tun. Zweitens ..." Er strich mit dem Finger über ihre Wange. Sie hatte das Gefühl, in seinen blauen Augen zu ertrinken. So blau wie ihr liebster Bergsee. „Kallie, ich will mich nicht binden. An niemanden. Nie wieder." Er machte eine Pause und fügte hinzu: „Und doch will ich Liebe mit dir machen. Ich will dich vor mir auf den Knien sehen und diese weichen Lippen sollen sich um meinen Schwanz legen. Ich will dich gefesselt und hilflos in meinem Bett haben. Ich will dir den Arsch versohlen und dich dann so lange und hart rannehmen, dass du eine Woche nicht sitzen kannst."

Oh Gott. Ihr Atem ging stoßweise. Sie blinzelte ihn schockiert an. Sie räusperte sich. Wieso hatte sie nur gesagt, dass sie seine Ehrlichkeit schätzte? „Also." Sie schluckte schwer und versuchte es noch mal von vorn: „Du willst mit mir ... spielen, möchtest aber keine Beziehung, richtig?"

„Ist das möglich?" Er umfasste ihr Kinn.

Ich will ihn. Aber konnte sie auch das unausweichliche Ende verkraften? Ihr Herz hatte von der einen Nacht schon einen Schlag abbekommen. Wie viel konnte sie ertragen? „Ich muss darüber nachdenken."

„Das klingt fair." Er küsste sie sanft und wandte sich zum Gehen. „Schließ die Tür hinter mir ab."

Wie angeordnet, schloss sie ab und lauschte seinem Auto, das in die Nacht verschwand. Als sie von der Tür wegtrat, erinnerte sie sich an den Vorfall auf der Straße. Etwas hatte in der Dunkelheit gelauert und sie beobachtet. Vielleicht sollte sie auch die Fensterläden schließen.

Morgen würde sie mit einer Gruppe in die Berge gehen und sich entspannen können. An keinem Ort fühlte sie sich sicherer als in der Wildnis.

Zu Beginn der neuen Woche lehnte Jake mit dem Rücken gegen einen Baumstamm im Wald und schlürfte nachdenklich seine Tasse Kaffee.

Der Tag näherte sich dem Abend und die Luft kühlte sich ab. Drei Stunden waren sie gewandert. Seine Muskeln bedankten sich für das gute Workout. Sie hatten rechtzeitig Halt gemacht, um das Lager für die Nacht aufzuschlagen. Gegenüber von ihm, auf der anderen Seite des Lagerfeuers, saß ein älteres Paar. Steve und Evelyn unterhielten sich leise miteinander. Heather und Abel hatten noch Energie gehabt und waren für ein intimes Bad zum Bach gegangen. Nicht weit von ihm räumte Kallie die Reste vom Abendessen weg. Sie hatte auf Hilfe verzichtet. „Mein Job", hatte sie zu ihm gesagt und darauf bestanden, dass er und die Klienten den Abend genossen.

Und das würden sie, dachte er lächelnd.

Der Plan war eigentlich ein anderer gewesen: Logan war für den Ausflug eingeplant gewesen, um den Paaren eine Einführung in BDSM zu geben. Leider hatte Rebecca die Grippe bekommen und er wollte sie nicht mit Fieber sich selbst überlassen. Belustigt schüttelte Jake den Kopf. Sein Bruder war seiner kleinen Sub vollkommen verfallen. Aus diesem Grund hatte sich Jake bereiterklärt, für seinen Bruder einzuspringen.

Und Kallie war die Bergführerin ... Klar, er hatte sich vorgenommen, seiner Elfe mehr Bedenkzeit zu geben, jedoch beschwerte er sich nicht über ihre Anwesenheit. Sie bei sich zu haben, hatte ihm den Tag versüßt. Das Energiebündel trug stets ein Lächeln auf den Lippen. Die zwei Pärchen fanden sie entzückend. Hinzu kam, dass sie erstklassig in ihrem Job war. Sie kannte den Wald und dessen Bewohner wie ihre Westentasche – vom Maultierhirsch über das Stachelschwein bis hin zur Vegetation. Sie konnte Bäume mit Leichtigkeit bestimmen und wusste alles über die Geologie und die Geschichte des Yosemite-Nationalparks. Zudem hatte sie das Talent, ohne einen belehrenden Ton mit den Menschen zu sprechen. Sie verwickelte ihre Kunden in ein Gespräch und warf Faktenwissen ein, wenn Interesse bestand.

Er hielt sich selbst für einen verdammt guten Bergführer. Dennoch musste er voller Stolz zugeben, dass sie besser war. Seine zähe, kleine Elfe.

Nein. Nicht seine. Sie gehört nicht dir, Arschloch.

Heather und Abel kamen vom Bach zurück und Jake bat beide Pärchen, zu ihm zu kommen. „Okay, sind alle fertig? Können wir anfangen?"

Nicken von den Anwesenden folgte. Er lächelte die zwei Frauen an und wandte sich dann den Männern zu. „Eure Subs,

Gentlemen, sind für euer Vergnügen hier. Zu einem gewissen Grad könnt ihr mit ihnen machen, was ihr wollt und was sich richtig anfühlt." Um jeden daran zu erinnern, dass es Grenzen gab, fragte er: „Heather, wie lautet dein Safeword?"

Eine Blondine mit einem hellen Teint errötete. „Diamant."

„Evelyn?" Jake nickte der kurvigen Brünetten in den frühen Vierzigern zu. Sie machte einen mütterlichen Eindruck, doch er wusste, dass sie eine renommierte Orthopädin war.

„Darth Vader", sagte sie.

„Interessante Wahl."

Steve strich sich über seinen Spitzbart. „Ich glaube, sie verbindet es mit einer Drohung." Er räusperte sich und sprach in einer düsteren Stimme: *„Es gibt kein Entkommen. Zwing mich nicht, dich zu töten.'"*

Jake unterdrückte ein Lachen. „Okay. Höre besser, wenn sie es benutzt." Er studierte die Anwesenden für eine Minute. Er konnte die Vorfreude förmlich schmecken – und die Nervosität. *Sehr gut.* „Gentlemen, weist eure Subs an, hier zu verweilen, während ihr mich dort rüber begleitet." Er deutete auf die andere Seite des Campingplatzes.

Der Professor schaute ihn verständnislos an. Schließlich begriff Abel den Hinweis. „Heather, knie dich hin. Hände hinter den Rücken." Er wartete, um sicherzugehen, dass sie seinem Befehl folgte, bevor er über die Lichtung zu Jake spazierte.

Jake sah das unausgesprochene *Hab's begriffen* auf Steves Gesicht. „Evelyn, in die Sklavenposition. Sofort."

Ah, jemand hatte seine Hausaufgaben gemacht und die Positionen gelernt. Jake beobachtete, wie Evelyn sich hinkniete, ihre Knie spreizte und die Hände auf den Oberschenkeln platzierte. *Sehr schön.*

Steve folgte über die Lichtung und Jake nickte anerkennend. So dass nur die Männer ihn hörten, fügte er hinzu: „Subs in der knienden Position sollten immer ihre Augen gesenkt halten."

Beide Männer gaben ihre Befehle und die Frauen gehorchten.

Jake lehnte sich gegen einen Baum und lächelte bei dem reizenden Anblick. „Schaut sie euch an", sagte er zu den Männern. „Voller Sorge, was ihr vorhaben könntet. Sie erwarten Schmerz und auch unvorstellbare Lust. Sie wissen, dass ihr sie über ihre Grenzen bringen werdet. Sie beben vor Vorfreude."

„Gott, du hast recht. Ich habe sie noch nie so gesehen", sagte Steve.

„Wenn sie die Augen auf den Boden richtet, dann kann eure Sub in eurem Gesicht nicht lesen, was als Nächstes kommt", sagte Jake. „Das verstärkt gleichzeitig ihr Gefühl der Hilflosigkeit und der Erregung. Genau in dem Zustand wollen wir sie haben. Erregt und ganz darauf ausgerichtet, Lust zu schenken und zu empfangen."

Die beiden nickten.

„Was könntet ihr noch machen, um ihre Verletzlichkeit herauszukitzeln?" Er lächelte, als die Männer grübelten. Ein Rechtsanwalt und ein Professor, beide mit berufstätigen Ehefrauen. An Gleichberechtigung in der Ehe gewöhnt. Sie brauchten Ermunterung, um sich der dominanten Rolle vollkommen hinzugeben.

„Nacktheit", sagte Abel. „Ohne Kleidung würde sie ..." Ein Anwalt, wild gestikulierend und um Worte verlegen.

„Gute Idee. Setzt sie in die Tat um." Als die Männer zum Sprechen ansetzten, hielt Jake eine Hand hoch. „Ein Befehl kann auch aus der Ferne erteilt werden. In eurem Fall, da die Subs noch Anfänger sind, wäre es ratsam, den Befehl aus der Nähe auszusprechen. Erfreut euch am Körper eurer Sub, wenn sie gehorcht und sich vor euch entkleidet. Zieht die Situation in die Länge. Lasst sie hin und wieder innehalten und genießt die langsame Enthüllung ihrer Körper. Berührt sie. Neckt sie. Lasst sie wissen, wie wunderschön ihr sie findet und wie weich ihre Haut ist."

Die Männer nickten und liefen zu ihren Frauen. Sie bewegten sich selbstsicherer. Sie nahmen die Rolle des Doms an.

Jeder Idiot konnte Handschellen benutzen. Dominanz erforderte mehr als das.

Er musterte die Umgebung. Kallie war mit ihrer Aufgabe fertig, hatte es sich neben dem Gepäck bequem gemacht und gab vor, zu schnitzen. Erwartet hatte er, dass sie ihm den Rücken zuwenden oder im Zelt verschwinden würde. Stattdessen hatte sie der Unterweisung zugesehen.

Als sie mit einem sehnsüchtigen Blick in seine Richtung sah, rauschte ihm das Blut wie eine Sturzflut direkt in seinen Intimbereich. *Verdammt*, er wollte sie. Hatte sie genug Zeit zum Nachdenken gehabt? Wollte sie ihn? Wollte sie mit ihm spielen? „Kallie, komm zu mir."

Sie öffnete den Mund, um auf seinen Befehl zu antworten.

Er konnte sich bereits denken, was sie sagen wollte, weshalb er seine Stimme fast bedrohlich klingen ließ, und befahl: „Sofort."

Sie erstarrte kurzzeitig. Dann legte sie ihr Messer und ihre Schnitzarbeit beiseite, stand auf und kam zu ihm. Sie schlich regelrecht. Er konnte ihren inneren Kampf geradezu hören: *Sich unterwerfen? Nein, tue das nicht!* Mit Augen, die sich in der Dämmerung zu schwarzen Edelsteinen verwandelt hatten, blieb sie vor ihm stehen. Nervös rieb sie mit den Handflächen über ihre Jeanshose. Er musste ein Lächeln unterdrücken.

„Bist du fertig mit dem Denken, mein Elfchen?"

„Ja." Sie leckte sich über die Lippen und sagte resolut: „Ich will spielen."

Oh ja, so wie ich auch. Tatsächlich hatte er noch nie jemanden getroffen, den er so sehr wollte. Er gewann wieder die Kontrolle über sich, legte einen Finger unter ihr Kinn und hob ihre Augen zu seinen. „Eine weitere Nacht. Nur eine weitere Nacht. Geht das für dich in Ordnung?"

„Ja." Zustimmung schimmerte in ihren Augen.

„Ja, was?"

Ein Schauer durchfuhr sie. „Ja, Sir."

„Sehr schön." Er streichelte über ihre Haare, strich mit

einem Finger ihre Ohrmuschel nach und wanderte dann zu ihrem Kiefer, bis er ihr stolzes Kinn erreichte. Sie war hartnäckig genug, um für ihn eine Herausforderung zu sein und verletzlich genug, um mit ihrer Unterwerfung sein Herz zu berühren. *Verdammt.* „Ich werde es genießen, dich wieder unter meinen Händen zu spüren."

Bei seinen Worten beschleunigte sich ihre Atmung. Er bekam nicht genug von ihren Reaktionen. Er packte ihre Oberarme, um das Gefühl der Kontrolle zu verstärken, und flüsterte an ihren Lippen: „Es gibt so viele Dinge, die ich mit dir machen will, Kallie."

KAPITEL FÜNF

Kallie schluckte schwer, als die Fantasie mit ihr durchging. Was genau wollte er denn mit ihr machen?

Scheiße, warum hatte sie zugestimmt? Dennoch konnte sie sich nicht verwehren, was sie sich so sehnlichst wünschte. Sie wollte ihn. Sie wollte ihn heute Nacht. Und wenn sie ehrlich war, dann wollte sie ihn auch über diese Nacht hinaus. In den letzten Tagen hatte sie nachgedacht. Sie war zu der Entscheidung gekommen, dass sie mit den Grenzen leben konnte, die er setzte. Zumindest sagte er ihr, was sie zu erwarten hatte. Immer wenn sie in der Vergangenheit verstoßen worden war, hatte sie das unerwartet getroffen. Sie wusste, dass er keine Beziehung mit ihr wollte. Das bedeutete, dass er sie nicht in ihren Grundfesten erschüttern würde, wenn er die Sache beendete. Das klang doch vernünftig, oder? Auf diese Weise könnte es funktionieren, richtig? *Richtig?*

Er öffnete die ersten Knöpfe ihres Flanellhemdes, glitt mit der Hand in den Ausschnitt und berührte ihre nackte Haut. Die Berührung war erregend. Aufregend. Sie beobachtete sein schiefes Lächeln, als er ihren Nippel reizte. *Gott*, ihre Knie würden gleich unter ihr einknicken.

Er wechselte zur anderen Brust und fragte beiläufig: „Wie lautet dein richtiger Name?"

„Was?"

Seine Augen verdunkelten sich.

Ups. Eine Sub stellte keine Fragen. „Ka-lin-da, buchstabiert K-A-L-I-N-D-A. Meine Mutter meinte, dass mein Vater ein Inder war."

„Ah. Von ihm hast du also deine wunderschönen Augen."

Wunderschön? Sie hatte wunderschöne Augen? Sie senkte den Blick, um zu vermeiden, dass er ihre Reaktion auf sein Kompliment sah. Sie lächelte.

„Die Mastersons sind alle recht hochgewachsen. Ich nehme an, dass du deine Elfengröße auch deinem Vater zu verdanken hast."

Elfengröße? Sie sah ihn finster an.

Seine Hand wanderte in ihren Nacken. Er packte ein Bündel ihrer Haare, riss ihren Kopf zurück und sagte in einem rauen Tonfall, der seine Handhabung widerspiegelte: „Ich mag es nicht, wenn eine Sub mich auf diese Weise anfunkelt."

Sie versuchte, sich aus seinem Griff zu befreien, musste aber erkennen, dass er sie völlig in seiner Gewalt hatte. Hilflos. Sie schmolz dahin.

„Ausnahmsweise werde ich eine simple Entschuldigung akzeptieren. Das nächste Mal werde ich dich für eine ähnliche Reaktion bestrafen."

Bestrafen? Der Gedanke setzte gegensätzliche Empfindungen bei ihr frei: Sie konnte sich nur zu gut an das Gefühl erinnern, als er ihren Hintern versohlt hatte. Auch der markerschütternde Orgasmus war schwer zu vergessen. Gleichzeitig machte sie seine Androhung wütend.

„Kalinda, ich warte."

Sie starrte ihn an. Das Feuer flackerte über sein strenges Gesicht, betonte seine Wangenknochen und legte seine Augen in Schatten. Sie wollte ihn so sehr. Ihr Körper bebte und stellte

sich gegen ihren Verstand. *Sag, was er hören will. Du willst es doch.*
„Es tut mir leid, Jake", flüsterte sie.

„Gut gemacht, kleine Elfe." Er hielt ihren Kopf weiterhin
fest und nutzte ihre Position, um ihr einen Kuss auf die Lippen
zu drücken. Dann bahnte er sich mit seinem Mund einen Weg zu
ihrem Kiefer, kostete und knabberte an ihr. Sie zischte bei jedem
erregenden Biss. Seine Lippen bildeten einen starken Kontrast
zu seinen Zähnen – warm und sanft und weich. Er nahm sich
Zeit, küsste sie unter ihrem Ohr und kostete am Übergang
zwischen Hals und Schulter. Er erlaubte ihr nicht, sich zu bewegen, als er sich an seiner Opfergabe labte. Inzwischen entfachte
er ein Feuer in ihr, das in jede Zelle vordrang.

Sie wollte ihn berühren, wollte seine Schultern packen und
ihre Hände hinter seinem Hals verschränken. Es war nicht
einfach, aber sie schaffte es, ihre Hände an ihren Seiten zu
lassen. Sie wollte seinen Wünschen entsprechen. Sie wollte ihn
zufriedenstellen. Sie wollte ihn befriedigen. All das löste ein
prickelndes Gefühl in ihr aus und sie stöhnte.

Er hob den Kopf und musterte sie. Sein rechter Mundwinkel
zuckte. „Sehr gut, kleine Elfe", hauchte er. „Du weißt genau, was
ich mir von dir wünsche."

Für eine Sekunde konnte sie sein Lob genießen, bevor er sie
mit seinem Mund vollkommen aus der Fassung brachte. Besitzergreifend strichen seine Lippen über ihre. Die Art, wie er sie
küsste, war umwerfender, als sie es in Erinnerung hatte. Zu früh
entriss er ihr den Mund, zog sie in seine Arme und legte ihren
Kopf an seine Brust. Seine Erektion presste sich gegen ihren
Bauch. Er wollte sie.

Ein Lachen summte durch seinen Körper und sie stellte fest,
dass er die anderen zwei Paare beobachtete. Sie versuchte, sich
umzudrehen, um zu sehen, was er sah. Er ließ sie nicht; sein
Griff festigte sich. „Gentlemen, darf ich euch bitten, meiner Sub
und mir Gesellschaft zu leisten?"

Seine Sub. Das klang ... viel zu gut, um wahr zu sein. Sie sollte
es nicht gut finden, aber sie tat es. Sie legte ihre Arme um seine

Taille und seufzte zufrieden, als er sie nicht aufhielt. Er roch nach Seife. Er musste sich im Bach gewaschen haben. Dennoch war es der Geruch darunter – so männlich und ganz Jake –, der ihr den Kopf verdrehte. Sie vergrub ihr Gesicht an seiner Brust und atmete tief ein. Warum musste er nur so gut riechen?

Er lachte. „Mir gefällt es auch, wie du riechst, Süße. Wie Vanilleeis."

Sie hörte die Schritte der anderen beiden Männer.

„Sehr gut. Und nun seht euch eure Subs an. Hat sich die Atmung beschleunigt? Ist ihr Gesicht errötet? Habt ihr es geschafft, sie mit euren Berührungen, Blicken und Worten zu erregen? Woran könnt ihr das erkennen? Jede Frau ist anders. Die Anzeichen unterscheiden sich. Bleibt aufmerksam und stellt keine Vermutungen an."

Er legte einen Arm um Kallies Taille, zog sie an seine Seite, wodurch es ihr möglich war, den beiden Männern ins Gesicht zu sehen.

Ihre Wangen waren heiß. Augenkontakt war keine gute Idee gewesen. Diese beiden Männer waren ihre Kunden. Sie versuchte, sich aus seinen Armen zu befreien. Er knurrte daraufhin und festigte seinen Arm um ihren Körper.

„Gentlemen, wie eure Frauen auch, ist Kallie eine Karrierefrau. Hier in der Gegend findet ihr keinen besseren Bergführer. Zur Freude meinerseits hat sie entschieden, mir für heute Abend die Kontrolle auszuhändigen." Er fand ihren Blick und grinste sie an. „Es ist wichtig, sich die Einwilligung der Sub zu holen. Hätte ich das nicht getan, würde mich Kallie mit einem Blick in die Hölle schicken. Über Eines müsst ihr euch immer im Klaren sein: Eine Frau kann, mit dem richtigen Partner, sehr viel Befriedigung aus Unterwerfung schöpfen und dennoch am nächsten Tag im Büro zeigen, aus welchem Holz sie geschnitzt ist."

Kallie betrachtete ihn mit einem Blick, der angefüllt war mit Wärme und Verständnis. Sie atmete aus. Sie hatte gar nicht gemerkt, dass sie den Atem angehalten hatte. *Na gut, also dann.*

Immer schön daran erinnern, dass die anderen beiden Frauen auch ihre Karrieren liebten.

Jake wuschelte ihr durchs Haar, packte ein Bündel ihrer kurzen Strähnen und zog ihren Kopf in den Nacken, so wie er das zuvor bereits getan hatte. Seine andere Hand legte er auf ihre Wange. Er zog sie näher an sich und sofort breitete sich die Wärme seines Körpers in ihr aus. „Steve, Abel, ich habe euch gezeigt, wie verbale Kontrolle funktioniert. Mit der körperlichen verhält es sich ähnlich: Ihr zwingt ihr euren Willen auf und gebt der Sub ein Gefühl der Hilflosigkeit. Sie soll verstehen, dass sie keine andere Wahl hat, als zu akzeptieren, was ihr wollt und das anzunehmen, was ihr gebt."

„Eine Sub bei den Haaren zu packen, führt auf mehreren Ebenen zum Erfolg. Zum einen fixiert ihr sie, so dass ihr euch an ihr erfreuen könnt." Jake küsste sie. „Zum anderen entblößt ihr den Hals der Sub. In der Tierwelt ist dies die ultimative Geste der Unterwerfung. Es gibt nichts Verletzlicheres als den Hals." Seine freie Hand wanderte von ihrer Wange und legte sich um ihre Kehle. Behutsam drückte er zu. Er schaffte es, einen Angst schauer in ihr auszulösen.

Jake schob sie vor sich, so dass ihr Po an seinen Oberschenkeln ruhte. Er wickelte einen Arm um ihre Taille und öffnete die Knöpfe ihres Hemdes mit seiner freien Hand.

„Hey!"

„Sei still."

Sie unterdrückte eine bissige Antwort und konzentrierte sich auf ihr rasendes Herz. *Verdammt*, natürlich hatte sie sich ausgerechnet heute gegen einen BH entscheiden müssen. Sie trug nicht mal ein Tanktop.

„Gutes Mädchen", sagte er. Lobend streichelte er ihre Wange und Wärme erfüllte sie. Schon bald stand ihr Hemd offen. „Zum Kontrollwechsel gehört, dass die Sub einwilligt, dem Dom ihren Körper zur Verfügung zu stellen. Dabei darf man nicht vergessen, dass sie jederzeit die Kontrolle behält. Denn: Sie bestimmt, ob du ihren Körper benutzen, vorzeigen oder mit anderen teilen darfst. Jede Sub hat natürlich ihre Grenzen. Manche bevorzugen es, Sessions in den eigenen vier Wänden abzuhalten. Andere lieben die Aufmerksamkeit und es macht ihnen nichts aus, vor Zuschauern berührt zu werden. Ganz im Gegenteil: Einige Subs erregt es sogar, vor dem eigenen Dom von anderen berührt zu werden."

Jakes Worte lösten Panik in ihr aus. Wollte er sie mit diesen Menschen teilen? Sie wehrte sich gegen seinen einschränkenden Arm um ihre Taille.

„Auch ein Dom hat Grenzen. Ich, zum Beispiel, habe nichts dagegen, die Schönheit meiner Sub mit anderen zu teilen, aber ich bin viel zu besitzergreifend, um irgendjemandem zu gestatten, sie anzufassen."

Oh. Sie entspannte sich ein wenig und lehnte sich vertrauensvoll gegen ihn.

Er packte ihre Brust. So plötzlich, dass sie scharf den Atem einzog. Keine Fragen, kein Zögern – er nahm sich einfach, was er wollte. Genau wie er es angekündigt hatte. Es schockierte sie immer wieder, wie tröstend sich seine warme Handfläche auf ihrer nackten Haut anfühlte.

„Dein Herz klopft wie wild, kleine Sub", flüsterte er ihr ins Ohr.

Angst, Vertrauen, Sorge, Erregung. Sie fühlte sich, als wäre sie in eine Achterbahn der Gefühle gestiegen. Ohne ihn würde sie herausfallen.

„Gentlemen, in euren Rucksäcken befinden sich Augenbinden. Falls ihr euch unsicher fühlt oder ihr denkt, dass ihr bei einer neuen Bondage-Technik oder einem Equipment mehr Zeit braucht, um es richtig anzuwenden, dann verbindet der Sub die Augen. Dadurch mindert ihr den Druck und verstärkt gleichzeitig das Gefühl des Kontrollverlustes bei eurer Sub. Berührt sie, wenn ihr eurer Sub das Augenlicht nehmt und genießt, wie sie sich eurer Handfläche entgegenstreckt."

Er zwickte in einen empfindlichen Nippel. Glühend heiße

Begierde schoss durch sie hindurch und sie streckte sich ihm entgegen.

Jake lachte tief und fuhr fort: „Auf dem gesamten Campingplatz werdet ihr verschiedene Stationen mit Equipment finden. Sie sind mit Fähnchen markiert. Führt eure Sub zu jedem Fähnchen. Berührt sie und achtet bei jeder einzelnen Station auf ihre Reaktionen. Findet heraus, welche Art von Bondage ihre Herzen schneller schlagen lassen. Wenn euch die Station auch zusagt, dann lasst euch darauf ein. Wenn Fragen oder Probleme aufkommen, ruft ihr mich und ich werde euch zur Hilfe kommen."

Ausgehend von den roten Gesichtern und den offensichtlichen Erektionen der beiden Männer waren sie bereit für den nächsten Schritt. Nicht, dass Jakes Art und Weise, sie zu berühren, ihrerseits für Abkühlung gesorgt hatte.

Während die Männer zu ihren Frauen eilten, führte Jake Kallie zum Lagerfeuer. Er setzte sich auf einen Baumstamm und platzierte Kallie rittlings auf seinem Schoß. „Das letzte Mal haben wir nicht viel gesprochen. Denke darüber nach, was du in der Lodge gesehen oder worüber du in einem Buch gelesen hast. Was löst Widerwillen in dir aus und würdest du auf keinen Fall ausprobieren wollen?"

Seine Hand wanderte unter ihr Hemd und legte sich auf ihre Hüfte. Dadurch stabilisierte er sie auf seinem Schoß und ließ sie zugleich wissen, dass er die Kontrolle nicht abgeben würde. *Mein Körper gehört ihm.* Sie erschauerte bei dem Gedanken. Erschreckend, sicher, aber auch wahnsinnig erregend.

„Kallie, antworte mir."

Ups. Was hatte ihr in Büchern oder auf der Party nicht zugesagt? Hatte ihr etwas Angst gemacht? „Ich will nicht, dass mir jemand Wunden zufügt oder dass Blut fließt."

Er nickte. Sein Blick wandte sich nicht eine Sekunde von ihr ab. Zu jeder Zeit beobachtete er sie: Er sah ihr in die Augen, auf den Mund, ihre Hände, ihren Körper. Er las ihre Reaktionen, so wie er es den anderen Männern vermittelt hatte. „Sprich weiter."

Warum musste er nur so eine tiefe, sexy Stimme haben?

Während seine Daumen über ihre unteren Rippen strichen, schrie alles in ihrem Körper: *Mehr! Ich will mehr!* Ihre Brüste waren geschwollen und die kühle Luft auf ihrer Haut, die sich mit seinem warmen Atem abwechselte, machte sie wahnsinnig. Sie war feucht. Sie konnte fühlen, wie feucht sie zwischen ihren Schenkeln war. Der raue Jeansstoff an ihrer empfindlichen Haut verschlimmerte ihre Situation. Wie würde er reagieren, wenn sie sich einfach die Sachen vom Körper riss und sich von ihm nahm, was sie brauchte?

Vermutlich würde er ihr den Hintern versohlen.

Sie erschauerte.

Sein Mundwinkel zuckte amüsiert. „Du hast den Faden verloren, kleine Sub." Er fuhr mit den Fingerknöcheln über ihre steinharten Nippel. „Du solltest mir doch sagen, was dich kalt lässt und mir nicht zeigen, was dich heiß macht."

Sie lehnte sich seiner Berührung entgegen.

„Nicht jetzt, Süße." Er nahm seine Hand weg. „Beantworte meine Frage: Gibt es Aktivitäten, bei denen du dir nicht sicher bist?"

Sie schnaubte. „Ich bin mir bei nichts sicher."

„So ganz stimmt das nicht. Wir wissen bereits, dass du auf Fesselspiele stehst. Auch gegen Spielzeuge hast du nichts einzuwenden. Spankings erregen dich." Belustigung tanzte in seinen Augen. „Vorige Woche hast du bei einem Flogging zugesehen. Was hast du dabei empfunden?"

„Na ja." Sie dachte an die Riemen, die auf nackte Haut getroffen waren. *Angst, Erregung.* Sie leckte sich über ihre Lippen. „I-ich weiß nicht. Ich weiß nicht, ob ich ausgepeitscht werden will, bis ..."

Er belohnte ihre ehrliche Antwort, indem er erneut ihre Brust umfasste und sie sanft massierte. Es fühlte sich wie eine Belohnung an. Was er mit seinen nächsten Worten bestätigte: „Ich schätze deine Ehrlichkeit. Was hältst du von Analsex?"

„Habe ich noch nie gemacht." Sie errötete bei der Vorstellung, dass er an dieser Stelle bei ihr eindringen würde.

„Ein ‚Nein' klingt anders." Er grinste und stellte sie auf ihre Füße. „Okay, genug geredet. Wie lautet dein Safeword?"

„Barney."

„Perfekt."

Er schaute sich um. Die anderen hatten gewählt: Heather stand an einem Baum. Die Kette, die von einem Ast hing, hielt ihre Handfesseln zusammen und hob die Arme über ihren Kopf. Evelyn lag auf einem Baumstamm, an den Steve sie gefesselt hatte.

„Es wird Zeit, mal nach meinen Studenten zu sehen." Jake stand auf. „Hinknien, Augen auf den Boden richten."

Sie folgte seiner Anweisung. Ihr fiel sein Ausdruck auf und sie sah ihn fragend an.

„Was hast du vergessen?"

Ups. „Ja, Sir."

Er nickte zufrieden. Dann überquerte er die Wiese. Er hielt nur kurz am Feuer an, um sich eine Decke mitzunehmen. Er zeigte Steve, wie er Heathers Blutzirkulation kontrollieren konnte. In einem angemessenen Abstand wartete er, bis Abel ihn bemerkte. Als dieser sich umdrehte, reichte Jake ihm die Decke, um sie zwischen seine Sub und den rauen Baumstamm zu legen. Jake warf einen Blick zu Kallie und zog seine Augenbrauen zusammen.

Oh Scheiße, erwischt. Sie zuckte zusammen und senkte den Blick.

Sie hörte, wie er sich näherte. Wenig später traten seine Stiefel in ihr Blickfeld. „Steh auf und zieh dich aus." Seine Stimme war sanft, aber kühl. Die Schmetterlinge in ihrem Bauch spielten bei seinem Ton verrückt.

Sie zog ihr Hemd aus und Jake nahm zwischenzeitlich wieder seine Rolle als Lehrer ein: Er belehrte die beiden, dass sie sich an ihren Subs erfreuen sollten. Dann herrschte Stille. Jake berührte sie nicht. Sie riskierte einen Blick unter ihren Wimpern hervor. Seine Augen hatten sich seiner Stimme angepasst – so eisig, dass sie Gänsehaut bekam. Sein Kiefer war angespannt. Sie zögerte einen Moment, bevor sie verstand: Es war ein himmelweiter Unterschied zwischen vollkommener Nacktheit und nur ober-körperfrei. Dennoch öffnete sie ihre Stiefel und zog sie aus. Sie legte ihren Gürtel ab, platzierte das Messer daneben und machte sich dann an ihre Jeanshose und ihr Höschen.

„Beug dich nach vorne und umfasse deine Beine."

Auf keinen Fall. Das mache ich nicht. Sie starrte ihn an, ohne sich zu bewegen.

Sein Gesicht blieb ausdruckslos. Beim Blick in seine unnach-giebigen Augen konnte sie sich seinem Befehl nicht länger verwehren. Ihr Widerstand bröckelte. Sie schloss ihre Augen, seufzte innerlich und lehnte sich wie befohlen vor. Sie umfasste ihre Knöchel und unterdrückte ein Wimmern. *Super gelenkig. Toll, oder?*

Er trat näher zu ihr heran und streichelte über ihre Hüfte. Seine Hand wanderte zu ihrem Rücken und plötzlich landete er mit der anderen Hand einen Schlag auf ihre nackte Pobacke. *Klatsch!*

„Au!" Der Schmerz traf sie wie ein Blitz. Vielleicht hätte sie es erahnen können, aber das änderte nichts an ihrem bren-nenden Hintern. Sie versuchte, sich aufzurichten.

„Nicht bewegen, Sub." Er drückte sie wieder nach unten. „Ich erwarte Gehorsam." *Klatsch.*

Sie biss die Zähne zusammen. Ihn anzuschreien oder zu beschimpfen, würde ihr jetzt nicht helfen. Es wäre sogar dämlich. Was war aus dem Vorspiel geworden? *Verdammt*, das tat weh!

„Wenn du nicht gehorsam bist, enttäuscht mich das" – *Klatsch* – „und du musst mit einem wunden Arsch herumrennen." *Klatsch.*

Ihr Po fühlte sich an, als hätte er Säure darüber gekippt. *Arschloch.* Sie packte ihre Knöchel fester und bereitete sich auf den nächsten Schlag vor. Sie weigerte sich, ihn um Gnade anzuflehen.

Er trat von ihr weg. „Knie dich hin."

In Erwartung eines weiteren Schlages hatte sie ihren Körper so angespannt, dass sie eine Sekunde brauchte, bevor sie sich bewegen konnte. Langsam senkte sie sich auf ihre Knie. Der Waldboden und die Kiefernnadeln bohrten sich in ihre nackten Beine. Als sie den Po auf ihre Waden senkte, zischte sie. *Verdammt.*

„Und jetzt entschuldige dich bei mir."

„Es tut mir leid, Jake." Es tat ihr wirklich leid. Sie hatte nicht absichtlich den Blick gehoben. Sie hatte nicht ungehorsam sein wollen. Sie musste zugeben, dass es etwas in ihr befriedigte, wenn sie wusste, dass er ihren Ungehorsam nicht zuließ. Nicht heute und auch nicht in der Zukunft. Es fühlte sich an, als hätte er einen Hunger in ihr gestillt, von dem sie nicht wusste, dass sie ihn hatte.

„Das genügt fürs Erste." Sein Ton war zu dem heiseren Summen zurückgekehrt, das ihr Schauer über den Rücken jagte. Er half ihr, sich aufzurichten, und zog sie an seine Brust.

Es fühlte sich ... merkwürdig an, nackt zu sein, und von einem Mann gehalten zu werden, der noch vollständig bekleidet war. Sie fühlte sich verletzlich. Seine große Hand presste ihren Kopf gegen seine Brust und er rieb sein Kinn an ihren Haaren. „Ich vergebe dir, Süße. Ich weiß, dass du es beim nächsten Mal besser machen wirst."

Wäre es ein anderer Mann, in einer anderen Situation, der diese Worte zu ihr gesagt hätte, wäre ihre Reaktion eine gänzlich andere. Aber hier, nackt ... erregt .... in Jakes Armen, da wollte sie ihm wirklich Freude bereiten. Sie wollte in seiner Stimme hören, wie zufrieden er mit ihr war. Sie wollte in seinen Augen sehen, wie sehr ihr Gehorsam ihn befriedigte.

„Jake?"

„Sag mir, was dich beschäftigt?"

„Es macht mich wahnsinnig, wenn meine Cousins mich rumkommandieren. Warum ... mag ich es, wenn du es tust?"

„Ah. Es ist normal, dass du für deine eigenen Entscheidungen verantwortlich sein willst. Das Besondere an einer Sub zeichnet sich dadurch aus, dass sie Gefallen daran findet, diese Kontrolle über ihr eigenes Leben für eine kurze Zeit ihrem Dom zu überlassen. Einem Dom, dem sie vertraut, um den Kopf frei zu bekommen. Der Verstand wird abgeschaltet. Jede Reaktion, jede Empfindung ist ehrlich. Nichts wird zurückgehalten oder vorgetäuscht." Seine Aura strahlte Macht aus. Seine Stimme zeichnete sich durch Kompromisslosigkeit aus. „Denn ich werde dir genau sagen, was ich von dir will, und du wirst keine Wahl haben, als darauf zu reagieren. Du wirst mir dein wahres Ich präsentieren."

Sie erschauerte und sein linker Mundwinkel zuckte amüsiert.

Für eine Weile hielt er sie einfach nur in seinen Armen und beobachtete seine Studenten. „Sie machen sich gut." Er fand Kallies Blick und lächelte. „Lass uns Spaß haben." Er schnappte sich seine Tasche, legte den Arm um ihre Taille und führte sie über die Lichtung zum Zelt. Der Ärmel seines Flanellhemdes strich sanft über ihre Haut und verschleierte die Kraft, die sich darunter verbarg.

Sie schaute auf ein Arrangement aus Riemen, das sich in einem Zickzack-Muster über einen Baumstamm wickelte. „Darf ich mir heute aussuchen, was wir machen?", fragte sie.

„Nein."

Also das war nicht fair. Sie schaute ihn finster an. Zwar versuchte er, es zu unterdrücken, aber sie konnte sein Grinsen sehen.

„Ich dachte an ein privates Eckchen für uns. Es wird dir gefallen."

Abgeschiedenheit klang gut. Freudige Erwartung machte sich in ihr breit. Er holte eine Decke aus seinem Zelt und führte sie zur abgeschiedenen Seite der Lichtung, die teilweise von Büschen abgeschottet wurde. Der Schein des Feuers war weit entfernt. Nur der Mond schien und tauchte die Baumwipfel in ein magisches Licht.

Er breitete die Decke auf dem Boden aus. Mit dem Zeigefinger wies er darauf. „Dort gehörst du hin, kleine Sub."

Ihr Herz setzte einen Schlag aus. Von den schneebedeckten

Gipfeln wehte eine kühle Brise herüber. Nicht nur der Geruch von Wald trat an ihre Nase, auch Jakes wundervoller Duft nach Seife und Mann traf ihre Sinne. Sie fiel auf die Knie. Sollte sie sich hinknien oder hinlegen? Zuerst war sie besorgt, doch dann erinnerte sie sich, dass sie sich darüber keine Gedanken machen musste. Jake würde es ihr sagen. Denken war nicht ihr Job. Wenn sie mit ihm eine Session absolvierte, hatte sie keine Sorgen. Die Entscheidungen lagen nicht mehr bei ihr. Der Knoten in ihrem Magen, von dem sie bis eben keine Ahnung hatte, löste sich. Gleich darauf atmete sie erleichtert auf.

Er zog sich sein Hemd aus und kniete sich neben sie auf die Decke. Dann legte er die Arme um sie, drapierte sie auf ihren Rücken und schob sich über sie. Ihre Fingerspitzen ergötzten sich an den tanzenden Muskeln seiner Schultern, während er den Mund auf ihren senkte und sie wie ein ausgehungerter Mann küsste.

Er schmeckte nach der heißen Schokolade, die sie am Lagerfeuer getrunken hatten. Er ließ sich Zeit, knabberte an ihren Lippen und erkundete mit der Zunge ihre Mundhöhle.

Als er sich zurückzog, stöhnte sie enttäuscht. *Schokolade. Camping. Sex.* Was brauchte ein Mädchen mehr? Und wie es schien, würde sie nicht mehr lange auf Sex warten müssen. Auf großartigen Sex, in dem Punkt war sie sich sicher.

Er legte seine Hände auf ihre Wangen, sah ihr tief in die Augen und fragte: „Was hat dir denn gerade dieses Lächeln aufs Gesicht gezaubert?"

„Ähm." *Was zum Teufel* ... „Ich dachte gerade nur, dass du nach Schokolade schmeckst und ich denke nicht, dass es eine bessere Kombination als Schokolade und Sex gibt."

Sein Lachen brachte sie zum Grinsen. Er strich mit dem rechten Daumen über ihre Unterlippe. „Schon interessant, dass unter deinem taffen Verhalten und deinen Männerklamotten ein typisches Mädchen verborgen liegt."

Hätte einer ihrer Cousins diese Bemerkung gemacht, hätte

sie ihm einen Tritt in den Arsch verpasst. Kam es von Jake, lösten die Worte ein warmes Gefühl in ihr aus.

„Wenn ich mir deine Kleiderwahl recht überlege: Vielleicht sollte ich sicher gehen und nachsehen, ob du wirklich ein Mädchen bist." Er presste einen Kuss auf ihre Schläfe, liebkoste ihre Wangen und erreichte die empfindliche Stelle hinter ihrem Ohr, die jedes Mal einen Lustschauer bei ihr auslöste.

Jake kostete seine Elfe. Er ließ seine Zunge über ihr Schlüsselbein gleiten und musste sich sehr zusammenreißen, damit sein Verlangen nicht die Oberhand gewann. Er konnte es nicht erwarten, zu ihrer intimsten Stelle vorzudringen. Er wusste jedoch, dass Geduld ihn weit bringen würde. Ein Kuss zwischen ihre Brüste und sie streckte sich ihm ungehemmt entgegen. Er liebte ihre Brüste – so empfindlich. Die Erinnerung an ihre Reaktionen auf seine Berührungen hatte ihm viele schlaflose Nächte bereitet. Diese Nacht würde auch schlaflos werden. Er lächelte. Er wollte sich Zeit mit ihr lassen. Er wollte sie an den Rand des Wahnsinns bringen und darüber hinaus. Er wollte, dass sie unbändige Lust erfuhr. Er strich mit seiner rechten Wange über die sanfte Kurve ihrer rechten Brust. Seine Bartstoppeln kratzten über ihre weiche Haut und sie sog scharf den Atem ein. Langsam zog er sein Kinn über ihre Brust, über ihren harten Nippel. Sie reagierte, indem sie sich mit ihren Fingernägeln an seinen Schultern festkrallte.

Nach einer Weile wechselte er zur linken Brust. Es dauerte nicht lange, bis sie ihm ins Ohr wimmerte. Er grinste, nahm die aufgerichtete Knospe in seinen Mund und saugte hart daran.

Sie schnappte nach Luft.

Verdammt, sie schmeckte so süß. Ihre Nippel fühlten sich samtweich auf seiner Zunge an – nur die Spitze war rau. Er saugte den Nippel zwischen seine Lippen und ließ ihn feucht zurück. Die kühle Nachtluft tat das Übrige und sie stöhnte bei der Empfindung. Wieder legte er die Lippen um die köstliche

Knospe und saugte. Sie drückte ihren Rücken durch und schrie ihre Lust hinaus. Einen schöneren Laut konnte er sich nicht vorstellen. Ihr Schrei schnitt durch die ruhige Nacht.

Er hob seinen Kopf und blickte auf ihr Gesicht. Ihre Augen waren glasig. Sie trug einen Ausdruck, den er liebte, und von dem er nicht genug bekam. Er wandte sich ihrer anderen Brust zu und spürte, wie sie unter ihm bebte. Sie konnte ihn nicht noch zufriedener stellen. Er umfasste ihre kleinen Brüste, presste sie zusammen und knabberte sanft an ihren Nippeln. Er lauschte ihren abgehackten Atemzügen. Ein Stöhnen folgte.

Grinsend linderte er mit seiner feuchten Zunge den Schmerz, den er ihr mit den Zähnen zugefügt hatte. Auch der andere Nippel musste dran glauben. Erneut belohnte sie ihn mit einem Stöhnen. *Willkommen bei einer weiteren Spielart des sinnlichen Schmerzes, kleine Elfe.* Amüsiert beobachtete er, wie sie versuchte, ihn mit einer Hand wegzuschieben. Gleichzeitig versuchte die andere, ihn näher an sich zu ziehen.

Ihre Bewegungen erinnerten ihn daran, wo sie sich befanden. Er packte ihre Handgelenke mit einer Hand und führte ihre Arme über ihren Kopf. Direkt hinter der Decke befand sich ein Baum, an dem eine Kette mit Handfesseln hing. Er legte ihr die Fesseln um die Handgelenke und schnallte sie fest. Es dauerte eine Weile, bis sie merkte, was er getan hatte: Sie zerrte an ihren Armen, wollte ihn berühren – vergebens! Er blickte ihr bei dem Versuch in die Augen. Ihre Reaktion erregte nicht nur sie, sondern auch ihn.

Er setzte sich auf seine Knie und zog sie zu sich, bis das Seil straff gespannt war. Um sicherzugehen, dass die Handschellen weder zu locker noch zu eng waren, testete er sie. Dann setzte er sich rittlings auf sie und genoss die Aussicht: Perlmuttfarben schimmerte ihre Haut im Mondlicht und ihre harten Nippel glitzerten von seiner Zuwendung. Ihre Lippen waren von seinen Küssen geschwollen. Er ließ es sich nicht nehmen und kostete erneut von ihrem kirschroten Mund.

Er wusste, dass ihr das Gefühl, gefesselt zu sein, in der Lodge gefallen hatte. Durch Outdoor-Bondage war es möglich, dass sich eine Sub noch hilfloser fühlte. Vor allem bei der Art und Weise, wie er die Dinge handhabe. Er zog die Fesseln für ihre Beine zu sich. Wie für sie gemacht, passten die Riemen um ihre Schenkel. Als er fertig war, waren ihre Beine lediglich leicht angewinkelt und noch nicht in der Position, die er sich wünschte. Sie sah ihn verwundert an. Er wusste genau, was sie ihm sagen wollte: *Ist das schon alles?*

Freches Ding, dachte er, und machte sich an die Aufgabe, die Seile zu justieren.

Er beobachtete, wie sich ihr Körper anspannte. Als er das Seil verkürzte, wurde ihr linkes Bein nicht nur zu ihrer Brust, sondern auch nach außen gedrückt. Er passte ihr anderes Bein an und spürte, wie sie sich gegen seine Maßnahme wehrte. Ihre Oberschenkel kämpften gegen seinen Plan an, sie für seinen gierigen Blick zu entblößen.

Offen und gespreizt lag sie vor ihm. Das Mondlicht schien direkt auf ihre glitzernde Pussy.

„Wunderschön", flüsterte er in einem anerkennenden Ton. Er bekam nicht genug von der Verletzlichkeit in ihrem Blick. Und von der Erregung, die heller in ihren Augen blitzte als das Mondlicht. Sex in der Lodge, mit Zuschauern und lauter Musik, neigte dazu, zu schnell vorbei zu sein. Hier draußen im Wald, unter dem Sternenhimmel, konnte er die Geschwindigkeit und die Intensität bestimmen. Der Wind fachte ihn an. Das Rascheln der Bäume, das Heulen der Kojoten in der Ferne und das Knistern des Lagerfeuers verbanden sich zu einem perfekten Soundtrack. Hier konnte er sich Zeit lassen. Er wollte seine Sub genießen. Er wollte von ihr kosten und seine kleine Elfe erkunden.

Er fuhr mit einem Finger durch die Falte, die den Übergang zwischen Oberschenkel und Becken bildete. Er kam ihrer Pussy so nah, dass sie zitterte. Am Venushügel angekommen, strich er durch ihre Löckchen. Vielleicht sollte er sie beim nächsten Mal rasieren. *Beim nächsten Mal.* Wo kam dieser Gedanke bitte her?

Er schüttelte sich innerlich und wandte sich ihren Schamlippen zu. Er zeichnete ihre Falten nach und spreizte sie noch weiter auseinander. Ihre Augen waren geschlossen und ihr Gesicht glühte. Sie schämte sich. Sie war anbetungswürdig.

Ihre Verlegenheit würde ihn ganz sicher nicht aufhalten. Ganz im Gegenteil.

Das Mondlicht zeigte, dass ihre Klitoris zwar geschwollen, aber noch ein wenig schüchtern war. Er lächelte und legte einen Finger auf das empfindliche Nervenbündel. Sie stöhnte und rotierte ihre Hüften.

„Oh ja, du bist definitiv ein Mädchen." Wie lange würde es dauern, um ihre süße Klitoris aus der Vorhaut hervorzulocken? Sie erinnerte ihn an einen wilden Hund, den er zähmen wollte. Es brauchte Geduld. Es würde mehrere Anläufe brauchen. Wenn er sich einem ungezähmten Hund nähern wollte, musste er vorsichtig vorgehen, sonst würde er davonrennen. Sanfter Tonfall, Belohnungen, wenn angebracht, und vertrauenserweckende Berührungen waren von Nöten.

Und manchmal musste man darauf warten, dass der Hund den ersten Schritt machte.

Er hatte aufgehört. Warum? Wagte sie es, nachzusehen? Neugierig öffnete Kallie die Augen. Er lag zwischen ihren Beinen, mit dem Kinn abgestützt auf seinen Händen. Seine Augen waren direkt auf ihre Pussy gerichtet und dann senkte er den Kopf auf ... *Oh Gott.* Die Berührung seiner Zunge an ihrer Klitoris sandte siedend heiße Begierde durch ihren Körper. Nach dem langen Vorspiel war jede Berührung bereits zu viel für sie. Ihr Schrei drang durch die dunkle Nacht. Sie schämte sich dafür und versuchte, den nächsten Beweis ihrer Lust zu unterdrücken.

Er lachte. „Ich liebe es, wenn du schreist, Süße. Lass dich von mir nicht aufhalten." Er schloss seinen Mund um ihre Klitoris und saugte ... einmal, zweimal ... und sie stöhnte. Die Wände ihres Geschlechts zogen sich zusammen. Er trieb sie zu einem Orgasmus und als sie kurz davorstand, Erlösung zu finden, stoppte er.

„Honig. Du schmeckst nach Honig", hauchte er gegen ihre feuchte Pussy. „Honig und ... Vanille."

„Bitte", flüsterte sie. Sie konnte nicht länger warten.

„Bitte, was? Bitte, ich will dich in mir spüren?", fragte er.

Ja! Das wollte sie wirklich. „Mmm. Ja, Sir." Sie versuchte, mit den Hüften zu rotieren, sich ihm entgegenzustrecken. Nicht sehr erfolgreich – immerhin war sie gefesselt!

„In Ordnung." Er faltete die untere Hälfte der Decke zusammen und schob diesen Teil unter ihren Hintern. Mit einer Hand fuhr er über ihre Schenkelinnenseite. Bei der Vorstellung, seinen Schwanz wieder in sich zu spüren, beschleunigte sich ihre Atmung.

Sie blinzelte, als er nicht mit Taten folgte. Stattdessen kramte er in seiner Tasche. *Oh*, vielleicht suchte er nach einem Kondom. Es war schon erstaunlich, dass er sich an diese Dinge erinnern konnte.

Kalte Flüssigkeit tropfte zwischen ihre Pobacken. Sie erstarrte. „Was machst du?"

„Du hast nach etwas in dir verlangt, oder nicht?" Seine tiefe Stimme klang leicht belustigt. Dieses *Etwas* drückte sich gegen ihren Anus.

„Nein!"

„Bei Analsex warst du dir nicht sicher. Aus diesem Grund testen wir jetzt einen kleinen Plug. Dann kannst du mir sagen, ob es dir gefällt."

„Es gefällt mir nicht."

Er lachte. „Danach, Süße. Du wirst es mir danach sagen."

Der längliche, abgerundete Teil presste sich in sie. Es folgte der breite Teil. Ihre Öffnung wurde gedehnt. Es schmerzte. Es brannte. Sie wimmerte. Zum Glück hielt das ungute Gefühl nicht lange an. Seine Finger spreizten ihre Pobacken, während er das Ding in sie einführte.

Gott, was für ein Gefühl! Sie fühlte sich voll. Hatte er etwa neue Nervenenden freigelegt? Überraschenderweise hatte ihre Erregung einen Schritt zurückgemacht. Als er sich aber nährte und mit seinen durchdringenden Augen ihre Reaktion abschätzte, fühlte sie, wie sich Begierde wiederholt an die Front kämpfte.

„Du bist so wunderschön, Kallie." Er fuhr mit seinen Händen, die so voller Selbstvertrauen waren, über ihren Körper. „Heute Nacht mit dir zu spielen, wird mir eine wahre Freude sein."

Heute Nacht? Waren sie denn nicht fast fertig?

Er wandte sich seiner Tasche zu und zog etwas heraus. Lang und dünn, mit einem abgeflachten Ende. Er presste einen Kuss auf ihre Lippen und spreizte ihre Schamlippen. Das Ding glitt in ihre Pussy. Noch nie in ihrem Leben hatte sie sich so voll gefühlt. Das Spielzeug war schmal, ja, aber man durfte nicht vergessen, dass bereits etwas in ihrem Po steckte.

Es fühlte sich wundervoll an – und ein wenig verstörend. Es steckten zwei Dinge in ihr, sie konnte sich nicht bewegen und hatte keine Möglichkeit, die Teile herauszuziehen. Sie konnte rein gar nichts tun. Der Gedanke beschleunigte ihre Atmung und Jake grinste sie an. Er bemühte sich nicht mal, bei seiner Frage den amüsierten Ton zu unterdrücken: „Geht's dir gut, Elfchen?"

Er kannte die Antwort. Sie sah es ihm an. Sein Grübchen war nur ein weiterer Beweis dafür, dass er gerade sehr zufrieden mit sich war. Sie wollte sich an etwas reiben. Sie wollte berührt werden. Sie wollte ihre Erregung herausstöhnen. Wonach ihr gerade nicht der Sinn stand? Nach einer Unterhaltung. „Du kennst die verdammte Antwort", presste sie heraus. Sie keuchte so schwer wie noch nie. Gerade, da war sie sich sicher, bestieg sie den Mount Everest.

Er bestrafte ihre freche Antwort, indem er ihr in den rechten Nippel zwickte. Ihr Pussy zuckte, was sie an den Status quo ihres ausgefüllten Hinterns erinnerte.

Ein Stöhnen entfuhr ihr.

„Wenn ich dich etwas frage, dann erwarte ich eine Antwort", sagte er in einem geduldigen Ton, der nicht verschleiern konnte, wie ernst er es meinte. „Möglich, dass ich die Antwort schon kenne. Trotzdem musst du in der Lage sein, mir zu antworten." Er neigte den Kopf und wartete auf eine Antwort.

„Mir geht's gut. Großartig. Wunderbar." Sie biss sich auf die Unterlippe. Sie zappelte und die Gerätschaften in ihr bewegten sich. „Mach etwas, verda –" Sie verbiss sich ihren Fluch. „Bitte, Sir."

„Etwas in diese Richtung?" Sein Blick blieb auf ihr Gesicht gerichtet, dann berührte er sie und umkreiste mit seinen Fingern ihre Nippel.

Antworte ihm. „Mehr. Bitte, Sir."

Ein heiseres Lachen bahnte sich einen Weg aus seiner Kehle. Er rutschte nach unten, bis seine Schultern die Innenseiten ihrer Schenkel erreichten. Sein Atem strich über ihren Venushügel und sie spannte sich an. Er ließ sich Zeit. Am liebsten hätte sie seinen Kopf gepackt und ihn dort hingeschoben, wo sie sich nach ihm verzehrte. Nach einer halben Ewigkeit fand er sich zwischen ihren gespreizten Schenkeln ein. Er fuhr mit seinen geschickten Fingern über ihre Schamlippen und sie sog scharf den Atem ein. Er lachte. „Wenn du sehen könntest, wie geschwollen du bist. Deine Klitoris bettelt mich geradezu an, mit ihr zu spielen." Mit einer Fingerspitze berührte er ihre Klitoris. Es war zu viel. Die Empfindung war einfach zu viel! Sie schnappte nach Luft und stöhnte.

Er lehnte sich vor und leckte über ihre Spalte. *Oh Gott*, ihr ganzer Körper zuckte bei dem erotischen Kontakt. Seine Zunge war warm und feucht und umkreiste ihre Klitoris mit sinnlichen Zungenschlägen. Er hörte nicht auf, rotierte und umkreiste sie, ohne sich jemals dem geschwollenen Nervenbündel zu nähern. Der Druck nahm zu. Alles in ihr spannte sich an. Jede Umkreisung verstärkte ihre Lust, trieb sie näher an die Klippe, aber nicht nah genug.

„Weißt du", murmelte er und hob den Kopf. Sie wimmerte. Wollte er schon wieder reden? Was war nur los mit ihm? „Du wunderst dich vielleicht, warum ich etwas so Dünnes in deine Pussy eingeführt habe. Ich zweifle nicht an, dass es sich gut anfühlt, aber du wirst bald sehen, wie gut es sich wirklich anfühlen kann. Es vibriert. Natürlich nur an einer bestimmten Stelle: deinem G-Punkt." Er setzte den Vibrator in Bewegung. Ihre Begeisterung hielt sich in Grenzen. Sein Mund fühlte sich besser an.

Sie hob ihr Becken, rotierte mit den Hüften und überlegte, ob sie Jake sagen sollte, dass –

Er schaltete auf die nächste Stufe. *Heilige Mutter Gottes!* Sie schnappte nach Luft. Der Vibrator hatte eine unerwartete Stelle getroffen. Eine Welle der Lust nach der anderen jagte über sie hinweg. Sie war der Erlösung so nah. Sie ritt direkt auf den Abhang zu. „Oh, oh, oh!"

Sie hing an der Klippe. Sie hatte das Gefühl, dass die ganze Welt bebte. Nur sein intensiver Blick hielt sie am Boden fixiert. Ihr Verstand hatte schon längst einen Abflug gemacht. Jeder Muskel in ihr verlangte nach einer Erlösung. Sofort.

„Das wird reichen", murmelte er. Er lehnte sich vor und leckte direkt über ihre Klitoris. Einmal, zweimal, und dann saugte er das Nervenbündel in seinen Mund.

Der Druck stieg an und gipfelte in einer Explosion. Ausgehend von ihrer Klitoris sprühten sinnliche Funken durch ihren Körper. Eine Welle der Lust folgte auf die nächste. Die Sterne über ihr verwandelten sich in weiße Supernovae und sie konnte die Empfindungen nicht länger zurückhalten: Sie schrie.

Seine Zunge glitt in sanften Bewegungen über sie. Wie ein Rodeoreiter, der bis zur letzten Sekunde alles gab, um nicht herunterzufallen. Ihr Körper bebte und pulsierte. Sie hörte das Stöhnen einer Frau – ihr Stöhnen –, doch sie konnte nichts dagegen tun. Ihr Körper gehörte nicht länger ihr. Ihr Körper gehörte ihm und er hatte ihren Verstand abgeschaltet.

Er leckte ein letztes Mal über ihre Klitoris. Dann schob er

sich über ihren Körper. Sein Gürtel presste sich gegen ihren Bauch. Er trug noch immer Kleidung. *Verdammt.*

„Dein Orgasmus war wunderschön", sagte er. Die Anerkennung in seiner Stimme und in seinen Augen ließ sie etwas entspannen. Sein Körper war warm und die Haare auf seiner Brust kitzelten ihre Brüste. Sein Gewicht auf ihr tröstete sie auf eine Weise, die Tränen in ihre Augen jagte.

„Ich denke aber, dass du alle Kojoten in der Umgebung vertrieben hast."

„Ich –"

„Ganz ruhig." Er küsste sie so sanft. *Oh,* sie wünschte sich nichts sehnlicher, als ihn zu berühren und ihre Arme um ihn zu schlingen.

„Du bist nicht gekommen."

Ein Lächeln huschte über seine Lippen. Seine Augen glühten und sie erkannte ein kontrolliertes Feuer. „Das werde ich schon noch, Süße. Keine Angst. Ich kann es nicht erwarten, in dich einzudringen. Der Analplug wird jeden Stoß noch enger machen."

Sie schluckte schwer. Er war beim ersten Mal schon so groß gewesen – ohne Analplug. „Du willst ihn drin lassen?"

Seine Lachfältchen um die Augen vertieften sich. „Oh ja. Und wie ich das werde."

Er senkte die Lippen auf ihre linke Schulter. Von dort arbeitete er sich langsam Richtung Süden. Er küsste ihr Schlüsselbein, ihre Brüste, erst die eine, dann die andere. Er knabberte an der Unterseite, die anscheinend genauso empfindlich war wie ihre Nippel. Auch ihm entging diese Entdeckung nicht. Dort verblieb er ein Weilchen und machte sie heiß. Er knabberte und neckte sie, bis sie ihre Hände zu Fäusten ballte.

Er bahnte sich einen Weg zu ihrem Bauch und wenig später fand er mit der Zunge erneut ihre Klitoris.

„Oh!"

Ein tiefes Lachen. „Noch ein wenig empfindlich, Süße?"

Er hatte ja keine Ahnung! Die gesamte Region war so

empfindlich, dass die kleinste Berührung schmerzte – eine gute Art Schmerz, die immer mit Lust einherging. Und es war genau diese Kombination, die dazu führte, dass ihr der Kopf schwirrte.

Von der Begierde vernebelt, bemerkte sie zu spät, dass er ihr den Vibrator herauszog. Es kam so plötzlich, dass sie schrie. Eine Hand berührte den Analplug und die andere Hand packte ihre Hüfte, damit sie nicht umherrutschen konnte. Er bewegte den Plug, zog daran und schob ihn wieder in sie. Jedes Nervenende in ihrem Körper war aktiviert. Sein Blick schweifte von ihrem Gesicht zu ihren Brüsten und zu ihren Händen.

Seine Finger tauchten in ihre Nässe ein und umkreisten ihre Klitoris. Sie biss sich auf die Unterlippe, als ihr Körper realisierte, dass es noch nicht vorbei war. Er entfachte die Begierde aufs Neue. „Jake, nicht – Ich schaffe das nicht nochmal so kurz nacheinander", flüsterte sie.

„Oh doch, mein Elfchen. Das schaffst du." Er rieb mit seinem schwieligen Finger rechts an ihrer Klitoris entlang. Noch reichte der Druck nicht aus, um ihre Sinne in einem neuen Lustrudel zu verlieren. Es würde nicht lange dauern, bis er seine Taktik änderte. Schon jetzt fühlte sie, dass ihre Klitoris anschwoll. Eine Foltermethode, die sich hinziehen und dennoch in einem allmächtigen Höhepunkt enden würde.

Jedenfalls, wenn er nicht kurz vorher seinen Finger weggenommen hätte. *Verflucht sei er!* Hoffnung machte ihr nur das Geräusch seines Reißverschlusses. *Oh bitte!* Das Rascheln eines Kondompäckchens folgte und sie riss die Augen auf. Sein Blick nahm sie gefangen, als er seinen Schwanz gegen ihren Eingang presste und dann mit einem kraftvollen Stoß in sie eindrang. Sie streckte den Rücken durch und schrie bei der Invasion. Die Wände ihres Geschlechts zogen sich instinktiv um seine Länge zusammen und eine Welle der Lust schwappte über ihren Körper hinweg. Sie glaubte auch, dass der Analplug die dreifache Größe angenommen hatte. Oder lag es an Jakes großem Schwanz?

· · ·

Das Warten hatte sich gelohnt, dachte Jake. Er gab ihr eine Sekunde, um sich an seine Länge zu gewöhnen. Er bekam nicht genug von ihr. Er könnte ihr stundenlang dabei zusehen, wie sie kam. Sich zurückzuhalten, hatte sich als Mammutaufgabe herausgestellt. Am liebsten hätte er ihre Arschbacken gepackt und sie hart genommen. *Verdammt*, sie war wunderschön, wenn sie kam. Ihre Augen vernebelt, ihre Wangen gerötet und ihre Nippel steinhart. Er hatte zusehen müssen, wie die Wände ihres Geschlechts um den Vibrator pulsiert hatten. In seinem ganzen Leben hatte er sich noch nie so sehr danach verzehrt, mit seinem Schwanz in eine Frau einzudringen. Er war auf den Vibrator eifersüchtig gewesen.

Im Moment war er genau dort, wo er sein wollte: Mit einem Stoß hatte er sich in ihrer Hitze verloren. Wie eine warme Decke hatte sich ihre Pussy angefühlt, wie eine pulsierende Decke. Er stöhnte. Durch den Plug war ihre Pussy noch enger als in seiner Erinnerung. Er wagte es, sich zu bewegen. Sie schnappte nach Luft und ballte ihre gefesselten Hände zu Fäusten. Er entschied, ihre Arme von den Einschränkungen zu befreien.

Sofort schlangen sich ihre Arme um seinen Hals. Ein Gefühl, das er mehr als willkommen hieß. Ein Gefühl, an das er sich zu schnell gewöhnen konnte. Während sie mit ihren zarten Händen über seinen Bizeps streichelte, grinste sie. Es bereitete ihr große Freude, ihn endlich berühren zu dürfen. Er lächelte.

„Was ist mit meinen Beinen?", fragte sie.

Ihr Blick wirkte verschleiert. Er wusste, auf was sie ihre Aufmerksamkeit richtete, und zwar auf den Ort, an dem sie verbunden waren. Er zog sich zurück und stieß hart zu. Befriedigt beobachtete er, wie sie ihre Augen weit aufriss. Er lachte.

„Nein, kleine Sub", sagte er und biss ihr in die Schulter. Ihre Pussy pulsierte heftiger. „Es gefällt mir, dich gespreizt vor mir liegen zu haben. Auf diese Weise kann ich mit dir spielen, ohne dass du etwas dagegen machen kannst."

Unterwürfig wie sie war, brachten allein diese Worte ihre Pussy zum Zucken.

Er entschied, endlich mit dem Reden aufzuhören. Langsam setzte er sich in Bewegung. Rein, raus, rein, raus. Mit jedem Rückzug leuchteten ihre Augen auf. Daraufhin beschleunigte er seine Stöße. Hart und wild rammte er in ihre Hitze. Jetzt konnte er sich nehmen, was er sich schon den ganzen Abend versagt hatte. Heißer Sex, der einem den Verstand raubte. Besitzergreifender Sex. Ihre Fingernägel krallten sich in seine Schultern.

Bei jedem Stoß klatschten seine Schenkel gegen ihren Hintern. Der Laut vermischte sich mit ihrem Stöhnen. *Gleich. Nicht mehr lange.* Er stützte sich auf einen Arm, rüttelte mit der anderen Hand am Plug in ihrem Hintern, und lauschte dann ihrem schockierten Japsen. Unkontrolliert begannen ihre Beine zu zittern.

Er passte die Bewegung des Analplugs seinen Stößen an. Wenn er in sie eindrang, stieß er auch den Plug hart in sie hinein. Die Begierde in ihren Lauten war unverkennbar. Sie riss an ihren Fußfesseln, ihre Oberschenkel angespannt, genau wie ihr Körper. Er befreite sie von dem Plug und befahl: „Komm für mich, Süße." Er fuhr mit einem Finger direkt über ihre geschwollene Klitoris, um ihr nachzuhelfen.

Wie eine Rakete beim Start explodierte sie in seinen Armen und raste Richtung Nachthimmel davon. Trotz der Fesseln schafften es ihre Hüften, sich ihm entgegenzustrecken. Und ihre Pussy ... *verdammt*, die Kontraktionen erinnerten ihn an die Massage in einem Whirlpool und verwöhnten seinen Schaft mit Hitze und jener einzigartigen verführerischen Nässe. Sein Hoden schwoll an und er konnte sich dem Höhepunkt nicht länger verwehren. Er kam so hart, dass er befürchtete, das Bewusstsein zu verlieren.

Als seine Seele in seinen Körper zurückfand, hob er seinen Kopf und blickte auf seine kleine Sub herunter. Ihr Gesicht war gerötet, Schweiß stand ihr auf der Stirn, ihre Lippen waren geschwollen und die Augen geschlossen. Ihre langen Wimpern faszinierten ihn. Sie warfen einen sinnlichen Schatten auf ihre rosigen Wangen. Wie war es möglich, dass diese kleine Elfe eine derartige Wirkung auf ihn hatte? Sie war nicht seine erste unterwürfige Frau, auch nicht seine erste dickköpfige Frau. Jedoch war sie die perfekte Mischung. Sie war so viel mehr. Sie war zäh und hatte Durchhaltevermögen. Sie war verletzlich und ein von Natur aus glücklicher Mensch, der stets ein Lächeln auf den Lippen trug.

Ihre Nippel waren von seiner Behandlung noch immer hart und blutrot. Er spürte, wie ihr Herz gegen ihren Brustkorb hämmerte. Er küsste sie sanft auf ihre sinnlichen Lippen und schließlich öffneten sich ihre Augen. Sie schenkte ihm ein bezauberndes Lächeln und sagte: „Ich kann nicht fassen, dass ich nochmal gekommen bin." Ihr Ton verriet, dass sie nicht sicher war, was sie davon halten sollte.

„Das bist du. Hinreißend hast du dabei ausgesehen." *Verdammt,* genau das war sie: hinreißend. Er nahm ihre Lippen in Besitz. Im nächsten Moment übermannten ihn Emotionen, die er seit Jahren nicht mehr gefühlt hatte: Er wollte sie vor Gefahren beschützen.

Er musste sich zwingen, die Verbindung zu durchbrechen. Widerwillig stand er auf. Sein Schwanz glitt aus ihrer Hitze heraus. Ihrer empfindlichen Pussy schien es nicht zu gefallen, dass er sich von ihr zurückzog. Genauso wenig wie Kallie. Sie murmelte ihre Flüche, wahrscheinlich in der Hoffnung, dass er sie nicht hören konnte. *Wirklich hinreißend,* dachte er mit einem Lächeln auf den Lippen.

KAPITEL SECHS

Kallie fühlte sich leer ... und sie vermisste ihn, denn er nahm seine Wärme mit, als er das Kondom entsorgte. Ihr schweißbedeckter Körper kühlte ab. Sie setzte sich auf und versuchte, die Fesseln an ihren Schenkeln zu lösen. Das Aufregende war vorbei und die Enttäuschung folgte. Eine Phase, die sie am Sex noch nie besonders gemocht hatte. In der Lodge hatte es keine *Nach dem Sex*-Phase gegeben. Sie hatten es getrieben, bis der Morgen gegraut hatte. Dann hatte er sie in ihren Jeep gesetzt.

Dieses Mal war es anders. Dieses Mal würde sie leiden müssen. Sie würde sich durch Smalltalk durchkämpfen müssen und schnell erkennen, dass sie mit jemandem im Bett war, den sie kaum kannte.

Der Sex war wirklich großartig gewesen. Ihre Pussy pulsierte noch immer ...

„Dann lass mich dich mal losmachen", sagte er. Er löste ihre Beinfesseln. Danach massierte er mit seinen kraftvollen Händen ihre steifen Muskeln. Er hockte sich hinter sie und wandte sich ihren Schultern zu. Sie heulte auf, als er eine besonders schmerzhafte Stelle erwischte, und stellte überrascht fest, dass sie sich besser fühlte.

Sie warf einen Blick über ihre Schulter und betrachtete sein konzentriertes Gesicht. Einige Zeit später nahm er die Hände weg. Ihr Körper summte noch immer.

„Besser?", fragte er. Seine Augen trafen die ihren – vom Mond in den Schatten gelegt und dennoch so durchdringend, dass es sie wie ein Schlag traf.

Es war merkwürdig: Das Gefühl der Einsamkeit traf sie nicht so gewalttätig, wie das sonst nach Sex der Fall war. „Danke. Woher wusstest du ...?"

„Dass du Schmerzen hattest?" Er rollte sie auf den Bauch und legte Hand an ihrem Rücken an. „An deinen Bewegungen. An meiner Erfahrung als Dom. Schon seit Jahren fessle ich Subs, und ich wurde auch selbst ein paar Mal gefesselt."

„Du hast dich fesseln lassen?"

„Kurz nachdem ich mit dem Topping anfing, habe ich eine Freundin gebeten, mir eine Kostprobe in Unterwerfung zu geben."

„Hat es dir gefallen?"

„Nicht im Geringsten. Aber dadurch habe ich gelernt, was Bondage mit den Muskeln macht." Er wuschelte ihr durch ihre kurzen Haare. „Versuche aufzustehen, Elfchen. Ich muss nach meinen Studenten schauen."

Sie testete die Muskeln ihres Körpers und seufzte. „Ich kann nicht."

„Versuch es noch mal", sagte er in einem kalten Ton.

Was? Noch auf dem Bauch liegend drehte sie ihren Kopf und sah ihm ins Gesicht. Diesen Ausdruck kannte sie bereits gut. Es handelte sich um seinen *Leg dich nicht mit dem Dom an*-Blick. „Ja. Sir. Sofort, Sir. Wie sie wünschen, Sir."

Er lachte, genoss den Moment, und gab ihr einen Klaps auf ihren wunden Po. Sie machte ein verdrießliches Gesicht, wodurch sie sich einen zweiten Schlag einhandelte. *Verdammt.* Vielleicht mochte sie ihn doch nicht.

Er lächelte sie an und fuhr mit dem Finger über ihre Wange. „Die Sache zwischen uns ist noch sehr neu. Es ist unvermeidlich, dass wir einander austesten und die Grenzen ausloten. Du kannst dir eine Menge Schmerz ersparen, wenn du in deinen Reaktionen beständig bist. Wenn ich einen Befehl erteile, befolge ihn. Respekt und Gehorsam, Kalinda."

Ihr Po kribbelte noch immer von seiner Bestrafung. „Ja, Sir", antwortete sie etwas mürrisch.

„Und dabei lasse ich viel durchgehen, Süße. Es gibt Doms, die von dir erwarten, dass du sagst ‚Was immer Master wünschen', bevor sie dich auspeitschen oder zu seinen Freunden schicken."

Abartig. Das war nun wirklich nicht ihr Ding. Sie rieb ihre Wange an seiner Hand. Wieso fühlte es sich so richtig an? Schließlich hatte er sie gerade wie ein unartiges Kind bestraft. Sie musste nicht lange überlegen: Er war wie ein Zufluchtsort für sie. Sie wollte nicht, dass er jemals wieder losließ.

Er küsste sie auf die Wange und stand dann auf. Nachdem er sich sein Hemd angezogen hatte, zog er sie auf die Füße. Er reichte ihr die Decke, packte seine Tasche und führte sie zum Lagerfeuer. Sie grübelte und biss sich auf die Lippe. Wollte er, dass sie bei ihm im Zelt schlief?

Sie wollte zu ihren Sachen, die zwischen den Zelten lagen, doch er hielt sie auf. Er umfasste ihre Handgelenke und fixierte diese hinter ihrem Rücken. Ein Klicken ertönte. Verwirrt sah sie über ihre Schulter und seine Augen funkelten amüsiert. „Es wäre doch eine Schande, den schönen Feuerschein zu vergeuden, denkst du nicht auch?"

Ihr Körper erwachte erneut zum Leben und es platzte aus ihr heraus: „Du willst mehr? Wir machen ...?" Sie stoppte, bevor sie sich seinem tadelnden Ausdruck gegenübersah. „Ja, Sir." Er sollte sehen, dass sie sehr wohl in der Lage war, zu gehorchen.

„Sehr schön." Er zog etwas aus seiner Tasche. Ihr wurde unbehaglich, als sie den schwarzen Stoff in seiner Hand sah. Eine Augenbinde.

Er bedeckte ihre Augen und band sie hinter ihrem Kopf fest.

Dann setzte er sie auf den Baumstamm. „Genieße für eine Minute die Dunkelheit; ich bin gleich zurück."

Ein Schauer erfasste sie. Sie wusste nicht, was sie davon halten sollte. „Bitte verlasse mich nicht."

„Hey." Er legte eine Hand auf ihre rechte Wange – so sanft, dass ihre Unterlippe bebte. „Ich gehe nirgendwohin, Elfchen. Ich bleibe in der Nähe. Niemals werde ich dich aus den Augen verlieren. Ich möchte nur kurz mit Abel und Steve reden. Deine Aufgabe besteht darin, still zu sitzen und auf meine Rückkehr zu warten. Kannst du das für mich tun?"

Sie war wirklich ein Weichei. So selbstbewusst wie möglich sagte sie: „Natürlich."

Sie lauschte seinen Schritten. Zu Anfang waren die Gespräche ein leises Summen, das sie tröstete. Schon bald herrschte Stille. Hatte er sein Wort gebrochen? Nein, das würde er nicht tun. Das wusste sie. Er ... Zweifel krochen in ihr hoch und raubten ihr jegliches Selbstbewusstsein – wie Schmelzwasser, das einen Berg Stück für Stück erodierte.

Die Sorge ließ ihre Muskeln verspannen, die Jake gerade gelockert hatte. Ihr Körper schmerzte. Sie legte den Kopf auf die Seite und versuchte zu lauschen, doch das rauschende Blut in ihren Ohren übertönte jegliche Gespräche. Vielleicht waren sie gegangen. Sie alle.

Ihr Atem beschleunigte sich. Ihr Verstand versuchte, logisch an die Sache heranzugehen. Bestimmt irrte sie sich. Das änderte allerdings nichts an dem Knoten in ihrem Magen. Sie war verlassen worden. Zum wiederholten Male. Das war alles, was sie wusste.

Die Augenbinde saugte ihre Tränen auf. Sie weinte? Sie weinte doch nie! Sie war so traurig, dass sie nicht wusste, wie sie damit umgehen sollte. Sie hatte gewusst, dass er nicht bei ihr bleiben würde. Trotzdem tat es so weh. Sie hatte gewusst, dass es wehtun würde. Sie hatte gewusst, dass *er* ihr wehtun würde.

Sie zerrte an den Handfesseln. Sie wollte die Augenbinde abmachen, konnte sich aber nicht bewegen. Sie wollte hier weg.

Weg von ihm. Er hatte sie allein gelassen. Sie würde immer allein sein.

Plötzlich wurde ihre Augenbinde abgerissen und sie schaute durch tränenverhangene Wimpern zu Jake auf. Sein Gesicht war steinhart, als er ihr die Fesseln löste. Mühelos hob er sie in die Arme und trug sie über die Lichtung. Mit einem Fuß schob er einen Holzstamm näher ans Feuer. Er setzte sich auf den Boden und lehnte sich mit dem Rücken gegen das Holz. Er hielt sie noch immer fest an seine Brust gedrückt und wiegte sie wie ein Baby in den Armen.

Er hatte sie nicht verlassen. Erleichterung schwappte über sie hinweg, und sie konnte den Damm, hinter dem all ihre Emotionen lagen, nicht länger aufrechthalten.

„Bist du verletzt, Kallie?", fragte er. Der Feuerschein beleuchtete ihn von hinten und legte sein Gesicht in dunkle Schatten.

Sie schüttelte ihren Kopf. Sie konnte nicht antworten. Ihre Kehle war wie zugeschnürt.

„Warum weinst du?" Er rieb ihre Schulter und linderte damit die Spannung in ihren Muskeln.

Sie schluckte und versuchte, die erdrückende Dunkelheit in ihrem Inneren zu ignorieren. „Ich dachte, dass du mich verlassen hast", flüsterte sie. *Wie armselig, Kallie*. Sie schluchzte.

„Ganz ruhig." Für eine Weile tröstete er sie. Dann fragte er: „Du denkst also, dass ich dich gefesselt und mit verbundenen Augen zurücklassen würde?" Ihr entging der Ärger in seiner Stimme nicht.

„Es tut mir leid." Sie starrte auf ihre Hände und sah die Handfesseln aus dunkelbraunem Leder um ihre Handgelenke. Niemals würde er so etwas machen. Wie konnte sie das nur denken?

„Als du dich mit deinen Ex-Freunden ausprobiert hast, hat dich mal einer allein gelassen?"

Sie schüttelte den Kopf und atmete zittrig ein.

· · ·

Was zur Hölle ist in der Vergangenheit nur mit ihr passiert?, fragte sich Jake. Er hatte sie nie aus den Augen gelassen. Den Kummer hatte sie für sich behalten und durch die Augenbinde hatte er die Tränen nicht sofort bemerkt. Sie hatte sich nicht bewegt, ja, nicht mal einen Mucks von sich gegeben.

Sie hat nicht erwartet, dass ich zurückkomme. Er schob seinen Zorn beiseite und legte sein Augenmerk stattdessen auf sie. Irgendetwas hatte in ihr diese Erwartung ausgelöst. Jetzt musste er nur den Grund herausbekommen. An einer Erfahrung im BDSM-Bereich konnte es nicht liegen.

Sie wischte sich mit dem Handrücken über die Wangen, um ihre Tränen zu beseitigen. In einem kräftigen Ton sagte sie: „Es tut mir leid, Jake. Sonst weine ich nie. Ich weiß nicht, was das gerade war."

Aha. Gerade war er auf eine Idee gekommen, als das Feuer ihr Gesicht in ein warmes Licht tauchte. Er studierte ihren angespannten Ausdruck: unnachgiebige Lippen und ausdruckslose Augen. Mit allen Mitteln versuchte sie, ihre Gefühle zu verbergen. „Wer hat dich verlassen?"

Sie versuchte, sich wegzudrehen, doch das erlaubte er nicht: Er packte ihre Schulter und die Berührung jagte einen Schauer durch ihren Körper. *Verdammt.* Sex – vor allem in Verbindung mit bewusstseinserweiternden Orgasmen – war dazu in der Lage, ihre Emotionen freizulegen. Unbewusst war er bei ihr auf eine Landmine getreten. Nun musste er sie ausgraben und entschärfen, ohne dass sie dabei in Stücke gerissen wurden. „Schau mich an."

Die Verletzlichkeit in ihren dunklen Augen zerriss ihn innerlich. Jetzt wollte er sie in seinen Armen halten, sie trösten und ihr sagen, dass sie sich keine Sorgen machen musste. Wenn er ehrlich war, wollte er sogar noch mehr als das: Die Wände wollte er zum Einstürzen bringen und ihr wahres Ich befreien! Mittlerweile wollte er auch mehr als eine – oder besser gesagt – zwei Nächte. Er wollte ihr Dom sein.

Das ging natürlich nicht. *Eine Nacht, Hunt. Keine weiteren Verpflichtungen, verstanden?*

„Und jetzt antworte mir: Wer hat dich verlassen, Kallie?" Er versuchte, sich ins Gedächtnis zu rufen, was er über ihre Vergangenheit wusste. Sie lebte bei ihren Cousins und war mit in das Familiengeschäft eingestiegen, das ihr Onkel ins Leben gerufen hatte. Wo waren ihre Eltern? „Wo ist dein Vater?"

Sie schüttelte den Kopf. „Ich ... Er ist gerade lang genug geblieben, um mir meinen Namen zu geben, dann ist er zurück nach Indien."

„Ah." Das klang nicht nach der emotionalen Bindung, die bei seiner kleinen Sub Tränen hervorrufen konnte. „Und was ist mit deiner Mutter?" Nochmals versuchte sie, sich von ihm zu lösen. Und wieder ging er gegen ihren Fluchtversuch an, indem er seine Arme um ihren Körper festigte. „Du gehst nirgendwohin, kleine Elfe. Auf ein Neues: Erzähle mir von deiner Mom."

„Ich habe sie verloren, als ich acht war." Sie runzelte die Stirn. „Es tut mir leid, dass ich mich wie ein Weichei verhalten habe. Es wird nicht noch mal vorkommen."

Sicher wird es das nicht. „Es muss schwer für dich gewesen sein, deine Mutter in dem Alter zu verlieren. Du warst noch so jung. Bei wem bist du nach dem Tod deiner Mutter untergekommen?"

Sie zuckte zusammen, als hätte er sie geschlagen. Mit gefühlskalter Stimme antwortete sie: „Bei meinem Stiefvater, bis er mich nicht mehr haben wollte. Danach wurde ich von einem Verwandten zum nächsten gereicht." Sie wich seinem Blick aus und starrte über seine Schulter ins Feuer.

„Und so bist du dann bei Harvey gelandet?" Jake erinnerte sich an den alten Kerl. Er dachte immer, dass den Mann nichts umhauen könnte. Bis er letztes Jahr plötzlich an einem Herzinfarkt gestorben war.

Ein süßes Lächeln huschte über ihre Lippen. „Ich war vierzehn, als ich zu Onkel Harvey kam. *Er* hat mich behalten." Das Wunder in ihrer Stimme brach ihm das Herz. *Gott*, die Arschlöcher davor hatten sie völlig verunsichert.

Er runzelte die Stirn. Sie wandelte durch die Welt mit emotionalem Ballast, den sie nur schwerlich abzulegen vermochte. Vielleicht würde er es schaffen, ihr ein wenig von ihrer Sorge zu nehmen? „Kallie."

Sie hob den Blick zu seinen Augen.

„Niemals würde ich eine gefesselte Sub zurücklassen. Ich war nur auf der anderen Seite des Feuers. Hätte ich dir die Augenbinde nicht umgelegt, wäre mir viel früher aufgefallen, dass du weinst." Er bereute es, dass er nicht schon früher nach ihr gesehen hatte. „Es tut mir leid, dass du Angst hattest."

Gleichgültig zuckte sie mit den Schultern. Nur ihre bebenden Lippen zeigten ihre wahren Gefühle. „Und mir tut es leid, dass ich so ein Weichei bin. Ich weiß nicht, wieso ..."

Wieso es sie so hart getroffen hatte ... Fesseln, Schmerz, sogar Orgasmen konnten die Verteidigungswälle zum Bröckeln bringen. Ohne Vorwarnung zeigten Erinnerungen dann ihre hässliche Fratze. Er nahm sich vor, in der Zukunft an ihrer Verletzlichkeit zu arbeiten. *Augenblick.* Nein, das würde er nicht. Keine Beziehungen eingehen! Zu niemandem. *Zur Hölle,* wo war dieser Gedanke hergekommen? Was hatte er sich überhaupt dabei gedacht, ihr eine Augenbinde umzulegen? Er hatte noch nie Augenbinden benutzt ... *Idiot!* Sein Ausdruck wurde zornig. Das fiel auch Kallie auf.

Verdammt, heute hatte er als Dom versagt. „Süße, du hast nichts falsch gemacht. Ich gebe mir allein die Schuld. Ich bin mit mir selbst verärgert."

Ihre wunderschönen, großen Augen schweiften über sein Gesicht. Langsam entspannte sie sich in seinen Armen. *Sehr gut.*

„Allerdings musst du, Miss *Ich zeige niemandem, dass ich Angst habe,* deinem Dom sagen, wenn dich etwas nervös macht. Ich bin nicht allmächtig. Ich sehe nicht immer die Anzeichen." Er rieb ihr mit den Fingerknöcheln sanft über die Wange und fühlte die verbliebene Nässe ihrer Tränen. *Verdammt,* er hätte die Anzeichen sehen müssen. „Ich hätte vielleicht trotzdem weitergemacht, da es beim BDSM auch darum geht, genau solche

Barrieren zu brechen. Wenn sich ein Dom aber über deinen emotionalen Zustand im Klaren ist, kann er besser auf seine Sub eingehen und dementsprechend reagieren."

Ihre Brauen zogen sich zusammen, aber sie nickte.

„Dein Safeword existiert aus eben diesem Grund, Elfchen. Es dient nicht nur dazu, dich vor körperlicher Überlastung zu schützen, sondern auch vor emotionaler." Er machte eine Pause. Wenn sie diesen Lifestyle weiter erkunden wollte, musste sie lernen, besser zu kommunizieren. Ein Stich in seinem Herzen machte ihm deutlich, wie sehr ihn der Gedanke quälte, dass sie sich irgendwann von einem neuen Dom berühren lassen würde. „Bitte vergiss das nicht."

„Ja, Sir." Ihr kleiner Körper hatte sich entspannt. Vertrauensvoll schmiegte sie sich an ihn. Er konnte es sich nicht verwehren, sie ausgiebig und zärtlich zu küssen, um den Inhalt der Unterhaltung zu besiegeln.

Es dauerte einige Zeit, bis er sich aus ihren Armen lösen konnte. Er sah sich um. Die beiden Pärchen waren angekleidet und leisteten ihnen am Feuer Gesellschaft. Sie unterhielten sich und genossen die ruhige Nacht. „Heather, tust du mir einen Gefallen und bringst mir einen heißen Kakao?"

„Gerne, Jake. Gib mir eine Sekunde."

Es dauerte nicht lange, bis sie ihm eine Tasse überreichte. Er nahm einen Schluck, um die Temperatur zu testen. *Genau richtig.* „Für dich, meine Kleine."

Kallie setzte sich aufrecht hin, ohne seinen Schoß zu verlassen, und umschloss die Tasse mit beiden Händen. Sie trank, lächelte und trank dann noch mehr. Dann bot sie Jake die Tasse an.

„Nein, danke, Süße. Zwar meint Rebecca, dass Kakao ein Heilmittel für jeglichen Kummer ist, aber für mich ist es einfach nur ein Getränk, dass zu einem Lagerfeuer dazugehört."

Ihr heiseres Lachen erhellte sein Gemüt. Nachdenklich legte sie den Kopf auf die Seite. „Aber du hast einen Schluck getrunken, als ..."

„Ich wollte nur testen, ob er vielleicht zu heiß für dich ist."
Ihr Blick zeugte von Skepsis.

Er lachte. Die kleine Elfe musste mal richtig verwöhnt werden. Er wollte derjenige sein, der sie verwöhnte. *Verdammt.*

Am frühen Freitagabend sprang Kallie aus ihrem Jeep und spazierte in die Serenity Lodge. Obwohl es draußen heiß und trocken war, waren ihre Hände eiskalt. Sie hatte Gänsehaut. Eine kleine Stimme in ihr sang: *Vielleicht ist Jake hier, vielleicht ist Jake hier.* Am liebsten hätte sie ihren Kopf gegen den Türrahmen geknallt, um die Stimme zum Schweigen zu bringen.

Sie ging durch den Hauptraum. Ihr Blick fiel auf Rebecca, die an einem Tisch saß. Sie war erleichtert und enttäuscht, dass sie Jake nicht sehen konnte.

Rebecca lächelte. „Kallie, führst du heute eine Gruppe in die Berge?"

„Nein, heute nicht. Ich wollte nur etwas vorbeibringen, von dem ich glaube, dass es Heather gehört." Sie hielt den flachen E-Book-Reader hoch. „Ist sie hier?"

„Sie haben beschlossen, heute den Yosemite-Nationalpark zu besuchen." Rebecca winkte ab, als Kallie den Versuch unternahm, ihr das Gerät zu geben. „Dafür habe ich gerade keine Zeit. Jake ist im Büro. Er kann sich darum kümmern."

Kallie öffnete den Mund, um etwas zu erwidern, und bemerkte den selbstgefälligen Ausdruck auf Rebeccas Gesicht. Sie genoss es viel zu sehr, Kupplerin zu spielen. „Das ist wirklich fies von dir."

„Ich weiß." Rebecca wies auf die Tür am anderen Ende des Raumes. „Arschbacken zusammenkneifen und einfach reinmarschieren."

Jetzt ist es aber genug. „Stadtmädchen, ich freu mich schon auf unseren Ausflug auf den Little Bear Mountain. Dort oben gibt es jede Menge gefährliche Tiere: Bären, die dein Essen stehlen;

Pumas, die Pferde angreifen, und Klapperschlangen, die in deinen warmen Schlafsack kriechen."

Rebeccas Kinnlade fiel herunter.

„Und wenn die Göttin – ich, ich bin die Göttin – mit dir nicht zufrieden ist, wirst du Fledermäuse in deinem Haar und Mäuse in deinen Stiefeln finden." Kallie schenkte ihr ein selbstzufriedenes Lächeln und marschierte auf die andere Seite des Raumes. *Hält sie mich für einen Feigling? Möglich. Nur weil Jake und ich ... kinky Sachen gemacht haben, heißt das nicht, dass ich Angst davor habe, ihm gegenüber zu treten. Oh nein, ich bin cool. Cool wie ein Eisberg. Er hat keinerlei Wirkung auf mich.*

Sie trat in ein Zimmer, bei dem ihre Cousins vor Neid erblassen würden: Dartscheibe, Billardtisch, Kickertisch und eine Tischtennisplatte.

Jake lehnte an der Wand und trank ein Bier, während Logan die Bälle im Regal verstaute. Nicht weit entfernt lag der riesige Hund. Beide Männer sahen in Kallies Richtung und lächelten sie zur Begrüßung an. Sie errötete und stotterte: „I-ich –" *Er hat keine Wirkung auf dich, verstanden?* „Heather hat etwas bei der Zeltausrüstung vergessen. Kannst du es ihr zurückgeben?"

Der Hund stand auf und kam zu ihr. Er bettelte um ihre Aufmerksamkeit, weshalb sie sich vorbeugte und ihm gab, was er verlangte: Sie streichelte das kuschelige Monster. Auf diese Weise hoffte sie, ihre roten Wangen vor Jake geheimzuhalten.

„Kein Problem." Logan nahm ihr das elektronische Gerät ab. „Danke, dass du es hergebracht hast. Würdest du gerne mit uns zu Abend essen? Wir essen in einer halben Stunde und Becca ist wirklich eine fantastische Köchin."

„Nein, aber danke fürs Angebot." Sie trat einen Schritt Richtung Tür. Jake hatte noch kein Wort gesagt. Wollte er sie noch nicht mal begrüßen? „Ich muss nach Hause."

Jake neigte seinen Kopf zur Seite und musterte sie. „Hast du wirklich etwas vor?"

„Ich –" *Zur Hölle.* „Es gibt immer Sachen, die erledigt werden müssen."

Ein schiefes Lächeln zeigte sich auf seinem Gesicht, inklusive seines erregenden Grübchens. „Mit anderen Worten: nein." Er setzte sein Bier auf dem Kartentisch ab und schaute zu Logan. „Sag Rebecca, dass wir einen Gast zum Abendessen haben."

Kallie stellte sich kerzengerade hin. „Warte mal. Ich –"

Er kam auf sie zu – so unaufhaltsam wie ein Waldbrand bei starkem Wind. Als sie protestierend ihre Hand hob, lachte er. In der nächsten Sekunde warf er sie über seine Schulter. „Wir sind oben, wenn du uns suchst, Bruder", sagte er. „Ich habe das starke Bedürfnis, Verkleiden zu spielen."

„Verdammt nochmal, Hunt! Lass mich sofort runter!"

Er ignorierte ihren Ausbruch und die trommelnden Fäuste auf seinem Rücken. Leise summte er vor sich hin und streichelte ihr unverhohlen über ihren Hintern. Sie gingen durch den Hauptraum und an Rebecca vorbei. Nicht, dass Kallie sie sehen konnte, aber das Kichern war Beweis genug. Ein elektrisches Tastenfeld ertönte, eine Tür öffnete sich und Jake erklomm eine Treppe.

Kallie gab auf. Sie hatte zwar nicht erwartet, entführt zu werden, jedoch hatte sie davon geträumt. Auf irgendetwas dieser Art hatte sie gehofft. Jake Hunt berührte sie und daher gab es wirklich keinen Grund, sich zu beschweren. Sie lachte und schlug ihn einmal mehr mit ihrer Faust ... einfach, weil sie es konnte.

Er klang nicht mal erschöpft, als er vom Flur durch eine Tür trat und sie auf ein Sofa warf. „Nicht bewegen, kleine Elfe."

Sie setzte sich aufrecht hin und er verschwand in einem anderen Raum. Wie machte er das bloß? Er war nicht der erste Mann in ihrem Leben. Sie hatte mit anderen Männern geschlafen und doch schaffte es nur dieser Mann, dass sie sich in ihr Teenageralter zurückversetzt fühlte.

Sie stand auf. *Nicht bewegen? Träume weiter, Hunt.* Sie wanderte durchs Zimmer und versuchte, zu ignorieren, wie ihr Körper auf seine Behandlung reagierte. Ihre Brüste fühlten sich bereits empfindlicher an und bei jedem Schritt rieb ihre Jeans verboten erregend über ihre Klitoris.

Wirklich hübsch hier, dachte sie bei sich. Cremefarbene Wände mit Gemälden vom Yosemite-Nationalpark. Signiert von ... Rebecca. Kallie blinzelte die Signatur an. Zwar hatte Rebecca erwähnt, dass sie malte, aber ... *wow*. Sie war wirklich gut.

Ein Schachbrett stand in einer Ecke. Auf dem Regal darüber lagen Muscheln und Korallen. Die Wand daneben zeigte gerahmte Fotos von Familienmitgliedern und Freunden. Die Umgebung in den Bildern variierte – von der Ranch bis zur tropischen Bucht. Er schien gerne mit Freunden zu reisen. *Mr. Geselligkeit höchstpersönlich.*

An der gegenüberliegenden Wand hing ein großer Flat-Screen-Fernseher. Nicht gerade überraschend. Ausgehend von der Einrichtung im Erdgeschoss hätte sie mit mehr Leder gerechnet. Aber nein: Seine riesigen Möbel waren mit dunkelblauem Stoff bezogen. Auf dem Dielenfußboden lagen Flickenteppiche in einem Mix aus Blau, Grün und Weiß. Das war wirklich ein sehr gemütlicher Raum.

Langsam entspannte sie sich. Genau in dem Moment kam Jake mit Kleidung auf seinem Arm zurück und sagte: „Ausziehen."

Sie verengte ihre Augen. „Wir müssen dringend an deinen Umgangsformen arbeiten. Ich bin dein Gast. Sei ein bisschen höflicher."

„Oh, gefällt dir etwa mein Ton nicht?" Er legte den Kopf auf die Seite und ein teuflisches Grinsen zeigte sich auf seinen Lippen. „Kalinda, du wirst dich jetzt sofort von jedem Kleidungsstück an deinem Körper trennen. Wenn du das nicht tust, wirst du mit Konsequenzen rechnen müssen."

Sie trat einen Schritt zurück und ignorierte die Wirkung, die sein stählerner Blick auf ihr Geschlecht hatte.

„War das jetzt besser?", fragte er.

„Na ja, ähm, das war nicht gerade, was –"

„Kalinda, ich sagte: Sofort."

Ihr Mund trocknete aus. *Wir haben doch nur eine halbe Stunde bis zum Abendessen.* Das schien Jake nicht im Geringsten zu interessieren. Sie knöpfte ihr Flanellhemd auf, schüttelte es von ihren Schultern und zog sich dann ihre Stiefel, Socken und die Jeanshose aus.

Sie hob den Blick und sah sich seinem angewiderten Ausdruck gegenüber. „Hör auf, mich so anzusehen!", brach es aus ihr heraus.

Er hob eine Augenbraue. „Wie sehe ich dich denn an?"

„Wenn dich mein Körper so anwidert, warum muss ich mich dann jedes Mal —"

Er fing zu lachen an. Sein Gelächter fühlte sich wie eine Hand an, die sich um ihr Herz legte und fest zudrückte. Wenn er es jetzt wagte, sie zu berühren, würde sie ihm eine kleben.

Unerwartet riss er sie an seinen Körper. Seine riesigen Hände wanderten über ihren Rücken und ihren Po. Auf der Stelle verklang das Verlangen, ihn zu schlagen. Vielmehr breitete sich jetzt ein wärmendes Feuer in ihr aus.

„Ich liebe deinen Körper, Elfe. So sehr, dass ich deine Klamottenauswahl als Beleidigung ansehe." Er öffnete ihren BH und warf ihn auf den Fußboden. Dann kümmerte er sich um ihr Höschen und riss es ihr mit einem kräftigen Ruck vom Körper. „Du hast die hässlichste Unterwäsche, die ich jemals gesehen habe."

„Meine Unterwäsche? Willst du mir damit sagen, dass du mich in den letzten zwei Jahren wegen meiner Unterwäsche so verächtlich angesehen hast?"

Er hob den Blick. Wieder lachte er. *Unmöglich*, dachte sie sich. Sie holte mit der Faust aus und boxte ihn auf den Oberarm. Mit Leichtigkeit schnappte er sich die Hand und sagte ohne einen Funken Humor in der Stimme: „Dafür werde ich dir ein Spanking verpassen. Für eine Bestrafung verspäte ich mich gerne zum Abendessen."

Sie versuchte, ihre Hand aus seinem Griff zu winden. Warum sie es überhaupt versuchte, wusste sie selbst nicht. Ihr Versuch blieb – natürlich – ohne Erfolg. Er hob die andere Hand zu ihrer Brust und neckte ihren Nippel. Ihre Knie bebten.

„Es missfällt mir nicht nur deine Unterwäsche, sondern auch der Rest deiner Garderobe. Ich verstehe ja, warum du Outdoor-Kleidung trägst, wenn du arbeitest. Beantworte mir aber, warum du in deiner Freizeit nicht etwas Weiblicheres trägst."

Sie setzte zu einer Antwort an: „Na ja, also ..." Vage erinnerte sie sich an das letzte sexy Oberteil, dass sie sich gekauft hatte. Sie war noch recht jung gewesen und ihre Cousins hatten sich aufgeführt, als wäre sie nackt umhergerannt. „So ist es einfacher." *Auf diese Weise errege ich keine Aufmerksamkeit.* „Es ist einfacher, einem bestimmten Stil treu zu bleiben." Sie zuckte mit den Schultern. „Ich besitze nicht mal aufregende Kleidung."

„Ah." Seine kleine Elfe hatte sich bisher noch nie heiß gekleidet. Offensichtlich wollte sie einem Mann nicht gefallen. Das befriedigte und beunruhigte ihn zugleich. „Du magst es also, dass du dir keine Gedanken machen musst. In dem Punkt kann ich dir helfen. Für heute Abend werde ich dir die Aufgabe abnehmen."

Der entzückend misstrauische Ausdruck auf ihrem Gesicht machte deutlich, dass sie verstand, was er ihr damit sagen wollte. Er hatte die Kontrolle. Zudem konnte er in ihren Augen erkennen, dass es ihr nicht zusagte, wie sehr es ihr gefiel. Selbst, wenn sie ihm irgendwann vollkommen vertraute, würde er weiterhin diese Art von Provokation genießen. Schließlich sollte sich eine Sub niemals zu wohl fühlen. Ein Dom sollte seine Sub auf Trab halten. Und in ihrem Fall brauchte es dafür nicht viel.

Er hatte vor, sie in weiblichere Kleidung zu stecken. Nicht nur, um sich selbst eine Freude zu machen. Er wollte sehen, welchen Effekt der Stilwechsel auf ihre Persönlichkeit haben würde. Er wollte ihre Grenzen austesten. Wahrscheinlich sollte er das lassen, aber ...

Wenn es um sie ging, war er machtlos. Er zog ihr den BH an,

den er für sie gekauft hatte. *Richtig gehört. Ich habe Unterwäsche für sie gekauft.*

„Du hast mir Unterwäsche gekauft?" Ihr entsetzter Ton brachte ihn erneut zum Lachen.

Sie erstarrte, als er in die Körbchen griff und ihre Brüste zurechtrückte. Er ließ sich Zeit, neckte und betörte ihre empfindlichen Brüste, bis ihre Nippel unter seinen Handflächen pochten. Um das Ergebnis zu begutachten, trat er einen Schritt zurück. Der Push-up-BH erzeugte einen sinnlichen Ausschnitt. Sie folgte seinem Blick und ihre Augen weiteten sich.

Verdammt, sie war wirklich bezaubernd.

Er zog ihr ein altrosafarbenes Top über den Kopf. Der tiefe Ausschnitt mit Spitze setzte ihre Brüste perfekt in Szene und er nickte zufrieden. Das Outfit komplimentierte er mit einem knielangen Seidenrock.

„Rosa? Echt jetzt?", murmelte sie ungläubig.

Er zog sie vor den Badezimmerspiegel. „Rosa steht für Weiblichkeit", sagte er. „Und die Farbe steht dir verdammt gut."

Ihr Mund formte sich zu einem O, als sie ihr Spiegelbild erblickte. Das Top umspielte ihre Brüste und der fließende Stoff des Rocks legte sich geschmeidig um ihren vollen Hintern.

„Was ist mit ... einem Höschen?"

„Heute Abend gibt es für dich kein Höschen", sagte Jake.

Sie wirbelte herum. „Ich kann doch nicht ohne Unterwäsche herumlaufen!"

Er verschränkte die Arme über der Brust und ließ seinen Blick über sie schweifen. Er genoss ihre Reaktion auf seine Musterung: Die roten Wagen passten sich der Farbe des Rocks an. „Du kannst und du wirst. Weil ich es so will."

Lächelnd trat er einen Schritt zurück. Seine Freude bei ihrem Anblick war unverkennbar. „Du siehst wunderschön aus, Kallie. Du bist eine wunderschöne Frau. Hin und wieder solltest du der Menschheit einen Gefallen tun und ihnen zeigen, dass du von außen genauso schön bist, wie von innen."

Ihr perplexer Blick stimmte ihn traurig. Hatte ihr bisher

noch nie jemand ein Kompliment gemacht, das auf ihr Aussehen bezogen war?

„Danke", flüsterte sie. Dann hob sie ihr trotziges Kinn. „Aber warum kein Höschen?"

Er trat näher, umfasste ihre Wange und erwiderte flüsternd: „Damit mir nichts im Weg ist, wenn ich mich entscheide, dich zu nehmen."

Ihre Reaktion darauf war wundervoll ... Er hatte sich sein eigenes Grab geschaufelt und nun würde er den ganzen Abend leiden müssen. Seine Erektion pulsierte und Rebecca erwartete sie bereits zum Abendessen. *Verdammt.*

Einen Tag vor dem Unabhängigkeitstag hatte er es sich auf seinem liebsten Campingplatz bequem gemacht. Er saß neben seinem Zelt auf einem Stuhl. Gleich würde er Feuer machen und sich Essen zubereiten. Bevor die Sonne unterging, würde er noch etwas wandern gehen. Der Wald tröstete ihn und dämpfte die Stimmen in seinem Kopf. Vor ein oder zwei Jahren – er wusste es nicht mehr ganz genau – hatte er gemerkt, dass die Stimmen und die Schreie dem Bösen entsprangen. Manche Menschen – so wie er – konnten dämonische Energie wahrnehmen.

Die kurze Wanderung zum Campingplatz hatte er sehr genossen. Der friedliche Pfad hatte die Anspannung aus seinem Körper weichen lassen.

Nun zehrte die schrille Stimme einer Frau an seinen Nerven. Er suchte nach der Quelle der Ruhestörung und fand auf dem Campingplatz ein junges Paar. Die Frau trug ein purpurfarbenes Tanktop, das ihre üppigen Brüste nicht bändigen konnte. Ihre Haare fielen anzüglich über ihre nackten Schultern. Ihr *dunkles* Haar. Ihre Stimme wurde lauter. Sie schrie ihren armen Freund an; direkt vorm Zelt ließ sie ihre Laune an ihm aus. In der Umgebung gab es niemanden, der ihren Ausbruch ignorieren konnte. Sie demütigte ihren Partner – einen seiner Kameraden.

Er beobachtete, wie sich der Dämon in ihr erhob und sich in ihren dunklen Augen widerspiegelte. Er war erstaunt, dass nicht alle panisch davonrannten, obwohl ihm sehr wohl bewusst war, dass nur er den Dämon sehen konnte. Das war seine Gabe – sein Fluch.

Während der Dämon auf ohrenbetäubende Weise seine Stimme erhob, verlor ihr Freund jeglichen Lebenswillen. Er war nicht besonders hochgewachsen, aber muskulös. Der junge Mann hätte sie mit einem Schlag k. o. schlagen können. Leider Gottes war es verpönt, dass ein Mann eine Frau schlug. *Volltrottel.* Konnte er nicht sehen, dass er nicht länger seine Freundin vor sich hatte? Es war doch eindeutig zu erkennen, dass ein Dämon ihre Seele an sich gerissen hatte und sie immer tiefer in die Dunkelheit führte.

Anstatt etwas zu unternehmen, ließ sich der Mann beleidigen! Es war ihm anzusehen, dass er sich wie ein Versager, ein Schwächling fühlte. Als wäre er kein richtiger Mann.

Es gefiel ihm nicht, was der Dämon mit dem Mann anstellte. Nicht mehr lange und von dem jungen Mann blieb nur noch eine leere Hülle zurück.

Ausdruckslos beobachtete er das Geschehen. Nach einer Weile stapfte der Dämon davon und betrat einen Pfad, der in den Wald führte. Das Opfer des Dämons ging ins Zelt. Zuerst flog ein zusammengerollter Schlafsack aus der Öffnung, dann ein Rucksack. Anscheinend hatte der Freund die Nase voll und wollte die Fliege machen.

Wieder ein Kamerad am Ende und für alle Zeiten emotional verkrüppelt.

Er lehnte sich vor und stützte die Ellbogen auf den Knien ab. Zwar hatte sich der Dämon vom Campingplatz entfernt, dennoch verblieb die Aura des Bösen an diesem Ort wie eine grüne Nebelwolke, die alles in ihrem Weg verdorren ließ.

Er kannte seine Aufgabe: Ohne sie wäre die Welt ein besserer Ort.

Hinter seiner Jeans reagierte seine Männlichkeit. Er hasste

es, die Dämonen zu erschlagen. Er hasste die Geräusche, den Geruch und die Dunkelheit in seiner Seele. Jedoch wusste er, dass er vom Himmel eine Belohnung erhalten würde. Von oben wurde ihm der richtige Weg vorgegeben. Das Geschreie des Dämons schickte einen Adrenalinschub durch seinen Körper. Mit den Jahren hatte er gelernt, wann es soweit war, sich dem Dämon zu stellen. Er wusste bereits, dass er den Sieg davontragen würde. Er war gesegnet.

Er nahm sich Zeit. Langsam spazierte er über die Lichtung und näherte sich dem angrenzenden Wald. Sobald er außer Sichtweite war, würde er sich einen Weg durchs Dickicht bahnen, bis er auf den Pfad kam, den die dunkelhaarige Frau genommen hatte. Ein schwerer Ast bot sich als Waffe an und er hob ihn auf. Der faulige Geruch trieb ihn weiter.

Bald würde die Dunkelheit hereinbrechen.

Kallie trat durch die Hintertür auf die Terrasse aus Zedernholz. In der Hand hielt sie ein Tablett mit rohen Burger-Patties. Um sie herum unterhielten sich die Gäste. Verschiedene Spiele waren aufgebaut: Hufeisenwerfen, Frisbee oder Federball. Niemand konnte von Langeweile sprechen. Die Kinder genossen die Wasserrutsche, die den Abhang hinunterführte. Schreie folgten frustrierten Ausrufen, wenn jemand bei Wettkämpfen verlor. Der Grillgeruch erfüllte die Abendluft und ihr Bauch knurrte. Ob sie demnächst auch zum Essen kommen würde?

Sie stellte die Platte mit dem rohen Fleisch auf den Tisch, direkt neben den großen Grill. Morgan stand in seiner Küchenschürze dahinter, die von Fett und Ketschup nur so triefte. Er grinste sie an, drehte einen Burger um und wandte sich seinem Gespräch mit Gina zu.

Kallie lehnte sich vor und streichelte Mufasa, der sich strategisch klug in der Nähe des Grills positioniert hatte. Mufasa würde Morgan regelmäßig daran erinnern, ihm einen Leckerbissen zuzuwerfen – immerhin ruhte seine riesige Tatze auf dem Schuh ihres Cousins. Die Katze rieb sich an ihrer Handfläche und widmete sich dann wieder den wichtigen Dingen des Lebens.

Sie trug die fertigen Burger und die Hotdogs zum langen Buffet und sah sich mit dem Auge einer erfahrenen Vierter-Juli-Partyveranstalterin um. Die Eiswürfel unter den Salaten hielten sich standhaft. Es gab genug Brötchen und auch die Grillsoßen gingen nicht zu Neige. Pappteller und Servietten in den Farben Rot, Weiß und Blau eiferten mit den funkelnden Windrädern in der Mitte um die Wette. Die Party verlief immer in drei Etappen ab: Zuerst kamen die Familien mit den kleinen Kindern. Danach die Teenies und schließlich die Erwachsenen, die bis in die frühen Morgenstunden feiern würden. Die erste Welle hungriger Leute war also überstanden.

„Hey, Kallie!" Gina tätschelte Morgans Hintern und näherte sich dann Kallie.

„Wie geht's dir?", fragte Kallie.

„Ich kann mich nicht beschweren." Gina spitzte die Lippen und ließ ihren Blick über Kallie schweifen. „Du siehst heute wirklich toll aus."

Kallie errötete. „Danke. Etwas komisch fühlt es sich an." Vor dem Mittagessen war Rebecca wie eine gute Fee erschienen. Sie hatte ihren Zauberstab gewedelt und Make-up und neue Kleidung heraufbeschworen. Dann hatte sie Kallie erzählt, dass sie in San Francisco in einem Büro gearbeitet hatte. *Wer hätt's gedacht.* Jetzt war sie Künstlerin und arbeitete zusätzlich als Köchin in der Serenity Lodge.

„Kann schon sein, aber du ziehst eine Menge interessierter Blicke auf dich." Gina stemmte die Hände in die Hüften und sah sich die vorhandenen Junggesellen in der Menge an. „Dieses Jahr sind viele Singles hier, aus denen du auswählen kannst. Gute Gästeliste."

Kallie grinste. Manche Leute waren so einfach zufriedenzustellen. „Virgil hat zwei Kollegen von der Polizei mitgebracht.

Die anderen beiden und der Polizeichef mussten heute arbeiten. Wyatt hat seine Kumpels vom Schießplatz eingeladen." Sie nickte zu der Gruppe, die sich um Wyatt gebildet hatte. Fast alle trugen einen Bart zur Schau. Einer von ihnen hatte einen geflochtenen Zopf, der ihm bis zum Arsch reichte. „Sie sind immer beschäftigt: Entweder schießen sie oder sie werfen Messer und Äxte auf Zielscheiben." Wyatt hatte sie später zu sich gebeten, um ihr aufzuzeigen, wie präzise sein Umgang mit dem Messer jetzt war.

„Lecker, Männer aus den Bergen. Der eine in dem roten T-Shirt ist richtig heiß. Und die Männer in den Lederhosen. So ... rustikal." Gina fächelte sich Luft zu.

„Hör mit dem Gesabber auf, sonst muss ich dir ein Lätzchen holen."

„Hey, ein Mädchen darf doch noch gucken." Gina leckte sich über die Lippen. „Und gerade wurde die Aussicht noch besser."

Kallie folgte ihrem Blick. Logan und Rebecca waren ums Haus herumgekommen. Dann sah sie Jake. Sofort meldete sich ihre Libido. Sie konnte es Gina nicht mal verdenken, dass sie ihm nachschaute. Die Sommersonne hatte seine Haut auf köstliche Weise gebräunt und goldene Highlights in sein schulterlanges Haar gezaubert. Er war lässig gekleidet, trug eine Jeans und ein weißes Poloshirt. Die kurzen Ärmel spannten sich um seinen Bizeps. Es juckte ihr in den Fingern, ihn zu berühren.

„Ich habe ihn noch nie zuvor auf einer Party gesehen", kommentierte Gina. „Und auch in die Taverne kommt er nur selten."

Kallie beobachtete Wyatt dabei, wie er die drei Neuankömmlinge begrüßte, und Gina sagte: „Ich habe den Eindruck, dass sie durch Rebecca geselliger geworden sind." Wahrscheinlich war es keine gute Idee, den Mann anzustarren. Vor allem, wenn man bedachte, dass sich ihre Beziehung zu ihm verändert hatte. Seine verdammte *Nur für eine Nacht*-Regel. Was genau erwartete er jetzt von ihr? Sollte sie ihn ignorieren oder so tun, als wären sie flüchtige Bekannte?

Das war alles so verwirrend.

„Ich werde mich mal gesellig geben und Jake ... begrüßen", sagte Gina mit leuchtenden Augen. „Schließlich ist es ein paar Monate her, seit wir das letzte Mal miteinander ausgegangen sind. Vielleicht stehe ich mittlerweile wieder an erster Stelle in der langen Schlange aus Verehrerinnen."

Oh verdammt. „Äh, Gina?"

„Ja?" Gina drehte sich erneut zu Kallie um.

„Schon gut." Was sollte sie auch sagen? Dass der Mann sie hart rangenommen hatte? Dass ihre Pussy bei dem Gedanken an ihn und was er mit ihr angestellt hatte, noch immer pulsierte? Gestern Morgen hatte er sie zum Abschied geküsst. Den Blick, den er ihr zugeworfen hatte, ging ihr nicht mehr aus dem Kopf. Als Grüblerin musste sie natürlich die ganze Fahrt darüber nachdenken. War das nun ein *Die Nacht ist genauso wie unsere gemeinsame Zeit vorbei*-Blick oder ein *Es war wunderschön, erwarte meinen Anruf*-Blick? Sie konnte es nicht mit Sicherheit sagen. Nach der ersten Nacht hatte sie den falschen Schluss gezogen.

Wenn sie jetzt zu ihm ginge, würde er sie mit einem kühlen Gesichtsausdruck begrüßen? Vielleicht sollte sie Gina ermutigen, ihn anzubaggern? *Nein, nein, nein.* Noch bevor sie eine Entscheidung hätte treffen können, stolzierte Gina bereits zu den dreien, umarmte Rebecca und begrüßte Logan. Dann musste Kallie beobachten, wie sie gegenüber Jake den Flirtmodus anschaltete.

Ein warmes Lächeln erhellte sein markantes Gesicht. Kallies Kehle schnürte sich zu. *Gehört mir nicht. Hat mir nie gehört.* Sie brauchte ein Versteck. Ein paar Minuten in der Küche sollten ausreichen, um sich zu sammeln. Sie sah sich um und – Gott sei Dank – erblickte sie eine leere Kuchenplatte, die zuvor mit Kirschkuchen gefüllt gewesen war. Das war der perfekte Vorwand, um sich kurz zurückzuziehen. Sie wirbelte herum, stolperte Richtung Hintertür und prallte gegen jemanden. „Oh, tut mir leid."

Der Mann in dem roten T-Shirt gehörte zu Wyatts Freunden.

Er grinste auf sie hinunter. „Kein Grund, sich zu entschuldigen. Du darfst mich jederzeit anrempeln."

Sie blinzelte bei seinem verschmitzten Gesichtsausdruck. Lächelnd schickte sie ein Stoßgebet zum Himmel: *Danke, Gott.* Dieser Kerl war genau zum richtigen Zeitpunkt aufgetaucht. „Ich habe dich vorhin mit dem Vorderlader schießen sehen. Du bist gut."

Sein Lächeln wurde breiter. „Das bin ich. *Sehr* gut sogar." Er strich mit dem rechten Zeigefinger über ihren Arm. Sein Blick fiel auf die Kuchenplatte in ihrer Hand und in einem verführerischen Tonfall fuhr er fort: „Mmm, Kirschen. Von süßen Kirschen bekomme ich nicht genug."

Äh, okay. Manche Männer sollten den Mund nicht aufmachen. Sie trat einen Schritt zurück. „Also, ich –"

Ein Arm legte sich um ihre Taille und ihr Rücken landete gegen eine harte Brust. Jakes Baritonstimme klang nicht gerade erfreut. „Wenn du darauf stehst, mit alten Waffen herumzuspielen, solltest du auch wissen, wie eine Lady zu behandeln ist. Entschuldige dich."

Dem Kerl klappte der Kiefer runter und sein Gesicht nahm die Farbe seines T-Shirts an. Zu ihrer Überraschung fasste er sich schnell und sagte: „Sie haben völlig recht, Sir. Ich bitte um Entschuldigung, Ma'am. Mein Benehmen war unpassend." Er wartete nicht auf ihre Antwort, sondern verbeugte sich kurz und lief zu seinen Kumpanen zurück.

Kallie versuchte, sich von Jake zu lösen, und unerwartet festigte er den Arm um ihre Taille. Seelenruhig nahm er ihre Hand, strich mit ihrem Zeigefinger über die Kuchenplatte und leckte den Klecks Kirschfüllung von ihrem Finger.

Das Geräusch löste einen Hitzeschwall in ihr aus, der direkt zu ihrer Pussy schoss. Ihre Knie bebten. Er zog sie näher an sich und sie konnte seine Erektion an ihrem Hintern spüren. Sie unterdrückte ein Stöhnen. *Gott*, sie wollte ihn wieder in sich spüren.

Zittrig atmete sie ein und unternahm den Versuch, ihm ihre Hand zu entziehen.

„Nicht bewegen." Er biss ihr in den Daumen und ihre Klitoris kribbelte. Er ließ sich Zeit und säuberte ihren Finger mit einer Präzision, die ihresgleichen suchte. Bei jedem Zungenschlag erinnerte sie sich daran, wie sich dieses Instrument an ihrer Klitoris angefühlt hatte. Als ihr Körper endgültig in Flammen stand, ließ er ihre Hand los. Noch wollte er sie nicht gehen lassen: In seinen Armen drehte er sie um und blickte in ihre Augen.

„Mmmh. Köstlich. Gibt's noch Kuchen?", fragte er. Seine Stimme klang so gelassen, dass sie ihm am liebsten eine geklebt hätte.

Sie war genervt. Von sich selbst. Was verdammt noch mal sollte sie tun? Ihm das Grinsen aus dem Gesicht schlagen, oder ihn in ihr Bett ziehen, um unanständige Dinge mit ihm anzustellen? „Unfassbar. Erst belehrst du den Kerl und dann imitierst du seine Maschen."

„Ah, kleine Elfe." Er strich mit den Fingerknöcheln über ihre Wange. „Der Unterschied ist, dass wir uns kennen. Ich weiß, wie du schmeckst. Ich weiß, was dich zum Wimmern bringt. Du hast meinen Rücken mit deinen Fingernägeln markiert und mein Schlafsack duftet nach dir."

Stand sie plötzlich in der Mojave-Wüste? Ihr war so heiß. Die Hitze verbrannte ihre Gehirnzellen, bis sie nicht mehr denken konnte. Seine Lachfältchen um seine Augen vertieften sich. „Manchmal bist du einfach so wunderschön. Und dann gibt es Momente, in denen du so putzig bist."

Putzig? Streifenhörnchen waren putzig. Sie ballte eine Hand zu einer Faust. Bevor sie ihn gegen den Oberarm boxen konnte, packte er ihre Oberarme, zog sie auf die Zehenspitzen und drückte ihr einen leidenschaftlichen Kuss auf die Lippen. Es dauerte nicht lange, bis er jeden anderen Gedanken in ihrem Verstand ausgelöscht hatte.

Sie schmeckte Kirschen.

Er hob seinen Kopf und flüsterte an ihren Lippen: „Übrigens mag ich dein Oberteil."

Er hatte die blaue Seidenbluse bemerkt, die Rebecca ihr gegeben hatte. Das Kleidungsstück betonte ihre Figur, was ihren Cousins sicher nicht gefallen würde. Sie hatte keine Zeit, sich in seinem Kompliment zu suhlen, denn er vereinnahmte ihren Mund erneut. Hätte er sich diesmal nicht zurückgezogen, wäre sie dahingeschmolzen. Lachend zeichnete er mit dem Daumen ihre Unterlippe nach. „Wenn ich dir verspreche, dir beim Aufräumen zu helfen, belohnst du mich dann mit einem Stück Kirschkuchen?"

Verdammt, sie war wirklich bezaubernd. Kallie lief zum Haus und er kam nicht umhin, den Arsch in ihrer Jeans zu bewundern. Ein saftiger Hintern. Er wusste, dass er nichts mit dem Outfit von heute zu tun hatte. Rebecca hatte mit einem Sack Klamotten die Lodge verlassen. Dafür schuldete er ihr etwas.

Auch fiel ihm Kallies breitbeiniger Gang auf. Er legte den Kopf auf die Seite. Nicht an enge Hosen gewöhnt? Oder war sie vielleicht noch ein wenig wund? Die letzte Nacht hatte er sie ausgiebig genommen. Und er hatte vor, sie wieder hart zu nehmen. Er schaute sich verstohlen um.

Warum zur Hölle hatte er sie geküsst? Er musste wohl vergessen haben, wie schnell er in ihrer Nähe hart wurde. Jedes Mal lockte sie seine dominante Natur mit nur einem Blick heraus. Als er gesehen hatte, wie sich dieses Arschloch ihr näherte ... *Gib es zu, Hunt. Du hast gerade dein Revier abgesteckt, wie das ein Grizzlybär tun würde, der mit seinen Krallen Markierungen in einen Baumstamm schlug.*

Auch der Gedanke an kalte Gletscher oder kalte Duschen half nicht mehr. Verärgert und erregt ging er über die Terrasse. Nachdem er sich ein kaltes Sierra Nevada-Schwarzbier aus dem Kühler genommen hatte, lehnte er sich ans Geländer. Rote und weiße Girlanden schmückten die Holzkonstruktion und er betete, dass sein Schwanz endlich zur Ruhe kam.

Netter Partyort. Von der großen Terrasse aus Zedernholz führte eine Wiese zu einem Bach, der von Bäumen gesäumt war. Auf Picknicktischen und Verandastühlen sammelten sich die Gäste: Eine Gruppe aus lokalen Händlern; ein paar Polizisten, die mit Kallies Freundinnen flirteten; die Typen in Westernkleidung und dann noch eine Handvoll Holzfäller aus der Gegend. Ein paar ältere Mitbürger hielten ihre Enkel an der Hand und richteten sich nach deren Wünschen. Teenager hatten es sich am Bach bequem gemacht oder spielten Brettspiele. Die Babys mit ihren Müttern hatten das Planschbecken für sich beansprucht, wohingegen die etwas älteren Kinder Fußball spielten oder die Wasserrutsche auf dem Abhang nutzten. Andere drapierten Heuballen so, dass ein Spielplatz entstand. Einige Gäste spielten Poker und jemand anderes hatte gerade Dominosteine auf der Terrasse ausgepackt. Jake war bereits früher zu Ohren gekommen, wie spektakulär die Mastersons den Unabhängigkeitstag feierten. Allerdings hätte er nicht damit gerechnet, dass sich ganz Bear Flat hier einfinden würde.

Er nahm einen Schluck seines Biers und fühlte etwas an seiner Wade. Erschrocken zog er das Bein weg und senkte den Blick auf den Boden. Kallies Monsterkatze saß zu seinen Füßen.

Jake kniete sich hin und näherte sich mit einer Hand. Er hoffte, dass das Biest keine schlechte Laune hatte und ihm seine Hand abbiss. „An sich mag ich Katzen, aber ich frage mich wirklich, was du noch in deinen Genen hast." Die buschigen Ohren erinnerten ihn an einen Luchs, wobei die fluffige Mähne eher auf einen Löwen hinwies. Und diese riesigen Pfoten!

Die rosa Nase stupste gegen seine Hand. Jake streichelte das Fellknäuel für eine Weile und richtete sich auf. Er beobachtete, wie sich die riesige Katze auf seinen Stiefel legte und sie es sich mit ihren zwanzig Kilogramm bequem machte. „Ah. Und wenn ich mich jetzt bewege, bestrafst du mich dann mit Kratzern am Bein?"

Ein Lachen kam aus der Richtung des Bierkühlers und Jake schaute hoch.

Kallies Cousin Virgil, gekleidet in eine Jeans und ein kurzärmliges Hemd, machte sich eine Dose Coors auf. „Es braucht schon eine Menge, damit er wütend wird. Er ist viel gutmütiger als er aussieht."

Jake streichelte Mufasa hinter den Ohren und grinste. Das Biest schnurrte wie ein Außenbordmotor. „Ich kenne sonst niemanden, der sich anstatt eines Wachhundes eine Wachkatze anschaffen würde."

„Na ja, da unsere erste Katze von wilden Tieren gerissen worden war, hatte Dad beschlossen, dass unsere nächste Katze ein bisschen wehrhafter und furchteinflößender sein sollte."

„Keine dumme Idee." Dieses Biest würde vermutlich keinen Angriff von einem Puma überleben. Ein Fuchs oder Kojote jedoch würde es sich zweimal überlegen, Mufasa zu bedrängen. Jake hob vorsichtig seinen Fuß. In ihrer Ruhe gestört, zuckte die Katze mit ihrem waschbärartigen Schwanz und stolzierte davon. Zur Futterquelle zurück, bemerkte Jake. Dumm war die Katze nicht.

„Also, Hunt. Willkommen auf der Party." Sein Ton stand im Kontrast zu seinen Worten. Auch die Augen des Mastersons waren auf die Temperatur seines Biers heruntergekühlt. Sie kannten sich, ja, aber von Freundschaft konnte nicht die Rede sein. Der Mann hatte den Ruf, ein gerechter, aber strenger Polizist zu sein.

„Danke für die Einladung."

„Wir laden dich jedes Jahr ein. In diesem Jahr bist du der Einladung nur zum ersten Mal gefolgt."

Oh je. Jake verstand sofort, um was es hier ging. Virgil hatte das Wohl seiner Familie im Sinn. Das Wohl von Kallie. „Rebecca wollte kommen." Abwesend schwenkte er die Flasche. „Gutes Bier."

Virgil schmunzelte. „Kallie mag diese Marke. Der Rest von uns bevorzugt helles Bier. Wir wollen, dass sie glücklich ist."

Virgil schaute ihn unerschütterlich an. „Was auch der Grund dafür ist, dass deine Nase noch nicht gebrochen ist. Den Kuss schien sie begrüßt zu haben."

Jake lehnte sich gegen einen Picknicktisch und wartete ab. Virgil war noch nicht fertig.

„Ich weiß von dir und deinem Bruder – von den Spielchen, die ihr in der Lodge treibt. Ich will das jetzt nicht vertiefen." Virgil machte ein finsteres Gesicht. „Kallie hat ein weiches Herz. Im Laufe ihres Lebens musste sie schon viele Enttäuschungen über sich ergehen lassen. Wage es nicht, mit ihrem Herzen zu spielen, Hunt, sonst vergesse ich meine Polizeimarke und schlag dich grün und blau."

„Kannst du gerne versuchen", sagte Jake. „Spaß beiseite. Ich verstehe deine Bedenken. Ich spiele keine Spielchen. Manchmal bleibt es allerdings nicht aus, dass Menschen verletzt werden."

„Das ist richtig. Allerdings sind mir andere Menschen egal. Pass auf, dass es bei Kallie nicht passiert."

„In Ordnung."

Während die zwei anderen Polizisten im Kühler nach Bier suchten, drehte sich Virgil zu ihnen um und machte sie mit Jake bekannt. Warnung angekommen, dachte Jake. Obwohl Virgil bereits zum nächsten Tagespunkt übergegangen war, dachte Jake noch über seine Worte nach.

Beeindruckend, wie schnell er seine Feindseligkeit gegenüber Jake abgelegt hatte. Jake schüttelte Hände und lauschte, wie die Polizisten über einen inkompetenten Gerichtsmediziner lästerten, der zur Freude eines jeden gerade in den Ruhestand gegangen war.

Er beobachtete sie. Sie lachte oft und strömte vor Energie. Sie behandelte die Kinder liebevoll; jedoch konnten Dämonen hinterhältig sein. Er nippte an seinem Bier und hatte sich zu der Gruppe aus der Stadt gestellt. Er lachte an den richtigen Stellen und musterte die Frau aufmerksam.

Sie war klein. Die richtige Größe für Hinterlistigkeit. Ihr schwarzes Haar zeigte die Finsternis in ihrer Seele. Sicher hatte das Böse schon Besitz von ihr ergriffen. Bald würde er handeln müssen. Er würde ihren Körper zerstören müssen, bis er den Dämon zurück in die Abgründe geschickt hatte. Er träumte bereits von dem Geräusch, das entstand, wenn er ihr mit etwas Hartem die Knochen brechen würde. Das Knacken von Knochen machte ihn hart. Nur die Schreie gefielen ihm nicht. Er erschauerte jedes Mal, wenn er einen kreischenden und flehenden Dämon in seine Welt zurückschickte.

Sein Magen drehte sich. Ihm war schlecht. Schweiß bedeckte seine Haut. Er zwang sich dazu, sich zu beruhigen und seine Muskeln zu entspannen. So gelassen wie möglich hob er das Bier an seine Lippen. Er musste seine Aufgabe erfüllen. Er durfte nicht schwächeln. Er musste seine Kameraden retten. Er musste die Welt zu einem besseren Ort machen. Er würde tun, was nötig war.

Am Ende würde er seine Belohnung bekommen. Seine Männlichkeit zuckte erfreut, als er sie weiter beobachtete.

KAPITEL SIEBEN

K allie lächelte beim Anblick der aufgereihten Kuchen in der Küche, die die Frauen aus der Stadt mitgebracht hatten.

Bei der ersten Party zum Unabhängigkeitstag war ihr Onkel von den Massen an mitgebrachtem Essen völlig überfordert gewesen. Er war ein Mann, der Regeln geliebt hatte. Aus diesem Grund hatte er Richtlinien erlassen. In den Folgejahren war genau geregelt, wer wie viel und was mitbringen durfte. Wie auch die Party war es zur Tradition geworden. Die Frauen kümmerten sich um Desserts. Die Männer unter vierzig brachten Bier mit und die Männer über vierzig Knabberzeug. Teenager kümmerten sich um alkoholfreie Getränke. Und die Mastersons stellten Burger, Hotdogs, gebackene Bohnen und eine riesige Menge Kartoffelsalat bereit.

Sie schnitt ein Stück des Kirschkuchens für Jake ab – ein großes Stück. Sie fühlte, wie sich ein Lächeln auf ihre Lippen stahl. Heute hatte er sie nicht nur herzlich begrüßt, sondern er hatte sie zudem vor allen Anwesenden geküsst. Und es war ein großartiger Kuss gewesen. Danach hatte er ihre Bluse gewürdigt. Wenn er sie nicht darauf aufmerksam gemacht hätte, sich selbst mit anderen Augen zu sehen, wäre sie nie auf die Idee gekommen, sich an andere Kleidung heranzuwagen. *Manchmal vergesse ich eben, dass ich keiner von den Jungs bin.*

Jake hatte sich offensichtlich darüber Gedanken gemacht, wie sie herumlief. Bedeutete das nun, dass er etwas für sie empfand?

Verdammt, sie wollte ihn. Er hatte das Talent, eine andere Seite in ihr zu wecken. Er ignorierte ihre halbherzigen Einwände und schien immer genau zu wissen, was sie sich insgeheim wünschte. Bei ihm fühlte sie sich sicher, wodurch sie sich traute, neue Dinge auszuprobieren. Sie fühlte sich gewollt. Umsorgt. Wie sollte sie jemals wieder so einen Mann wie ihn ausfindig machen? *Ja*, sie fand seine äußere Erscheinung mehr als ansprechend, aber was ihr vollkommen den Verstand raubte, waren seine innere Stärke, seine Intelligenz und sein Sinn für Humor.

Sie schaute aus dem Fenster, um sich an seinem Anblick zu weiden und ihr stockte der Atem. Virgil stand bei ihm und seine Körperhaltung machte deutlich, dass es bei der Unterhaltung nicht um den Austausch von Höflichkeiten ging. *Oh Gott.* Wahrscheinlich hatte er den Kuss gesehen. Ihr Herz rutschte ihr in die Hose.

In den letzten Jahren hatte sie ab und zu ein paar Dates gehabt. Keinen davon hatte sie jemals mit nach Hause gebracht. Sie hatte es bevorzugt, ihr Liebesleben etwas herunterzuspielen. Sie wollte ihre Cousins nicht enttäuschen. Niemals wäre sie auf den Gedanken gekommen, sie zu testen, indem sie einen Mann in aller Öffentlichkeit küsste.

Sie beobachtete, wie Virgils Gesicht einen harten Ausdruck annahm. Die ganze Luft wich aus ihren Lungen. Sie hatte das Gefühl, eine Bauchlandung auf einem Granitblock gemacht zu haben. Sie näherte sich der Hintertür und hielt abrupt an.

Nichts würde Virgil davon abhalten, sie beschützen zu wollen. Allerdings bezweifelte sie auch, dass Jake sich von Virgil einschüchtern lassen würde. Lange genug hatte sie mit halsstarrigen Männern gelebt, um zu wissen, dass sie die Situation verschlimmern würde, wenn sie sich einmischte.

Eine Weile beobachtete sie die Szene. Dann hielt sie es nicht länger aus. Sie ließ den Kuchen ungeachtet zurück und überquerte die Wiese zum Bach hinunter. Gina und Serena stellten sich ihr in den Weg. Beide packten jeweils einen ihrer Arme und zogen sie zur Seite. Serena stemmte die Hände in die Hüften und funkelte sie an. „Okay, Weib. Es wird Zeit, dass du auspackst."

Ah, scheiße. „Also ..."

„Das kennt man von Jake gar nicht", sagte Gina. „Nicht, seit seine Freundin gestorben ist. Vielleicht spendiert er einer Frau mal einen Drink und nimmt sie danach für eine Nacht mit nach Hause, aber das war's dann auch. Er geht nicht auf Partys und knutscht dort Frauen ab."

„Gestorben? Seine Freundin ist gestorben?"

„Ist sie. Erinnerst du dich nicht an die ganze Aufregung? Ach richtig, zu der Zeit warst du ja noch in Alaska", sagte Serena. „Aber egal. Wir haben aktuelle Themen zu besprechen. Seit wann geht ihr miteinander aus?"

„Ähm, ich weiß nicht, ob der Ausdruck ,miteinander ausgehen' passt." Kallie grinste. „Schließlich habe ich seine *Nur für eine Nacht*-Belehrung auch zu Ohren bekommen."

Gina neigte ihren Kopf zur Sonne, die langsam hinter den Bergen im Westen verschwand. „Dir ist schon aufgefallen, dass es im Moment nicht Nacht ist, oder?"

„Lass es mich anders ausdrücken: Er will, dass wir jede ... äh, Interaktion ... getrennt voneinander betrachten", antwortete Kallie.

„Oh. Schon kapiert." Serena kicherte. „Das war ja wirklich eine sehr nette ... Interaktion auf der Terrasse."

Kallie versuchte, ihre Freundin finster anzublicken. Das Problem war nur, dass die Erinnerung an den Kuss einfach zu erregend war. Ein Lächeln huschte über ihre Lippen und sie seufzte verträumt: „Ja, das war sie."

„Versprich mir, dass du vorsichtig bist, okay?" Gina ergriff Kallies Hände. „Ich will nicht, dass du verletzt wirst."

Kallie schaute den Hang hoch. Jake hatte sich zu den älteren Männern gestellt. Gemeinsam spielten sie Hufeisenwerfen und als Jake ein Hufeisen warf, spannten sich die Muskeln unter seinem Hemd an. Das Wasser lief ihr im Mund zusammen. „Er ist den Schmerz wert", murmelte sie geistesabwesend. Ihr Blick wanderte zur Terrasse. Wyatt musterte sie aufmerksam, bevor sein Blick zu Jake wanderte. „Denke ich."

„Übrigens ..." Serena betrachtete Kallie von Kopf bis Fuß. „Du siehst fantastisch aus."

„Super fantastisch! Wenn Jake dir nicht seinen Stempel aufgedrückt hätte, dann würden die anderen Männer bei dir Schlange stehen." Gina runzelte die Stirn. „Haben Serena und ich als Freundinnen versagt? Hätten wir dich schon vor Jahren aus dem Schneckenhaus ziehen sollen? Vielleicht hat dir bisher aber auch nur der Anreiz gefehlt, dich einem Stilwechsel zu unterziehen."

Kallie lachte. Sie spürte, dass sie rot wurde. *Du hast die hässlichste Unterwäsche, die ich jemals gesehen habe.* Irgendwie fühlte es sich gut an, von anderen wahrgenommen zu werden.

„Kallie!", rief ein Kind von der Terrasse. „Die Sonne geht unter. Morgan meinte, wir sollen dich fragen, ob wir jetzt spielen können."

Während der kleine Junge vor Aufregung auf- und abhüpfte, lachte Kallie und überschaute kurz die Feier. Im dämmriger werdenden Licht hatten die Gäste angefangen, die Karten- und Brettspiele einzupacken. Die Luft hatte sich abgekühlt und das Planschbecken für die kleinen Gäste war wie leergefegt. Der Platz wurde zur Ladezone für die Wasserpistolen umfunktioniert. Die Dunkelheit würde den Beginn der Schlacht markieren.

„Morgan, bring die Westen und die Pistolen raus!", brüllte sie. „Es ist Zeit, dass wir uns unsere Unabhängigkeit von England verdienen!"

Alle potentiellen Soldaten jubelten. Eine Sekunde später schalteten sich im Garten die Lichter an. Sie steckten die

Grenzen des Schlachtfeldes ab und sorgten gleichzeitig für Beleuchtung auf der Terrasse und bei den Sitzgruppen.

Von der Terrasse warf Morgan den Kämpfern die Westen hinunter: Rote für die Engländer, blaue für die Patrioten. Jubel und Beschwerden folgten auf die Teamaufteilung. Inzwischen hatten Virgil und Wyatt, die Tische, Stühle und andere Hindernisse zur Seite geräumt.

Als Kallie wieder auf die Terrasse trat, lief Jake hinter sie, schob einen Finger in die Schlaufe ihrer Jeans und fragte: „Was wird das hier?"

„Wir spielen Watertag – oder sollte ich lieber sagen: Amerikanische Revolution – auf dem Masterson-Schlachtfeld, mit Wasser statt Kugeln. Willst du mitspielen?"

Jake starrte auf die Soldaten, die sich die Westen umschnallten und sich ihre Waffen aus einer Vielzahl von Wasserpistolen aussuchten. Er musste lachen. Die Mastersons waren eindeutig wahnsinnig. Er grinste. „Um nichts in der Welt würde ich mir das entgehen lassen."

Kallie tätschelte ihm die Brust und schüttelte amüsiert den Kopf. „Du bist ein kleiner Junge im Körper eines Mannes, oder?"

„Du hast es erfasst." Er zog sie an sich und sah ihr tief in die Augen. Er konnte ihr ansehen, dass sie erregt war. Er lehnte sich vor und streifte mit seinen Lippen über ihren Mund. „Du solltest vorsichtig sein, Soldat. Bei einer Gefangenschaft bin ich dazu gezwungen, dich zu verhören", flüsterte er. „Es gibt viele Arten, einen Feind zum Reden zu bringen und ich kenne sie alle."

Nicht mal in dem dämmrigen Licht war es ihr möglich, ihre roten Wangen vor ihm zu verstecken. Er senkte den Blick auf ihre Brust und grinste bei den harten, kleinen Nippeln, die für ihn salutierten. Ihr Lachen war heiser und verführerisch. „Dann weiß ich Bescheid. Allerdings musst du mich erstmal erwischen." Herausfordernd hob sie ihr Kinn. „Eine faire Warnung, weil du das erste Mal dabei bist: Nehme dich vor der Artillerie in Acht. Sie werfen aus der Luft Bomben nach uns."

„Was?"

Sie wies auf eine Gruppe von älteren Gästen, die sich hinter dem Geländer der Terrasse aufgereiht hatten. Zu ihren Füßen standen Wannen, gefüllt mit roten und blauen Wasserballons.

„Ihr seid schon erstaunlich. Bomben, ja?" Sein Lachen erlosch, als er das Wort registrierte. *Bomben. Krieg.* Wo war Logan? Er entdeckte ihn in der Küche – vollkommen im Unklaren, was sich hier gleich zutragen würde.

„Jake, ist alles okay?"

„Wo ist Rebecca?"

Kallie drehte sich um und zeigte zum Bach. „Dort unten bei Serena."

„Danke." Er rannte über die Weise, den Abhang hinunter. Kallie rannte neben ihm her.

„Was ist los?", fragte sie.

Er verlor keine Zeit, indem er ihr antwortete. Erst bei Logans Sub öffnete er den Mund und erklärte die Situation: „Becca", sagte er in einem besorgniserregenden Ton, so dass sie sich sofort umdrehte. „Hier wird gleich Watertag gespielt – eine Simulation der amerikanischen Revolution. Krieg. Gewehre. *Bomben.*"

Rebecca erblasste.

„Verdammt, Jake!" Kallie schlug gegen seinen Arm.

Unartige, kleine Sub, dachte er und wandte sich ihr zu. „Im Irak sind Logan und seine Kameraden von einer Sprengfalle in Stücke gerissen worden. Er hat als Einziger überlebt und leidet bis heute unter Albträumen."

„Oh, scheiße", murmelte Kallie. „Er ist genau so ein störrischer Macho-Dödel wie du und wird die Party nicht verlassen. Sehe ich das richtig?"

Becca schüttelte den Kopf. „Richtig erkannt, leider."

„Männer. Okay, dann bringe ihn dazu, ins Wohnzimmer zu gehen. Ich denke, es läuft ein WM-Fußballspiel im Fernseher."

„Das könnte funktionieren. Danke", sagte Becca und sprintete zum Haus.

„Albträume?", fragte Kallie.

„Mittlerweile ist es schon besser geworden. Die ersten Jahre waren furchterregend. Nach seiner Therapie hatte er tagsüber keine Probleme mehr. Doch die Nacht ließ sich nicht aufhalten. Jedes Geräusch hat ihn in Alarmbereitschaft versetzt. Er ist stark und weiß, sich zu verteidigen. Er hat nicht realisiert, dass er sich nicht länger im Krieg befindet. Sein Realitätsverlust ist der Grund, warum wir an diesen Ort gekommen sind und die Lodge eröffnet haben – um von der Stadt, dem Lärm und den Sirenen wegzukommen." Er schaute finster auf den Bach und rieb sich unbewusst über die Narbe auf seiner Stirn.

Ihre Augen verengten sich. „Hat er dich angegriffen?"

Er ließ die Hand von seiner Stirn fallen. Nach einer halben Ewigkeit nickte er. „Eines Nachts in der Lodge. Mich hatten Laute geweckt, die darauf hinwiesen, dass ein Raubtier die Kälber anfällt. Ich bin zu ihm ans Bett und habe ihn angebrüllt, dass er den Arsch hochkriegen soll. Das hat er auch. Dummerweise war er nicht vollkommen bei sich." Er zuckte mit den Schultern. „Er hat uns beiden einen Schrecken eingejagt."

Das war eine verdammt große Narbe. Kallie musste erkennen, dass nicht viel gefehlt hatte. Jake wäre beinahe von seinem eigenen Bruder getötet worden. Ein kalter Schauer lief über ihren Rücken. Und doch stand Jake loyal an der Seite seines Bruders. Ihr Herz erwärmte sich. *Verdammt*, warum musste er nur so ... perfekt sein? „*Wolltest* du eine Lodge betreiben?"

Sein Mundwinkel verzog sich zu einem schiefen Lächeln.

„Als ich aufs College bin, war das nicht mein Plan, nein. Ich wollte eigentlich Land in der Nähe meiner Eltern erwerben."

„Und eine Ranch betreiben?"

Er nickte. „Im Osten von Oregon." Kallie folgte seinem Blick zu den weißen Bergen, dem dunklen Himmel und den Sternen, die langsam aufleuchteten. „Allerdings hätte ich dann den Spaß von heute Abend verpasst. Das wäre eine Schande, meinst du nicht auch? Irgendwie kommt es immer so, wie es kommen muss. Die Lodge passt besser zu mir." Nach einer Weile fügte er hinzu: „Nur die Pferde vermisse ich."

Ein Rancher. Ein Soldat. Kein Wunder, dass er diese *Ich schaffe alles*-Mentalität besaß. Obwohl sein Bruder ihn angegriffen und ihm diese Narbe hinterlassen hatte, dachte er nicht daran, ihn im Stich zu lassen. Im Gegenteil: Er blieb bei seinem Bruder und unterstützte Logan bei seiner Heilung. Ihre Nase brannte. *Keine Tränen!* Sie konnte nicht anders: Sie warf die Arme um seine Taille und umarmte ihn.

„Hey." Er strich ihr übers Haar. „Bist du okay, Elfchen?"

Ihr Kinn bebte. *Logan ist mit einem Messer auf seinen eigenen Bruder losgegangen und wurde trotzdem geliebt. Was für schlimme Dinge muss ich gemacht haben, dass mich keiner lieben kann?* Sie presste die Lippen aufeinander und ignorierte die Art, wie er seine Augen verengte. Mit einem gespielten Lachen sagte sie: „Ich dachte, ich sollte die Chance ergreifen, dich zu begrapschen, bevor ich dir den Garaus mache."

Sein Blick richtete sich auf ihr Gesicht. Dann entschloss er sich dazu, sie diesmal davonkommen zu lassen. Er rieb mit seinen Knöcheln über ihren Kiefer. „Du spielst nicht in meinem Team?"

Sie schnaubte. „Auf keinen Fall." Sie packte seine Hand und zerrte ihn zum Haus. „Ich erinnere mich noch sehr gut an das Spanking, Mister." Wenn sie ehrlich war, spürte sie sogar noch die Abdrücke auf ihrem Hintern. „Ich werde dich fertig machen. Äh ... Sir."

„Na viel Glück dabei, du Wicht." Er legte eine Hand in ihren Nacken und zog sie an sich, um ihr ins Ohr zu flüstern: „Über eine Sache solltest du dir im Klaren sein: Ich habe keine Zweifel daran, dass ich dich einfange. Ich freue mich schon jetzt darauf, dich in meiner Gewalt zu haben."

Der sinnliche Ton in seiner Stimme sandte einen Lustschauer

durch ihren Körper. Sie war sich sicher, dass ihre Wangen glühten. Die Dominanz strahlte von ihm ab und traf in Wellen auf sie. Was würde er wohl mit einer Gefangenen anstellen?

Er lachte, zupfte an einer Strähne ihrer kurzen Haare und gab Morgan das Zeichen, dass er bei der Schlacht mitwirken wollte. Morgan warf ihm eine rote Weste zu. Das bedeutete, sie würde heute patriotisches Blau tragen.

Trotz der Warnungen seiner Elfe traf ihn die erste ‚Bombe' unerwartet. Das Wasser platschte über seine Weste und füllte extra konzipierte Taschen. Morgan hatte erklärt, dass dadurch der Punktestand gemessen wurde. Wenn die Taschen bis oben hin gefüllt waren, galt man als tot. Den Wasserpistolen konnte er erfolgreich ausweichen – hier kam ihm seine militärische Ausbildung zu Gute. Am Ende war nicht mal er in der Lage, den fliegenden Wasserbomben zu entkommen.

Er sprang hinter einen aufgestapelten Turm aus Heuballen. Jetzt verstand er auch, warum sie überall verteilt standen. Gerade rechtzeitig konnte er sich in Sicherheit bringen, um einem Wasserstrahl zu entgehen. Kallies Armee hatte seine Rotröcke niedergemäht. Er hatte nur noch fünf Männer. Sein Team war in der Unterzahl. Sie hatten so gut wie verloren, dachte er sich, als der Nächste aus seiner Einheit das Zeitliche segnete.

Aus den Augenwinkeln sah er, wie Kallie hinter einem Heuballen entlangschlich. Jake legte seine Wasserpistole an. Bevor er feuern konnte, erwischte sie ein Ballon. Sie kreischte überrascht auf: „Eiswasser! Wyatt, du Arschloch!"

Auf der Terrasse jubelte ihr Cousin und griff sich eine neue Wasserbombe aus dem mit Eis gefüllten Kühler.

Jake nutzt Kallies kurzzeitige Verwirrung und zielte mit seiner Wasserpistole direkt auf ihren Rücken. Sie schrie kurz auf und sprang außer Sichtweite. Ihr ansteckendes Lachen trat an seine Ohren. *Verdammt,* sie machte ihm Spaß. Allerdings wusste er, dass er sie jetzt besonders im Auge behalten musste – seine listige, kleine Sub. Er sah nach seiner Armee: Es waren nur noch zwei Teenager und ein Junge im Collegealter übrig. Wenn sie sich aufteilten und versuchten, Kallie einzukreisen, könnten sie …

Als der Dämmerung allmählich finstere Nacht folgte, verstärkte die Kavallerie mit den Wasserbomben ihre Aktivitäten, um den Krieg zu beenden. Die nächste Attacke warf Jake und zwei weitere Soldaten aus dem Spiel. Die Gewinnerin war ein kleines, anbetungswürdiges Mädchen in blauer Weste. Er bezweifelte, dass sie älter als neun Jahre alt war. Jedoch war sie eine der raffiniertesten Kämpferinnen, die er jemals zu Gesicht bekommen hatte. Während er ihr durchs nasse Haar wuschelte und ihr zu ihrem Sieg gratulierte, ging sein Blick zur zweitraffiniertesten Kämpferin am heutigen Abend: seiner kleinen Sub.

Nicht seiner.

Doch seiner.

Er beobachtete, wie sich Kallie von ihrer triefenden Weste befreite. Der Anblick stockte ihm den Atem. Die kleine Elfe trug keinen BH und die Ballons mit Eiswasser hatten bei ihr zu aufgerichteten Nippeln geführt, die durch ihr Oberteil deutlich zu erkennen waren.

Noch war sie sich über den Umstand nicht bewusst und er ging seine Optionen durch: Sie darüber im Unklaren lassen und sich am Anblick erfreuen? Oder … Augenblick. Ganz sicher wollte er nicht, dass jeder Anwesende sie so sah. *Sie gehört mir.* Er legte einen Arm um ihre Taille und sagte: „Lass deine Weste lieber an, Elfchen."

Ihr verwirrter Gesichtsausdruck brachte ihn zum Lachen. Trotz seines Verlangens, ihr die Bluse vom Körper zu reißen, und die süßen Nippel mit seinen Lippen zu wärmen, sagte er: „Kein BH? Eiswasser?"

„Oh, scheiße!" Schnell drückte sie sich die Weste vor ihre Brust. „Ich habe ganz vergessen, wie eng die Bluse ist."

„Du siehst hinreißend aus", flüsterte er an ihrem Ohr. Er näherte sich, bis er eine Hand unbemerkt unter ihre Bluse schieben konnte. „Mir sagt dein Missfallen gegenüber BHs ungemein zu." Unabhängig davon, dass er in seinem ganzen Leben noch nie so hart gewesen war.

„Ich bin überrascht, dass es dir überhaupt aufgefallen ist. Das Leben ist wirklich unfair. Wieso habe ich winzige Titten, aber einen riesigen Hinte −?" Ihre Kinnlade fiel herunter. „Ich kann nicht glauben, dass ich das gerade zu dir gesagt habe."

Er versuchte nicht mal, sein Lachen zu unterdrücken.

Sie grinste. „Du bist so ein Mistkerl. Das ist nicht witzig."

Mit einem Finger hob er ihr Kinn und sah ihr in die wunderschönen, dunklen Augen. „Zwar wird es heute keine Session geben, glaube aber nicht, dass ich vergesse, mit welchen Ausdrücken du deinen Dom betitelst. Meine Bestrafungen werden angemessen ausfallen."

Er hörte, wie sie nach Luft schnappte und beobachtete, wie sie sich über die Lippen leckte. Diese nervöse Vorfreude einer Sub konnte nicht überboten werden. Seine Kontrolle hing am seidenen Faden.

Es hatte den Anschein, dass sie die Veränderung in ihm wahrnahm, denn sie schluckte hörbar.

Er lachte und zog sie an seine Brust. „Süße, ich glaube, du verstehst die Männer nicht. Jeder mag verschiedene Körperformen. Was du aber nicht vergessen solltest: Viel wichtiger als der Körperbau ist uns, dass wir die Frauen mögen, auf die wir uns einlassen. Und wenn wir schon bei dem Thema Brüste sind: Jede Größe, ob klein oder groß, ist willkommen. In dem Punkt sind wir nicht besonders wählerisch." Mit den Daumen strich er durch ihr Oberteil über ihre aufgerichteten Nippel, bevor er mit seinen Händen ihren Arsch packte.

„Und dein Arsch ist perfekt." Er drückte einmal fest zu und lauschte ihrem Quietschen. „Weich genug, um als gutes Polster zu dienen und groß genug, dass ich dir mit meinen Vorlieben nicht wehtue. Du wirst niemals verstehen, wie heiß es ist, deine saftigen Arschbacken in Bewegung zu sehen, wenn ich dich hart von hinten nehme."

Ein letztes Mal genoss er ihren runden Hintern in seinen Händen, dann trat er einen Schritt zurück und sagte: „Deine hübschen Brüste sind allerdings nur für meinen Anblick bestimmt, also geh dich umziehen."

Er beobachtete, wie Hitze in ihre Wangen stieg. Er war sich ziemlich sicher, dass er heute Abend einen neuen Rekord aufstellen würde. Er grinste. Kurz darauf wandte er sich ab und sein Blick ging zur Terrasse, von der Wyatt und Morgan ihn genau im Auge hatten.

Nachdem sich Kallie einen BH und eine neue Bluse angezogen hatte, brachte sie weitere Nachspeisen auf die Terrasse. So unauffällig wie möglich, suchte sie die Umgebung nach Jake ab. Sein tiefes Lachen trat an ihre Ohren. Er war von Kindern umzingelt und räumte mit ihnen die Wasserpistolen weg. Das nasse Hemd klebte an seinen breiten Schultern und seine Muskeln tanzten, als er Tyson durch die Haare wuschelte. Der kleine Junge grinste zu ihm auf und lehnte sich vertrauensvoll an sein Bein.

Sie stellte Mrs. McCaffreys dreistöckige Schokotorte ab. Mit voller Absicht tauchte sie den Finger in die Karamell-Schokoladen-Glasur. Nach dem Ablecken ihres Fingers fragte sie Morgan, der direkt neben ihr stand: „Brauchst du noch Hilfe?"

Er haute die Abdeckung auf den Grill und schaute sie verdrießlich an.

„Was ist?"

„Was hast du dir dabei gedacht, dich mit Hunt einzulassen?"

„Genau diese Frage wollte ich auch loswerden", ertönte eine weitere Stimme hinter ihr. Wyatt näherte sich.

Ihre Augen wanderten von einem Cousin zum anderen. Zwei

gegen eine – das war einfach nicht fair. „Es läuft nichts zwischen Jake und mir."

„Nach ‚nichts' sieht mir das aber nicht aus.", sagte Wyatt. „Ständig begrapscht er dich."

Hatte das jeder auf der Party bemerkt? „Es ist … wir haben …"

Wyatt fuhr sich mit der Hand durchs Haar. „Die Sache ist, dass … na ja, also … Jake hat einen gewissen Ruf."

„Das weiß ich, Wyatt."

„Das kannst du gar nicht wissen", unterbrach Morgan sie.

„Es ist mehr als das", sagte Wyatt mit einem warnenden Blick auf seinen Bruder. „Es gibt in dieser Stadt kaum eine Frau, mit der er noch nichts hatte. Eine Nacht und dann lässt er sie alle fallen."

„Ich kann auf mich selbst aufpassen." Dieses Gespräch bestätigte ihr einmal mehr, dass es die richtige Entscheidung gewesen war, niemals ein Date mit nach Hause zu bringen.

„Du hast keine Erfahrung mit Männern wie ihm. Oder den Dingen, die er …" Wyatt errötete. „Du bist nicht … erfahren. Er dagegen sehr. Er ist einfach die falsche Art Mann für dich. Du bist ein gutes Mädchen."

Danke für die Info. Sie rollte mit den Augen. „Ich bin kein kleines Mädchen mehr. Das ist euch doch klar, oder? Ich habe sehr wohl Erfahrung mit Männern."

„Nicht mit jemandem wie ihm. Wir hätten dich nicht in die Nähe der Lodge lassen sollen." Voller Abscheu schaute Wyatt zu Jake. Er verlor etwas an Anspannung, als er sich wieder Kallie zuwandte. „Er wird dir das Herz brechen, Kallie, und ich werde das nicht zulassen. Wenn er dich weiter belästigt, werden wir ihm zu verstehen geben, dass er sich von dir fernhalten soll. Wenn uns das die Geschäftsbeziehung mit den Hunts kostet, dann ist das eben so."

„Was? Das könnt ihr nicht machen!" Wegen ihr Klienten verlieren?

„Er spielt nur mit dir, Kallie." Morgan legte eine Hand auf ihre rechte Schulter.

Wyatt schüttelte seinen Kopf. „Im Moment hast du vielleicht deinen Spaß, aber er wird dich verletzen. Er hat dir bereits deine Gedanken verdreht. Schau dir nur an, was du heute für Kleidung trägst." Er zeigte auf ihre Bluse und der tadelnde Ausdruck in seinen Augen erschütterte sie. „So kennen wir dich nicht. Ich denke, du solltest dich von ihm fernhalten."

Morgan nickte zustimmend.

„Wir machen uns ernsthaft Sorgen um dich." Wyatt zog zärtlich an einer Strähne ihres Haares. „Tue uns das nicht an, okay? Wir wollen doch bloß, dass du sicher bist."

Es fühlte sich an, als hätte sich eine Hand um ihr Herz gelegt, die mit jedem Atemzug fester zudrückte. „Ich werde darüber nachdenken."

Trotz Morgans Lächeln konnte sie die Besorgnis in seinen Augen sehen. „Ich weiß, dass du uns nicht enttäuschen wirst. Du bist ein gutes Mädchen."

Als die beiden davonstiefelten, flüsterte sie genervt: „Ich bin kein Mädchen mehr."

War es an der Zeit, auszuziehen? Sie schaute von der Terrasse zur Wiese mit den Gästen. Dann ließ sie den Blick über die Weiden schweifen, die ihre Pferde beherbergten. Weiter zu den Bergen, die das grüne Tal umgaben. Dort oben, den Pfad hinauf, befand sich ihr Zufluchtsort. Wie könnte es ein ruhiges Apartment mit grummelnden Männern am Morgen aufnehmen? Oder mit Wrestling-Kämpfen auf dem Heuboden? Mit der Freude, abends ein kaltes Bier zu trinken und dabei Geschichten von den Wanderungen auszutauschen?

Ich will nicht weg von hier. Aber sie wollte ihre Cousins auch nicht enttäuschen. *Wenn ich die beiden enttäusche, werden sie mich verstoßen?*

Jake. Sie musste nur an ihn denken und wollte sich in seine Arme werfen. Sie musste sich in Erinnerung rufen, dass er nur an einer kurzfristigen Sache mit ihr interessiert war. Zwar hatte er sie heute in aller Öffentlichkeit geküsst, aber ... sie wusste, wie die Männer waren. Der Typ im roten T-Shirt hatte sie angemacht und Jake hatte reagiert. Das war alles. Damit stellte sich ihr eine wichtige Frage: War es die Sache wert, ihre Familie zu verlieren, wenn Jake langfristig kein Interesse an ihr hatte?

Ihr Magen drehte sich. Sie schluckte schwer. Sie wickelte die Arme um ihren Körper und atmete tief ein. Ein zweites Mal. Sie zwang sich dazu, sich zu beruhigen. Sie zog sich an einen Ort in ihrem Kopf zurück, an dem sie ihre Fassung zurückerlangen konnte. Hier herrschte absolute Stille. Immer, wenn das Bedürfnis aufkam, zu schreien, um sich zu treten oder zu weinen, kam sie an diesen Ort. Sie wollte keine Last sein. Sie wollte keinen Ärger machen. Zittrig atmete sie aus. Allmählich beruhigte sie sich.

Die Kinder versammelten sich im Garten und riefen Wyatt aufgeregt „Beeil dich!" zu. Sie wussten, was als Nächstes kommen würde.

Normalerweise half sie ihm. Heute stand sie abseits und beobachtete, wie Wyatt die große Box öffnete. Er fand ihren Blick und erkannte, dass sie nicht vorhatte, ihm zu helfen. Er wirkte unglücklich. Sofort bekam sie ein schlechtes Gewissen. Sie hatte seine Gefühle verletzt.

Er drehte sich wieder den Kindern zu und brüllte: „Rot!"

Mehrere Kinderhände schossen in die Höhe.

„Was gibt er ihnen?", fragte Logan. Er lehnte mit der Hüfte gegen einen Tisch und nickte in Richtung der aufgeregten Mädchen und Jungen. „Hat was von einem Haischwarm."

Sie war dankbar für die Ablenkung und sagte: „Das sind Knicklichter. Feuerwerk ist in dieser Gegend wegen Waldbrandgefahr verboten. Deswegen haben wir uns diese Alternative ausgedacht."

Sofort knickten die Kinder die Leuchtstäbe. Die Chemikalien vermischten sich und Myriaden von Farben erleuchteten die Dunkelheit, als sich die Kinder in kleinere Gruppen aufteilten, tanzten und mit den fluoreszierenden Stäben winkten.

„Eine tolle Idee. Sieh sie dir nur an." Er schüttelte ungläubig den Kopf. „Ihr lasst wirklich nichts anbrennen, oder?"

„Für Halloween und Weihnachten sind wir zu weit ab vom Schuss, daher schmeißen wir lieber eine Party, anstatt zu dekorieren. Jedes Jahr wird die Party beeindruckender." Er sah seinem Bruder Jake so ähnlich. Vielleicht ein wenig rustikaler, dennoch ruhig und freundlich. Ihr waren seine Sorgenfalten nicht entgangen und sie fragte sich, woher diese rührten. Sie schob die Frage in den Hintergrund und lächelte Logan an. „Habe ich schon erwähnt, wie froh wir sind, dass ihr dieses Jahr zu unserer kleinen Party gekommen seid?"

Ein Grinsen blitzte auf. „Ich bereue es bereits, dass wir uns diesen Spaß so lange haben entgehen lassen. Meine Rebecca" – die Art, wie sich seine Stimme bei ihrem Namen veränderte, wärmte Kallie das Herz – „hat uns aufgezeigt, wie isoliert wir leben. Zwar sind wir in der Lodge immer von Gästen umgeben, aber natürlich kann man das nicht mit einer Gemeinschaft wie dieser vergleichen. Ich verspreche, dass wir uns bessern werden."

Er ähnelte Virgil, dachte sie, als sie die Kinder beim Spielen beobachteten. Ein angenehmer Zeitgenosse, wenn man sich nicht daran störte, auch mal zu schweigen.

„Was geht?" Jake schlenderte mit einem unbeschwerten Gang über die Terrasse. Nicht mal seine gesellige Persönlichkeit schaffte es, seine dominante Natur zu verschleiern. Zu jeder Zeit loderte sie unter der Oberfläche. Logan ähnelte einem Wolf. Nachdenklich legte sie den Kopf auf die Seite. Jake hingegen war wie Garys großer Pyrenäenberghund. Schwanzwedelnd begrüßte er die Besucher – wehe aber, es näherte sich jemand den Lämmern, dann zögerte er nicht lange und griff an.

Als Jake den Arm um sie legte, erlosch ihr Lächeln.

Sie war sich den Blicken ihrer Cousins nur allzu bewusst. Sie brachte Abstand zwischen Jake und sich. Jake ließ seinen Arm fallen und verengte die Augen.

Sie schluckte schwer und wagte einen Blick auf Logan. Auf seinem Gesicht konnte sie den gleichen Ausdruck entdecken. Es fühlte sich an, als hätte er sie unter ein Mikroskop gepackt. „Ich –"

„Verzieh dich, Bruder", sagte Jake, ohne seinen intensiven Blick von ihr abzuwenden.

Logan zog sich zurück. Inzwischen stellte Jake einen Fuß auf die Bank und stützte die Unterarme auf seinem Oberschenkel ab. „Was ist los, Elfchen?"

Sie drehte den Kopf und sah, wie Morgan und Wyatt sie beobachteten. Sie zuckte zusammen.

Jake folgte ihrem Blick. „Ah", sagte er in einem harten Ton. Wie Garys Hirtenhund bereitete er sich auf den Angriff vor. „Machen sie dir Ärger?"

„Nein!" Sie packte seinen Arm. Seine Muskeln waren angespannt und bereit, die Sicherheit seines Lamms zu gewährleisten. *Ich bin das Lamm.* „Bitte sage nichts zu ihnen, Jake."

„Was würden sie tun, wenn ich dich jetzt berühre? Gäbe es wieder Ärger?"

„Ich ... Ja." Trotz allem wünschte sie sich nichts sehnlicher, als von ihm in den Armen gehalten zu werden. Sie sehnte sich so sehr danach, dass ihre Stimme bebte.

„Wollen sie, dass ich dir fernbleibe?"

Ignoriere, wie sehr dich das schmerzt. „Ich mache keinen Ärger. Das hier ist nicht mein Haus, nicht ... meine Familie. Ich bringe das Boot nicht ins Wanken."

Er musterte sie eine ganze Weile. „Lebst du denn nicht hier, in diesem Haus?"

„Schon, aber ..."

Aus unergründlichen Augen betrachtete er sie. Sie wurde wütend. Wie konnte er es wagen, über sie zu urteilen?

„Du willst doch sowieso keine Beziehung mit mir. Du bist nur an Sex interessiert. Das hast du unmissverständlich klargemacht. Tatsächlich habe ich deine *Nur für eine Nacht*-Regel sooft gehört, dass sie mir schon zu den Ohren rauskommt." Sie atmete zittrig ein. „Nun bin ich mal an der Reihe: Heute Nacht ist keine von diesen Nächten." Wahrscheinlich würde es nie wieder eine Nacht geben.

„Ich verstehe." Er blickte sie immer noch an. „Ich bin mir nicht sicher, ob du die Worte deiner Cousins richtig interpretierst. Ich kann dir aber ansehen, dass du denkst, dass das die einzige und richtige Entscheidung ist." Er nickte ihr verständnisvoll zu. „Genieße deinen Abend."

Ihre Kehle schnürte sich zu, als sie ihm hinterher sah. Er marschierte über die Terrasse und entfernte sich unaufhörlich von ihr. Sie wirbelte herum, starrte auf die flackernden Lichter und die dunklen Weiden. *Verdammt*, wieso fühlte sie sich so verlassen? Schließlich hatte sie ihm gerade den Laufpass gegeben und nicht andersrum.

Er war lediglich ihrer Aufforderung gefolgt.

KAPITEL ACHT

Der **Such- und Rettungstrupp** kämpfte sich den Berg hoch. Jake gab sein Bestes, um die Unterhaltung in den Hintergrund zu drängen, die neben ihm über die verschwundene Frau geführt wurde. Sie war am Tag vor dem Unabhängigkeitstag auf dem Zeltplatz verschwunden.

Sein Gespräch mit Kallie hatte sich wie ein Pittbull in seinen Verstand gebissen. Er konnte seine Elfe keinen Feigling nennen. Sie war kompetent in dem, was sie tat. Mutig hatte sie sogar ihre Freunde in der Kneipe verteidigt. Zudem war sie intelligent. Intelligent genug, um einen Collegeabschluss zu besitzen. Sie kannte sich selbst sehr gut. Sie war in der Lage, ihre unterwürfige Natur zu genießen und ihm das nötige Vertrauen zu schenken. Nur mit der Missbilligung ihrer Familie kam sie nicht klar. Sie hatte ihn von sich gestoßen. Dabei war ihm nicht entgangen, wie sehr es sie geschmerzt hatte, ihn wegzustoßen. Die Worte ihrer Cousins hatten sie schwer getroffen und handeln lassen.

Der Weg gabelte sich und zwei Teammitglieder erklärten sich dazu bereit, den schmaleren Pfad zu gehen. Vielleicht würden sie auf diese Weise schneller auf die Spur der Vermissten kommen.

Kallie hatte jedes Recht, die Beziehung zu beenden. *Beziehung*

... Waren sie in einer Beziehung gewesen? Er konnte nicht abstreiten, dass ihn die Trennung getroffen hatte. Jetzt sah er sie überhaupt nicht mehr. Sollte er dankbar für den klaren Schnitt sein?

Eine Frau wie sie – so selbstbewusst und taff – unterwürfig zu sehen, hatte ihm große Freude bereitet. Dachte sie wirklich, dass ihre Cousins sie nicht mehr lieben würden, wenn sie – *wie hatte sie es genannt* – das Boot ins Wanken brachte? Er erinnerte sich an Virgils Besorgnis, die er Jake gegenüber geäußert hatte.

Die kleine Sub hatte Vertrauensprobleme, da war sich Jake sicher.

Während er über einen umgestürzten Baumstamm kletterte, fragte er sich, ob sie mit ‚Heute Nacht ist keine von diesen Nächten‘ meinte, dass sie sich nur dann treffen konnten, wenn ihre Familie nicht in der Nähe war. Der Gedanke weckte seine Lebensgeister. *Jämmerlich, Hunt.*

Bei der nächsten Gabelung meldete sich Jake freiwillig. Er würde den anderen Pfad nehmen. Begleitet wurde er von Eric. Im Wald herrschte Stille. Hin und wieder waren nur die Ausrufe des Suchtrupps zu hören. „Abigail!"

Das ungute Gefühl in Jakes Magengrube blieb. Seit drei Tagen wurde die Wanderin vermisst.

Abigail Summers war nach einem Streit mit ihrem Freund vom Zeltplatz gestürmt. Der Freund hatte ihr das Auto dagelassen, fuhr per Anhalter zurück in die Stadt und nahm von dort den Bus nach Hause. In der Zeit ihres geplanten Urlaubs hatte sie niemand vermisst, bis sie gestern bei einem Familientreffen fehlte. Ihr Fahrzeug wurde noch auf dem Zeltplatz entdeckt. Das gefundene Auto, das sich keinen Millimeter vom Fleck bewegt hatte, sowie das verlassene Zelt, ließen nur einen Schluss zu: Sie war nie von ihrer Wanderung zurückgekehrt.

Ihr Freund hatte dem Suchteam den Weg gezeigt, den Abigail genommen hatte. Die Gruppe, die zu Fuß unterwegs war, würde sich an die offensichtlichsten Orte vorwagen. Hubschrauber und Suchhunde unterstützten sie bei der Suche.

Unglücklicherweise gingen vom Hauptpfad viele Seitenpfade ab. Der Nationalpark war riesig.

Eric hielt an, um Atem zu holen. Jake sah ihn besorgt an und fragte: „Bist du okay?"

„Es geht schon." Nach einer Minute richtete sich der Collegestudent wieder auf, rückte seinen Rucksack zurecht und sie konnten ihre Suche fortsetzen. Der Boden war von trockenen Kiefernnadeln bedeckt, auf denen keine Abdrücke zu finden waren. Es gab keine Hinweise darauf, dass Abigail diesen Weg entlanggekommen war. Jake hielt seine Augen offen, immer wachsam. Keine Fußspuren, keine Fäden oder Stofffetzen ihres purpurfarbenen Tops oder der Jeans, die sie am Tag des Verschwindens getragen hatte. Jedes Mal, wenn der Alarm an seiner Uhr piepste, brüllte er: „Abigail! Abigail, bist du hier?" Dann hielten sie beide die Luft an und lauschten nach einem Lebenszeichen.

Keine Antwort. Nur das ohrenbetäubende Kreischen eines Adlers und das sanfte Rauschen der Kiefernbäume im Wind. *Scheiße.* Seine Eingeweide zogen sich zusammen. Logan hatte Jake geraten, seinen Dienst bei dem Suchtrupp niederzulegen. Die Arbeit weckte böse Erinnerungen. *Verdammt.* Tagelang hatten sie nach Mimi gesucht, bevor sie ihren leblosen und gebrochenen Körper in einer tiefen Schlucht entdeckten.

In diesem Fall war die Situation eine andere. Mimi hatte sich nicht verirrt. Sie war weder aus Versehen gefallen, noch hatte sie jemand geschubst. Fein säuberlich hatte sie den Rucksack neben der Kante der Klippe abgestellt und dann war sie mit Anlauf gesprungen. Das erklärte, warum ihr Körper so weit von der Kante entfernt aufgefunden worden war.

Selbstmord. *Meine Schuld.*

Er schüttelte den Kopf. *Lass los.* Im Moment brauchte jemand seine Hilfe. Mimi hatte er nicht helfen können. Der Gedanke, dass sie alleine gestorben war, dass sie in ihren letzten Stunden Schmerzen erleiden musste, würde ihn niemals loslassen. Sein einziger Trost bestand darin, vielleicht ein anderes Menschen-leben zu retten.

Sie verließen den Wald und balancierten auf einem Pfad, der sich seitlich an einem steilen Abhang entlangschlängelte. Dieser Abschnitt forderte seine gesamte Aufmerksamkeit. Im Yosemite-Nationalpark waren Stürze die häufigste Todesursache. Mit einem Fernglas kontrollierte Jake alle paar Meter das Areal unter ihnen. Ein Bach ließ die unmittelbare Vegetation in einem saftigen Grün erstrahlen. Hier fiel ihm etwas auf. Er hob das Fernglas an seine Augen. Da entdeckte er einen länglichen, braunen Fleck, der sich vom Grün der Flora abhob. Möglicher-weise handelte es sich nur um aufgewühlten Dreck: von heraus-gerissenen Pflanzen oder von Tieren, die an der Stelle nach Futter gegraben hatten. Das Dumme war nur, dass sein Bauchge-fühl ihm etwas anderes mitteilte.

„Eric? Siehst du den braunen Fleck dort unten? Was kannst du noch entdecken?"

Der Junge hockte sich hin. In der Zwischenzeit lief Jake ein paar Meter weiter, um nach anderen Anzeichen Ausschau zu halten, und entdeckte zwischen zwei Bäumen einen Farbspritzer.

„Ich denke, ich erkenne irgendetwas Violettes." Eric wies in die Richtung.

„Gutes Auge." Jake band ein rot-weißes Absperrband an eine stabile Kiefer, die aus einer Felsspalte wuchs und notierte die GPS-Koordinaten in seinen Unterlagen. Eric kam an seine Seite. „Weißt du, wie du den Fund über Funkgerät durchgibst?"

Eric nickte. Seine Sommersprossen tanzten, als er schwer schluckte. „Denkst du, dass ...?"

„Nicht denken, Eric. Folge dem Protokoll." Jake hielt kurz inne. Sein Magen drehte sich. Flüsternd fügte er hinzu: „Ja, ich denke, dass wir sie gefunden haben."

Eric nickte betrübt. „Okay."

„Ich werde versuchen, den Abhang herunterzuklettern. Bleib auf dem Pfad, gib einen Funk durch und halte mich auf dem Laufenden."

Der Abstieg zum Fuß des Abhangs zog sich endlos lange hin. Er bahnte sich seinen Weg durch die Vegetation, während Eric von oben die Richtung durchgab. „Weiter nördlich. Zu deiner Linken."

Und da lag sie.

Sein gesamter Körper erstarrte, als er die Überreste der jungen Frau sah. Der Zustand der Leiche wies daraufhin, dass sie noch am Tag ihres Verschwindens zu Tode gekommen sein musste. Er schob seine Hände in die Hosentaschen, um der Versuchung zu widerstehen, ihr helfen zu wollen. Sein Herz rief: *Sie braucht Hilfe, verdammt!* Doch im Inneren wusste er, was Sache war. Jegliche Hilfe kam zu spät.

Er starrte in ihre offenen Augen und wünschte sich von ganzem Herzen, dass sie einen Atemzug nahm.

Sie war recht klein, sogar für eine Frau. Verwuscheltes, braunes Haar. Blasse Haut. Gebrochene Knochen. Blutergüsse. Offene Wunden. Er schluckte schwer. Mimi hatte vermutlich genauso ausgesehen, als der Suchtrupp sie gefunden hatte. Die Sonne ließ sich von dem tragischen Fall nicht aufhalten und schien auf die tote Frau nieder. Schweiß rann seinen Rücken hinunter. Nicht weit von ihm spendete ein Baum Schatten, aber er konnte sich nicht bewegen – als ob seine Totenwache den Umstand wiedergutmachen könnte, dass ihr Leben so jäh beendet wurde. Er hatte das starke Bedürfnis, sie zu bewachen, bis Hilfe kam. Jemand hätte für sie da sein sollen.

Genauso wie er für Mimi hätte da sein sollen.

Aber er hatte versagt. *Mimi.* Seine liebliche, zaghafte Sub, die von ihm abhängig gewesen war und so bitterlich geweint hatte, als er ihr das Halsband abgenommen und die Beziehung beendet hatte.

„Gott, es tut mir so leid, Süße", sagte er. Er war sich nicht sicher, an wen er die Worte gerichtet hatte. An Mimi? An die junge Frau, die nur wenige Meter von ihm entfernt lag? Zu jung. Beide waren sie zu jung gewesen. Sie hätten noch nicht sterben dürfen.

Ohne sich zu rühren, ohne zu blinzeln und mit zugeschnürter Kehle bewachte er Abigail, und damit auch Mimi.

Kallie nahm einen tiefen Atemzug. Die Luft roch nach Kiefernnadeln. Darunter entdeckte sie eine kühle, würzige Note: Schnee, der von den Berggipfeln ins Tal wehte. Die spätnachmittägliche Sonne brannte auf ihre Schultern, während sie die Gruppe über eine grüne Bergwiese führte. Auf der anderen Seite schlängelte sich ein Bach durchs hohe Gras, der sich als Wasserfall über eine Granitwand ergoss. Der feine Sprühnebel befeuchtete die Luft.

Sie wandte sich den Lowerys zu – eine Familie, die jedes Jahr eine Blockhütte buchte. Sie gehörten zu den ‚normalen‘ Gästen. Die Ehefrau, Laura – eine kurvige Brünette – war Immobilienmaklerin. Neben ihr lief ihr blonder, schlaksiger Ehemann Mark, ein Softwareentwickler, der sich auf Spiele spezialisiert hatte.

Drei Kinder folgten: Der zehnjährige Cody, der immer anhielt, um irgendwas im Gras zu betrachten. Der Kleine würde weit kommen, dachte Kallie.

Wie ein tollpatschiger Welpe stolperte Tamara über die Wiese zum Bach und erkundete die Felsen am Wasserfall.

Zusammen mit dem Packpferd bildete Ryan die Nachhut. Er war zwölf Jahre alt und hatte die Statur seines Vaters. Zudem war er der größte Pferdenarr aller Zeiten. Sie lächelte. Das war Kallie sehr sympathisch. Nachdem sie zu Onkel Harvey abgeschoben worden war, hatte sie so viel Zeit in den Ställen verbracht, dass nicht mehr viel gefehlt hätte und sie wäre selbst zu einem Pferd geworden.

Er brachte das Pferd zu ihr und sie sagte zu ihm: „Geh spielen. Coco wird auch danach noch hier sein." Sie zwinkerte ihm zu.

Ryan warf ihr einen schüchternen Blick zu und eilte davon.

Wiehernd sah ihm Coco hinterher. Der Missouri Foxtrotter mochte Kinder.

Kallie lachte und streichelte sein Fell. „Komm schon, alter Junge, ich befreie dich von deiner Last. Bis dahin ist er sicher zurück."

Eine Stunde später hatte Kallie die Zelte am Waldrand aufgestellt: Eins für die Eltern, eins für die Kinder und eins – ein wenig abseits – für sich selbst. Während die Kinder Feuerholz sammelten und sich darüber stritten, wer am meisten gefunden hatte, errichtete sie eine von Steinen umsäumte Kochstelle. Steak und Baguette zum Abendessen. Viel besser, als dieses gefriergetrocknete Zeug, wenn kein Packpferd dabei war.

Sie stand auf und streckte sich. Dann schaute sie nach ihren Klienten. Zu ihrer Arbeit gehörte es, herauszufinden, was die individuellen Vorlieben waren: Bevorzugte der Klient es, allein zu sein? Sehnte er sich nach einem romantischen Abend mit seiner Verlobten? Wollte der Klient Abenteuer und Nervenkitzel oder lieber Vögel beobachten? Im Moment saßen Laura und Mark auf einem sonnigen Felsen und hatten die Füße im Wasser. Sie hielten Händchen. Sie waren seit zwanzig Jahren verheiratet und hielten immer noch Händchen. *Einfach goldig.*

Kallie biss sich auf die Unterlippe, als sie von dem Schmerz ihres Verlusts überwältigt wurde. Nach dem vierten Juli hatten Morgen und Wyatt sie so intensiv überwacht, wie das Mufasa tat, wenn er an einem Loch auf ein Erdhörnchen wartete. Sie hatten versucht, sie mit Pokerspielen abzulenken, mit Angeln am Bach, sogar einen Mädelsfilmabend hatten sie mit ihr veranstaltet. Sie hatten alles gegeben, damit sie beschäftigt war. Und Jake? Er hatte nicht angerufen. Auch ihren Cousins war das aufgefallen. Sie mussten davon ausgehen, dass Jake kein Interesse mehr hatte, weswegen sie ihre dämliche Beschattungsaktion aufgegeben hatten.

Wie es aussah, behielten ihre Cousins recht: Warum sollte Jake auch jemandem hinterherjagen, der ihn in die Wüste geschickt hatte? Der Mann konnte schließlich jede haben! Wenn sie ehrlich war, hatte sie die letzten Nächte geweint. Sie weinte nie. *Verdammt.* Noch wunderte sie sich, ob sie die Situation anders hätte regeln können. Könnte sie sich mit Jake hinter dem Rücken ihrer Cousins treffen?

Wenn Jake wirklich Interesse an ihr hätte, sie für mehr als nur Sex wollte, hätte sie Morgan und Wyatt dann gesagt, dass sie sich ihre Meinung sonst wo hinstecken konnten? *Vielleicht.* Trotzdem war die Angst, ihre Cousins zu enttäuschen, immer allgegenwärtig. *Würde ich für alle Zeiten die Angst haben, dass sie mich wegschicken?* Ihre Nase brannte. *Nicht weinen, Kallie. Nicht schon wieder.*

Sie seufzte. Sie sehnte sich nach Jake. Sie wollte seine raue Stimme an ihrem Ohr hören und sich an ihn kuscheln. Sie lachte ironisch. *Oh ja,* sie wollte eindeutig mehr als nur Sex von ihm. Selbst wenn ihm etwas zustoßen würde, er im Rollstuhl landete, würde sie mit ihm zusammen sein wollen. Für sie war er der attraktivste Mann, dem sie jemals begegnet war. Außerdem war er ehrlich und aufrichtig. Seine Tapferkeit und Selbstlosigkeit erregte sie. Wer sonst würde in einen eiskalten Fluss springen, um einen alten Trunkenbold zu retten? Und er hatte diese Gabe, mit allen Menschen ein Gespräch anfangen zu können. Auch gefiel ihr, dass er im Herzen noch immer Kind war. Am vierten Juli hatte er sich auf die nachgespielte Schlacht eingelassen und gezeigt, wie gut er im Umgang mit Kindern war.

Am liebsten würde sie ihn mit einem Fluch belegen. Was erlaubte er sich, dass er sie nicht in seinem Leben wollte? Sie seufzte mitleiderregend.

Sie klopfte sich den Staub von der Jeans und sah nach den Kindern. Ryan und Tamara beschäftigten sich damit, Zweige den Fluss entlangtreiben zu lassen, und Cody versuchte mit einem Buch herauszufinden, welche Wildblume er vor sich hatte. Ein Bergführer hatte nie Langeweile. Was bedeutete, dass sie eigentlich keine Zeit hatte, über Jake nachzudenken.

Jake hielt am Rand der Wiese an. *Da ist sie.* Sein Herz regte sich bei ihrem Anblick. Er beobachtete, wie Kallie mit den Kindern der Lowerys spielte. Er konnte sich nicht erinnern, jemals eine schönere Frau kennengelernt zu haben. Ihre Energie war ansteckend.

Er rieb sich mit der Hand über sein Gesicht und versuchte, den Körper der jungen Frau zu vergessen, den sie gestern gefunden hatten. Die Art, wie sie ihn mit aufgerissen Augen angestarrt hatte, würde ihn noch eine Zeit beschäftigen.

Kallie stellte für ihn das wahre Leben dar. Heute schien sie besonders gutgelaunt. Er lächelte, als sie den zwei Jungen nachjagte, sich dann das kleine Mädchen schnappte und sie in ihren Armen auf den Kopf drehte. Das Kichern, die Freudenschreie halfen ihm dabei, sich langsam zu entspannen. Sie warf die Kleine über ihre Schulter und er lächelte. Starke, kleine Sub. Sie strahlte so hell wie die Sonne.

Viel länger konnte er nicht auf Abstand bleiben. Er wollte sie in den Armen halten.

Nach dem gestrigen Fund war er völlig am Ende gewesen. Auch ein ruhiger Abend mit Logan und Rebecca hatte seinen Verstand nicht abschalten können. Die Stille in der Lodge hatte sich wie ein Gefängnis aus Eis angefühlt, aus dem es kein Entrinnen gab.

Durch den Anblick von Kallies bezauberndem Gesicht spürte er endlich wieder die Sonnenstrahlen auf seiner Haut. So viel zu seinem Vorsatz, sich von Kallie fernzuhalten.

Jake schüttelte den Kopf. Eigentlich sollte er in der Lodge sein und seinen Job machen. Sein Herz hatte ihn zu Kallie geführt. Er hatte sie mit eigenen Augen sehen müssen. Er wollte sie berühren und ihr Lachen hören. Er sehnte sich danach, zu spüren, wie sie sich bei einem Kuss von ihm an ihn schmiegte. Mit Frauen hatte er reichlich Erfahrung, keine Frage. Was er aber für Kallie empfand war anders: Bei ihr spürte er stets dieses dringliche Verlangen, ihr nah zu sein. Wenn sie nicht bei ihm war, fühlte er eine Leere, die ihm Angst machte.

Logan hatte irgendwas davon erzählt, Jakes Aufgabe zu übernehmen und anstatt seiner den Bus mit den Gästen zum Yosemite-Nationalpark zu fahren. Sofort hatte Rebecca Einwände erhoben: *„Ich mag Kallie. Und du brauchst ... Also, ich denke, es wäre eine gute Idee, wenn du Kallie besuchst."* Bevor er in den Bus gestiegen war, hatte sie ihn auf die Wange geküsst und zu ihm gesagt: *„Du hast dich lange genug gequält. Es wird Zeit, dass du in die Zukunft schaust."* Sie hatte ein weiches Herz. Logan konnte sich glücklich schätzen. Er wusste, dass sie mit ihren Worten nicht auf die Rettungsmission angespielt hatte. Sie sprach von Mimi. Noch wusste er nicht genau, wie er weiter vorgehen sollte.

Er lächelte, als Kallie die Kinder zum Spielen schickte und sich selbst ein Handtuch nahm. Vermutlich hatte sie vor, zu den Wasserfällen zu gehen. Sollte er ihr folgen? Nein, er sollte seine Erziehung nicht vergessen und erst die Lowerys begrüßen. Also überquerte er die Wiese, machte einen kleinen Umweg, um das Pferd zu streicheln, das im Schatten graste.

„Jake!" Tamara kreischte erfreut und rannte auf ihn zu. Sie sprang in den Fluss und durchquerte ihn wie ein wütender Kobold, dem sein Gold abhandengekommen war. Kleiner, braunhaariger Kobold. Ob Kallie in dem Alter auch diesen Energielevel hatte? Lachend hob er den Wildfang in seine Arme. Dann klemmte er sie sich wie einen Football unter den Arm und brachte sie zu ihren Eltern zurück.

„Ich war in der Gegend und dachte, ich schaue mal vorbei", sagte er. „Ich werde Kallie später bei der Zubereitung des Essens helfen."

Seine Lüge dürfte nicht besonders überzeugend gewesen sein, denn das Lächeln der beiden sprach Bände. Entweder war sein Interesse offensichtlicher, als er gedacht hatte, oder sie hatten sein schmächtiges Gepäck bemerkt. Immerhin trug er nur einen kleinen Rucksack bei sich. Auf ein Zelt hatte er verzichtet. Schließlich logierte Kallie doch in ihrem eigenen Zelt, oder nicht? Mark grinste und wies flussabwärts. „Sie wollte sich kurz frischmachen."

Ah ja. Nackt. Wassertropfen, die sich in Rinnsalen einen Pfad über ihre sinnlichen Kurven suchten. Er konnte sie regelrecht vor sich sehen, wie sie ihren Hintern in die Höhe streckte, um sich Wasser ins Gesicht zu spritzen. Er erinnerte sich daran, wie es sich angefühlt hatte, ihre Hüften zu packen und sie hart zu nehmen. So tief hatte er sich in ihr vergraben und sich seinem Vergnügen hingegeben. Er unterdrückte ein Stöhnen.

Verdammt, mittlerweile war sein Schwanz hart wie Granit. Er schüttelte den Kopf. „Seid mal gute Eltern und passt auf, dass die Kinder sich uns nicht nähern."

Mark lachte. Kichernd antwortete Laura: „Machen wir. Viel Spaß, Hübscher."

„Oh, den werde ich haben."

Kallie genoss die Ruhe und den Frieden, zog sich ihre Kleidung aus und sprang in den Fluss. Das Wasser war erfrischend und kühl. Sie bekam Gänsehaut und ihre Nippel richteten sich auf. Glücklich seufzend legte sie sich auf einen Granitblock und ließ sich die Sonne auf den Bauch scheinen. Der Himmel über ihr war strahlend blau. Keine Wolke war zu sehen. Bienen summten, Libellen flatterten, Wasser plätscherte. Sie stützte sich auf den Ellbogen ab und spürte, wie das Wasser aus ihren Haaren über ihren nackten Rücken tropfte.

Aus der Richtung der Büsche raschelte es verdächtig. Sie sprang zu ihrer Kleidung und ... *Jake.* Jake war hier? Er trat aus den Büschen und kam direkt auf sie zu.

Jake. Ihr Herz machte einen Salto. Es landete nicht besonders vorteilhaft und sie zuckte zusammen. *Er ist hier. Er ist hier. Er ist hier.*

So groß und schlank. Sein Rücken durchgestreckt. Sein sicherer Gang besagte: *Greifst du mich an, werde ich dich umbringen. Und bis dahin mache ich, worauf ich Lust habe.* In seinen verblichenen Jeans, seinen Wanderstiefeln und dem weißen T-Shirt, das seine gebräunte Haut und jeden seiner Muskeln betonte, sah er aus wie ein Sexgott auf zwei Beinen.

Ihr Körper erwachte zum Leben. Es fühlte sich an, als hätte sie jemand an einen Stromkreis angeschlossen.

Er erblickte sie und sofort zeigte sich ein strahlendes Lächeln auf seinen Lippen. „Na, was haben wir denn hier?" Das Feuer in seinen Augen brachte sie zum Schmelzen.

Instinktiv trat sie einen Schritt zurück. Sie wusste nicht, warum sie so reagierte, aber … *Oh, mein Gott!* Sie war nackt!

„Eigentlich wollte ich mich erst mit dir über deine Bedenken unterhalten. Doch dann habe ich dich entdeckt." Direkt vor ihr hielt er an. Die Lachfältchen neben seinen Augen vertieften sich. „Dir ist schon klar, dass du nackt bist, oder?"

„Ähm, ja."

Er nahm ihre Hand und legte sie auf die Beule seiner Jeans. „Das Reden kann warten."

Er will Sex. Mehr bin ich ihm nicht wert. An sich wäre ihr das genug, aber ihr Herz war ganz und gar nicht einverstanden.

Er verengte die Augen. „Vielleicht sollten wir doch erst reden."

Als würde eine Unterhaltung an den Tatsachen etwas ändern. Er hatte seine Regeln und würde sie nicht ändern. Womöglich sollte sie ihre eigenen Regeln aufstellen. *Oh ja!* Zum Beispiel, dass die Sache zwischen ihnen geheim bleiben musste und sie sich nie zusammen in der Öffentlichkeit sehen lassen durften. War sie in einem James Bond-Film gelandet? Ihr Lachen klang beinahe aufrichtig. „Wir können später reden."

Sie bewegte ihre Hand und fuhr über die Beule in seiner Hose. Plötzliches Verlangen ließ ihren Körper erbeben. Sie wollte ihn in sich haben. Hastig öffnete sie seinen Gürtel. Dann kam ihr ein Gedanke und sie erstarrte. Sogar durch ihren Lustschauer hindurch erinnerte sie sich an die Lowerys und die … „Die Kinder. Sie sind –"

„Ich habe Laura gebeten, sie nicht zu weit von der Leine zu lassen." Er schob einen Zeigefinger unter ihr Kinn und hob ihren

Kopf. Diese kleine Berührung reichte bereits aus, um jede einzelne Zelle in ihrem Körper in Flammen zu stecken.

„Okay, dann ist ja –"

Sein finsterer Blick stoppte sie mitten im Satz. „Wir werden jetzt die Schlacht am Unabhängigkeitstag diskutieren. Meine britische Armee hätte nicht verlieren dürfen. Wir hatten mehr Soldaten. Bessere Soldaten." Er runzelte die Stirn und schüttelte den Kopf. „Es gibt nur eine Erklärung für unsere Niederlage: Jemand hat meine Truppe vergiftet."

„Bitte was?" *Ging es vor einer Sekunde nicht noch um Sex?*

„Du bist ein Yankee. Genießt hohes Ansehen. Du musst wissen, was mit meinen Männern passiert ist." Sein Daumen und sein Zeigefinger packten ihr Kinn fester. „Eins kannst du mir glauben, kleine Spionin: Ich werde jede noch so kleine Information aus dir herausbekommen."

„Aber –" *Spionin?* Verwirrung mischte sich mit Aufregung, als sie sich daran erinnerte, was er ihr am Tag der Party angedroht hatte: *„Du solltest vorsichtig sein, Soldat. Bei einer Gefangenschaft bin ich dazu gezwungen, dich zu verhören",* hatte er geflüstert. *„Es gibt viele Arten, einen Feind zum Reden zu bringen und ich kenne sie alle."*

„Ich möchte nur deine Stimme hören, wenn ich dir eine Frage stelle, verstanden?"

Ihr Mund trocknete aus. „Ja, Sir."

„Sehr schön." Er legte seine Hand um ihre Kehle, ohne Druck auszuüben. Das musste er auch nicht. Das Gefühl allein und die Art, wie ihr Körper reagierte, sandten einen Lustschauer durch sie hindurch. Aufmerksam beobachtete er sie mit den Fingerspitzen auf ihrem Puls. „Diese Befragung wird mir große Freude bereiten." Er festigte die Hand um ihren Hals. „Dir wahrscheinlich nicht. Wie ist dein Name?"

„Kalinda Masterson, Sir." Ihre Stimme kam nur als ein Flüstern heraus. Sein Grübchen zeigte sich.

„So ein schneller kleiner Puls. Wenn ich mit dir fertig bin, wird dein Puls so laut hämmern, dass die Rehe Reißaus

nehmen." Er hob die andere Hand und strich mit den Fingerknöcheln über ihre hart gewordenen Nippel.

Sie war sich sicher, dass ihr ganzer Körper feuerrot war. „Du
bist immer noch angezogen."

„Habe ich dir die Erlaubnis gegeben, zu sprechen?" Seine
sanfte Stimme vermochte es nicht, die Dominanz zu verbergen,
und sie spürte, dass sie feucht wurde.

Sie schüttelte den Kopf. „Nein, Sir. Es tut mir leid, Sir."

Er trat hinter sie und wickelte etwas Glattes um ihre Handgelenke, so dass ihre Hände hinter ihrem Rücken gefesselt
waren. „Das hätten wir. Das sollte dich ruhigstellen, während ich
meine Fragen stelle. Wähle deine Antworten sorgfältig, kleine
Spionin." Er fuhr mit seiner Hand über ihre Hüfte und flüsterte
ihr ins Ohr: „Immerhin möchte ich diese cremeweiße Haut nur
ungern verunstalten."

Er kniff sie in ihre rechte Pobacke und sie quietschte. *Das
würde er nicht tun.* Dann kam ihr in den Sinn, was er bereits alles
mit ihr angestellt hatte.

Er stellte sich direkt vor sie und blickte auf sie hinab. Seine
Augen schimmerten eisblau. „Wo bist du geboren?"

„In Washington D.C."

„Ah, direkt im Herzen unseres Landes. Hätte ich mir denken
können." Er packte ein Bündel ihrer kurzen Haare und riss ihren
Kopf in den Nacken. Sein Gesicht war ihrem ganz nah und er
knurrte: „Welchen Geheimnissen bist du dort auf die Spur
gekommen?"

„Ich ..." Sie wusste, dass es sich um ein Rollenspiel handelte,
trotzdem wollte das Gefühl der Hilflosigkeit nicht abschwächen.
„Gar keinen."

„Falsche Antwort, kleine Spionin. Das wirst du bereuen." Er
zog etwas aus seiner Tasche, legte einen Arm um ihre Taille,
lehnte sich vor und saugte ihren Nippel in seinen Mund. *Oh Gott,*
es fühlte sich an, als wäre sie im See in einen Strudel geraten, der
sie unaufhörlich in den Abgrund zog. Er schien mit seinem Fort-
schritt zufrieden und lehnte sich zurück. Ihr Nippel war nass

und streckte sich ihm entgegen. Es dauerte nicht lange, bis er etwas an ihrer empfindlichen Knospe befestigte.

Kleine Zähnchen verkeilten sich in ihre Brustwarzenvorhöfe. „Au!"

Die Nippelklemmen sandten pochenden Schmerz durch sie. Gleichzeitig reagierte ihre Pussy. Die Wände ihres Geschlechts zuckten aufgeregt. Ihre andere Brust kribbelte, als wollte sie sich über die fehlende Zuwendung beschweren.

Jake fackelte nicht lange, lehnte sich vor und saugte auch den Nippel ihrer vernachlässigten Brust in den Mund. Ihre Knie zitterten und ein verschämtes Winseln entfuhr ihr. Bei der zweiten Klemme knickten ihre Beine ein. Die Empfindung war einfach zu viel für sie. Sie versuchte, sich an ihm festzuhalten, um nicht umzufallen, aber ... ihre Arme waren gefesselt. Natürlich ließ er sie nicht fallen. Er legte seine Arme um sie und hielt sie mit Leichtigkeit aufrecht.

Sie starrte auf die silberfarbenen Nippelklemmen.

Als sie den Blick wieder hob, waren seine durchdringenden Augen auf ihr Gesicht gerichtet. „Tut's weh?"

„Ja." *Was für eine dämliche Frage.* Sie hielt inne, verwirrt. Der Schmerz fühlte sich ... heiß an. Mit jeder weiteren Sekunde wurde sie sich ihren pochenden Nippeln bewusster. „Nein."

Ein schiefes Lächeln zeigte sich auf seinen Lippen. „Sehr gut." Ihre Nippel brannten vor Erregung und Schmerz, während er Kreise um ihren Körper zog. Er verschränkte die Hände hinter seinem Rücken und begutachtete sein Werk. „Wir haben die Männer durchsucht, die Lebensmittel zu unserem Lager geliefert haben. Nie hätten wir vermutet, dass Frauen darin verwickelt sein könnten. Eure Landsleute sind Barbaren." Er entließ ein angewidertes Grunzen. „Und du bist diejenige, die für die Taten leiden muss. Kalinda Masterson, sag mir, wo ihr das Gift versteckt habt."

Nach dem Wort ‚leiden' hatte sie Schwierigkeiten, ihren Verstand wieder anzuknipsen. „Aber ... es gibt kein Gift."

Sein Ausdruck wurde hart. „Du lügst."

Glühend heiß durchfuhr es sie. Die Erregung vermischte sich mit der Erwartung, was er mit ihr vorhaben könnte.

Er lief zu einer Fichte und brach einen Zweig ab. Auf dem Rückweg entfernte er die Nadeln, bis nur noch eine dreißig Zentimeter lange Gerte zurückblieb.

Missmutig starrte sie auf den Zweig und ihr Herzschlag beschleunigte sich.

Sein kalter Blick strich über ihren Körper. „Ich muss dich durchsuchen."

„Aber ich bin nackt."

Er positionierte sich neben ihr und tippte mit der Gerte gegen ihren Venushügel. „Beine spreizen!"

Auf keinen Fall. Sie würde nicht –

Sie beobachtete, wie er ausholte und auf ihrem Hintern einen Schlag austeilte. *Oh verdammt.* Es brannte.

„Hey!"

„Das kannst du als Warnung sehen, Yankees-Spionin." Dann wiederholte er die Worte von zuvor: „Beine spreizen."

Wütend funkelte sie ihn an und er teilte einen zweiten Schlag auf ihre andere Pobacke aus.

Härter. Das Brennen schoss in einem Labyrinth aus Nerven-bahnen zu ihrer Klitoris. *Es tut weh, verdammt.* Wie war es möglich, dass seine Behandlung gleichzeitig dieses glühende Verlangen nach ihm in ihr auslöste? Sie bebte vor unerfüllter Begierde.

„Spreize deine Beine, Miss Masterson."

Beschämt kaute sie auf ihrer Unterlippe herum, als sie seiner Aufforderung nachkam. Warm fegte die Luft über ihre Schenke-linnenseiten und sie spürte dabei, wie überhitzt sich ihre Pussy anfühlte.

„Sehr gut." Zu ihrer Erleichterung – größtenteils Erleichte-rung – steckte er die Gerte in seinen Gürtel. Er packte ihren Unterarm und fand mit der anderen Hand den Weg zwischen ihre gespreizten Beine. „Du bist so feucht. Es macht den Anschein, dass unsere kleine Spionin auf Schmerzen steht."

Sein gnadenloser Griff hielt sie davon ab, die Flucht zu ergreifen. Mit den Fingern erkundete er ihre feuchte Spalte. *Oh Gott.* Jedes Mal, wenn er ihre Klitoris berührte, wurde sie heißer und feuchter.

Unerwartet drang er mit einem Finger in sie ein. Sie schnappte nach Luft. Noch wehrte sich ihre Pussy gegen den Eindringling.

„Bevor ich etwas in deiner Lusthöhle finde, Miss Masterson, kannst du noch eine Beichte ablegen." Sein Finger wagte sich tiefer vor. Er stieß zu, rein und raus, und sein Daumen rieb auf eine Art über ihre Klitoris, die ihr den Verstand raubte. Seine Berührungen und das Wissen, dass er mit ihr machte, was er wollte, waren einfach zu viel für sie. Alles um sie herum drehte sich.

Zu plötzlich trat er einen Schritt zurück und nahm seine talentierte Hand mit sich. Sie stöhnte.

„Ich kann nichts finden. Vielleicht ist es für meine Finger zu tief versteckt. Oder ... es befindet sich an einem gänzlich anderen Ort." Er zog die Gerte aus dem Gürtel und schlug geistesabwesend auf seine Handfläche, was gleichermaßen bedrohlich und erregend war. Ihre Aufmerksamkeit lag einzig und allein auf der Gerte, die gegen seine Hand schlug. Ihre Begierde erreichte ungeahnte Höhen. „Aber gut. Lass uns stattdessen auf ein anderes Thema zu sprechen kommen, das mich brennend interessiert."

Nach einer halben Ewigkeit wurde ihr die bedrohliche Stille bewusst. Langsam löste sie den Blick von der Gerte und hob ihren Kopf zu ... *Oh, mein Gott.* Seine Augen waren so blau und klar wie der Himmel über ihnen. Sie hatte das Gefühl, den Boden unter ihren Füßen zu verlieren, als sie in seine endlosen und berauschenden Tiefen starrte.

„Kalinda?"

Zum Teufel. Sie blinzelte ... einmal ... zweimal. Mit großer Mühe kurbelte sie ihren Verstand wieder an. Das gelang ihr nur, indem sie in die Ferne schaute – direkt auf den Waldrand. Das

Dumme war nur, dass es bereits zu spät war. Ihr Gehirn hatte sich verabschiedet. Ihr Körper hatte die Kontrolle übernommen.

Er legte einen Finger unter ihr Kinn und zwang sie, ihm wieder in die Augen zu sehen. „Bei meiner Ankunft meinte ich, dass wir nicht reden brauchen. Was ist dir bei meinen Worten durch den Kopf gegangen? Was hat dich daran so sehr verletzt, dass ich den Schmerz in deinen Augen habe sehen können?"

Sie erstarrte. Sie erinnerte sich genau an den Moment: *Er will Sex. Mehr bin ich ihm nicht wert.* Sie biss sich auf die Lippe. *Oh je.* Und den Gedanken sollte sie jetzt mit diesem gemeinen Dom teilen? *Ganz sicher nicht.* „Nichts von Bedeutung."

Die Gerte tippte gegen ihre linke Brustaußenseite – hart genug, dass die Stelle kribbelte und sich die Nippelklemmen durch den Schreck bewegten. Das metallische Klirren hallte in ihren Ohren wider. Sie zischte, als sich der Schmerz von ihren Brüsten zu ihrer Klitoris ausbreitete. Sie riss an ihren Fesseln und wimmerte. Wie war es möglich, dass sie gerade so angetörnt wie noch nie in ihrem Leben war? Ihre Knochen fühlten sich wie gekochte Nudeln an.

„Kalinda, ich verlange eine Antwort."

Sie überlegte. Was könnte sie ihm sagen? Welche Lüge würde er ihr abkaufen? Dummerweise überlegte sie zu lange.

Die Gerte klatschte auf die Außenseite ihrer rechten Brust, dann auf die empfindliche Unterseite und schließlich – *oh Gott* – direkt über dem entsetzlich empfindlichen Nippel. Sie schrie. Ein anderes Ventil gab es nicht. Sie musste schreien, denn ein Lavafluss machte sich auf den Weg zu ihrer Pussy.

Ausdruckslos musterte er sie. Die Autorität, mit der er sein Kinn hob, ruinierte ihre Zurückhaltung. Sie atmete zittrig ein.

„Ich dachte so bei mir, dass wir eine geheime Affäre haben sollten." Die Worte sprudelten aus ihr heraus. In ihrem Inneren war ein Damm gebrochen und sie hatte es geschafft, die Wassermassen in einen Seitenarm abzuleiten. „So dass man uns nie in der Öffentlichkeit zusammen sieht."

„In Ordnung. Ich glaube dir, dass du diesen Gedanken hattest." Sein Kiefer spannte sich an. „Ich habe dich jedoch gefragt, was dich verletzt hat." Er schloss seine Hand um ihren Arm und tippte mit der Gerte gegen ihre geschwollene Pussy – genau unterhalb ihrer Klitoris.

Stechender Schmerz trieb sie auf ihre Zehenspitzen. „Aaaah!" Sie versuchte zurückzuweichen, aber sein Griff war unerbittlicher als ihre Handschellen.

Es folgte ein Schlag nach dem anderen. Sie schaffte es nicht, mitzuzählen.

Er stoppte. Sie schnappte verzweifelt nach Luft. Schmerz. Sie spürte Schmerz. Handelte es sich wirklich um Schmerz? *Sadistischer Bastard.* Er müsste sie nur einen Zentimeter weiter oben berühren und sie würde explodieren.

Sein tiefes Lachen drang an ihre Ohren. „Eine Bestrafung soll man nicht genießen." Er streichelte mit der Gerte über ihre Wange und sie roch, dass der Duft ihrer Erregung dem Holz anhaftete. Sie schaffte es nicht, ihm zu antworten. Ihre eigene Reaktion auf seine Berührungen hatte sie vollkommen aus der Bahn geworfen.

Sein Blick war sanft und doch ... kompromisslos. Er würde nur die Wahrheit akzeptieren. „Erzähl's mir, Kalinda."

Ihre trockene Kehle erlaubte es ihr nicht, zu schlucken. „Es gefällt mir nicht, dass du mich nur für Sex willst."

Im strahlend hellen Sonnenlicht verdunkelten sich seine Augen. „Ich verstehe." Die Gerte landete zwei Meter von ihnen im hohen Gras. Er rieb über ihre Oberarme und küsste sie so liebevoll, dass sie wimmerte.

„Oh, Süße", murmelte er und rieb seine Wange an ihrer. „Es geht mir nicht nur um Sex."

Was? Unbeschreibliche Freude überrollte sie. Er empfand auch etwas für sie? Ihre Atemzüge normalisierten sich. Sie wartete darauf, dass er fortfuhr. Anstatt zu sprechen, küsste er sie wieder.

Er vertiefte den Kuss und zog sie an seinen Körper. Es war

ihr noch nicht nah genug. Sie wollte Eins mit ihm werden. Ihre Brüste mit den Nippelklemmen rieben an seinem Hemd und die Berührung trieb sie in den Wahnsinn. Seine Zunge fand die ihre und sie stöhnte. Dann neigte er seinen Kopf und stieß mit der Zunge auf eine Weise zwischen ihre Lippen, die sie an einen gänzlich anderen Akt erinnerte. Er presste sie enger an sich und seine Erektion stieß gegen ihren Bauch. In dem Moment hatte sie nur noch einen Gedanken: *Nimm mich! Sofort!*

Sie presste sich an ihn und rotierte mit den Hüften. Sein stahlharter Schaft zuckte als Erwiderung und er stöhnte an ihren Lippen.

Sie grinste. Er war nicht der Einzige, der sein gegenüber scharf machen konnte. Sie rieb ihre nackten Brüste an seiner bedeckten Brust und hoffte, dass er endlich etwas unternahm, um ihnen beiden Erlösung zu verschaffen. Nach einer Weile stieß sie frustriert heraus: „Vielleicht sollte ich dich zur Abwechslung in den Wahnsinn treiben. Meine Verhörtechnik ist sicherlich genauso wirksam."

Er trat zurück und schüttelte tadelnd den Kopf. Jedoch war ihr sein zuckender Mundwinkel nicht entgangen. „Eigentlich solltest du es besser wissen, meine kleine Elfe. Reize niemals einen Dom."

Sie bezweifelte, dass er die Gerte finden würde und sie atmete bei dem Gedanken erleichtert – und auch ein bisschen enttäuscht – aus. Ihr Geschlecht pulsierte vor Verlangen. Die Behandlung mit der Gerte hatte in dem Punkt sicher keine Linderung gebracht.

Stattdessen löste er ihre Fesseln und warf das Equipment auf einen Felsen. Er zeigte auf den Granitfelsen, da, wo sie sich vor seiner Ankunft gesonnt hatte. „Leg dich auf den Rücken. Arme über den Kopf. Beine angewinkelt und gespreizt."

Ihre Nippel pochten, als sie sich rückwärts auf den Stein legte und ihre Arme hob. Diese Position erzeugte ein Hohlkreuz, wodurch sich die Klemmen auf unerklärliche Weise fester um ihre Nippel schlossen. Sie schloss die Augen. *Oh Gott, ja.* Die

Begierde und die Lust breitete sich in ihrem Körper aus wie ein warmer Tee nach einem kalten Wintertag.

Stille. Verwirrt blinzelte sie und hob den Kopf. Er hatte die Arme über seiner Brust verschränkt. Sein Bizeps ließ ihr das Wasser im Mund zusammenlaufen. Sie wollte mit ihren Händen über –

Er räusperte sich.

Was hatte sie falsch gemacht? *Oh.* Beine spreizen, hatte er gesagt. Sie biss sich auf die Lippe und spreizte ihre Beine ein wenig. Trotz ihres Verlangens nach ihm fiel es ihr schwer, sich im grellen Sonnenlicht vor ihm zu entblößen.

Ungeduldig wies er sie mit einer Handbewegung an, ihn nicht noch länger warten zu lassen.

Oh, zum Teufel. Sie spreizte die Beine weiter auseinander. Ihre feuchten Falten teilten sich und sie konnte fühlen, wie geschwollen sie nun waren. Eine warme Brise wehte über ihren Eingang und löste einen Schauer in ihr aus. Sie war so offen und bereit für ihn.

„Schon besser."

Der Bastard trug noch immer seine Kleidung, stellte sie fest. Wunderte sich Laura bereits, was bei ihr so lange dauerte? Was wäre, wenn Mark sich auf die Suche nach ihr machte?

In der hellen Nachmittagssonne bot seine kleine Sub einen wunderschönen Anblick: Ihre Wangen gerötet, ihre Arme über ihrem Kopf und ihr Rücken leicht durchgedrückt. Ihre kleinen Brüste mit den dunkelroten Nippeln blitzten aus den Nippelklemmen hervor. Ihre kurvigen Hüften waren für seine großen Hände wie geschaffen und sie behielt ihre cremeweißen Schenkel weit genug gespreizt, dass er die feucht glitzernden, schwarzen Löckchen auf ihrem Venushügel sehen konnte. Der Duft ihrer Erregung mischte sich mit dem würzigen Aroma der trockenen Kiefernnadeln aus den Bergen. Ihre wunderschönen dunklen Augen zeigten ihre erwartungsvolle Begierde ... und ihre Nervosität.

Zu viel an Nervosität, zu viele Sorgen. Sie hatte noch nicht den sorglosen Zustand erreicht, in dem er sie haben wollte.

Er entschied, ihr eine ganz bestimmte Sache zu geben. Er wollte damit ihren Verstand genug beschäftigen, sodass sie ihre Alltagssorgen vergaß und sich auf diesen Augenblick konzentrierte. Er sah ihr ins Gesicht. „Ich werde mich jetzt an dir erfreuen", sagte er. „Ich will, dass du dich in der Zeit nicht bewegst und schön artig den Mund hältst."

Ihre Augen weiteten sich und er konnte beobachten, wie sie erschauerte. Ihre Brüste bebten von dem Lustschauer, der ihren Körper erfasste. Ihre Wangen nahmen ein noch dunkleres Rot an. *Hinreißend.*

Er fing unten an: An ihren zierlichen Zehen, und arbeitete sich zu ihren Knöcheln und den muskulösen Waden vor. Waden, die verkündeten, dass sie viel Zeit in der Natur und beim Wandern verbrachte. Ihre goldfarbene Haut ging ab ihren Knien in cremefarbene Perfektion über. Dann erreichte er ihre samtweichen Schenkelinnenseiten. Seine Hände fanden ihren Weg zu den Schenkeln und übten erregenden Druck aus. Er wollte sie vollkommen für sich öffnen. Ein Schmunzeln erfasste seine Gesichtszüge, als sich ihre Hände zu Fäusten ballten. Mittlerweile waren seine Hände ihrem Intimbereich so nah, dass er seine Daumen neben ihren Schamlippen platzierte und sie betörte. Er hörte, wie ihr der Atem stockte. *Sehr schön.*

Als er sie bei seiner Ankunft auf dem Felsen hatte liegen sehen, beherrschte nur ein Gedanke seinen Verstand: heißer, dreckiger Sex. Mit Kallie bekam er einfach nicht genug. Es ging schon lange nicht mehr nur um Sex. Er wollte ihr Herz berühren und sie zum Lachen bringen.

Eine genaue Definition ihrer Beziehung konnte warten. Im Moment verlangte es ihm danach, sie wahnsinnig vor Lust zu sehen. Er legte sich bäuchlings auf den von der Sonne gewärmten Granitfelsen. Durch den Nationalpark, keine zwei Meter von ihnen, floss der Bach von einem Plateau zum nächsten. Er konnte sich glücklich schätzen. Er war in den Bergen und lag zwischen den Schenkeln einer Frau. Was könnte er sonst noch vom Leben wollen?

Er stützte sich auf die Unterarme und senkte seinen Kopf. Bisher hatte er sie noch nie bei Tageslicht genommen. Aus diesem Grund betrachtete er sie gründlich, was auch seine kleine Sub reagieren ließ. Die Sonne schien direkt auf ihre rosafarbene Klitoris, die sich noch nicht ganz aus ihrem Versteck traute. Ihre seidigen schwarzen Löckchen glitzerten vor Nässe und die Haut darunter war von seinen Schlägen mit dem Ast hübsch gerötet. Nach dieser Session wären ihre Schamlippen geschwollen und ihre Klitoris würde ihr schüchternes Verhalten abgelegt haben.

Seine Zunge trat in Kontakt mit ihren Schamlippen. Ihr gesamter Körper zuckte zusammen. Sie erinnerte sich schnell an seinen Befehl und erstarrte.

Er lachte. „Du bist ein braves Mädchen." Sein Schwanz war inzwischen so hart, dass er die Position wechseln musste. Seine Zeit würde kommen. Zunächst wollte er in den Genuss seiner kleinen Sub kommen. Folter war das Stichwort. Deswegen fuhr er mit der Zunge aufwärts und neckte ihre süße Klitoris. Er umkreiste das Nervenbündel. Ihre Schenkel bebten an seinen Schultern und federleichte Berührungen quälten sie. Wahrscheinlich konnte sie nicht anders, doch sie wagte es, ihm ihr Becken entgegenzustrecken. *Gierige, kleine Sub.* Er unterdrückte ein Lachen, stoppte seine Folter und sagte in einem strengen Ton: „Ich habe dir doch gesagt, dass du dich nicht bewegen sollst."

Ihr Ausatmen klang verdächtig nach einem Winseln. Er wartete eine Minute, damit seine Ermahnung die gewünschte Wirkung entfaltete, bevor er sich wieder seiner Aufgabe widmete.

Als sich ihre Klitoris fast so hart anfühlte wie seine Erektion, drehte er seinen Kopf und biss sie sanft in die empfindliche Haut ihres Oberschenkels.

Sie quiekte wie eine kleine Maus. Ihre Beine zuckten. *Oh ja*, er hatte es gesehen und gespürt.

„Was war das? Hast du dich etwa bewegt und gequietscht?"

„Nein, Sir." Ihre Stimme klang so atemlos, als hätte sie gerade einen Aufstieg hinter sich. Er musste sich auf die Lippe beißen, um nicht zu lachen, als sie hinzufügte: „Vielleicht, Sir."

„Ich verstehe", sagte er mit ernster Stimme. „Deine Selbstkontrolle lässt zu wünschen übrig, Kalinda."

„E-es tut mir leid."

Sie war wunderschön, wenn sie sich zwang, ihn nicht anzuflehen. „Okay, dann lass uns etwas testen ..." Er drängte ihre Knie gegen ihre Brust und dann seitwärts. „Gib mir deine Hände." Er platzierte ihre Hände seitlich ihrer Knie, so dass sie ihre Beine stützen konnte. Eine seiner liebsten Positionen: Durch die hochgezogenen Knie hob sich ihre Pussy. Auf diese Weise war sie für sein Vorhaben zugänglicher. Möglich, dass er sie genau in dieser Position später fickte. „Sehr schön, Süße. Nicht bewegen." Er wartete einen Herzschlag. „Kalinda, hörst du mich?"

„Oh. Ja, Sir. Tut mir leid, Sir." Sie schluckte hörbar. „Sir, bitte ..."

„Keinen Ton will ich von dir hören. Und: nicht bewegen." Niemals berührte er ihre Klitoris direkt. Nachdem er ihr Nervenbündel geneckt und erneut umkreist hatte, drang er mit einem Finger in sie ein. Sie war feucht und fühlte sich so warm an. Ihre Pussy zog sich um seinen Finger zusammen. In einem unbestimmten Rhythmus stieß er immer wieder in sie, neckte und betörte, ohne sie jemals zu einem Höhepunkt zu führen. Ihre Beine bebten und sie krallte ihre Fingernägel in ihre Knie, um ihn nicht zu enttäuschen. Er hatte sein Ziel erreicht. Er bezweifelte, dass sie jetzt noch Grübeln konnte. Endlich hatte er es geschafft, dass sie an nichts anderes denken konnte als die Position ihrer Hände und das Bedürfnis, seinem Befehl nachzukommen. Ihr Verstand wurde nicht länger davon eingenommen, entdeckt zu werden. Sie konnte sich nur noch darauf konzentrieren, Erlösung zu finden.

Perfekt.

Oh Gott, nicht mehr lange und sie würde das Zeitliche segnen. Schweißgebadet präsentierte sie sich. Ihre Hände waren glitschig und sie hatte das Gefühl, gleich von den Knien zu rutschen. *Bitte, bitte, bitte.* Warum nahm er nicht wieder seinen Mund?

„Meintest du nicht, dass du mich verhören willst?"

Sie starrte ihn an. Verhören? Er wollte reden? Jetzt? „Ja", stieß sie heraus.

Er war ihrem Geschlecht so nah, dass sie an ihrer Klitoris spürte, wenn er ausatmete. Dennoch berührte er sie nur mit seinem Finger, umkreiste ihren Eingang und drang wieder in sie ein. Er wusste genau, was er tat. Im Moment würden seine Berührungen sie nicht zu einem Höhepunkt treiben. Damit erreichte er nur, dass sie immer feuchter wurde und bald im Irrenhaus landen würde.

„Habe ich schon erwähnt, dass es keine gute Idee ist, einen Dom zu reizen?"

Oh, mein Gott! Hör auf zu reden! „Möglich", presste sie heraus. Hatte er irgendeine Ahnung, was sie gerade durchmachte?

„Willst du dich entschuldigen?"

So ein fieses Arschloch. Ihre Antwort kam als beschämtes Winseln heraus. „Entschuldigung."

Er bewegte sich nicht.

Widerwillig fuhr sie fort: „Es tut mir leid. Wirklich, wirklich leid. Master. Sir. Herrscher über die Welt. Gott des Universums." Gerade noch rechtzeitig schloss sie den Mund, bevor sie herausplatzte: *Verfickter, sadistischer Bastard!*

War es möglich, dass sie es doch gesagt hatte? Er biss sie erneut und der Schmerz breitete sich von der Stelle in ihrem Körper aus. Sie verlor den Halt an ihren Beinen. Panisch versuchte sie, die Situation zu retten. Ein tiefes Lachen drang an ihre Ohren und sie fühlte, wie er mit der Zunge über den Übergang zwischen ihrem rechten Schenkel und ihrer Hüfte entlang-fuhr – so heiß und feucht. *Etwas nördlicher, bitte.* Ihre Pussy pulsierte im Rhythmus ihres Herzens.

Sein Finger schob sich in ihren Eingang. Er fügte einen Zweiten hinzu. *Oh ja. Schon besser.* Sie fühlte sich ausgefüllt und doch durfte sie sich nicht bewegen, denn wenn sie es tat, dann wäre ihre Selbstkontrolle dahin. *Nicht bewegen.* War das Karma? Ja, sie wurde für ihre Gedanken bestraft.

„Du machst mich so stolz, meine kleine Elfe", sagte er. Das Lob in seiner Stimme fühlte sich wie eine tröstende Umarmung an. „Ich denke, du hast dir eine Belohnung verdient."

Belohnung? Sie hielt den Atem an. Die Bewegungen seiner Finger in ihr veränderten sich. Er stieß zu und ein perfekter Rhythmus stellte sich ein. Dann fand er den G-Punkt und die Wände ihres Geschlechts zogen sich um seine Finger zusammen. Er lehnte sich vor und nahm ihre Klitoris zwischen seine Lippen. Unbarmherzig neckte er sie mit seiner Zunge, während sich der Druck in ihr aufbaute. Sie flog höher und höher. Es war … atemberaubend.

Sie presste die Lippen aufeinander, um ein herannahendes Wimmern zu unterdrücken. Er nahm Tempo heraus und umkreiste mit der Zunge ihre Klitoris. Eine Umkreisung folgte auf die nächste und jede trieb sie weiter zu der langersehnten Erlösung. Ihre Begierde, ihre Lust, ihr Verlangen bündelten sich und dann war es soweit: Ihr Körper erstarrte und …

Er saugte an ihrer Klitoris. Heftig.

… sie explodierte. Es fühlte sich an, als wäre ein Wasserballon in ihrem Inneren geplatzt. Eine Flut zerstörerischer und heilender Lust schwappte über sie hinweg. Sie befreite sich aus ihrer Starre und zuckte.

Oh Gott, Scheiße, verdammt. Sie keuchte und stellte fest, dass Jake ihre Hände umgriffen hatte. Damit half er ihr, die Beine in der richtigen Position zu halten. Seine Zunge ließ nicht nach. Die Schreie, die sie wie befohlen unterdrückt hatte, schwirrten ihr im Kopf herum.

„Das hast du gut gemacht, Süße", sagte er, nahm ihre Hände von ihren Schenkeln und stellte ihre Füße auf dem Felsen ab. Er kniete sich zwischen ihre Schenkel und sein Ausdruck zeugte von einer Ernsthaftigkeit, die sie zunächst verwirrte. Doch dann erhellte ein Lächeln sein Gesicht. „Ich nehme alles zurück: Deine Selbstkontrolle ist beeindruckend."

Sie hatte das Bedürfnis, ihn für alle Zeiten zu verfluchen. Andererseits war sie in ihrem ganzen Leben noch nie so hart gekommen. Würde es mit ihm immer so überwältigend sein?

War sie mit anderen Männern zusammen, fühlte es sich oftmals an, als würde ihr Geist ihren Körper verlassen. Sie beobachtete die Situation von oben. Ihr Körper sagte und machte, was von ihr erwartet wurde. Ihre Emotionen waren immer unter Kontrolle. Jake gab ihr gar nicht erst die Gelegenheit, einen Schritt zurückzutreten oder Abstand zwischen ihn und sich zu bringen. Seine Befehle ließen nur Raum für Gefühle. Sie wusste, warum sie bei ihm loslassen konnte: Sie vertraute ihm. Er verstand genau, was sie brauchte.

Er hielt sie mit seinen Augen gefangen, öffnete seinen Gürtel und den Reißverschluss seiner Jeans. Keine Unterwäsche. Sein Schwanz sprang heraus – lang und hart. Die Adern pulsierten und ein Lusttropfen löste sich aus der Eichel. Geschickt rollte er sich ein Kondom über seinen Schaft. Seine Kontrolle war bemerkenswert.

Er packte sie an den Handgelenken und zog sie in eine sitzende Position. „Ich bin sehr stolz auf deine Selbstkontrolle, aber ich denke, es ist Zeit, für eine andere Position."

Jetzt, da er es erwähnte, spürte sie, dass ihr Rücken und ihr Po von dem harten Untergrund schmerzten.

Auf dem Felsen breitete er ihre Kleidung aus, damit sie weicher lag, und sagte: „Runter auf die Hände und die Knie." Entschlossene Hände packten sie und führten sie in die richtige Position. Er drehte sie um und ihr Geschlecht zuckte. Vorfreude machte sich in ihr breit. Sie wollte ihn endlich in sich spüren. „Stütz dich auf den Unterarmen ab, Süße." Er drückte sie an den

Schultern nach unten, legte eine Hand zwischen ihre Schenkel und hob ihren Po in die Höhe. Ein Lustschauer überwältigte sie dabei und versetzte sie in erregende Erwartung.

Er presste seinen Schwanz gegen ihre Öffnung und glitt durch ihre feuchte Spalte, bevor er sich mit einem unbarmherzigen Stoß in ihr vergrub. Sie schrie bei der plötzlichen Invasion. Die Wände ihres Geschlechts pulsierten um seine dicke Erektion.

„Süße, du fühlst dich unglaublich an", knurrte er. „Jetzt werde ich dich so hart nehmen, wie ich das für richtig halte." Er senkte seine Stimme zu einem heiseren Knurren: „Weil ich es will, und weil ich es kann."

Seine Worte ließen jede restliche Gegenwehr in ihrem Körper erlöschen.

Er lachte. Dann packte er ihre Hüften und erfüllte sein Versprechen. Er nahm sie hart und drängte ihr einen Rhythmus auf, dem sie nicht widerstehen konnte. Sie fühlte sich wie ein Fisch am Haken, wie auf die wundervollste Art verloren. Jeder Stoß vertiefte diese Empfindung, genau wie ihr Verlangen. Sie versuchte, sich seinen Stößen anzupassen, um schneller zur erhofften Erlösung zu finden.

Das ließ er nicht auf sich ruhen. Er gab ihr einen Klaps auf den Po und sagte laut genug: „Wenn du mehr von mir brauchst, Kallie, werde ich dir mehr geben, wenn ich das für richtig halte – keine Sekunde früher."

Wie konnte er jetzt nur reden? Sie unternahm einen zweiten Versuch und presste sich seinen Stößen entgegen. Es dauerte nicht lange, bis sie die Bedeutung hinter seinen Worten verstand. Er spreizte ihre Beine soweit, wie es körperlich möglich war. Jetzt konnte sie nichts anderes mehr tun, als seine Stöße zu akzeptieren.

Seine Hände wanderten zu ihren Oberschenkeln. Er zog sie an sich und vergrub sich bei jedem Stoß bis zum Anschlag in ihrer Hitze. Er hatte die Kontrolle und trotzdem gab er ihr genau, nach was sie sich in den letzten Tagen verzehrt hatte.

Diese Erkenntnis sandte einen heftigen Lustschauer durch sie hindurch und führte sie auf direktem Weg zu einem markerschütternden Höhepunkt. Dieses Mal pulsierten die Wände ihres Geschlechts um seine harte Länge und ein unbeschreibliches Gefühl durchfuhr sie. Sie drehte ihren Kopf. Trotz ihres Orgasmus schaffte er es mit jedem Stoß, sie noch höher zu treiben, und am Ende wurde ihr ganzer Körper von einer brutalen Erschütterung heimgesucht.

Er packte sie noch fester und hob ihre Knie in die Höhe. Knurrend presste er sich so tief in ihre enge Wärme, dass sie genau spürte, wann er kam. Er schwoll an, pulsierte und zuckte in ihrem Inneren.

Gott, wie sehr sie es liebte, seinen Orgasmus zu spüren! Das Wissen, dass sie ihn so weit gebracht und ihm auf diese Weise Erlösung schenken konnte, machte sie glücklich.

Er lockerte seinen Griff und senkte ihre Knie auf den Felsen. Er massierte ihre Pobacken, lehnte sich vor und flüsterte an ihrem Ohr: „Du machst mir sehr viel Spaß, Süße." Eine kleine Pause folgte und dann: „Dummerweise hast du meinen Befehl ignoriert und mehr als einen Laut von dir gegeben. Sehr unartig von dir. Was soll ich nun mit dir machen?"

Verdammt, ich bin im Arsch.

KAPITEL NEUN

Zurück **bei den** Zelten begann Kallie mit den Vorbereitungen fürs Abendessen. Sie fühlte sich wundervoll. So lange sie nur an den Sex mit Jake dachte, würde sich daran auch nichts ändern. Sex mit Jake bedeutete, dass sie keine Chance bekam, zu denken.

Als Jake ihr die Erlaubnis gegeben hatte, sich wieder anzuziehen, war sie tiefenentspannt. Sie hatte gehofft, dass niemand die Kratzer von seinen Bartstoppeln auf ihrer Wange und ihrem Hals bemerken würde. Ausgehend von dem amüsierten Glitzern in Marks Augen war die Hoffnung vergebens gewesen. Außerdem war sie sich sicher, dass ihre Lippen von seinen Küssen und der Bestrafung wegen ihres Ungehorsams geschwollen waren.

Hatte sie die Bestrafungen verdient? Wahrscheinlich.

Er hatte ihr befohlen, sich vor ihm hinzuknien, und hatte mit einer Hand seinen Schaft umwickelt. Mit den Fingern der anderen Hand hatte er über ihren Mund gerieben und gewartet.

Sie lächelte bei der Erinnerung daran, wie sie seinen harten Schwanz in ihren Mund geführt hatte. Mit der Zunge hatte sie seine Adern nachgezeichnet und ihn ausgiebig gekostet. Sein Schaft war noch dicker geworden und sie hatte beobachten können, wie seine Kontrolle gewankt hatte. Wahrscheinlich hatte er ihre Haare packen und ihren Mund ficken wollen. Das hatte er nicht gemacht und sie hatte die Gunst der Stunde genutzt, um ihn zur Abwechslung mal zum Wahnsinn zu treiben. Lange hatte es nicht gedauert, bis er den Schwanz aus ihrem Mund zog und ihn zwischen ihren Schenkeln vergrub. Der erbarmungslose Stoß hatte ihr den Atem geraubt. Die Kratzer an ihrem Hintern waren der Beweis dafür, wie hart er sie genommen hatte.

Verdammt, sie wollte es wiederholen! Der Mann hatte sie in eine Nymphomanin verwandelt. Mit einem frustrierten Seufzen machte sie ein Feuer.

„Ich helfe dir, Kallie." Von einem Bein aufs andere tretend, schaute Ryan sie bewundernd an. Gut, dass sie nicht alle Männer in die Flucht jagte. Eine Eroberung war ihr gelungen.

„Das würde mich sehr freuen."

Er grinste und hockte sich neben sie. „Cool. Ich habe noch nie auf einem Lagerfeuer gekocht. Was müssen wir machen?"

„Der Trick ist, dass das Feuer zuerst herunterbrennen muss, bis nur noch glühende Kohlen übrig sind. Erst dann können wir mit dem Kochen beginnen. Während wir warten, können wir die Mahlzeit vorbereiten."

Auf der anderen Seite des Lagerfeuers gähnte Jake, hob die Arme über seinen Kopf und streckte sich wie ein Kater nach einem Schläfchen. Sie beobachtete, wie sich die Muskeln an seinen Schultern anspannten. Als Reaktion rieb Kallie zwei Finger aneinander – eine Erinnerung an das Gefühl, seine Haut an ihrer zu spüren.

Er bemerkte ihren Blick und sie lief feuerrot an.

„Tamara, Cody, wollen wir ein bisschen die Gegend erkunden?", fragte er. „Ich weiß, wo man die besten Kletterfelsen findet."

Beide Kinder sprangen auf ihre Füße. Er wies den Weg, ließ die Kinder vor und wandte sich Mark zu: „Kallie hat ein Kind im Auge und ich beschäftige die anderen beiden. Das bedeutet, dass ihr ein wenig Zeit allein genießen könnt. Nutzt sie weise." Er zwinkerte. „Die Stelle flussabwärts ist sehr zu empfehlen." Jake zeigte in die Richtung, wo sie sich einander hingegeben hatten.

Marks Augen glühten auf. Er vergeudete keine Zeit, sprang auf die Füße, packte seine Frau und führte sie von den Zelten weg. Kallie grinste Jake an. „Gute Arbeit, Hunt."

„Es wäre doch jammerschade, sein Vergnügen nicht zu teilen", kommentierte er. Auch ihr schenkte er ein Zwinkern, bevor er den beiden Kindern folgte.

Als die Eltern nach einer Stunde zurückkehrten, ließ Kallie Ryan das Feuer bewachen und machte sich auf den Weg, um Jake, Tamara und Cody zu holen. Sie betrat die Lichtung und konnte bereits Tamaras Kichern und Jakes tiefes Lachen hören. Seine Stimme schaffte es immer wieder, Empfindungen in ihr auszulösen, die für die Öffentlichkeit nicht gedacht waren. Sie seufzte. *Reiß dich zusammen, Kallie.*

Sie duckte sich unter einem Ast durch und dort war er: Jake mit den Kindern. Sie genoss den Anblick. Cody saß auf einem riesigen Felsen und hielt sich ein Fernglas vor die Augen. Am Fuße der Felswand unterwies Jake Tamara im Klettern.

Die Wand war nicht besonders hoch und damit perfekt für eine Lektion. Tamara folgte seinen Anweisungen und erklomm die Wand wie ein kleines Äffchen. Oben angekommen, vollführte sie einen Siegestanz. Jake lachte und freute sich mit ihr. Dann öffnete er seine Arme und sie sprang. Wie Kallie wusste auch Tamara, dass er sie auffangen würde. Das Mädchen landete sicher in seinen Armen. Er warf sie noch einmal in die Höhe und presste sie fest an seine Brust, bevor er sie auf ihre Füße herunterließ.

Kallie bemerkte, dass auch sie gelandet war: in einem Bällebad aus Gefühlen. *Verdammt*, sie liebte den Bastard. Das war so, so dumm. Was bitte war aus der *Nur Spaß haben*-Idee geworden?

Unter einem Schatten spendenden Baum lehnte sie sich gegen den Stamm. Der Baum stützte sie, denn die Erkenntnis hatte ihre Beine außer Gefecht gesetzt. *Verliebt? Nein, nein, nein.* Sie legte den Kopf in den Nacken und ihr Hinterkopf stieß gegen den Baumstamm. Sie versuchte, sich Logik einzuhämmern. Ihn mit Kindern zu sehen, war wirklich zu viel für sie. *Ich liebe diesen Mann.*

Komm wieder runter, Kallie. Du erinnerst dich an die Nur für eine Nacht-Regel? Sie seufzte. Sie sollte an das Hier und Jetzt denken und den Moment genießen. Eins nach dem anderen. *Du kannst nicht auf eine Zukunft mit ihm hoffen, wenn du weißt, dass er kein Interesse an etwas Langfristigem hat. Das ist dämlich. Du bist nicht dämlich.*

Cody entdeckte sie, woraufhin alle den Kopf in ihre Richtung drehten. Kallie seufzte. Mit Aufbietung aller Willenskraft setzte sie einen fröhlichen Gesichtsausdruck auf. Möglich, dass sie in Jake verliebt war. Das bedeutete aber nicht, dass sie dämlich genug war, ihm ihre Gefühle auf dem Silbertablett zu servieren. *Oh nein*, ihre Gefühle gehörten allein ihr. *Nur Sex, nur Sex, nur Sex.*

Jake lächelte, als sie angelaufen kam. „Hast du Lust, mit uns zu klettern?" Noch bevor er den Satz beendet hatte, verengte er die Augen. „Was hast du, Elfchen?"

Super. Das ist wirklich super gelaufen, Miss Ich setze eine fröhliche Miene auf. „Ich bin am Verhungern. Es ist Zeit fürs Essen, Leute."

Nach dem köstlichen Abendessen bereitete er den Kindern eine Freude und erzählte Schauergeschichten am Lagerfeuer. Kallie saß neben ihm und schnitzte an einem Stück Kiefernholz, das sie aus ihrem Rucksack gezogen hatte. Jake beobachtete sie für eine Weile und runzelte die Stirn. Die Figur ähnelte einem Mann, Beine fest auf dem Boden, die Arme über der Brust verschränkt. Obwohl sie sein Gesicht noch nicht fertig hatte, erinnerte ihn die Haltung an Logan. Oder ... an ihn selbst. Sie musste seine Augen auf sich gespürt haben, denn sie fand seinen

Blick und grinste amüsiert. Der kleine Kobold hatte Spaß auf seine Kosten.

Sie schnitzte weiter. Er lehnte sich vor und murmelte an ihrem Ohr: „Wirst du den kleinen Kerl auf deinen Nachttisch stellen, damit er aufpasst, dass du in meiner Abwesenheit nicht aus der Reihe tanzt?"

„Auf mich aufpassen?" Sie schnaubte. „Wenn Schweine lernen, zu fliegen vielleicht."

Er wartete eine Sekunde, dann sagte er: „Sieh mich an." Seine Dominanz war deutlich herauszuhören.

Ihr Kopf wirbelte zu ihm und ihre Augen weiteten sich.

Er strich mit einem Finger über ihre weiche Wange und sagte in einem sanften Ton: „Heute ist der Tag, an dem sich Schweine in die Lüfte erheben, kleine Sub."

Seine Belohnung war die Hitze in ihren Wangen. Der genervte Blick, den sie ihm zuwarf, amüsierte ihn umso mehr.

Er wendete sich wieder den Kindern zu und hob seine Stimme: „Also, wer von euch hat schon mal die Geschichte gehört, in der es um ..."

Eine Stunde später, alle Geschichten auserzählt, gab er bekannt, dass er sein Zelt vergessen hatte.

Die Kinder lachten ihn aus, Mark prustete und Laura kicherte. Das störte ihn nicht, solange er das geplante Resultat bekam. „Kallie, hast du ein Plätzchen für mich?"

Sie schaute vom Schnitzen auf. „Ich vermute mal, dass du den Schlafsack auch vergessen hast?"

„Ja, ich fürchte schon."

Zum Entzücken der Kinder rollte sie mit den Augen. „Ich weiß nicht, Mr. Hunt. Das ist sehr nachlässig von Ihnen, nicht die entsprechende Ausrüstung mitzubringen. Ich sollte Sie bestrafen, indem ich Sie zu Fuß zurücklaufen lasse, damit das nicht noch einmal passiert."

„Aber die Bären könnten mich fressen."

Darauf kicherte Kallie – so heiser und unbeschwert, dass auch seine ernste Fassade zu bröckeln begann. Nur Tamaras erschrecktes Keuchen riss ihn aus seiner Bewunderung für die kleine Sub. „Kallie, schick ihn nicht in den Wald! Das kannst du nicht tun!"

„Natürlich hast du auch Tamara bereits um den Finger gewickelt", murmelte seine Sub in einem sehr respektlosen Ton. *Später.* „Also gut, Tamara, weil du für ihn plädiert hast, darf er die Nacht bei mir im Zelt schlafen. Aber nur heute Nacht."

Tamara strahlte und krabbelte in Kallies Schoß. Das Kind war kein bisschen schüchtern. Jake war eifersüchtig, wie sich das Mädchen an Kallie kuschelte. Allerdings war er es, der die Nacht in Kallies Zelt verbringen würde. Er konnte es nicht erwarten, ihren süßen Hintern an seinem Schoß zu spüren. Er hatte allerhand mit diesem Hintern vor. Die ganze Nacht.

Und so passierte es dann auch.

Ein paar Stunden später hatten sich alle in ihre Zelte zurückgezogen. Mittlerweile lag Jake im Schlafsack auf dem Rücken, Kallie an seiner Seite. Während er versuchte, wieder zu Atem zu kommen, dachte er über die ... Aktivitäten der letzten Stunden nach. Er war sich sicher: Er liebte es, wenn sie unter ihm lag. Sie rittlings auf sich sitzen zu haben, war auch nicht übel gewesen. Reiten konnte sie, dachte er grinsend. Es war gut, dass sie das Zelt in einem respektablen Abstand aufgebaut hatte. Er hatte sie nicht von seinem Schwanz gelassen, bis sie von den vielen Orgasmen auf seiner Brust zusammengebrochen war.

Jetzt kuschelte sie sich an ihn und ihr Atem kitzelte seine Brust. Er konnte noch immer die Kratzer auf seinem Rücken spüren, genau da, wo sie ihre Fingernägel in seine Schultern gerammt hatte. Sicherlich hatte er auch Abdrücke an ihren Hüften hinterlassen. Er wusste nicht, wann er das letzte Mal mit einer Frau so viel Spaß hatte. Möglicherweise noch nie.

Schließlich rührte sie sich. Sie stützte sich auf einen Ellbogen ab und betrachtete ihn. Durch ein Guckloch in dem kuppelförmigen Zeltdach konnte er den Vollmond sehen. Er leuchtete hell und tauchte ihr Gesicht in einen perlmuttfarbenen Schimmer. Ihre Augen waren wie zwei Seen, unglaublich schön, trotz des Runzelns auf ihrer Stirn. „Schon erstaunlich, was ich dir erlaube, mit meinem Körper anzustellen."

„Oh? Du darfst gerne ins Detail gehen. Meinst du die Klemmen?" Er rieb mit den Fingerknöcheln über ihre Nippel, die von seinem ausführlichen Vorspiel und von den Klemmen am Nachmittag noch immer geschwollen waren.

Sie sog scharf die Luft ein, doch er dachte gar nicht daran, von ihren entzückenden Nippeln abzulassen. Er hörte erst auf, als sie sich ihm entgegenstreckte. Es war zu früh, um sie erneut zu nehmen. Sie brauchte eine Pause.

„Du weißt genau, was ich meine." Ihre Lippen verwandelten sich zu dem anbetungswürdigsten Schmollmund, den er jemals gesehen hatte.

Er lachte bei ihrem genervten Blick. „Ich weiß, meine Süße. Du erlaubst es mir, weil du willst, dass ich diese Dinge mit dir tue."

„Wohl kaum. Bisher war mir der Gedanke gar nicht gekommen, etwas Derartiges zu testen."

„Die Klemmen vielleicht nicht." Er zog sanft an einer Haarsträhne. „Was ich mache – was wir machen – ist nicht so wichtig. Von Bedeutung ist, dass du das Bedürfnis hast, deine Kontrolle abzugeben. Es ehrt mich, dass du genug Vertrauen in mich hast, um mir diese Kontrolle auszuhändigen."

Kontrolle abgeben. Bis jetzt hatte sie es vermieden, daran zu denken, was ihre Reaktionen bedeuteten. *BDSM.* Ihr war nur klar, dass es sie scharf machte, wenn er sie dominierte. Lag es vielleicht daran, dass er außerhalb einer Session nicht versuchte, ihr seinen Willen aufzuzwingen? BDSM war ein Teil ihrer Beziehung. Sie musste nur daran denken, wie er ihr Befehle gab, um sie wieder heiß zu machen. Womöglich hatte er recht. „Mit den Männern vor dir hat es aber nicht funktioniert."

„Ach, Süße. Du hast eine unterwürfige Natur. Das heißt aber

nicht, dass du dich jedem wahllos hingibst. Zudem bist du nicht der Typ, der vierundzwanzig Stunden am Tag seine Kontrolle abgeben möchte. Schließlich will eine Frau mit einer leidenschaftlichen Natur auch nicht mit jedem Mann, dem sie auf der Straße begegnet, Sex haben. Nein. Bei dir ist es der Fall, dass du Sex generell magst. Und durch dein Bedürfnis, deine Kontrolle abzugeben, wird der Sex um einiges" – er grinste – „aufregender."

Kann man so sagen.

Er fuhr fort: „Bei den Männern davor ist es aus zwei Gründen schief gegangen: Zum einen waren sie nicht dominant genug für dich und zum anderen fehlte es an Vertrauen."

Das klang logisch. Zudem hatte es sich immer so angefühlt, als würde etwas fehlen. „Wann hast du gemerkt, was du im Bett ... bevorzugst?"

„Neugieriges, kleines Elfchen." Er lachte kurz auf. „Vor Jahren am College. Logan hatte eine kinky Freundin: Sie war unterwürfig, und weißt du, was sie am meisten liebte? Zwei Männer in ihrem Bett." Er grinste. „In der Zeit haben wir erkannt, dass wir zwar dominant sind, wir es aber nicht mögen, eine Frau zu teilen."

Vor Jahren schon. So viel Erfahrung. Wie sollte sie da mithalten?

„Nach einer Weile in dem Lifestyle erkannten wir, dass auch unsere Eltern in einer Dom-/Sub-Beziehung sein müssen. Nicht, dass wir mit ihnen darüber sprechen, aber die Anzeichen sind offensichtlich."

Sie lachte.

„Und nun schlaf, mein Elfchen. Ich will dich noch vor Sonnenaufgang für die nächste Runde wecken."

Jake hatte sein Versprechen gehalten und seine kleine Sub geweckt, noch bevor die Sonne aufging. Keiner von ihnen hatte viel Energie, weshalb er ihr zeigte, dass es auch einen Ort und eine Zeit für Vanilla-Sex gab. Er benutzte das letzte Kondom, das er mitgebracht hatte. Dann packte er sie und zog sie zu sich. Von hinten glitt er in sie und genoss, wie sie auf dem Weg zum Gipfel um seine Länge pulsierte.

Danach hielte er sie in seinen Armen. Ihr Kopf ruhte auf seiner Schulter. Perfekt schmiegte sich ihr Körper an seinen. Er bezweifelte, dass er sich ihrer jemals überdrüssig werden würde. Er würde vermissen, wie sie ihre Kontrolle so bereitwillig an ihn abtrat. Sie waren gut zusammen.

Er legte seine Hand in ihren Nacken und betrachtete sie. Sie war erschöpft. Er strich ihr das seidige Haar aus ihrer Stirn, streichelte über ihre Wange, die sich trotz der kühlen Nacht unter seinen Fingern wärmte.

Sie seufzte zufrieden und schmiegte sich enger an ihn.

„Schlaf gut, Süße."

„'kay", murmelte sie, offensichtlich schon halb weggetreten. „Lieb dich, Jake."

Die Worte trafen ihn unerwartet. Es fühlte sich wie ein Schlag in die Magengegend an. *Was habe ich getan?* Langsam zog er seine Finger von ihrer Wange zurück. *Nein. Das darf nicht passieren.*

Als könnte sie seine Gedanken lesen, erstarrte sie. Ihre Augen flogen auf. Sie stützte sich auf einen Ellbogen und versuchte, in der Dunkelheit seine Gesichtszüge auszumachen. Ihre Stimme klang gepresst: „Das wolltest du wahrscheinlich nicht hören."

Er räusperte sich und stotterte: „E-es kam doch e-etwas unerwartet, wenn ich ehrlich bin." Alles in ihm sehnte sich danach, sie in seine Arme zu ziehen und ihr zu sagen, dass sie sich nicht sorgen musste. Gleichzeitig wollte er – sollte er – seinen Rucksack packen, aus dem Zelt flüchten und ins Tal stürzen. Bloß weg von hier, ganz egal, ob die Sonne schon aufgegangen war oder nicht. „Kallie –"

Sie schnaubte. „Entspann dich. Ich war im Halbschlaf, das ist alles. Kein Grund zur Panik."

Erleichterung breitete sich in ihm aus und er zwang sich zu

einem Lachen. „Heißt das, dass du an einen anderen unwider-
stehlichen Kerl gedacht hast?"

Stille.

Sein Herz sank. Er hätte den Ausweg nehmen sollen, den sie
ihm geboten hatte. Natürlich hatte sie die Worte ernst gemeint;
seine Elfe war einer der ehrlichsten Menschen, die er kannte.
„Elfchen, es tut mir –"

„Ich habe keine Erwartungen an dich, Hunt", unterbrach sie
ihn mit eisiger Stimme. „Meine Gefühle gehören mir; du musst
sie nicht erwidern. Gefühle sind keine Weihnachtsgeschenke."

Er schloss seine Augen. Er musste ihr nicht ins Gesicht
sehen, um zu wissen, was ihr gerade durch den Kopf ging. Von
nachgiebig, weich und anhänglich hatte sie sich in ein ange-
spanntes Bündel verwandelt. Ein unglückliches Bündel.
Verdammt. Er hätte sie niemals so nah an sich heranlassen dürfen.
Sie an diesem Ort zu besuchen, war auch nicht gerade sein
bester Einfall gewesen. Dadurch hatte er ihr Hoffnung gemacht.

Und nun musste er sich erklären. „Kallie, ich finde dich
bezaubernd. Mit dir hat meine Entscheidung nichts zu tun."

„Schon klar. Du willst keine Langzeit-Beziehung. Hast du mir
schon gesagt. Zum Teufel nochmal, Jake, jeder in der Stadt weiß
von deiner *Nur für eine Nacht*-Regel."

Kleinstädte. Super. Er wollte sagen: *So bin ich eben.* Doch das
wäre nicht fair. Seit Mimis Tod hatte er sich auf keine ernsthafte
Beziehung mehr eingelassen. Mit Subs spielte er nur in Clubs
oder auf dazugehörigen Partys. Das hatte den Vorteil, dass er
sich niemals erklären musste. Bis jetzt.

Kallie hatte alles geändert. „Ich würde gern etwas erklären
…" Sein Verstand war wie leergefegt.

Er bewegte sich, bis ihre Unterarme auf seiner Brust ruhten.
Er konnte ihr nicht in die Augen sehen. Er befürchtete, dass sich
ihre Augen in Mimis und dann in die weitaufgerissenen, leeren
Augen der verunglückten Wanderin verwandeln würden. Er
schluckte schwer.

„Jake." Die heisere Stimme an seinem Ohr klang so gar nicht

nach Mimi. Das brachte ihn in die Gegenwart zurück. „Wenn du mir etwas sagen willst, dann spuck es aus." *Zähe, kleine Sub.*

„Du weißt von meiner Ex-Freundin. Wir haben zusammengewohnt und sie war meine Sub."

„Die Frau, der ich ähnlich sehe. Ich erinnere mich."

„Wir gingen miteinander aus, nachdem sie sich von einem anderen getrennt hatte. Ich führte sie in den Lifestyle ein und er war wie geschaffen für sie. Sie wollte eine Sklavin sein. Und einen Master haben."

„Das ist nicht mein Ding", sagte Kallie.

„Nein. Du bevorzugst es, die Kontrolle während des Sex abzugeben. Du willst nur im Bett kontrolliert werden. Sie wollte es – brauchte es – die ganze Zeit."

„Du warst ihr Master?"

„Ja." Er schnaubte. „Am Anfang hat es mir gefallen, dass sie mir jeden Wunsch von den Augen abgelesen hat und ich die Entscheidungen getroffen habe. Schnell musste ich allerdings erkennen, dass ich kein Vollzeit-Master sein möchte."

Mit einem kleinen Laut motivierte sie ihn, fortzufahren.

„Es ist ermüdend. Ich liebe es, ein Dom zu sein, aber ich habe kein Interesse daran, jede Minute eines jeden Tages meiner Sub zu bestimmen. Ich will für einen anderen Menschen keine wichtigen Entscheidungen treffen. Ratschläge und Empfehlungen? Sicher. Ihr befehlen aufs College zu gehen? Bitte nicht, verdammt."

„Okay, so habe ich das noch nie gesehen."

„Ein Dom zu sein, ist immer ein Balanceakt. Man muss die Wünsche und Bedürfnisse der Sub den Begierden und Vorlieben des Doms gegenüberstellen. Man muss gut abwägen. Es erregt mich, meiner Sub den Mund zu verbieten. Vierundzwanzig Stunden daran denken zu müssen, was sie gerade braucht, kann sehr ermüdend sein. Ich habe Freunde auf beiden Seiten der Medaille. Sie gehen in der Master-/Sklaven-Beziehung auf. Mich hat es nicht erfüllt."

„Aber Mimi schon", sagte Kallie mit weicher Stimme. Das

Verständnis in ihrem Ton erschütterte ihn. Wieso schrie sie ihn nicht an oder weinte bei seinem Geständnis?

„Richtig." Sein Magen schmerzte. „Als ich ihr das Sklaven-Halsband abgenommen habe, da war sie ..." *Zu Tode betrübt.* „Sie sehnte sich danach, eine Sklavin zu sein. Sie brauchte es. Ich habe mit ihr geredet. Der Plan war, dass ich sie mit nach San Francisco nehme, um ihr ein paar verfügbare Master vorzustellen. Simon hatte angeboten, dass sie in der ersten Zeit bei ihm unterkommen könnte. Sie war wunderschön – so wie du auch – und in ihr loderte zu jedem Zeitpunkt das Bedürfnis, zu dienen. Es hätte nicht lang gedauert, jemanden für sie zu finden, aber ..." Dunkelheit fiel über das Zelt – nicht nur die Dunkelheit vor der Morgendämmerung. *Warum hatte Mimi bloß aufgegeben?*

„Aber? Was ist passiert?"

Der Rest der Geschichte – der Teil, der ihn jedes Mal mit einer Verzweiflung erfüllte, die Mimi kurz vor ihrem Tod auch gespürt haben musste. *Wieso habe ich nicht erkannt, was sie vorhat?* Er bezweifelte, dass er dieses tiefe Loch angefüllt mit Schuld jemals verlassen könnte. Er verdiente es nicht, seine emotionalen Abgründe hinter sich zu lassen. „Vielleicht hat sie mir nicht geglaubt. Ich weiß es nicht. Ich werde es nie wissen. Sie hat keinen Abschiedsbrief hinterlassen. Wir haben nie herausgefunden, warum ... sie sich von der Klippe stürzte." Seitdem war er nicht wieder an dieser Stelle gewesen. Wahrscheinlich würden die Berge ihn mit dem Echo ihrer Stimme foltern, dem Echo ihrer verlorenen Seele. *Ich bin verdammt. Ich habe ihr das angetan.*

„Oh, verdammt nochmal."

Der heisere Fluch riss ihn aus seinem Selbstmitleid. „Was?"

„Es tut mir leid, Jake. Das muss fürchterlich gewesen sein – für euch beide."

„Ein bisschen mehr für sie, denkst du nicht auch?"

„Eigentlich denke ich das nicht, nein. Sie hat den leichten Ausweg gewählt; du musstest weiterleben."

Es fühlte sich an, als hätte sie ihm eine Ohrfeige verpasst. „Ich trage die Schuld für ihr Ableben."

Sie schnaubte. „Übernimmst du auch die Verantwortung für ihre Erfolge? Oder nur für ihren Tod?"

„Ich –" Ihre Worte klangen wichtig, aber für eine Interpretation stand ihm gerade nicht der Sinn. Zumal es mit dem derzeitigen Thema nichts zu tun hatte. „Es war mein Fehler, Kallie. Nie wieder werde ich mich auf eine Beziehung einlassen. Also ..." *Liebe mich nicht, mein Elfchen.*

„Also ... halte dich fern von mir. Hab's verstanden." Sie setzte sich auf und nahm ihre Wärme mit sich. „Ich weiß nicht, ob ich deine Argumentation wirklich verstehe, Hunt. Entweder denkst du, dass jede Frau so ein Feigling ist wie deine Ex-Freundin oder *du* bist der größte Feigling, dem ich jemals begegnet bin. Im Leben muss man Risiken eingehen, denn – tut mir leid, dass ich dir das sagen muss –, aber niemand verlässt diese Erde lebendig. Es gibt keine Garantien. Jeder Tag könnte der Letzte sein. Willst du die wertvolle Zeit, die dir noch bleibt, damit verbringen, dich dafür zu bestrafen?"

Sie suchte ihre Sachen zusammen und verließ das Zelt, hinaus in den anbrechenden Sonnenaufgang.

Auf der Lichtung zog sie sich ihre Kleidung an. Eine Weile später hörte sie Schritte. Sie konnte die Umrisse von Jake vor dem beleuchteten Zelt sehen. Er rief nicht nach ihr. Er fragte nicht, ob alles in Ordnung war. Er verschwand einfach. Während der Laut seiner Schritte verebbte, blinzelte sie mehrmals, um die Tränen zurückzudrängen. *Verdammt*, sie würde sich selbst einreden müssen, dass er ihr nichts bedeutete. Darin war sie gut. *Er bedeutet mir nichts. Rein gar nichts.* Sie wimmerte.

Sie konnte nicht im Camp bleiben. Stattdessen entschied sie, durch die weichende Nacht zu wandern. Bei einem Aussichtspunkt setzte sie sich auf einen Granitfelsen und beobachtete, wie sich die Sonne hinter den Bergen im Osten hervorwagte und die Gipfel in ein rosafarbenes Licht tauchte. Der dabei entstehende goldfarbene Rand versetzte sie in Staunen. Es sah aus, als hätte sich ein Kind einen rosafarbenen Filzstift geschnappt und die goldfarbene Linie missachtet.

Sonnenaufgang. Ihre liebste Zeit, die von Erwartung auf den kommenden Tag geprägt war. Das Licht siegte über die Finsternis. Ein neuer Anfang.

Der Morgen war nicht dafür gedacht, Dinge zu beenden.

Im Tal unter ihr hatte der Nebel die Bäume fest in seiner Gewalt. Irgendwie fühlte sie sich den Bäumen im Moment sehr nah. Sie wollte im Nebel stehen und sich in der Dunkelheit verlieren. Sie verschränkte die Finger miteinander und drängte den Schmerz zurück. Sie beschwor fiktive Nebelschwaden herauf, bis ihr Verstand ihrem Wunsch nachkam und die schmerzhaften Erinnerungen hinter einer Nebelwand versteckte. Sie atmete tief ein und versuchte, mit ihrem Verlust umzugehen.

Sie wickelte die Arme um ihre Beine, legte das Kinn auf ihre Knie und beobachtete, wie sich das tägliche Schauspiel des Sonnenaufgangs vor ihr vollzog. Ein neuer Tag war angebrochen.

KAPITEL ZEHN

Logan hatte gestern wirklich Verständnis gezeigt, dachte Jake, als er eine Dose mit Würmern, ein Sixpack Bier und Aufschnitt für Sandwiches auf die Theke des Lebensmittelladens knallte.

Whipple addierte alles zusammen. „Gehst du fischen?"

„Für ein paar Tage." Jake zog zwei Zwanzig-Dollar-Scheine heraus.

„Wird dich Kallie begleiten?"

Die unerwartete Erwähnung ihres Namens traf ihn schmerzlich – wie eine stumpfe Klinge, die sich direkt in sein Herz bohrte. „Nein."

Er musste reagiert haben, denn auf Whipples Gesicht zeigte sich ein spöttisches Lächeln. „Sie hat dich also in den Arsch getreten."

Ohne auf sein Wechselgeld zu warten, drehte er sich um und verließ das Geschäft. Er stellte die Eiswürfel und das Bier in den Kühler, stieg in seinen Jeep und fuhr los. Im Rückspiegel konnte er sehen, wie Whipple auf die Türschwelle trat und ihm mit einem zufriedenen Lächeln nachsah.

Ein paar Stunden später öffnete Jake die Tür zur kleinen Anglerhütte. Logan und er hatten die Hütte gekauft, nachdem

Jeremy Ackers einen Schlaganfall erlitten hatte und seine Familie gezwungen war, das Grundstück zu verkaufen. Manchmal vermieteten sie die Hütte an andere Angler, doch Jake genoss es ebenso an diesen einsamen Ort zu kommen. Er sehnte sich nach Ruhe.

Die Hütte bestand nur aus einem Raum – einem sehr staubigen Raum. Jake stellte den Kühler auf den Fußboden, warf seinen Schlafsack auf eine der billigen Bettgestelle und seine Jacke auf die Couch. Die Angel und seine Zubehörbox brachte er aus der Hintertür, die Steinstufen hinunter und zur kleinen Anlegestelle. Wenige Minuten später hatte er die Angel ausgeworfen und es sich auf einem Holzstuhl bequem gemacht.

In dem Moment, in dem er sich auf den Stuhl niedergelassen hatte, entspannte er sich. Erst dadurch bemerkte er, wie leer sich sein Brustkorb anfühlte. Wahrscheinlich würde ihm nur die Zeit Heilung verschaffen. Er konnte nicht fassen, wie sehr ihn das Gefühl an den Tod von Mimi erinnerte. Wenn er ehrlich war, fühlte es sich dieses Mal sogar noch schlimmer an.

Heute handelte es sich nicht um Schuldgefühle, sondern um Herzschmerz.

Das Sonnenlicht reflektierte sich auf dem trügerischen Fluss, unter dessen Oberfläche gefährliche Strömungen lauerten. Die Erlen- und Ahornbäume entlang der Sandbank sangen ein anderes Lied als die Nadelbäume auf den Bergen. Der perfekte Soundtrack für einen Bastard, der den Tod einer Frau verursacht hatte.

Sie hat den leichten Ausweg gewählt. Kallie war direkt gewesen – brutal ehrlich.

Jake ließ sich ihre Worte durch den Kopf gehen.

Seine Gedanken folgten immer wieder dem gleichen Muster. Hätte er etwas anders machen können? Hätte er sich zusammenreißen und mit Mimi zusammenbleiben sollen?

Er schüttelte den Kopf. *Nein.* Ihre Beziehung war nicht mehr zu retten gewesen. Je anhänglicher sie wurde, desto mehr hatte er auf Abstand gehen wollen. Er hatte die Beziehung so behutsam wie möglich beendet. Sie hatte bereits gewusst, dass ihre gemeinsame Zeit zu einem Ende kommen musste.

Danach hatte er sie nicht allein gelassen. Er war bei ihr geblieben und hatte sie in den Armen gehalten. Auch jetzt war er sich noch sicher, dass sie sich auf San Francisco gefreut hatte. *Verdammt*. Wie hatte er, ihr Dom, ihr Geliebter, ihre Gefühle und Absichten nur so komplett missverstehen können?

Noch Monate nach ihrem Fund hatte er jedes kleine Wort und jeden Gesichtsausdruck von ihr auseinandergenommen. Er hatte über ihre Körpersprache philosophiert. Selbst zwei Jahre nach ihrem Tod verstand er nicht, aus welcher Verzweiflung heraus, sie diesen Schritt gegangen war.

Er zwang sich dazu, tief einzuatmen, zog die Angelschnur ein und wagte einen erneuten Versuch. Er wünschte, er könnte in der Zeit zurückreisen und die Dinge anders handhaben ... Eine Reifenpanne hatte ihn zu ihr geführt. Er hatte angehalten und ihr geholfen. Warum zum Teufel hatte er ihr geholfen? Jake seufzte und rieb sich über seine stoppelige Wange. Wenn sie ihm niemals begegnet wäre, hätte sie einen anderen Mann kennengelernt, ihn geheiratet und Kinder mit ihm bekommen. Dann wäre sie jetzt glücklich und ... am Leben.

Seine Schuldgefühle brachten ihn noch um ...

Er hatte sie nicht verletzen wollen. Jedoch erkannte er ein Muster. Denn auch Kallies Gefühle hatte er verletzt.

Er holte die Leine ein. Ein Fisch hatte sich den Wurm geholt. Er bestückte den Haken neu und holte mit der Angel aus.

Kallie. Ehrlich. Direkt. Er schnaubte. Definitiv direkt. *„Jeder Tag könnte der letzte sein. Willst du die wertvolle Zeit, die dir noch bleibt, damit verbringen, dich dafür zu bestrafen?"* Wollte er sich sein ganzes Leben bestrafen und allein verbringen?

Stille umgab ihn, nur durchbrochen vom dahinplätschernden Fluss und dem entfernten Ruf eines Falken. Sicher könnte er den Rest seines Lebens in emotionaler Abgeschiedenheit verbringen, aber ... er wollte mehr. In jungen Jahren hatte er sich immer gewünscht, so glücklich wie seine Eltern zu werden. Liebe, gegenseitiger Respekt, Momente voller Glück und gemeinsame Kinder.

Wie lange wollte er seine Strafe noch absitzen? Er legte die Angel auf den Boden, sicherte sie mit einem Fuß und rieb sich mit beiden Händen übers Gesicht. Eine scharfsinnige Frau, seine Kallie. Genau das hatte er getan, indem er sich Beziehungen versagte. Mimi würde sich nie wieder verlieben. Also hatte er entschieden, sich dieses erfüllende Gefühl auch zu verweigern.

Das war einfach bescheuert.

Unheimlich bescheuert.

Feigling. Seine kleine Elfe hielt mit ihrer Meinung nicht hinterm Berg. Er grinste. In ihrem Leben hatte sie bereits viele Schicksalsschläge hinnehmen müssen. Sie hatte nicht unrecht. Er war ein Feigling. Die Trauer um einen Menschen ... Er hatte den Schmerz um Mimis Verlust ausgeblendet und alles getan, um nicht an sie zu denken. Jetzt ging es darum, dass er Kallie verloren hatte. Der Gedanke, sie nie wieder in seinen Armen zu halten, traf ihn wie ein Blitz. Er hatte das Gefühl, zu ersticken.

Seine Schuldgefühle hatten ihn daran gehindert, in die Zukunft zu schauen. Er lebte noch immer in der Vergangenheit – der Tag ihres Todes bestimmte sein Leben.

Hatte sein Leben bestimmt. Er runzelte die Stirn. Vergangenheitsform. Noch hatte sich der Nebel in seinem Verstand nicht vollkommen aufgelöst. Was sich verändert hatte? Die Hoffnung war zurückgekehrt und konnte dadurch die Dunkelheit vertreiben. Natürlich würde der Schmerz nicht völlig vergehen, das wusste er. Er fühlte sich immer noch schuldig, ihre Absicht nicht frühzeitig erkannt zu haben! In diesem Punkt hatte er versagt.

Andererseits: Er war nur ein Mensch. Er machte Fehler. Auch in der Zukunft würde er Fehler nicht vermeiden können.

Plötzlich erfasste ihn eine Welle der Wut. Wieso hatte Mimi ihm nicht die Chance gegeben, die Sache in Ordnung zu bringen? Er wusste, dass er sie verletzt hatte, aber sie hätte nicht einfach ... aufgeben sollen.

War es möglich, einer Person so viel Vertrauen entgegenzubringen, dass sie unabhängig jeglicher Probleme am Leben fest-halten würde? Er dachte an seinen Bruder und Becca. Sie waren beide Kämpfer.

Feigling. Niemals hätte er gedacht, dass dieser Begriff mal auf ihn zutreffen würde. Ihm kam ein Gedanke: Es gab mehr als einen Weg, aus dem Leben zu scheiden. Sich zu weigern, es zu leben – daran teilzuhaben, sich zu verlieben, Risiken einzugehen – war auch feige. Wieso wurde ihm erst jetzt klar, zu was er in den letzten Jahren geworden war?

Er richtete den Blick zu der blauen Schüssel, die den Himmel beherbergte. Die Worte seiner Ur-Großmutter.

„Okay, Mimi", murmelte er. Seine Augen starrten in die Ferne, ins Ungewisse. „Du hast diese Welt verlassen. Was passiert ist, kann ich nicht mehr ändern und es wird Zeit, dass ich zu den Lebenden zurückkehre." Seine Kehle schnürte sich zu. „Zwar waren wir nicht füreinander bestimmt, aber du sollst wissen, dass ich dich geliebt habe. Ich hoffe, du gibst mir deinen Segen, wo auch immer du dich jetzt befindest."

Seine Augen füllten sich mit Tränen und er schluckte an dem Kloß in seinem Hals vorbei. *Okay, das hätten wir.*

Er atmete tief ein. Und nochmal. Am Ufer konnte er eine Hirschkuh mit ihrem gesprenkelten Kitz entdecken, die sich ans Wasser vorgewagt hatten. Er lächelte. Mimi hatte ihn auch immer an ein unschuldiges Reh erinnert. Er beobachtete das Paar, wie es mit aufgestellten Ohren trank – immer in Alarmbe-reitschaft.

Jake verlagerte sein Gewicht und runzelte die Stirn. Er musste das Gespräch mit einer offenkundig schlecht gelaunten Elfe suchen. Was würde er ihr sagen?

Während der Fluss an ihm vorbeiplätscherte und sich unauf-haltsam dem Meer näherte, grübelte er über seinen nächsten Schritt nach. Er wollte sie. In seinem Bett. In seinem Leben? *Was soll die Frage, Hunt? Spielen wir schon wieder Feigling?* Er gab zu, dass er Gefühle für sie hegte. Eigentlich empfand er sogar zu viel für sie. Der Gedanke, sie verloren zu haben, hatte ihn erst dazu gebracht, sein Verhalten zu überdenken.

Feigling. Er lachte.

Beschlossene Sache. Er würde zurück in die Stadt fahren und hoffte darauf, dass sie ihm keine Vase an den Kopf warf. Er wollte mit ihr reden – über ihre Beziehung. *Verdammt nochmal*, genau das hatten sie: eine Beziehung. Er rieb sich übers Kinn. Seine Zeit im Militär war nicht so angsteinflößend gewesen wie der Gedanke, sich Kallies Zorn zu stellen. Er musste es nur irgendwie hinbekommen, dass sie ihm für zwei Minuten zuhörte.

Träum weiter, Hunt.

Falls die Lowery-Familie bemerkt hatte, dass Kallie heute wenig gesprächig war, dann ließen sie es sich nicht anmerken. Sie hatte die Familie beschäftigt, um keine Langeweile aufkommen zu lassen. Langeweile führte zu Fragen, die sie nicht beantworten wollte. Erst ging es zu einem Bergsee, dann zu einer Klippe, die das Tal überblickte. Zu einem Abhang, den pfeifende Murmeltiere ihr Zuhause nannten. Am Nachmittag führte sie die Fünf zur Lodge zurück, in der die Familie eine weitere Nacht verbringen würde.

Sie entlud das Gepäck von Coco und half dabei, es in die Blockhüte zu tragen. Beim Abstellen der Rucksäcke im Eingangsbereich fiel ihr ein Mann auf, der sich in der Küche mit jemandem unterhielt: groß, breitschultrig, dunkelbraunes Haar. Kallies Herz machte einen Salto und setzte dann einen Schlag aus.

„Jake!" Tamara rannte durch den Raum. „Warum bist du so früh gegangen? Ich wollte noch –" Der Mann drehte sich um und das kleine Mädchen kam zu einem abrupten Halt.

Logan, nicht Jake. Er lächelte das Kind an. „Tut mir leid, Kleine. Jake musste die Stadt für ein paar Tage verlassen."

„Oh." Tamara ging einen Schritt zurück. Logan hatte nicht

Jakes geselliges Wesen. Er war reservierter, wenn er auf Menschen traf. Auch das Mädchen bemerkte diese Aura. Schmollend trottete sie zurück zu Kallie.

Ich weiß genau, wie du dich fühlst, Tamara. Kallie nahm den Wildfang in die Arme. Als sie den Blick hob, sah sie Logan, der mit verschränkten Armen am Türrahmen lehnte und sie musterte. Sie drehte ihm den Rücken zu. *Hier gibt's nichts zu sehen.*

Sie verabschiedete sich mit Umarmungen von den Lowerys. Als Ryan ihr linkisch die Hand geben wollte, zog sie ihn lachend an sich und umarmte auch ihn. „Zusammen kochen hat Spaß gemacht", flüsterte sie. „Coco wird dich vermissen."

Sein Grinsen linderte ihren Herzschmerz. Zumindest für eine Sekunde.

Eilig verließ sie die Lodge, bevor sie noch gegen etwas trat, was Jake gehörte. Er hatte also die Stadt verlassen. Es war noch nicht genug, dass er mit ihr Schluss gemacht hatte, nein, er musste die Flucht ergreifen, als wäre sie ein geistesgestörter Stalker. Als hatte sie seinen Wink mit dem Zaunpfahl nicht verstanden. Sie führte Coco zu dem Pferdeanhänger, der auf dem von Büschen umgebenen Parkplatz stand.

Sie packte die Ausrüstung ein und neugierig wie Coco war, beobachtete er sie bei ihrer Arbeit. Kallie streckte die Zunge aus und das Pferd senkte beleidigt den Kopf und gönnte sich einen Büschel Gras.

„Zumindest einer von uns hat heute einen guten Tag, Großer." Sie tätschelte seinen Hals und packte die übrig gebliebenen Lebensmittel ein. Ein Laut trat an ihre Ohren. Schritte näherten sich ihr über den Kiesweg.

Logan war ihr aus der Lodge gefolgt. *Na super. Was wollte er bitte von ihr? Wenn er Jake erwähnt, könnte es sein, dass ich ihm gegen sein Schienbein treten muss.*

„Die Lowerys waren ganz angetan von deiner Kompetenz." Seine Stimme – *oh so vertraut* – ließ ihr Herz schneller schlagen, während sich ihre Mundwinkel Richtung Süden aufmachten.

Jakes Stimme klang ein wenig geschmeidiger, ein bisschen tiefer und ... erregender.

„Danke, das freut mich." Sie warf die restlichen Lebensmittel in den Jeep und ignorierte ihn gekonnt.

Er hatte den Wink nicht verstanden und lief zu Coco, um ihm die Stirn zu kraulen. „Jake hatte heute Morgen schlechte Laune."

Kallie erstarrte. „Und das muss mich interessieren, weil?"

„Ich war nur überrascht. Gestern war er noch so enthusiastisch und hoffnungsvoll, als er sich auf den Weg zu dir gemacht hat."

Sein Enthusiasmus war auch beeindruckend, als er heute Morgen geflüchtet ist, dachte sie genervt. Ihre Rippen drückten sich gegen ihre Lungen und stahlen ihr den Atem. Sie löste die Befestigungsseile auf der Ladefläche des Jeeps. *Toll, mach es nur noch schlimmer, Bruder von Jake.* Wahrscheinlich sollte sie gegenüber ihrem Geschäftspartner nicht ausfällig werden. Sie schraubte ihre wahren Gefühle etwas runter und sagte: „Lass es gut sein, Hunt."

Sie beschäftigte sich mit den Seilen. Stille. Warum verschwand er nicht? *Gott,* sie wollte weinen. Das würde sie nicht. Schließlich würden Tränen auch nichts bringen. Als keine Seile mehr übrig waren, drehte sie sich zu ihm.

Seine blauen Augen, die im Gegensatz zu Jakes einen Graustich hatten, musterten sie. Auch er beherrschte diesen durchdringenden Blick. Dann seufzte er und schüttelte den Kopf. „Fahr vorsichtig, Kleine", sagte er sanft. Er drückte ihre Schulter und ging zur Lodge zurück.

Sie beobachtete seinen Rückzug und murmelte geistesabwesend: „Werde ich." Sie lockerte ihre Hände und schaffte es, sich zu entspannen. Genervt beobachtete sie, wie Logan die Treppe zur Veranda erklomm. Dachte er, sie würde gegen einen Baum fahren, nur weil sie einen Liebhaber verloren hatte? *Wohl kaum.* Vielleicht wollte niemand sie lange in seiner Umgebung haben. Das bedeutete aber nicht, dass sie gleich von einer Klippe springen würde, wie das seine Ex-Freundin getan hatte. Sie hatte ihn dermaßen verkorkst.

Sie führte Coco in den Anhänger und machte sich – vorsichtig – auf den Weg nach Hause.

Um den lausigen Tag perfekt zu machen, stand jetzt auch noch Virgils Polizeiauto vor dem Haus. Sie schaute missmutig. Noch ein Mann, der sie beschützen wollte. Darauf hatte sie nun wirklich keinen Bock. Der Kieselstein, den sie gegen sein Auto kickte, prallte mit einem metallischen und äußerst befriedigenden Geräusch ab. Sicherlich war es verboten, Kieselsteine gegen Polizeiwagen zu kicken. *Böse Kallie.*

Sie bürstete Coco ab und stellte ihn in seine Box. Danach verstaute sie das Zaumzeug. Sie sortierte die Regale und machte Ordnung, bis alles zu ihrer Zufriedenheit war. Ganz nach dem Motto: Wenn es im Stall sauber war, würde sie auch ihr Leben wieder unter Kontrolle bekommen. *Wer's glaubt.*

Zumindest sah der Sattelraum makellos aus. Sehnsüchtig schaute sie zum Haus. Sie könnte wirklich eine kleine Erfrischung vertragen. Ob Virgil vielleicht schon in seinem Zimmer verschwunden war?

Wieso hasst mich Gott heute? Ihr Cousin saß am Küchentisch und verspeiste sein Abendessen. Resteverwertung. Er aß die Burger, die vom Unabhängigkeitstag übriggeblieben waren. Er hatte mehrere zu einem Riesenburger gestapelt.

Sie nickte ihm zu und griff sich eine Limo.

„Hey, Kallie, wie war die Wanderung?"

„Nett. Bezaubernde Kinder." Sie drehte den Verschluss auf und trank das kohlesäurehaltige Getränk. Die Blasen reinigten ihren Rachen von dem Staub. „Ich gehe duschen."

Seine haselnussbraunen Augen verengten sich. „Was ist los?"

Hatte sie ein Schild um den Hals, auf dem stand: KALLIE WURDE ABSERVIERT? „Nichts."

„Ah ja. Hast du Jake kürzlich gesehen?"

„Das geht dich gar nichts an", fauchte sie ihn an.

Er setzte eine harte Miene auf. Sie versuchte, nicht zusammenzucken, obgleich ihr der Ausdruck bekannt war. Das letzte Mal hatte sie in so ein Gesicht geblickt, als ihr Cousin einem gewalttätigen Ehemann eine Lektion erteilt hatte. Wahrscheinlich nahm dieses Arschloch seine Mahlzeiten jetzt durch einen Strohhalm zu sich.

Sie wusste, dass sich sein Ärger nicht gegen sie richtete. Sie schlich Richtung Tür.

„Warte, ich muss mit dir reden." Er zog die Augenbrauen zusammen. Sein ernster Blick, den er nur aufsetzte, wenn er den großen Bruder raushängen ließ, stoppte sie. Alkohol, Dates, in Alaska arbeiten, Bergführerin werden ... immer war dieser Blick zu sehen gewesen. Hatte sie Alkohol und Dates schon erwähnt?

Sie wartete auf die Belehrung und lehnte sich gegen den Türrahmen. Dann fielen ihr seine dunklen Augenringe auf. Er sah furchtbar erschöpft aus – wie ein überfahrener Waschbär. „Ist alles okay?"

„Nur müde. Der Such- und Rettungstrupp hat vor zwei Tagen den Körper einer Wanderin gefunden."

„Habe ich gehört." Armer Jake. Sie konnte ihn hassen und trotzdem Mitleid mit ihm haben. „Sie ist vom Weg abgekommen und einen Abhang heruntergestürzt, richtig?"

„Nein, sie ist nicht abgestürzt. Jemand hat sie ermordet. Und sie war nicht die Erste. In den letzten Jahren hatte es mehrere solcher Fälle gegeben." Er rieb sich die Augen, als würde er so den fehlenden Schlaf kompensieren können. „Wir haben einen Serienmörder in der Gegend. Seine Opfer sind alle weiblich, recht klein und haben kurze, dunkle Haare."

Kallie blinzelte. „Es gibt andere Opfer? Wieso hat denn keiner gemerkt, dass überall tote Brünette herumliegen?"

„Keiner hat den Zusammenhang hergestellt – wegen des bescheuerten Gerichtsmediziners, der nicht mal weiß, welche Seite vom Skalpell er benutzen soll." Unterdrückt fluchte er: „Inkompetenter Bastard."

„Hat er jetzt doch noch das Muster erkannt?"

„Nein. Wir haben einen neuen Gerichtsmediziner. Sie hat die

Autopsie bei der letzten Wanderin durchgeführt." Virgil spannte seinen Kiefer an. „Viele der Verletzungen waren bei allen Opfern ähnlich und sie passten nicht zu einem Sturz. Jemand hat diese Frau mit einem schweren Ast zu Tode geprügelt."

„Oh Gott."

„Das kannst du laut sagen. Die neue Gerichtsmedizinerin fing an, alte Akten durchzuschauen. Danach rief sie beim Sheriff an, um alle Polizeistationen in der Gegend über den Serienmörder zu informieren." Er rollte mit den Schultern und seufzte. „Ich bezweifle, dass letzte Nacht überhaupt irgendjemand geschlafen hat."

„Ich verstehe nicht, wie dem letzten Gerichtsmediziner dies entgehen konnte. Niemand kann dermaßen inkompetent sein."

„Der Mörder hat seine Opfer immer von steilen Felsen geworfen, so dass es wie ein Unfall aussah."

„Wirklich schlimm." Ein unheimliches Gefühl bemächtigte sich ihrer und kroch ihr langsam den Rücken hoch. *Ich bin klein und dunkelhaarig.*

„Ich sehe, dass auch du den Zusammenhang erkannt hast." Virgils Blick ruhte auf ihrem dunklen Haar. „Bis wir den Schuldigen haben, wirst du nicht allein in den Wald gehen."

Sie öffnete den Mund zum Protest. Nur die Entschlossenheit in seinem Blick änderte ihre Meinung. *Sei nicht dumm.* „Okay. Für nächste Woche hat mich sowieso keiner gebucht. Findet das Arschloch."

„Wir geben unser Bestes, Kleines."

An diesem Abend fuhr Jake mit seinem Jeep nach Bear Flat und versuchte zu entscheiden, ob Bestechung mit Schokolade helfen würde, um Kallies Zorn zu lindern. Blumen würden bei seinem kleinen Macho-Mädchen nichts bringen. Wie wär's mit Schokoladeneis? Das hatte er das letzte Mal in ihrem Einkaufskorb gesehen. Er schaute auf die Uhr am Armaturenbrett. In der

Hauptsaison hatte der Lebensmittelladen länger auf und da er noch eine Stunde hatte, bog er in Richtung Stadtzentrum ab.

Whipple und sein rothaariger Lieferant standen vor dem Laden und unterhielten sich. Der Getränkewagen blockierte den Parkplatz vorm Laden. Jake wendete, parkte den Jeep vor der Polizeistation und stieg aus dem Auto. Whipple bemerkte ihn und sein Ausdruck verfinsterte sich. Wenn Blicke töten könnten ...

Er wollte gerade die Straße zum Laden überqueren, als er seinen Namen hörte. „Hunt, warte mal eine Minute!" Virgil Masterson stand auf der Schwelle der Polizeistation. „Ich muss mit dir reden."

Kallies Cousin sah aus, als sei er in den letzten beiden Tagen um zehn Jahre gealtert. *Ich muss mit deiner Cousine reden, nicht mit dir*, dachte Jake. Natürlich wollte er Kallies Verwandten nicht vor den Kopf stoßen. „Gibt es ein Problem?"

„Gewissermaßen. Lass uns ein Stück gehen." Der Polizist war nicht in Uniform. Er lief den Bürgersteig entlang und schob die Hände in seine Hosentaschen.

„Spuck's aus, Masterson. Ich habe noch Dinge zu erledigen." Schokolade kaufen zum Beispiel. Oder Schokoladeneis. Vielleicht hätte sie an einem Picknick Interesse. Er hatte den ganzen Tag noch nichts gegessen. Ob seine kleine Elfe bereits etwas zu sich genommen hatte?

„Okay ..." Masterson fing an und binnen fünf Minuten war ihm der Appetit völlig vergangen. Er spazierte nicht länger über den Bürgersteig, er stampfte. Er versuchte, in seinen Kopf zu bekommen, was Masterson ihm gerade erzählt hatte. *Ein Serienmörder?* Hier in der Gegend? „Er ermordet also schon seit zwei Jahren Frauen – brünette Frauen?"

„Richtig. Ich habe Kallie gewarnt, im Haus zu bleiben."

Der Gedanke, dass Kallie in Gefahr sein könnte, ließ ihn erstarren. Sie traf hoffentlich Vorsichtsmaßnahmen, oder? Er würde verdammt nochmal sicherstellen, dass sie das tat.

„Wenn sie –" Als er wieder Virgils Blick fand, sah er, dass sich seine Augen mit Mitleid gefüllt hatten. *Mitleid?* „Sag schon, Masterson."

„Wir vermuten, dass deine Freundin ... Mimi Cavanaugh eins seiner ersten Opfer war."

Die Worte trafen ihn direkt in seine Eingeweide. „Mimi", sagte er mit heiserer Stimme. „Ermordet? Sie hat sich nicht selbst umgebracht?"

Virgils Aufmerksamkeit richtete sich auf den Verkehr, als sie die Straße überquerten. Sein Kiefer spannte sich für einen Moment an. „Ihr Tod passt ins Muster. Es tut mir leid, Jake."

Mimi. Sanfte braune Augen, liebliche Stimme, bezaubernde Persönlichkeit. Und irgendein Bastard hatte ihr wehgetan? Zorn schwoll in ihm an wie ein Waldbrand bei starkem Wind. Jake gab alles, dass der Zorn nicht überhandnahm. Die Sonne brannte auf seine Schultern, aber der Schweiß, der ihm den Rücken runterlief, fühlte sich kalt an. „Habt ihr schon Verdächtige, Spuren, irgendetwas?" *Jemanden, den ich umbringen kann?*

„Das Büro des Sheriffs arbeitet an den Informationen und engt die Liste ein. So viel ist klar: Es ist ein Weißer, der hier in der Gegend wohnen muss. Und weil Serienmörder oft bei ihren Freunden oder bei ihrer Familie anfangen, bevor sie ihren Bereich ausweiten, schauen wir nach den frühesten Opfern und ihren Beziehungen."

Beziehungen. „Willst du mir damit sagen, dass du mich verdächtigst?" Nicht wirklich überraschend; Polizisten gefiel die Vorstellung von BDSM nicht. Er trat auf den Bordstein der anderen Straßenseite.

„Wie geht's, Hunt?" Der ältere Herr, der sich auf der Bank vorm Lebensmittelladen sonnte, nickte ihm zu.

„Geht so", antwortete Jake.

Masterson nickte dem alten Mann beim Vorbeigehen zu und fuhr fort: „Nein, wir haben dich bereits als Verdächtigen ausgeschlossen. Letztes Jahr gab es einen Mord im Frühjahr. Zu der Zeit wart du und Logan nicht mal im Land. Tatsächlich schließt das die meisten Saisonarbeiter auch aus."

„Trotzdem gibt es noch zu viele Verdächtige."

„Leider." Virgil rieb sich übers Gesicht und seufzte. „Unsere Polizeistation verhört die Verdächtigen im Umkreis. Wenn wir nicht bald etwas herausfinden, wird die Landespolizei oder sogar das FBI alarmiert. Die werden hier einfallen wie die Heuschrecken."

„Okay." Polizisten teilten ihr Gebiet genauso ungern wie Kinder ihre Süßigkeiten. „Was willst du von mir?"

„Du bist wirklich ein zynischer Bastard, oder?"

„Ein realistischer Bastard, wenn ich bitten darf."

„Der Polizeichef will dich zu Mimis Tod befragen. An was du dich erinnerst von den Tagen davor, wer sich sonst in ihrer Nähe aufgehalten hat ... Dinge dieser Art." Der Polizist schaute zu seiner Station. „Heute sind für den ganzen Tag Befragungen angesetzt. Ich möchte, dass du dich davor gründlich mit dem Thema befasst, damit dir und damit uns nichts entgeht."

Die Vorwarnung würde ihm die Zeit geben, über den Schock hinwegzukommen. Eine gute Idee. Er war froh, dass ihm ein bekanntes Gesicht diese Neuigkeit mitgeteilt hatte. „Verstanden. Und danke."

„Kein Problem."

„Hey, Jungs." Mrs. Reed unterbrach ihre Tätigkeit, Unkraut zu zupfen und lächelte. Sie und Vanessa von Vanessas Antiquitäten hatten es sich zur Aufgabe gemacht, den Fußweg zu verschönern. Überall in den kleinen Beeten, die die Bäume umgaben, hatten sie Blumen gepflanzt.

„Mrs. Reed", begrüße Jake sie auf dem Weg zum Lebensmittelladen. War es wirklich eine gute Idee, zu Kallie zu fahren?

Masterson kam neben ihm zum Halt und der abschätzende Blick, mit dem er in das Innere des Ladens starrte, erschreckte Jake.

„Du kannst doch nicht wirklich meinen, dass Whipple ein Mörder ist."

Der Polizist antwortete nicht.

„Warum zum Teufel denkst du das?"

„Er war vor dir mit Mimi zusammen. Soweit ich weiß, hat er sie geschlagen."

Jake nickte. Mimi hatte, ohne es zu wissen, nach einem Dom gesucht. Dabei hatte sie Gewalt mit Dominanz verwechselt. Jake hatte ihr gezeigt, dass Unterwerfung nicht bedeuten musste, dass dich jemand grün und blau schlug. „Er war außer sich gewesen, als sie mit ihm Schluss gemacht hat."

„Und er ist schon zweimal mit Drogen erwischt worden. Natürlich ist er nur einer von vielen Verdächtigen." Masterson warf ihm einen finsteren Blick zu. „Wenn du an früher zurückdenkst, dann versuche dich an alles zu erinnern, was deine Freundin über Whipple gesagt hat."

„Ich werde mein Bestes geben." Nichtsdestotrotz konnte er sich den schwächlichen Whipple in der Rolle eines Mörders nicht vorstellen. Masterson wandte sich von ihm ab und Jake legte die Hand auf den Türgriff zum Lebensmittelladen. Zu spät sah er das GESCHLOSSEN-Schild im Fenster. *Jetzt schon?* Er sah auf seine Uhr. Der Laden müsste mindestens noch eine Stunde geöffnet sein.

Mrs. Reed schaute von ihren Blumen auf und sagte: „Er hat vor ein paar Minuten das Schild umgedreht."

„Ich kann mich nicht erinnern, dass er schon mal so früh zugemacht hat."

Mrs. Reed presste Erde um eine kleine Pflanze fest. „Ich mich auch nicht."

Whipple hatte die Tür nicht verschlossen, also ging Jake hinein. Vielleicht könnte er sich eine Packung Eiscreme greifen und ein paar Scheine auf den Tresen legen. Die meisten Lichter waren aus und Jake brauchte eine Weile, um sich an die Dunkelheit zu gewöhnen. Jemand, der größer war als Whipple, bestückte im hinteren Bereich die Regale mit Limoflaschen.

Der Mann stand auf. „Der Laden ist geschlossen." Ein einfallender Lichtstrahl ließ erkennen, dass er rotes Haar hatte. Es handelte sich um den Lieferanten. „Hey, Secrist. Wo ist Whipple?"

„Keine Ahnung. Er ist aus dem Laden gerannt, als stände sein Arsch in Flammen."

Masterson machte das Licht an, als er zur Tür hereinkam. „Gab es einen Notfall?", fragte der Polizist.

„Nicht, dass ich wüsste. Wenige Minuten zuvor haben wir uns noch nett unterhalten." Secrist zog sich seine Hosen in Tarnfarben hoch. „Er hatte vor, nach der Arbeit eine Freundin zu besuchen. Er meinte, sie wäre jetzt wieder zu haben. Dann ist er plötzlich wie ein Wahnsinniger abgedampft, hat mir den Papierkram in die Hände gedrückt und zu mir gemeint, dass Mrs. Reed zuschließen soll, wenn ich fertig bin."

Eine Freundin? Jake spannte den Kiefer an. Er erinnerte sich nur zu gut an den Abend in der Bar, wo Whipple nicht die Finger von Kallie lassen konnte. Oder an den hämischen Gesichtsausdruck, als Jake ihm gesagt hatte, dass er für ein paar Tage die Stadt verlassen wollte.

Und seine Wut, als er frühzeitig zurückgekehrt war.

Ein Serienmörder in der Region. Auch Whipple war mit Mimi ausgegangen. Er war von ihr besessen gewesen. Auf dem Absatz drehte er sich um und rannte aus dem Laden. Er wusste, dass er voreilige Schlüsse zog. Whipple hatte nicht den Mumm, jemanden zu ermorden.

Warum wollte sich dann der Knoten in seiner Brust nicht lösen?

Kallie säuberte die Ställe. Die Abendsonne fiel durch das offene Tor und direkt auf die Stelle, auf der es sich Mufasa auf einem Heuballen bequem gemacht hatte. *Verdammt*, sie war müde, aber die geistlose Arbeit fühlte sich gut an. Wenigstens hier wollte sie Ordnung schaffen, wenn ihr Leben schon das reinste Chaos war. Sie hatte nicht nur ihren Mann verloren; auch rannte draußen ein Serienmörder herum.

Ein Mörder. Wie verrückt. Sie versuchte, sich zu erinnern, ob es Todesfälle aus Bear Flat gab. Ein eisiger Schauer lief ihr über den Rücken. Jakes Freundin hatte Selbstmord begangen ... indem sie von einer Klippe gesprungen war. Aber ... War sie tatsächlich gesprungen?

Würde das für Jake einen Unterschied machen?

Sie schüttelte den Kopf. Er war genau wie Virgil und trieb die persönliche Verantwortlichkeit zu ganz neuen Höhen. Selbst wenn jemand Mimi ermordet hätte, würde Jake die Schuld dafür tragen wollen. Aus welchem Grund auch immer. Kallie sollte dem Fakt ins Auge sehen, dass der Mann nicht von seiner Ex loskam.

Ich bin ihm nicht genug. Das tat weh. Sie sehnte sich nach einer Umarmung und hob Mufasa an ihre Brust. Zwanzig Kilo mit weichem Fell, an dem sie ihr Gesicht vergrub. Mufasas Schnurren konnte die Leere in ihrer Brust nicht füllen. Aber: *Meine Katze liebt mich, und wie jämmerlich war es, dass sie diese Erkenntnis brauchte.*

Sie ließ sich auf das saubere Stroh sinken, lehnte sich gegen einen Pfosten und knuddelte die Katze in ihrem Schoß. „Ich bin müde", flüsterte sie.

Mufasa zuckte mit den Ohren.

Mein ganzer Körper schmerzt. Überall. Ihre Brüste und Rippen fühlten sich an, als hätte sie ein Korsett an. Ihre Bauchmuskeln, ihre Oberschenkel, alles fühlte sich wund an. Natürlich wusste sie, warum. Sie sollte wirklich keinen Gedanken an ihn verschwenden. Auch sollte sie sich nicht in Erinnerung rufen, wie es sich angefühlt hatte, als er seine Arme unter ihre Knie geschoben und ihre Beine gegen ihre Brust gedrückt hatte, um noch tiefer in sie vorzudringen.

Der Teufel soll ihn holen! Ihre Augen brannten und der Knoten in ihrem Bauch zog sich fester zu. Sie legte ihre Wange an Mufasas Kopf und seufzte mitleiderregend. Sie hatte den Gedanken an eine eigene Familie schon aufgegeben. War es denn zu viel verlangt, einen Mann zu finden, der sie in seinem Leben wollte? Andere Frauen konnten immerhin auch einen Mann halten ... *Warum ich nicht, verdammt?*

Sie fand keine Antwort auf diese Frage. Würde sie wahrscheinlich auch niemals.

Sie streichelte ihren übergroßen Kater und dachte über Jakes Reaktion nach, als sie sich im Zelt über seine Ex-Freundin unterhalten hatten. Seit dem unglücklichen Vorfall war er Beziehungen wie der Pest aus dem Weg gegangen. „Mufasa, ich kann nicht um ihn kämpfen. Selbst wenn mir ... dieses dumme L-Wort nicht rausgeplatzt wäre, hätte er doch früher oder später mit mir Schluss gemacht."

Sie hatte sich mit offenen Augen auf die Affäre eingelassen. Niemand konnte Jake vorwerfen, dass er nicht von Anfang an ehrlich mit ihr gewesen war. Sie war schon immer vernarrt in ihn gewesen und durch die Zeit mit ihm, war daraus Liebe geworden. Jake hatte ihr deutlich zu verstehen gegeben, dass er ihre Liebe nicht wollte. Sie musste aufpassen, dass ihre Gefühle nicht in die Achterbahn stiegen, sonst würde sie gar nichts mehr zustande bekommen. Wie oft würde es ihr Herz überstehen, von Menschen, die sie liebte, verlassen zu werden?

Sie hörte, dass ein Auto über die Kieseleinfahrt kam. *Jake?* Kallie hielt den Atem an. Ihr neugieriger Kater rannte zum Scheunentor und warf einen Blick auf den Besucher. Kallie stand mit einem wild klopfenden Herzen auf. *Nein, ich bin fertig mit ihm.* Selbst wenn es Jake war, würde sie sich nicht wie ein anhänglicher Welpe auf den Rücken drehen und um Streicheleinheiten betteln. Neben Mufasa kam sie zum Stehen. „Ich bin eher wie eine Katze. Wenn du mich schlecht behandelst, fauche ich und spreche nie wieder mit dir. Richtig, Mufasa?"

Ein pelziger Kopf rieb sich zustimmend an ihrem Bein.

Sie trat aus der Scheune und sah einen PKW. Ein Mann stieg aus, und sie erkannte das sandbraune Haar und den stämmigen Körperbau sofort.

„David", sagte sie ohne viel Begeisterung. „Was bringt dich

zu uns in die Berge? Bringst du uns eine Lieferung, an die ich mich nicht erinnere?"

Ohne eine Antwort kam er auf sie zu. Der Ausdruck in seinen braunen Augen war ... merkwürdig. „Kallie, ich bin gleich aufgebrochen, als ich gehört habe, dass ..." Sein Gesicht verdunkelte sich. „Ich habe extra den Laden früher geschlossen, um zu dir zu kommen."

Er machte niemals früher zu. „Warum?"

„Ich hatte heute Morgen ein Gespräch mit Jake."

Jake? Sie drückte die Schultern durch und ahmte den Tonfall nach, den Tante Penny gegenüber aufdringlichen Vertretern benutzte. „Bitte was?"

„Du bist nicht mehr mit ihm zusammen, oder?"

„Das geht dich gar nichts an."

„Oh, aber das tut es." Er packte ihre Schultern und schüttelte sie. Sein Mund bewegte sich wie das Maul eines Fisches außerhalb des Wassers. „Das Arschloch ist nicht der Richtige für dich! Du bist zu gut für ihn." Er schüttelte angewidert mit dem Kopf. „Verstehe endlich, dass wir perfekt füreinander sind. Wir sind füreinander bestimmt. Du gehörst zu mir!"

War der Mann jetzt völlig durchgeknallt? „David, ich fühle mich ja geehrt, dass du –"

„Du kannst bei mir einziehen", unterbrach er sie. Danach sprudelten die Worte so schnell aus ihm heraus, dass sie ihm kaum folgen konnte. „Du solltest nicht mit so vielen Männern zusammenleben. Es spielt auch keine Rolle, dass sie deine Cousins sind." Die Art, wie sein Gesichtsausdruck so schnell von Freude in Ärger umschlug, machte sie mehr als nervös. „Und diese Partnerschaft mit den Hunts mag ich gar nicht."

„Geht das nicht alles ein bisschen schnell? Wir waren erst zweimal miteinander aus." Sie versuchte, sich aus seinem Griff zu befreien, aber er ließ es nicht zu.

„Das ist kein Problem. Wir haben unser ganzes Leben, um uns besser kennenzulernen." Wieder ein Gefühlsumschwung.

Sein rotes Gesicht und der fortwährende Blick auf ihre

Brüste alarmierte sie. Selbst die Wärme dieses Sommertages konnte die Gänsehaut nicht verhindern. Genug war genug. Sie schob seine Hand von ihrer Schulter und trat einen Schritt zurück. „Ich mag dich, David." *Was ich eindeutig überdenken sollte.* „Ich muss dir aber sagen, dass ich derzeit keinen neuen Mann in meinem Leben möchte. Ich werde erst einmal für eine sehr, sehr lange Zeit den Männern fernbleiben. Und ich werde nicht –"

„Liegt es an Hunt? Weil er dich verletzt hat?"

Mich verletzt? Er hat mir das Herz rausgerissen, es auf den Boden geworfen und war darauf herumgesprungen. „Ich will darüber nicht reden. Ich will einfach –"

„Er hat die Stadt verlassen." Er streckte den Arm nach ihr aus und sie wich aufs Neue zurück. „Für eine ganze Woche hat er Lebensmittel eingekauft. Fischen wollte er. Ohne dich. Er –"

Seine Worte brachten sie zum Stolpern, als sie sich rückwärts von ihm entfernte. Der Schmerz schnürte ihr die Kehle zu. Die einzigen Worte, die sie noch rausbekam, waren: „Geh weg."

„Kallie, du musst dich von Hunt fernhalten. Auch Mimis Herz hat er gebrochen. Meine wunderschöne Mimi."

Er kam herangerauscht und packte ihren Arm. Panische Angst lähmte sie. *Oh Gott.*

KAPITEL ELF

Als Jake an der richtigen Abfahrt ankam, hatten seine Finger bereits Dellen im Lenkrad hinterlassen. Ohne vom Tempo zu gehen, fuhr er über die Einfahrt der Mastersons. Die Kieselsteine schossen in die Büsche neben der Straße. Ein weiteres Auto folgte ihm in einem ähnlichen Tempo: Virgil Masterson in seinem Polizeiauto.

Sofort erblickte er zwei Personen vor der Scheune. Whipple hatte Kallie gepackt. Zorn kam in ihm auf. Also war es doch Whipple gewesen. *Mörder.*

Direkt neben ihnen trat er aufs Gaspedal. Jake stürmte aus dem Auto, packte Whipple am Kragen und warf ihn quer über den Hof. Wutentbrannt näherte er sich dem jämmerlichen Wicht.

„Du Arschloch. Wenn –"

Masterson ging dazwischen und legte eine Hand auf Jakes Brust. „Beruhige dich, Hunt. Mein Job."

Jake atmete tief ein und trat einen Schritt zurück. Er versuchte, den roten Filter unbändiger Wut, der sich über seine Augen gelegt hatte, wegzublinzeln und sich wieder unter Kontrolle zu bekommen.

Masterson zog Whipple auf die Füße. „Was zur Hölle machst du hier, Whipple?"

Virgil hatte Whipple im Griff, weshalb Jake entschied, nach Kallie zu sehen. Er drehte sich zu ihr und betrachtete sie aufmerksam. Kleidung intakt, keine Abschürfungen oder Schnitte, keine sichtbaren Wunden. „Bist du okay, Süße? Hat er dich verletzt?"

„Nein, hat er nicht. Ich hatte alles unter Kontrolle. Ich hätte eure Hilfe nicht gebraucht." Sie drehte den Kopf und beobachtete, wie ihr Cousin Whipple ins Polizeiauto setzte. „Was zum Teufel geht hier eigentlich vor sich?"

„Hat dir dein Cousin nichts von dem Mörder erzählt?"

Sie erblasste. „David?"

„Die Möglichkeit besteht." Whipple könnte Mimi ermordet haben. Das bekam Jake immer noch nicht in seinen Kopf. Allerdings war er Zeuge davon geworden, wie er Kallie zu nah getreten war. Der Gedanke allein machte ihn wieder wütend. „Er hätte dich umbringen können, verdammt." Er legte seine Hände auf ihre Wangen. Er musste sie einfach berühren.

Er konnte ihr ansehen, dass sie sich in seine Arme werfen wollte. Stattdessen wich sie zurück und sagte mit fester Stimme: „Verzieh dich."

„Was?" *Heute Morgen. Unser Streit.* In seiner Sorge um ihre Sicherheit hatte er das ganz vergessen. „Kalinda, es tut mir so leid. Lass uns –"

„Nicht näherkommen." Sie wich zurück und sah ihn auf die gleiche Weise an, mit der sie Whipple betrachtet hatte. „Ich will deine faulen Ausreden nicht hören. Dich zu sehen ... Geh einfach."

Ihr eisiger Ton tat weh, doch nur der Schmerz in ihrem letzten Satz brach ihm wirklich das Herz. Er fühlte sich schuldig. Genau davor hatte er sich in den letzten zwei Jahren gefürchtet: Auf keinen Fall hatte er erneut eine Frau verletzen wollen. Und was hatte er getan? „Kallie –"

Er hörte Schritte und wurde von Masterson am Arm gepackt.

Seine Stimme war genauso kalt wie die seiner Cousine. „Verschwinde, Hunt. Steig einfach in deinen Wagen."

„Ich muss mit Kallie reden."

„Nein, musst du nicht."

Jake zögerte und schätzte Mastersons Körpersprache ab. Vielleicht könnte er ihn außer Gefecht setzen, um zu Kallie zu gelangen. *Tolle Idee, Hunt. Schlag einen Polizisten, der zudem Kallies Cousin ist. Damit wirst du ihre Gunst zurückgewinnen.* Er nickte betrübt und trat einen Schritt zurück.

Mastersons Stimme wurde sanfter. „Kallie, bist du in Ordnung?"

Jake hörte, wie Kallie zittrig ausatmete. Dann folgte ihre Lüge: „Es geht mir gut."

„Zum Teufel, ich wünschte ich könnte bei dir bleiben, aber –"

Kallie unterbrach ihren Cousin. „Mach dir keine Sorgen, Virgil." Sie schaute zu Jake. Der ausdruckslose Blick, den sie ihm zuwarf, schnitt wie ein Schwert durch Jakes Herz. „Ich wollte sowieso wandern gehen und mich an meinen Lieblingsort setzen."

Der Polizist runzelte die Stirn. „Du solltest auf dem Grundstück bleiben. Wir haben –"

„Ich muss mich bewegen. Ich brauche meinen Wald!" Im Polizeiauto krachte Whipple zum wiederholten Male mit der Schulter gegen die Tür.

„Geh", sagte Kallie.

Masterson sah sie frustriert an und wies mit dem Kinn zu Jake. „Abmarsch, Hunt. Deine Befragung ist sowieso bald."

„Kallie", versuchte er es nochmal.

„Geh, Jake. Lass mich einfach in Ruhe." Ihre Stimme klang flach – kein Ärger, keine Wärme, kein Leben.

———

Der Knoten in ihrer Brust blieb. Er war auch noch ein Teil von ihr, als sie die Wasserflasche an den immer fertig gepackten

Rucksack hängte. Der Knoten begleitete sie, als sie Mufasa streichelte und schnell nach den Pferden sah. Wyatt und Morgan
würden bei Anbruch der Dunkelheit zurückkehren, also wären
die Pferde versorgt. Sie hingegen brauchte einen ruhigen Ort, an
dem sie ihre Gedanken ordnen konnte.

Auf ihrem gewohnten Pfad in die Berge löste sich der
Knoten ein wenig. Der Kieferduft umgab sie und die hasser-
füllten Worte, die sie Jake zugerufen hatte, gehörten der Vergangenheit an. Stille.

Sie stieg höher und höher. Sie keuchte angestrengt und ihre
Muskeln erwachten bei dem steilen Aufstieg. Über tote Bäume
hinweg, die den letzten Sturm nicht überlebt hatten. An Felsvor-
sprüngen vorbei und unter herabhängenden Zweigen durch. Sie
war einzig und allein auf ihren Weg konzentriert. Vielleicht
sollten sie den Pfad mal ein bisschen aufräumen? Bei diesem
Pfad hatte es keine Eile, denn das war ihr privater Weg in die
Berge. Nur auf dem Geschäftsweg hielten sie Ordnung.

Ihr Verstand flüchtete vor den Geschehnissen, die sich vor
einer Stunde an der Lodge zugetragen hatten. *Denk nicht an ihn.*
Sie musste sich gedulden, bis sie ihren besonderen Ort erreichte.
Wenn sie jetzt weinte, würde sie den Pfad nicht mehr erkennen.
Was hat dieses Arschloch nur mit mir angestellt? Ich weine doch nie!

Sonnenstrahlen blitzten durch die Baumkronen. Die Sonne
hing bereits über den westlichen Bergen. Sonnenuntergang. Die
Nacht nahte.

Der Gedanke an ihren friedvollen Zufluchtsort tröstete sie.
Schon bald nach ihrem Einzug bei den Mastersons hatte Onkel
Harvey sie mit in die Berge genommen. Er hatte ihr erzählt, dass
sich jeder seiner Jungs eine eigene Campingstelle gesucht hatte –
einen Ort, an dem man seine inneren Dämonen zum Kampf
herausforderte und den Sieg davontrug. Ein Ort, an dem man
seinen Ärger und seine Sorgen ablegte. Er meinte, dass auch sie
solch einen Ort brauchte, um in dem Haus mit vier dickköpfigen
Männern nicht den Verstand zu verlieren. Sie lächelte bei der
Erinnerung. Onkel Harvey hatte seine Schwächen noch besser

gekannt als seine Stärken. In den ersten Jahren hatte sie ihren Rückzugsort im Wald sehr oft aufgesucht.

Ich habe meinen Ort erreicht. Weiße Flusskiesel markierten den Abzweig zu ihrer Stelle. Sie machte eine kurze Pause, um wieder zu Atem zu kommen und streckte den Kopf Richtung Himmel. Eine kühle Brise wehte über ihr Gesicht und der plätschernde Bach lockte sie zu sich. *Mein ruhiger Ort.* Erschöpft bog sie ab und näherte sich ihrem heißersehnten Zufluchtsort.

***

Masterson, der Bastard, war Jake mit dem Auto bis in die Stadt gefolgt, um sicherzugehen, dass er nicht auf halben Weg umdrehte. In Bear Flat parkte Jake auf der anderen Straßenseite des Lebensmittelladens, direkt hinter Secrists Lieferwagen. Er stieg aus und ging wie der kooperative Bürger, der er war, zur Polizeistation. Masterson nickte zufrieden.

Jake wartete, bis Masterson Whipple aus dem Auto zerrte und mit ihm beschäftigt war. Dann nutzte er die Chance, drehte sich um und rannte zu seinem Jeep zurück. Kallie musste ihm zuhören, ob sie nun wollte oder –

„Hunt, bleib stehen!", rief Masterson. Jake stöhnte. *Zum Teufel.* Jake drehte sich um. Ein uniformierter Beamter führte Whipple in die Polizeistation, während Masterson mit entschlossenem Blick die Straße zu ihm überquerte.

Langsam hatte er echt die Schnauze voll. Kallie ging es nicht gut. Sie sollte nicht allein sein. Er lief zu seinem Fahrzeug und drehte sich erst an der Fahrertür um. „Verhafte mich oder verschwinde."

„Keine Verhaftung, Hunt. Ich bin außer Dienst."

„Und?" Jakes Blick wanderte zu den Bergen. Die Sonne berührte bereits die Gipfel. Er musste los.

„Und das." Der Polizist holte aus und verpasste ihm eine Rechte, die sich sehen lassen konnte. Jake taumelte gegen sein Auto und hob die Hand zu seinem schmerzenden Kiefer.

Was zur Hölle? Für eine Sekunde stand er wie versteinert da, dann flutete Wut seine Adern. *Was für ein Scheißtag.* Er holte mit der rechten Faust aus und landete einen Schlag im Magen des Polizisten.

Als Antwort folgte ein weiterer Schlag. Den Nächsten konnte Jake blocken. Er sprang zur Seite, wäre beinahe über die Getränkekisten gestolpert und fand Secrists schockiertes Gesicht. Hatte der Kerl noch nie einen Faustkampf miterlebt? Gut aufpassen, Junge. *Heute kannst du viel lernen.*

Er traf Masterson so hart, dass er mit dem Rücken gegen den Pickup knallte. „Worum geht's hier überhaupt?"

„Du verdammter Mistkerl!" Masterson wischte sich Blut vom Kinn. „Ich habe dich gewarnt, Kallie nicht wehzutun."

Oh Mist. Jake zögerte kurz und Masterson nutzte dies aus, indem er einen weiteren Schlag austeilte – direkt in die Rippen.

Scheiß drauf. Jake traf Masterson, bevor dieser zurückweichen konnte, platzierte seine Faust auf seinem Mund und folgte dem Schlag mit einem zweiten gegen Virgils Solarplexus. Daraufhin krümmte er sich, legte die Hände auf die Knie und schnappte nach Luft.

Schnell richtete sich Masterson wieder auf und hob die Fäuste herausfordernd. Zu spät. Jake hatte bereits den Rückzug angetreten. Kallie würde ihn vermutlich grün und blau schlagen, wenn er ihren Cousin krankenhausreif prügelte. „Ich weiß, dass ich ihr wehgetan habe. Verdammt, Masterson, ich will zu ihr fahren, um mich bei ihr für mein Arschloch-Verhalten zu entschuldigen." Er runzelte die Stirn. „Jedenfalls, wenn ich sie dazu kriege, dass sie mir zuhört. Ist bei euch in der Familie eigentlich jeder so dickköpfig?"

„Oh ja." Noch hatte der Polizist seine Fäuste nicht runtergenommen. „Was willst du jetzt tun?"

„Was immer nötig ist." Jake rieb über seinen pochenden Kiefer. „Guter Schlag, Arschloch. Ich liebe sie, weißt du." Die Worte waren ihm rausgerutscht. Mit offenem Mund starrte er Virgil an. *Was zum Teufel?* Trotz allem fühlte es sich so richtig an. Und erschreckend. „Verdammt", presste er aus seiner Kehle.

Masterson lachte kurz auf. „Ich wette, diese Erkenntnis hat dich gerade härter getroffen, als es meine Fäuste jemals könnten."

Ohne Scheiß. Jake lehnte sich emotional erschöpft neben dem Polizisten an die Jeep-Tür. „Auf den Punkt getroffen. Ich vermute mal, dass es noch mehr wehtun wird, bevor sie bereit ist, mir zu verzeihen."

„Hunt, sie wird dich durch den Fleischwolf drehen." Das schien dem Polizisten zu gefallen.

Jake wischte sich einen Tropfen Blut vom Mund. „Vielen Dank auch. Und wenn du mich jetzt endlich gehen lassen könntest, wäre –"

„Geht nicht."

„Was?"

„Tut mir leid, aber die Befragung hat Priorität." Virgil nickte zur Station und hob dann den Blick zum Himmel. Langsam brach die Nacht über Bear Flat ein. „Kallie wird die Nacht sowieso an ihrem Zufluchtsort verbringen, wo sie dich mit einem Fluch belegen wird. Lass ihr bis morgen Zeit, um abzukühlen."

Bis morgen warten? Auf keinen Fall. Jake dachte nach. Er hatte eine Taschenlampe im Wagen und er war schon vorher im Dunkeln geklettert. „Hat sie den Pfad westlich von eurem Haus genommen?"

Masterson runzelte die Stirn, nickte aber.

„Wie finde ich ihren Zufluchtsort?"

Kallies Cousin verschränkte die Arme vor der Brust. „Wenn ich dir das sage, wirst du mich dann aufs Revier begleiten und unsere Fragen beantworten."

„Deal."

„Der Ort liegt an einem Bach. Etwa eine halbe Meile den Berg hoch. Wenn du auf der linken Seite ihren Namen in Kieselsteinen siehst, hast du es fast geschafft. Von dort führt ein kleiner Trampelweg zum Bach." Masterson runzelte die Stirn. „Trotzdem mag ich dein ... besonderes Hobby nicht."

„Hab nicht nach deiner Meinung gefragt." Jake rieb sich die schmerzenden Rippen. „Meine wird dich sicher auch nicht interessieren, aber: Jeder der zweimal hintereinander die Missionarsstellung nutzt, sollte Zeit im Gefängnis absitzen."

Masterson erstickte fast an seinem Lachen.

Die Schlampe. Er hätte sie niemals am Leben lassen sollen. Und was war passiert? Es war ihr gelungen, das Böse in zwei Männern zu pflanzen – seinen Kameraden. Auf offener Straße hatten sie sich wegen ihr geprügelt. Hunt plante sogar, zu ihr zurückzukriechen, und sich bei ihr zu entschuldigen. Selbst, als die Männer schon gegangen waren, klang es in seinen Ohren noch nach: „...*wird dich durch den Fleischwolf drehen.*"

Sein Magen drehte sich. Er rannte aus dem Laden und schaffte es gerade rechtzeitig zur Toilette, bevor er sich übergab. Es hörte nicht auf; sein Magen gab keine Ruhe. Sollte ihn das ängstigen? Hatte das Böse ihn schon infiziert?

Nach einer Weile ging es ihm besser. Er wischte sich den Mund ab und benutzte ein Papierhandtuch, um sich den Schweiß von der Stirn zu wischen. Seine Hände zitterten wie die vom alten Gus, der unter Parkinson litt. Angst ließ seinen Atem stoßweise gehen. Näherte er sich seinem Ende? Hatte der Dämon erkannt, dass er eine Bedrohung für ihn darstellte und ihn vergiftet?

Er konnte sie nicht gewinnen lassen. Er atmete langsam aus und zwang sich zur Gelassenheit. Sein Zittern ließ nach. Gift konnte seine Übelkeit nicht verursacht haben. Er schüttelte den Kopf. Er hatte Schwäche gezeigt und hatte erlaubt, dass seine Vergangenheit sich in seinen Verstand einschlich. Zeuge von der Schlägerei zu werden, hatte alles an die Oberfläche gebracht.

Hässliche Erinnerungen ... Sogar, nachdem er realisiert hatte, dass alles ihre Schuld gewesen war und dass sie das personifizierte Böse war, kroch er vor Gloria zu Kreuze – schon wieder. Er hatte sie angefleht, dass sie ihm noch eine Chance gab. Schluchzend hatte er ihr seidiges, schwarzes Haar berührt.

Sie hatte ihn ausgelacht. Ihre dunklen Augen hatten Feuer gesprüht. Niedertracht hatte er darin sehen können. Ihre Stimme war schneidend gewesen. Mit jedem Wort aus ihrem Mund hatte sie ein weiteres Stück seiner Seele zerstört. *„Du kriegst ihn ja nicht mal hoch, Loser. Ich bin fertig mit dir."*

Sie war im Begriff gewesen, sich von ihm abzuwenden, als er die erste Sichtung eines Dämons hatte. In ihren Augen. Der Dämon hatte sich an seinem Schmerz geweidet. Wie von allein hatte er die Hand gehoben und hatte wieder und wieder auf den Dämon eingeschlagen. Die Schreie des sterbenden Höllenwesens hatten ihm das Trommelfell ruiniert. Es war so laut gewesen, dass er dachte, er müsste auch sterben. Am Ende aber war es ihm gelungen, das Böse zu vernichten. Die darauffolgende Stille hatte ihn mit Kraft gefüllt. Unbesiegbar hatte er sich gefühlt.

Wie ein Mann hatte er sich danach gefühlt!

Er hatte sich das Recht eines Mannes zurückerobert. Diese Erinnerung beflügelte ihn. Das Zittern stoppte. Er streckte seine Hände aus. Große starke Hände. Sie waren in der Lage, das Notwendige zu verrichten. Er erhob sich vom Toilettenboden.

Andrew säuberte die Toilette und das Waschbecken und hinterließ den kleinen Waschraum sauber und ordentlich. Er trat in die abendliche Dämmerung und bemerkte die Getränkekisten auf dem Gehweg. Eigentlich sollte er erst seine Arbeit beenden. Jedoch konnte er nichts gegen den Drang in seinem Inneren tun.

Er hätte es bereits auf der einsamen Straße beenden sollen. Seine Unsicherheit hatte einen weiteren Kameraden ins Verderben gestürzt.

Im Moment war sie allein. Der Dämon hatte sich an seinem speziellen Ort verkrochen. Wahrscheinlich um neue Kräfte zu sammeln und über das Unglück seiner Opfer zu sinnieren. Er konnte nicht warten; er musste sofort reagieren. Das war sein Job.

Er trat um die Kisten herum und stieg in seinen Lieferwagen. Die Scheinwerfer würden ihm den Weg zu dem Dämon leuchten.

Jake war bisher noch nie auf der Polizeistation von Bear Flat gewesen, und er war nicht besonders beeindruckt. Das Revier war kleiner als der Hauptraum in der Serenity Lodge. Ein winziger Raum, mit einem Tisch in der Mitte und ein paar Schreibtischen in der Ecke. Eine Pinnwand, ein Whiteboard für Ermittlungen und Telefone, wohin man blickte. Der Polizeichef hatte sein eigenes Büro – in der Größe eines Scheißhauses.

Er betrat das Büro und beantwortete geduldig alle Fragen, die Polizeichef Jackson und Masterson ihm stellten. Wann hatte er Mimi das letzte Mal gesehen? Was hatte sie ihm über Whipple erzählt? Hatte Whipple ihr jemals körperlichen Schaden zugefügt?

„Nur einmal", antwortete er dem großen, schlaksigen Polizeichef. „Als sie mit Whipple Schluss gemacht hat. Er hat seine Wut an ihr ausgelassen." Jakes Kiefer spannte sich an, als er sich an die blauen Flecken auf ihrer cremeweißen Haut, die geschwollene Lippe und das blaue Auge erinnerte.

„Ich kenne dich und es wundert mich, dass du ihn damit hast davonkommen lassen", sagte Masterson von seiner Position an der Tür.

Jake witterte die Falle. Sollte er einem Polizisten erzählen, dass er einen unbescholtenen Bürger grün und blau geschlagen hatte? Niemals.

Mastersons Augen glitzerten amüsiert.

„Nur noch ein paar Fragen, Mr. Hunt, und dann dürfen Sie gehen", sagte Jackson. „Als Mimi –"

„Chief." Ein junger Polizist, bei dem unweigerlich die Frage aufkam, ob er schon alt genug für den Führerschein war, betrat das Büro. „Die Störung tut mir leid, Chief. Es macht jedoch den Anschein, dass wir Whipple nur mit einer einzigen Sache belasten können: Kokainkonsum. Das hat er auch zugegeben. Er denkt, dass ihm Koks bei der Potenz hilft." Er grinste und händigte dem Polizeichef einen Hefter zu dem Fall aus. „Zudem hat er ein Alibi für einen der Morde."

Der Chief blätterte durch die Dokumente und seufzte. „Gib ihm eine Verwarnung und lass ihn nach Hause."

Ohne die Tür zu schließen, verließ der Polizist das Büro. Polizeichef Jackson sagte zu Masterson: „Er war bei der Hochzeit eines College-Freundes der Trauzeuge. Die Familie hat das bestätigt und sogar Fotos als Beweis gefaxt."

Masterson schaute finster. „Er hätte sich von der Hochzeit wegschleichen, den Mord begehen und sich unauffällig wieder unter die Gäste mischen können."

„Die Hochzeit war in New York", sagte Jackson trocken.

„Verdammt!" Masterson schlug mit der flachen Hand gegen die Wand. Er ließ sein Kinn gegen die Brust fallen und atmete tief ein. Entschlossen hob er den Kopf und sagte: „In Ordnung. Machen wir mit dem Nächsten weiter."

„Warte kurz." Der Chief blätterte die restlichen Papiere durch und runzelte die Stirn. „Es gibt neue Informationen. Die Familien der Opfer haben in den jeweiligen Städten ausgesagt." Der Chief kniff sich in den Nasenrücken. „Jedes der Opfer hatte am Tag vor seinem Verschwinden Streit mit dem Freund oder dem Ehemann. In der Öffentlichkeit."

„Warte mal eine Minute", sagte Jake. „Soll das heißen, der Mörder ermordet Frauen, weil er einen Streit zwischen Paaren beobachtet?"

„Könnte sein. Serienmörder leben in ihrer eigenen Realität und sie töten aus den absonderlichsten Gründen." Der Polizeichef neigte den Kopf. „Hatten Sie mit Mimi einen Streit in der Öffentlichkeit ausgetragen?"

„Nein."

„Ich schon." Die Aufmerksamkeit eines jeden im Büro wandte sich der offenen Tür zu, wo David Whipple auf der Türschwelle erschien. Er war blass und der Schweiß stand ihm auf der Stirn. Er krallte sich am Türrahmen fest, so dass seine Fingerknöchel bereits weiß anliefen. „In meinem Laden. Nachdem Hunt mit ihr Schluss gemacht hatte." Ärger verdunkelte sein Gesicht, der aber nicht lange anhielt. Kurz darauf zeigten sich Tränen in seinen Augen. „Ich wollte sie zurück. Ich habe sie angefleht, mich zurückzunehmen."

Jake fühlte einen Hauch von Mitleid.

„Sie wollte mich nicht. Sie meinte, dass sie nach San Francisco ziehen will. Ich habe sie angeschrien." Mit dem Ärmel seines Hemdes wischte er sich die Tränen von den Wangen. „Ich habe sie eine dumme Schlampe genannt. Nie hätte ich gedacht, dass –"

„Wer außer euch war noch im Laden, David?", fragte Masterson mit weicher Stimme. „Erinnerst du dich?"

Whipple lehnte sich gegen die Tür. Er schien sich kaum auf den Beinen halten zu können. „Mehrere Leute. Es war mir peinlich, dass sie mitbekamen, wie ich die Kontrolle verlor. Zwei Holzfäller. Ich kenne beide. Sie sind schwul."

Der Chief schüttelte den Kopf. „Unwahrscheinlich. Nach dem Eintritt des Todes hat sich der Täter an den Opfern vergangen."

Die abartige Information traf Jake wie eine Abrissbirne. *Oh Gott, Mimi.* Mastersons Hand auf seiner Schulter brachte ihn zurück in die Realität – eine schlimmere Realität als zuvor.

„Wer noch?", fragte der Chief.

„Die beiden waren meine einzigen männlichen Kunden. Eine Frau von der Feuerwehr und Mrs. Anderson mit der kleinen Samantha." Er runzelte die Stirn. „Oh, und mein Getränkelieferant. Andrew befand sich im hinteren Teil des Ladens und hat eine Lieferung eingeräumt."

Andrew Secrist? Die Luft in Jakes Lungen entwich explosionsartig. Secrist war Zeuge gewesen, wie Masterson und er sich geprügelt hatten. *Ein Streit.*

Er stürmte so panisch aus der Polizeistation, dass die Tür hinter ihm an die Wand knallte. Masterson folgte ihm. Beide kamen sie vor dem Lebensmittelladen zum Stehen.

Er hörte Masterson neben sich fluchen. Lähmende Angst breitete sich in Jake aus.

Unter dem dämmrigen Licht der Straßenlaterne stapelten sich Getränkekisten auf dem Gehweg. Der Lieferwagen war nicht zu sehen.

KAPITEL ZWÖLF

K allie hatte keinen Appetit. Vor dem kleinen Lagerfeuer saß sie gegen einen Baumstamm gelehnt. Das Rascheln der Zweige, das Knacken des Feuers und das leise Plätschern des Baches wirkten tröstend auf sie – gleichzeitig verstärkte das auch ihre Einsamkeit. Sie erinnerte sich an die Abende, an denen Jakes tiefes Lachen der Wildnis eine neue Melodie hinzugefügt hatte. Wie vor zwei Nächten, als sie sich vors Lagerfeuer gekuschelt hatten. Allein mit der Hitze seines Körpers hatte er sie gewärmt.

Sie warf einen Kiefernzapfen in die Flammen und lauschte dem knackenden Geräusch, als nicht nur die Samen in Asche zerfielen, sondern auch ihre Hoffnungen und Wünsche für die Zukunft.

Sie hatte das Gefühl, dass sie sich ihr Herz gezerrt hatte. Und wenn sie ehrlich war, konnte sie sich daran nur selbst die Schuld geben. Sie hatte genau gewusst, dass er kein langfristiges Interesse an ihr hegte. Trotzdem hatte sie es auf Teufel komm raus probiert. Wie in den Liebesfilmen, die Serena so sehr mochte: Die Heldin wurde von ihrer besten Freundin gewarnt und was tat die Heldin am Ende? Ja, sie lief in ihr Verderben! Kallie hatte der Protagonistin immer Verstand einprügeln und ihr sagen wollen, sich nicht wie eine komplette Idiotin aufzuführen.

Und wer war jetzt der Idiot?

Zumindest wusste sie, wann es Zeit war loszulassen. Selbst wenn er auf Knien angekrochen käme, würde sie ihn nicht mehr haben wollen. *Ein sehr unwahrscheinliches Szenario, Kallie.* Vorhin hatte er nur eines zu ihr gesagt: *„Kalinda, es tut mir so leid."* Na klar tat es ihm leid. Na klar fühlte er sich schlecht. Er hatte sie verletzt und sich wie ein Arschloch verhalten. Obwohl sie sich darüber sehr wohl im Klaren war, wusste sie auch, wie wundervoll er sein konnte – fürsorglich, stark, klug und ...

Verdammt. Schnaubend wischte sie sich die Tränen weg. Konnte sie noch rührseliger werden? *Ja, es tat weh. Komm drüber weg.*

Sie zog ihr Schnitzmesser und ihr derzeitiges Projekt aus dem Rucksack. Eine Figur von Jake. Sie zuckte bei dem Anblick zusammen. Sie hätte sich ein neues Stück Holz mit in die Berge nehmen sollen.

Sie könnte ihm ein paar wichtige Teile abschneiden. Der Gedanke versetzte ihr einen Stich ins Herz. Sie seufzte und konzentrierte sich auf die Arbeit in ihrer Hand. Beim Schnitzen kam sie zur Ruhe. Es funktionierte jedes Mal. Sorgfältig schnitzte sie Haare, die ihm in die Stirn fielen und damit seine Narbe verdeckten. Dann machte sie sich an sein linkes Ohr.

Sobald sie mit dem Kunstwerk fertig war, würde sie es wegstecken und es erst wieder herausholen, wenn sie alt und schrumpelig war. Vielleicht würden die Erinnerungen an ihn dann nicht mehr so verdammt wehtun: Wie er seine Hand sanft auf ihre Wange gelegt hatte. Wie er sich an sie gekuschelt hatte. Seine tiefe Stimme, wenn er sie neckte und sie Elfe nannte. Wäre sie in der Lage, sich in ferner Zukunft an den Monat mit ihm zurückzuerinnern und Freude zu empfinden? War es möglich, dass sie irgendwann nicht mehr um ihn trauerte, als wäre er verstorben?

Ihn sehen, ihn fühlen, ihn berühren ... *Oh, nein, nein, nein.* Es würde nicht ausbleiben, ihn mit anderen Frauen zu sehen. Der Gedanke an diese Möglichkeit gefiel ihr gar nicht. Wie sollte sie ihren Herzschmerz jemals überwinden? Was würde sie nur tun, wenn er wieder mit Gina oder Serena ausging? Wie würde sie reagieren, wenn sie ihr am Tag darauf jede Kleinigkeit von ihrem Date mit ihm berichteten?

Sie rutschte mit dem Messer aus und schnitt ihm das Kinn ab. Tränen füllten ihre Augen. *Ach, wie dämlich.* Als könnte sie einen hölzernen Mann verletzen. *Sei nicht so ein Mädchen.*

Niemand konnte Jake verletzen. Er hatte alle seine Gefühle und Empfindungen in einen Kerker gesperrt.

„Zum Teufel damit." Sie warf das Messer in die Richtung ihres Rucksacks. Es spießte sich in die Erde daneben und der Griff wackelte. Vom Herzschmerz zerrissen, warf sie den kleinen Mann ins Feuer.

Das weiche Kiefernholz verbrannte in kürzester Zeit.

Sie stand auf. Zwar bezweifelte sie, dass sie Schlaf finden würde, aber einen Versuch war es wert. Ihr Zelt hatte sie Zuhause gelassen. Die Wettervorhersage hatte keinen Regen angekündigt und um diese Jahreszeit gab es wenig Insekten. Sie rollte ihre Isomatte auf dem Waldboden aus, öffnete den Reißverschluss ihres Schlafsacks und krabbelte hinein.

Ihre Bewegungen waren langsam und schwerfällig. Wahrscheinlich bekam sie bald ihre Periode. Eigentlich hatte sie geplant, sich die Pille verschreiben zu lassen. Für Jake. Für sie selbst. Den Termin bei ihrem Frauenarzt konnte sie sich also sparen. *Das gehört doch wirklich auf die Pro-Seite*, dachte sie. Jetzt konnte sie den Termin absagen und brauchte ihre Beine nicht in die gruseligen Halterungen zu heben.

Ein Knacken im Unterholz erregte ihre Aufmerksamkeit. Wahrscheinlich ein Bär auf der Suche nach Nahrung. Der arme Kerl würde nichts finden. Da sie keinen Hunger verspürte, hatte sie ihre kleine Ration bereits außer Reichweite an einen Draht gehängt – so, wie es ihr Onkel Harvey gezeigt hatte. Sie schaute zu dem Beutel mit ihrem Essen: ein kleines, schwarzes Bündel, im Hintergrund der Sternenhimmel. Ganz allein im Universum.

So wie sie auch. Sie atmete tief ein. Das Gewicht der Trauer erschwerte ihr das Atmen. Noch fühlte sich der steinige Untergrund wie eine Daunenmatratze an. Spätestens morgen früh um vier würde sie jede kleine Unebenheit spüren. Sie verschränkte die Hände hinter dem Kopf. Die hohen Kiefern ragten in den Nachthimmel. Darüber funkelten die Sterne. Tausende und Abertausende, Millionen ... jeder davon ein eigenes Sonnensystem mit Planeten.

Vielleicht lebten andere Zivilisationen auf diesen Planeten – andere Lebensformen mit den vielfältigsten Traditionen. *Und keinen dieser Lebensformen würde es kümmern, dass Jake Hunt mir das Herz gebrochen hat.* Sie biss sich auf die Unterlippe, um die Tränen zurückzudrängen. Stattdessen konzentrierte sie sich auf die Sterne und wartete darauf, dass sich der Mond zeigte.

Jake nutzte einen geraden Straßenabschnitt, um aufzulegen. Er hatte seinen Anruf mit Logan gerade rechtzeitig beendet, bevor er durch eine empfangsfreie Zone fuhr. Die Lodge war weniger weit von den Mastersons entfernt als die Stadt. Demnach sollte Logan nicht lange auf sich warten lassen und ungefähr gleichzeitig mit ihm und Virgil das Haus der Mastersons erreichen. Zu dumm, dass ihre anderen beiden Cousins noch nicht von ihrer gebuchten Klettertour zurück waren. Er trat aufs Gas, um mit Mastersons Auto mitzuhalten.

Die Straßen wurden kurviger und die Reifen seines Jeeps quietschten, als er zu schnell um eine Kurve fuhr. Mit seiner Schulter rammte er gegen die Tür. Sie würden Logans Hilfe brauchen, wenn es zum Äußersten kam. *Was für ein Polizeirevier kommt mit nur vier Polizisten und einem Chief aus?*

Der Polizeichef ging davon aus, dass Secrist von den Ermittlungen Wind bekommen hatte und geflüchtet war. Einer seiner Männer hatte sich zu Secrists Haus östlich der Stadt aufgemacht. Ein anderer errichtete Straßensperren. Jake verstand Jacksons Vorgehensweise. An sich hatte Secrist nur beobachtet, wie sich zwei Männer gestritten hatten, nicht ein Mann und eine Frau. Nur schaffte er es einfach nicht, die Worte des Chiefs aus seinen Gedanken zu vertreiben: *„Serienmörder leben in ihrer eigenen Realität und sie töten aus den absonderlichsten Gründen."* Jacksons Vermutung könnte falsch sein. Weder Jake noch Masterson wollten es dem Zufall überlassen. Secrist war schließlich direkt nach ihrem Streit losgefahren. Wenn er auf der Suche nach Kallie war ...

Bitte sei bereits in einem anderen Bundesstaat, du Bastard.

Auch die Polizisten aus Mariposa waren auf dem Weg nach Bear Flat. Jake presste die Zähne aufeinander. *Nie ist ein Bulle da, wenn man einen braucht.*

Und Frauen waren auch nie da, wo sie sein sollten. Natürlich traf Kallie nicht die Schuld. Trotzdem würde er ihr die Meinung geigen. Innerhalb von vierundzwanzig Stunden hatte sie ihn zweimal in Todesangst versetzt. *Gott, lass sie am Leben sein. Und in Sicherheit.*

Er musste beobachten, wie ein Reh vor Mastersons Fahrzeug sprang. Die Bremslichter flackerten auf.

„Fuck!" Jake trat auf die Bremse. Während das Auto von Virgil kurzzeitig ins Schleudern kam, schaffte es Jake, sein Auto unter Kontrolle zu halten. Sie fingen sich beide und traten wieder aufs Gas, um ihren Weg über den kurvenreichen Schotterweg zu finden.

Jake konzentrierte sich nur auf die Straße, um mögliche Horrorszenarien auszublenden. Die Strecke zog sich endlos hin. Die Zeit schien sich zu verlangsamen. Schließlich bogen sie auf den Weg ein, der direkt zum Haus der Mastersons führte.

Der Staub von Logans Pickup hing noch in der Luft, als Jake über die Einfahrt fuhr, immer dem Polizeiauto hinterher.

Fünf Minuten später betraten die drei Männer den Pfad. Die

Lichtkegel der Taschenlampen fielen auf Baumstümpfe und Äste. Masterson führte seine Pistole mit sich und Logan hatte sich zur Verstärkung Thor an die Seite geholt. Jake brauchte als Waffe nur seinen unbändigen Zorn.

Er liebte den Wald bei Nacht. Als Andrew den Bergkamm erreichte, kühlte die Brise seine schweißnasse Haut. Gleichzeitig löste sich das Gift auf, das der Dämon in ihm eingepflanzt hatte. Er schwenkte die Taschenlampe über den Pfad, konzentrierte sich auf seine Schritte und suchte die linke Seite nach den erwähnten Kieselsteinen ab. Vor ein paar Minuten hatte er seine Waffe gefunden – ein Ast in der Größe eines Baseballschlägers. Er reinigte sein Instrument der tödlichen Bestrafung und lächelte.

Der Tod war die einzige Lösung: Wenn der Dämon einmal eine Frau infiziert hatte, ließ er sie nicht mehr los. Er breitete sich wie ein Parasit in ihr aus, bis der Wirt starb.

Er schwenkte den Ast durch die Luft. Die Waffe lag schwer in seiner Hand und gab jedes Mal einen befriedigenden Laut von sich. Auch der Kontakt mit ihrem Fleisch würde sich befriedigend anhören. Er schaute gen Osten, wo sich der Mond langsam hinter den Bergen erhob. Jetzt hieß es warten. Der Mond musste hoch genug am Horizont stehen, damit er ihm Licht spenden konnte.

Er wollte sehen, wie der Glanz in ihren Augen mit ihr starb.

Kallie wurde durch ein Geräusch aus ihrem Halbschlaf geweckt. Für den Laien klang dieses Geräusch nicht beunruhigend, aber nur ein Narr würde in der Wildnis einen Laut wie diesen unterschätzen. Es gehörte zu ihrem Job, die Sicherheit ihrer Klienten zu gewährleisten, und dafür zu sorgen, dass sie sich nachts um drei Uhr nicht einem hungrigen Bären gegenübersahen.

Seufzend rollte sie sich auf die andere Seite. Ihr Feuer war bis auf ein paar glühende Kohlen runtergebrannt, aber der Mond sandte sein silbriges Licht über die Lichtung. Der Bach funkelte, als hätte jemand Millionen von Diamanten hineingekippt. In der Nähe des Pfades nahm sie eine Bewegung wahr. Der Größe nach könnte es ein Bär sein. Trotz der strengen Regel, die Bären nicht zu füttern, hörten viele Touristen nicht. Gerne ignorierten sie auch die Warnhinweise und bewahrten ihr Essen nicht außer Reichweite auf, so dass die Bären regelmäßig die Campingplätze plünderten.

Sie öffnete ihren Schlafsack und hörte, wie sich der Bär näherte. Ein sehr lauter Bär, wenn sie ehrlich war. Vor nicht langer Zeit hatte sie einen Bären dabei beobachtet, wie er den Rucksack neben dem Kopf eines Campers durchsuchte, ohne einen Laut von sich zu geben. Dieses Exemplar kündigte sich an, als hätte er ...

Schuhe an den Pfoten. Eine Sekunde später trat ein Mann ins Mondlicht, ein riesiger Ast in seiner Hand. Adrenalin breitete sich bei dem Anblick in ihrem Körper aus. Sie hatte Todesangst.

Sie wollte sich aus ihrem Schlafsack rollen, doch ihre Beine verhakten sich. Wie wild trat sie auf den Schlafsack ein, während sie beobachten musste, wie der Mann seine Waffe über den Kopf hob und wie ein Wahnsinniger auf sie zu rannte.

Oh Gott, oh Gott, oh Gott. Sie bekam ihre Beine nicht frei!

Dann stand er über ihr und holte mit seiner Waffe aus.

Sie schrie.

Mit der Taschenlampe leuchtete er sich den Weg. Jake marschierte entschlossen den Berg hoch, sprang über Baumstämme und über Geäst, bei dem keiner sich die Mühe gemacht hatte, es zu entfernen. *Such dir nächstes Mal bitte einen aufge-räumten Pfad, Kallie, damit ich dir leichter zur Hilfe kommen kann. Gott, bitte lass mich nicht zu spät kommen.*

Thor rannte voraus, sein buschiger Schwanz in die Höhe gestreckt, die weiße Spitze wie ein Leuchtsignal. Als der Hund um eine Kurve verschwand, nahm Jake an Geschwindigkeit auf. Hinter sich hörte er Logan keuchen. Ein falsch kalkulierter Schritt von Masterson ließ ihn grunzen.

Jake hielt nicht an. Er schwenkte seine Taschenlampe hin und her und suchte die Büsche nach Thor ab. Sie brauchten dringend einen weißen Hund.

„Gleich haben wir es geschafft", rief Masterson gerade laut genug, dass Jake es hören konnte. „Halt Ausschau nach ihrem Namen."

Plötzlich verschwand Thor in der Dunkelheit. Auch die Taschenlampe konnte ihn nicht finden. Jake schwenkte zur Seite und stoppte bei einer Ansammlung aus Kieselsteinen. Jedoch bildeten die Steine nicht ihren Namen, wie Masterson gesagt hatte. Jake trat zur Seite, damit Logan nicht in ihn hineinrannte und fragte: „Ist es das, Masterson?"

„Ja. Er muss schon hier sein. Verdammt. Kallie würde ihre Steine niemals durcheinanderbringen. Wo ist Thor?"

Logan suchte mit seiner Taschenlampe die Gegend ab. „Gefunden." Thor stand bereits auf dem Trampelpfad, der von dem Weg abging, auf dem sie sich gerade unterhielten. Der Hund schaute über seine Schulter und sah sie an, als würde er sagen wollen: *Warum braucht ihr denn so lange? Kallie braucht uns!*

Masterson sagte im Flüsterton: „Es ist nicht mehr weit."

Jake lauschte den Geräuschen der Umgebung. Er hörte den Bach und sagte widerstrebend: „Übernimm du die Führung. Du kennst dich hier besser aus."

Die Angst, die an seinen Eingeweiden nagte, gab ihm das nötige Adrenalin. Auf dem Weg in die Berge hatte er die ganze Zeit gebetet, dass der Mörder vielleicht doch die Stadt verlassen hatte. Eiskalt lief es ihm den Rücken runter. Jeder Instinkt in ihm rief, dass die Frau, die er liebte – und verdammt, das tat er – in Gefahr war.

Er überlegte, ob es klüger wäre, die Taschenlampen auszumachen. In dem Moment hallte der Schrei einer Frau durch die Nacht.

Kallie war dem auf sie zukommenden Stock rechtzeitig entkommen. Nur ihre Schulter hatte er gestreift. Sie bemerkte das Brennen, als sie sich hinhockte. Instinktiv wich sie nach links aus. Diesmal streifte die Keule ihre Hüfte hart genug, dass sie aufschrie. *Lauf weg!*

Sie vollführte einen Salto, konnte dem Schlag ausweichen und stolperte auf die Füße.

Dann traf er sie erneut gegen ihre Hüfte. Sie landete auf ihrem Rücken – hilflos wie eine Schildkröte.

„Ich werde dich von dem Dämon in dir befreien!"

Vom Schmerz gelähmt starrte sie ihn an. Solide, breite Brust, rote Haare. „Ich kenne dich", presste sie heraus. „Andrew?"

Andrew Secrist? Andrew hat mich angegriffen? Mit einem Ast? „Jemand hat diese Frau mit einem schweren Ast zu Tode geprügelt." Er ist der Mörder. „Warum ...?"

„Nein! Nicht reden!", rief er und holte wieder mit seiner Waffe aus.

Roll zur Seite. Sie hörte den dumpfen Aufschlag, als er sie verfehlte. Er brüllte seine Enttäuschung in die Nacht hinaus und stellte einen Fuß auf ihren Rücken, um sie zu fixieren. Panisch kratzte sie mit den Fingern im Dreck und strampelte vergeblich mit den Füßen. Jetzt würde er sie nicht verfehlen.

In Erwartung des Schlages spannte sie jeden einzelnen Muskel in ihrem Körper an. In diesem Moment berührte sie mit der rechten Hand etwas Kaltes und Metallisches. Sie packte ihr Schnitzmesser und stach blindlings hinter sich.

Das Messer traf sein Ziel. Andrew quietschte wie ein verwundetes Tier. Sie packte den Griff fester, zog die Klinge aus seinem Fleisch und versank es nochmals in seinem Bein.

Er stolperte zur Seite und sie konnte sich wieder bewegen.

Sie hob sich auf die Füße und rannte zu den Bäumen. Schnell. Schneller. Rechts ausweichen, links, rechts. Ab in die Dunkelheit des Waldes. Zu dunkel. Sie fiel über einen Baumstamm und landete auf ihren Händen und Füßen. *Nicht so laut, sonst findet er dich.* Sie kauerte sich hinter einen Busch und versuchte, ihre hektischen Atemzüge zu vermindern. Ihr Herz pochte so heftig, dass sie nur das Pochen vernahm.

Die Nacht wurde von einem verärgerten Schrei erschüttert. Durch den Busch konnte sie die Glut des Feuers sehen, die sich wie ein Feuerwerk in die Luft erhob. In seiner Frustration musste er gegen das Lagerfeuer getreten haben.

Sie duckte sich, als sie hörte, dass er direkt auf sie zukam. „Zeig dich, Dämon!" Ein gruseliger Ton war in seiner Stimme zu hören. Er klang nicht nach dem Lieferanten, den sie schon seit Jahren kannte. Er klang nicht länger menschlich. Er klang, als hatte er seinen Verstand verloren.

Licht flackerte durch die Bäume. *Oh Gott.* Er hatte eine Taschenlampe. Zudem stellte sich der Vollmond mit seinem silberfarbenen Licht gegen sie. Lange konnte sie sich nicht mehr versteckt halten. Er würde sie finden. *Ich kann mit ihm kämpfen.* Wenn er sie allerdings mit dem Ast traf, wäre es um sie geschehen. *Versteck dich. Kämpfe nur, wenn du musst.*

Es folgte Knistern und Rascheln und ein Fluch. Er kämpfte sich am Waldrand durchs Unterholz – direkt auf sie zu.

Sie presste ihre Hand auf den Mund, um ihre lauten Atemzüge zu dämpfen.

Dann hörte sie einen Hund bellen. Ihr Kopf wirbelte herum. Ein Hund? Hilfe?

Andrew stoppte. Die Schritte entfernten sich von ihr. „Dämonenhund! Höllenhund!", rief die unnatürliche Stimme.

Ein Knurren folgte. Der Schrei des Mörders. Ein Wimmern. *Oh Gott, der Hund!*

Kallie erhob sich. Schnell erkannte sie, dass das eine dämliche Idee war und duckte sich wieder. Erst als sie Virgils Stimme hörte, sprang sie aus ihrem Versteck. „Leg den Ast auf den Boden –"

Noch ein Wimmern und ein Grunzen. Das entzückte Lachen eines Monsters.

Nein! Verzweiflung machte sich in ihr breit. Sie rannte aus dem Wald und auf die Wiese, direkt in einen Albtraum.

Virgil lag bewegungslos auf dem Rücken. Andrew kniete neben ihrem Cousin und hob ihr Schnitzmesser in die Höhe. Er starrte die Klinge an, als hätte er noch nie zuvor ein Messer gesehen. Dann legte er die Klinge an Virgils Kehle.

Abrupt hielt Kallie an.

Über Virgils Schläfe lief Blut. Im Mondlicht wirkte es beinahe schwarz.

Nein, bitte nicht, Gott ... nicht Virgil. Pfoten weg von Virgil! „Andrew!"

Andrew drehte den Kopf, ohne das Messer zu bewegen. In seinen Augen konnte sie sehen, wie verrückt er wirklich war.

Ihr Blick lag auf der scharfen Klinge am Hals ihres Cousins. Sie musste das Monster von ihm weglocken. *Betteln?* Ihr Gehirn kam nicht richtig in Gang! *Was ist los mit ihr?* Jeder Atemzug brannte in ihrem Rachen. Sie trat einen Schritt näher. *Denk nach, Kallie. Denk nach.*

Betteln wird nichts helfen. Er hatte eine Menge Frauen getötet. Jede davon hatte gebettelt, dachte sie.

Ihn wütend machen? Und wenn er das an Virgil ausließ? Sie fühlte sich so hilflos.

Ihn von Virgil weglocken? Ja, gib ihm, wofür er gekommen ist. Entschlossen ballte sie ihre Hände zu Fäusten. „Hey, Andrew! Du wolltest doch mich, oder?"

Interessiert drehte er sich noch weiter in ihre Richtung.

„Genau, mich." *Verdammt, beweg dich schon, du wahnsinniger Bastard.* „Ich habe sogar dunkles Haar. Wolltest du mich nicht deswegen haben?" Sie hob die Hand und fuhr sich durch ihre Haare.

Sie stand nah genug, um zu sehen, wie sich seine Augen veränderten. Bei dem Wahnsinn, den sie dort sah, stellten sich die Haare in ihrem Nacken auf. Sie kämpfte gegen den Zwang, die Fliege zu machen. *Lock ihn von Virgil weg.*

Andrew bewegte sich nicht. *Warum verfolgt er mich nicht?*

Vom Pfad aus trat Logan aus dem Wald. „Lass Virgil gehen, Andrew. Lass ihn gehen und wir lassen dich laufen."

„Nein." Andrew schüttelte angewidert den Kopf, als er auf Virgil heruntersah.

Nein! Lenke ihn ab, Kallie. „Andrew, warum? Warum bist du –"

„Schweig, Dämon!" Andrew packte Virgils sandfarbenes Haar und konzentrierte sich auf das Messer an der Kehle ihres Cousins. „Ich habe dein Dämonen-Werkzeug ergattern können. Jetzt darf ich deinen Diener töten."

Kallies Herz setzte einen Schlag aus. *Ich habe die Situation verschlimmert.*

Andrew erkannte die dunkle Aura der Frau, die sich wie schwarze Flüssigkeit über die Wiese ergoss. Er musste sie töten. Starb sie auf dieser Weise, würde ihr Blut in die Erde sickern und das Böse mit sich nehmen. Der Wald würde sich davon schon bald erholen. Nur bei ihrem Gehilfen war jede Hoffnung verloren.

Er musste sie zerstören. Er schätzte die Entfernung zu ihr ein. Er wusste jetzt, dass sie schnell rennen konnte. Sie könnte in den Wald rennen und auf diese Weise ihrer gerechten Strafe entgehen.

Sein Bein brannte wie Feuer. Das Dämonen-Werkzeug hatte eine klaffende Wunde hinterlassen und er wusste so mit absoluter Sicherheit, dass er nichts mehr hatte, wofür es sich zu leben lohnte. Sie hatte ihn gebrandmarkt. Das dämonische Zeichen auf seiner Haut prophezeite ihm sein unvermeidliches Schicksal: Das Gift würde sich in seinem Körper verteilen und schließlich seinen Geist erreichen. Es machte ihn zu einem Zombie. Und der Dämon würde sich an seiner Seele laben. Tränen füllten seine Augen. *Zerstöre sie!*

„Komm näher", stieß er heraus.

Sie schüttelte ihren Kopf. „Komm und hol mich. Lass ihn gehen. Du weißt genau, dass du eigentlich mich willst."

Töte ihn zuerst.

„Nein!"

Der Schrei eines Mannes hallte durch die Nacht und Andrew zuckte zusammen. In dem Moment merkte er, dass er sein Vorhaben laut ausgesprochen hatte. Die Dunkelheit hatte ihn bereits in Besitz genommen. Die Zeit wurde knapp.

Logan ging einen Schritt auf Andrew zu. „Leg das Messer weg, Andrew. Dann lassen wir dich gehen. Wenn du ihn verletzt, reiße ich dich in Stücke."

Wenn er jetzt starb und sich die Fäulnis bereits in ihm ausbreitete, würde er in der Hölle landen. Er würde teuflische Schmerzen haben und seine Mission bliebe unerfüllt. Ihr Gestank füllte seine Nasenlöcher. Ihm wurde übel. Die Hoffnung hatte ihn verlassen. Er presste das Messer gegen den Hals ihres Gehilfen und er wurde daraufhin mit einem Rinnsal aus Blut belohnt. Blut so schwarz wie die Seele des Dämons bahnte sich einen Weg in die Erde.

Sie machte ein Geräusch und er schaute hoch. Tränen strömten aus ihren schwarzen Augen. Jetzt hatte er den Beweis: Er besaß den Schlüssel. Starb sie, dann würde das Böse aus seinem Körper entweichen. Wenn er dann sein Leben ließ, entkam er dem schwarzen Abgrund der Hölle.

Sie trat einen Schritt näher. *Nein.* Ein Dämon würde sich nicht um den Gehilfen sorgen. Eine Falle. „Du versuchst, mich reinzulegen." Seine Zunge fühlte sich schwer an, weshalb er die Worte lallte. *Nicht mehr viel Zeit.* Sein Sichtfeld verschwamm.

„Nein. Ich bin hier", sagte sie. Er blinzelte und sie kam wieder in sein Blickfeld. Sie war nähergekommen, ihre klauen-förmigen Hände nach ihm ausgestreckt. Sie flehte ihn an.

„Nein, Kallie!", rief der zweite Diener.

KAPITEL DREIZEHN

„Oh, bitte", flüsterte Kallie – zu Andrew, zu Gott, zu jedem, der ihr in diesem Moment zuhörte. Obwohl ihr die Tränen zum Teil die Sicht raubten, entging ihr nicht das Blut, das aus Virgils Hals tropfte. Noch mehr Druck und das Monster hätte ihren Cousin auf dem Gewissen …

Er murmelte irgendwas von Dämonen und Sklaven. Einer Opfergabe.

Aber er wollte doch sie und nicht Virgil. „Andrew, nimm mich."

Andrews Kopf wirbelte herum. Panisch schaute er sich um. Was genau sah er auf der Waldlichtung, das ihn so erschreckte? Schließlich erreichte sie sein Blick. „Dämon, sprich nicht mit mir. Dämonen sterben nicht. Sie klammern sich ans Leben."

„Ich nicht." Sie trat einen Schritt näher. „Es gibt hier nichts mehr für mich. Niemanden. Du kannst mich töten. Sie werden kurz trauern und dann einfach ihr gewohntes Leben fortsetzen."

„Dein Lover aber nicht." Er ballte die Faust um das Messer und die Klinge bewegte sich einen Millimeter. Nur ein Millimeter entschied über Leben und Tod.

Ihr Herz hämmerte in ihrem Brustkorb. „Er hat mich verlassen." Andrews Muskeln lockerten sich und Kallie trat näher. „Es wird ihn nicht kümmern. Er wollte mich nicht." Der Schmerz in ihren Worten musste ihn erreicht haben, denn er entfernte das Messer von Virgils Kehle. „Ich gehöre nicht hier hin." Einen Meter von Andrew entfernt fiel sie auf ihre Knie.

„Verdammt, Kallie", rief Logan in einem verzweifelten Ton. Er stand zu weit weg, um ihr helfen zu können. Ihre Hoffnung bestand darin, dass Logan Virgil zur Hilfe eilen könnte, sobald sich das Monster auf sie konzentrierte. Fairer Tausch, sagten ihr Verstand und ihr Herz, wohingegen ihre Hände zitterten. Alles an ihr zitterte; jeder Nerv schrie: *Renn weg!*

Zweifelnd sah Andrew sie an. Er schaute auf Virgil, dann wieder auf sie.

Gleich geschafft. Sich ihm zu opfern, war das Schwerste, was sie jemals in ihrem Leben getan hatte.

Sie beobachtete, wie das Messer auf die Erde fiel. Gleich darauf griff er nach seinem Ast und sie zuckte zusammen. Er holte aus. Kallie bedeckte ihren Kopf mit den Händen, obwohl sie wusste, dass es nichts bringen würde.

Etwas kollidierte mit Andrew und stieß ihn weg. Der schwere Ast bewegte sich einen Hauch an ihrem Gesicht vorbei, so dass sie die Luft spüren konnte, die durch das Instrument in Bewegung versetzt wurde. Der erwartete Schmerz kam nicht.

Sie blinzelte und sah auf die kämpfenden Männer. Sie erkannte schließlich, um wen es sich handelte. *Neeein, nicht Jake!* Ihr Jake gegen dieses Monster? Sie krabbelte auf die Füße und griff nach dem Messer. In diesem Moment wurde sie von Logan gepackt und aus der Gefahrenzone gezogen. Er schloss einen Arm um ihre Taille, als sie versuchte, sich zu befreien.

„Lass mich los!" Sie wehrte sich gegen seinen Griff, brüllte ihn an, doch Logan gab nicht nach.

Sie musste beobachten, wie Andrew mit seiner Waffe ausholte und mit aller Kraft zuschlug. Sie wimmerte. *Oh Gott, nicht Jake*. Zwar wich Jake aus, jedoch wurde er mit voller Wucht an der Schulter getroffen. Jake taumelte zurück und Andrew holte erneut aus. Jake sprang beiseite und nutzte den Augenblick, um Andrew ins Gesicht zu boxen.

Andrew wankte. Dummerweise erholte er sich schnell und schlug mit dem Ast um sich. Jake war gezwungen, dem Wildgewordenen auszuweichen.

„Verdammt. Das sieht nicht gut. Secrist ist vollkommen wahnsinnig geworden." Logan näherte sich den beiden, als Andrew wieder ausholte.

„Nein, nein, nein." Kallie warf ihr Messer.

Es knallte gegen Andrews Rücken. Ein jämmerlicher Versuch, denn es fiel zu Boden, ohne Schaden anzurichten. Sie verstand deshalb auch nicht, warum Andrew schrie. Jake nutzte die kurze Verwirrung und trat dem Mörder gegen seine blutige Wunde am Bein. Andrew entließ erneut einen Schrei und taumelte vorwärts.

Jake riss ihm den schweren Ast aus der Hand. Er packte ihn wie einen Baseballschläger, drehte sich um seine eigene Achse und schmetterte die Keule gegen die Schläfe des Monsters. Der Aufprall erzeugte ein Geräusch, das Kallie niemals in ihrem Leben vergessen würde.

Leblos landete Andrew auf dem Waldboden.

Erschöpft und schnaufend stand Jake über ihm. Logan lief zu seinem Bruder und legte die Hand auf seine Schulter.

Kallie konnte sich nicht bewegen. Mit weit aufgerissenen Augen starrte sie zu Jake. *Er lebt.* Blut strömte aus einer Wunde an der Schläfe – schimmernd im silbernen Licht des thronenden Mondes über ihm. Das zerrissene Hemd hing von seinen muskulösen Schultern. Er humpelte. Aber er war okay. *Gott sei Dank.*

Nach einem letzten versichernden Blick fiel sie neben Virgil auf die Knie. Erleichterung durchflutete sie, als sie ihn stöhnen hörte. Schwerfällig und stöhnend setzte er sich auf, presste eine Hand gegen seine Seite und sagte: „Mit was hat das Arschloch mich getroffen?"

„Einem riesengroßen Ast, mit dem auch Goliath seinen Spaß gehabt hätte", sagte sie lachend. Jedenfalls dachte sie, dass sie lachte, doch sie konnte Tränen schmecken. „Du Blödmann, er hätte dich umbringen können." Sie riss einen Ärmel von ihrem Flanellhemd ab und presste den Stoff an seinen Hals, obwohl die kleine Wunde nicht mehr blutete.

Virgil griff sich an die Stirn und zuckte zusammen. „Ich bin nur froh, dass er kein Zielwasser getrunken hat." Dann packte er sie an der Schulter und schüttelte sie durch. „Was zum Teufel hast du dir dabei gedacht, dich opfern zu wollen? Ich habe jedes einzelne Wort gehört. Er –" Er hielt inne und murmelte seine Flüche.

Wenn er fluchen konnte, wird er wohl überleben, dachte Kallie grinsend. Eine Sekunde später fühlte sie eine sanfte Berührung an ihrem Hinterkopf. Sie hob den Blick, aber Jake war bereits an ihr vorbeigegangen. Er lief zu seinem Bruder, der sich erschöpft ins Gras niedergelassen hatte.

Logan schaute hoch. „Wenn man bedenkt, dass dir das Gefühl für Grazie völlig abgeht, war das wirklich eine reife Leistung. Lautlos angeschlichen und dann attackiert. Bravo, Bruder."

„Was nur funktioniert hat, weil er seine Aufmerksamkeit nicht von seinem *Opfer* wegbekommen hat." Jake warf Kallie einen wütenden Blick zu. Sie zuckte zusammen. Er lehnte sich vor, streichelte Thor und fragte seinen Bruder: „Wie geht's ihm?"

Ein Winseln. Kallies Herz zog sich zusammen, als sich Logans Hund mühselig auf die Beine hob. Das Wimmern, das sie in ihrem Versteck gehört hatte ...

Logan kraulte hinter den Ohren seines treuen Begleiters. „Er wird es noch einige Zeit spüren. Ich denke aber nicht, dass irgendetwas gebrochen ist. Warum zum Teufel hast du den Bastard nicht erschossen, Masterson? Hast du deine Pistole verloren, oder was?"

„Oder was. Er hat deinen verdammten Hund nach mir geworfen. Vielleicht solltest du Thor weniger Futter geben, Hunt. Die Wucht von dem Aufprall hat mich umgerissen." Virgil schnaubte vor Wut. „Wäre es dir lieber gewesen, wenn ich den Hund erschossen hätte?"

Stille. Logans Hand erstarrte in Thors Fell. Er seufzte und sagte: „Okay, ich verstehe. Danke, dass du ihn nicht getötet hast."

„Kein Problem." Virgil wandte seine Aufmerksamkeit dem Körper von Andrew zu. Er presste die Lippen aufeinander. „Wir haben es ja auch so hinbekommen, ihn auszuschalten. Gute Arbeit, Jake."

Jake grunzte zustimmend. *Warum machten Männer das?* Dann fand sein intensiver Blick den ihren. „Ich hatte Hilfe. Guter Wurf."

Sie starrte ihn an und hatte keine Ahnung, was sie sagen sollte. Ihr wollte einfach nicht der Anblick aus dem Kopf gehen, wie Andrew mit dem Ast ausgeholt hatte. Mit einem Schlag hätte sie Jake für immer verlieren können.

Jake kniete sich neben den Hund. „Dummer Hund. Wir müssen unbedingt an deiner Ausweichtaktik arbeiten." Seine Arme um den winselnden Hund straften seine gemeinen Worte lügen. Thor wedelte mit dem Schwanz. Er wusste genau, dass Jake auf diese Weise seine Liebe ausdrückte.

Erneut stahlen sich Tränen in ihre Augen. Ihr war wirklich nicht mehr zu helfen. Vielleicht hatte der Mörder sie doch am Kopf erwischt.

Fluchend und mit der Hand an seiner schmerzenden Rippe hievte sich Virgil auf die Füße. „Wenn ich lache, wird es in den nächsten Tagen scheiße wehtun", murmelte er. „Wenn du mir auch nur einen Witz erzählst, Kleines, gibt es Ärger."

Oh ja, es ging ihm gut. Ihr wurde ganz schwindelig vor Erleichterung. „Cousin, was sagt die Prostituierte zum Priester?", fragte sie.

Er stieß ein Lachen aus. Ein Stöhnen folgte. Gleich darauf schlug er mit der Hand gegen ihre pochende Hüfte. Ihr schmerzerfülltes Aufheulen ähnelte dem von Thor.

Jake trat in Aktion, schob ihren Cousin beiseite und kam zu

ihr. „Du verdammtes Arschloch, sie ist verletzt", knurrte er und kniete sich neben ihr hin. „Lass mich mal nachsehen, wo du verletzt bist, Süße."

Bei diesen Worten, so verdammt ähnlich zu den Worten, die er vor ein paar Wochen in der Claim-Jumper-Taverne verwendet hatte, bröckelte ihr Verteidigungswall und es löste sich ein Schluchzen aus ihrer Kehle.

Er reagierte sofort, wickelte die Arme um sie und zog sie an seine Brust. In dem Moment kam ihr die wichtigste Erkenntnis überhaupt: Egal, wie viele andere Zivilisationen es dort draußen auch gab, ihr Zufluchtsort würde für immer in seinen Armen liegen. Nur hier fühlte sie sich in Sicherheit.

Verdammt. **Jake hatte** sich vorgenommen, sich von ihr fernzuhalten und Virgil die Ehre zu überlassen, sie zu trösten. Sie vertraute ihrem Cousin. *Mir? Nicht mehr.* Irgendwie musste er ihr Vertrauen zurückgewinnen. Nur nicht jetzt. Der Tag war bereits emotional genug.

Er hatte wirklich versucht, sich von ihr fernzuhalten. Er wusste, er würde Virgils Nase brechen, wenn er versuchen würde, sie aus seinen Armen zu reißen.

„Ist sie ...? Kallie, ich hab's nicht so gemeint." Virgil näherte sich und legte die Hand auf ihre Schulter. „Komm her, Kleines. Lass mich mal einen Blick auf deine Verletzung –"

„Sie gehört mir", fauchte Jake ihn an. Er blinzelte verblüfft und sagte dann: „Was ich meinte: Sie kommt schon wieder in Ordnung."

Virgils Mundwinkel zuckte amüsiert. „Hab schon verstanden." Er suchte nach seiner Pistole und fand sie im Gras. Dann näherte er sich Secrists leblosem Körper.

Jake wandte seine Aufmerksamkeit dem wirklich Wichtigen zu. „Ganz ruhig", murmelte er. Ihre Schluchzer trafen ihn härter als die Schläge mit dem Ast. Er zog sie enger an sich, seine kleine, mutige Elfe. Sie hatte ihn in Angst und Schrecken versetzt, als sie aus dem Wald gekommen war und sich vor dem Mörder positioniert hatte, der zweimal so groß war wie sie. Sein kleiner Toto, knurrend und niemals zurückweichend. Sie hatte ihn gleichzeitig stolz gemacht und ihn in Todesangst versetzt.

Er schloss die Augen und rieb seine Wange an ihren kurzen Haaren. „Mach das nicht noch einmal", murmelte er.

Ein paar Minuten länger schmiegte sie sich vertrauensvoll an ihn und ließ ihren Gefühlen freien Lauf. Zu früh – seiner Meinung nach – atmete sie zittrig ein und drängte die Tränen zurück. *Macho-Elfe*. Nur das Zittern, das durch ihren Körper jagte, konnte sie nicht kontrollieren.

Ohne seinen Blick von Kallie zu nehmen, kam Virgil auf sie zu. Sie wischte sich gerade die Tränen von ihren Wangen und er sah sie besorgt an. „Ich glaube nicht, dass ich sie schon jemals habe weinen sehen", murmelte er zu Jake. Er konnte Virgil ansehen, wie sehr ihm der Anblick schmerzte. Schmerzen, die nichts mit seinen Verletzungen zu tun hatten.

Jake verstand sie. Sie musste den Druck ablassen. Trotzdem wünschte er, dass er ihr abnehmen könnte, was sie belastete. Jeder Schluchzer fühlte sich wie ein Stich in sein Herz an.

Virgil drehte sich zu Jake. „Lass uns von hier verschwinden. Für die Leiche werde ich ein Team herschicken."

Der schmale Pfad erforderte, dass sie hintereinanderliefen. Auf dem ganzen Weg herrschte Stille, abgesehen von gelegentlichen Flüchen, wenn jemand aus Versehen den Körperteil mit der Verletzung beanspruchte. Kallie befand sich in einem emotionslosen Nebel und doch fiel ihr auf, dass Jake am wenigsten fluchte. Sie nahm an, dass er sich für sie zurückhielt. Virgils Laute ähnelten zumeist einem Stöhnen. Bis zu dem Zeitpunkt hatte sie angenommen, dass Logan unverletzt davongekommen war. Jetzt, wo er vor ihr lief, bemerkte sie, dass auch er humpelte.

„Logan, wie hast du dich verletzt?", fragte sie.

Logan schaute über seine Schulter und lachte kurz auf. „Für

den Fall, dass du es noch nicht bemerkt hast: Mein Bruder hat die Anmut eines tanzenden Nilpferdes auf Drogen. Er ist über einen Baumstamm gefallen, woraufhin ich über ihn gefallen bin. Dadurch habe ich mir mein Knie verletzt. Es hat ein wenig gedauert, bis wir uns entwirrt und die Taschenlampen wieder in der Hand hatten. Aus diesem Grund sind wir gestaffelt auf der Lichtung aufgetaucht."

„Vielleicht hättest du mir beim Aufstieg nicht so am Arsch kleben sollen. Dann hättest du meine Bremslichter vielleicht rechtzeitig bemerkt." Wie schon bei dem gesamten Abstieg half ihr Jake auch jetzt über einen umgefallenen Baumstamm. Jedes Mal, wenn er sie berührte, fühlte sie, wie sich Wärme von seinen Fingern auf ihre eiskalten Hände übertrug.

Auf halbem Weg kamen ihnen Hilfssheriffs entgegen. Sie unterhielten sich kurz mit Virgil und es traten alle gemeinsam den Weg nach unten an.

Als sie endlich am Waldrand ankamen, hatte Kallie das Gefühl, in jedem Stiefel fünf Kilogramm Schlamm zu lagern. Sie schaffte es kaum noch, ihre Beine zu heben. Jake legte einen Arm um sie und sie lehnte sich dankbar an ihn.

Sie traten in eine Welt aus Scheinwerfern und Lärm. Nicht weit von ihr wurden Wyatt und Morgan von einem Polizisten davon abgehalten, den Pfad zu betreten. Nicht mehr lange und ihre Cousins würden explodieren.

Thor bellte und zog damit die Aufmerksamkeit eines jeden Anwesenden auf sich. Binnen einer Sekunde war Kallie von Menschen umringt. Von zu vielen Menschen. Zu Kallies Erleichterung zog Virgil seine Brüder und die Polizisten zur Seite. Logan und Jake blieben bei ihr, um sie von den neugierigen Fragen und Blicken zu schützen.

Logan hielt auf dem Kieshof an. Thor wartete neben ihm. Auch er schien erschöpft zu sein, sein buschiger Schwanz hing leblos herunter. „Kommst du mit nach Hause, Jake?"

Bleib hier. Bitte. Kallie atmete tief ein und entließ den Atem zittrig. Dann versuchte sie, sich von Jake zu entfernen. *Er soll bloß gehen. Sie konnte gerade wirklich kein weiteres Drama gebrauchen.*

Jake packte ihren Arm. „Danke, aber nein. Es gibt hier noch ein paar Dinge, die ich regeln muss."

Logans Blick wanderte zu ihr. Er musterte sie für eine Weile, bevor er zu seinem Bruder sagte: „Verstanden. Ruf an, wenn du was brauchst."

„Danke, Bruder." Jakes Stimme wurde sanfter. „Ich meine es ernst: danke."

Logan wedelte mit der Hand. „Gehört zur Jobbeschreibung eines Bruders." Er streichelte Kallie über die Wange und sagte: „Schlaf gut, Süße."

„Gute Nacht, Logan", bekam Kallie geradeso heraus. „Und: danke."

Sie lehnte sich vor, kraulte Thor hinter den Ohren und flüsterte: „Auch bei dir muss ich mich bedanken, mein Großer." Er leckte über ihre Wange und sein Schwanz setzte sich in Bewegung. Logan hielt noch kurz an, um mit Virgil zu reden, dann kletterten er und Thor in sein Auto.

Kallie sah dem Pickup von Logan nach, bis das Fahrzeug aus ihrem Blickfeld verschwand. Wenig später löste sich Virgil von einem der Polizisten und kam zu ihr. „Es steht dir frei, zu gehen, Jake. Allerdings bitte ich dich morgen für eine Aussage auf die Polizeistation zu kommen."

„Es kommt mir gelegen, dass die Aussage bis morgen Zeit hat. Gehen werde ich aber noch nicht. Ich werde jetzt Kallie beim Duschen helfen und dann dafür sorgen, dass –"

Kallies Kiefer klappte nach unten. Gleichzeitig zog Virgil die Augenbrauen zusammen und sagte: „Ganz bestimmt nicht."

„Wer soll ihr denn sonst helfen?" Jake ließ seinen Blick über Kallie schweifen. „Dir ist klar, dass ich bereits weiß, wie sie nackt aussieht, oder?"

Kallie erstarrte. „Jake! Oh Gott!"

Virgil errötete und fuhr sich mit der Hand durch seine Haare. „Zum Teufel. Also gut."

„Danach sollen sich bitte alle im Wohnzimmer versammeln", sagte Jake.

„Und warum?", fragte Virgil genervt.

„Wir müssen über falsche Wahrnehmungen und bereitwillige Opfer reden."

Kallie hatte den Gesprächsfaden verloren. Ihre gesamte Konzentration war von Nöten, damit ihre Beine nicht unter ihr nachgaben.

Virgil sagte gedehnt: „Das hat mir auch nicht gefallen. Aber ..." – er schaute zu den Polizisten – „vielleicht später?"

„Sofort. Im Moment besteht die Möglichkeit, durchzudringen. Vielleicht. Später könnte sich das als schwierig erweisen."

„Was redet ihr zwei da?", fragte Kallie verwirrt.

Virgil antwortete nicht. Er musterte sie für eine Sekunde. „Lass mich schnell eine Meldung beim Chief machen, dann komme ich. Ich lege dir saubere Kleidung vor Kallies Schlafzimmertür und wir sehen uns dann im Wohnzimmer."

„Gut." Kallie stolperte, als Jake sie plötzlich Richtung Haustür lenkte. Lachend hob er sie in seine Arme. „Du bist erschöpft, Elfchen. Sag mir, wo dein Zimmer ist."

Du musst ihn loslassen. „Ich kann selber gehen."

„Heute nicht."

Jake trug sie über den Hof und sie beobachtete, wie Virgil ihre anderen beiden Cousins stoppte, bevor sie auf Jake und sie zustürmen konnten.

Obwohl er am Bein verletzt war und humpelte, trug Jake sie die Treppe hinauf ins Obergeschoss. Er stellte sie auf ihre Füße, machte das Licht an und schaute sich um.

Sie seufzte. Ihre neue rote Unterwäsche lag auf dem dunkelblauen Teppich. Ihre Flanellhemden hingen über der Lehne des Schreibtischstuhls und ein paar Bücher stapelten sich neben dem Bett. In einer Ecke stand ein Tisch, auf dem ihre Schnitzwerkzeuge und ihre Figuren lagen. Um den Tisch verteilten sich Sägespäne. Martha Stewart würde bei dem Anblick wahrscheinlich in Ohnmacht fallen. „Die Unordnung tut mir leid."

„Solange wir beide ins Bett passen, wirst du von mir keine Beschwerden hören."

Der Gedanke daran, heute Nacht nicht allein zu sein ... Sie lehnte ihre Stirn gegen seine Brust. „Danke, dass du bleibst."

Er schüttelte den Kopf. „Dafür musst du dich nicht bedanken. Was wir aber tun müssen: uns unterhalten. Zuerst werde ich dir allerdings beim Frischmachen helfen."

„Ich kann alleine duschen." Sein Blick zeugte von Belustigung und sie funkelte ihn wütend an.

„Is' klar, kleine Sub", murmelte er. Er zog sie an sich, vorsichtig, aber bestimmt. „Seit wann ist es dir gestattet, deinen Dom auf diese Weise anzufunkeln?"

Meinen Dom? Ein warmes Gefühl breitete sich in ihr aus und vertrieb die Kälte. „Du bist nicht mein Dom."

Als hätte sie keinen Ton von sich gegeben, küsste er sie sanft auf die Lippen und sagte: „Duschen, meine Elfe."

Auch in ihrem Bad sah er sich sorgfältig um.

„Als ich dreizehn war, haben sie es umgebaut." Zu der Zeit war sie erst sechs Monate bei ihnen gewesen. Jeden Tag hatte sie damit gerechnet, fortgeschickt zu werden. Eines Tages fuhr sie mit ihrem Geschichtskurs auf eine dreitägige Exkursion und bei ihrer Rückkehr hatte sie ein renoviertes Bad vorgefunden: blassblaue Blümchentapete, dunkelblaue Armaturen und eine tolle Beleuchtung. Eine beeindruckende Einbaudusche mit zarten Blumen auf den Kacheln. Eine riesige Badewanne. Ein weibliches Badezimmer nur für sie. In ihr war die Hoffnung aufgeblüht. Vier Männer, die über sie hinausragten, hatten sie so überglücklich angestrahlt, dass sie beinahe in Tränen ausgebrochen wäre.

Über die Jahre hatte sich wenig verändert. In ihrem Badezimmer konnte sie glauben, dass sie eine Frau und nicht einer der Jungs war.

„Es passt zu dir, Süße", sagte Jake. Im nächsten Moment schälte er ihr die schmutzige und blutige Kleidung vom Körper.

Er machte die Tür aus Milchglas auf und drehte das Wasser

an. Wasserdampf breitete sich im Raum aus. Jake zog sich aus und half ihr in die Duschkabine.

Unter dem warmen Wasserstrahl konnte sie sich endlich entspannen. Sie seufzte zufrieden.

Jake ließ keinen Millimeter ihrer Haut aus. Bei ihren Kratzern und wunden Stellen ging er behutsam vor. Er erreichte ihren Rücken und knurrte. Mit Sicherheit hatte sie dort einen riesigen blauen Fleck: Sie erinnerte sich an den Moment, als Andrew sie mit dem Stiefel fixiert hatte und erschauerte.

„Ganz ruhig, Kalinda. Es ist vorbei. Du bist in Sicherheit." Er fuhr fort, ohne den Moment ins Sexuelle zu verkehren. Zudem wusch er ihr die Haare. Danach schrubbte er seinen eigenen Körper und ihr gefiel, wie sich der Duft ihrer Kräuterseife mit seinem männlichen Geruch vermischte.

Nach der Dusche half er ihr aus der Kabine und trocknete sie genauso sorgfältig ab, wie er sie gewaschen hatte.

„Das bekomme ich selbst hin", protestierte sie. „Ich wohne hier. Das macht dich zu meinem Gast. Demnach sollte ich mich um dich kümmern." Sie versuchte, ihm das Handtuch wegzunehmen.

„Nicht heute. Allerdings werde ich in der Zukunft sicher auf dieses Angebot zurückkommen."

Er ignorierte ihre Proteste, steckte sie in ihren Frotteebademantel und strich mit seinem Finger über ihre Wange. „Es macht mir Freude, dich zu umsorgen. Vor allem, nachdem ich dich beinahe verloren hätte." Seine Augen verdunkelten sich. Ohne Vorwarnung zog er sie an seine Brust und wickelte seine Arme so fest um ihren Körper, dass er ihr den Atem raubte. „Gott, es war so knapp."

Als er sie wieder losließ, klammerte sie sich noch einige Minuten an seine Arme. Dann trat sie einen Schritt zurück. Wenn sie bloß nicht so verdammt müde wäre. Und ratlos. *Reiß dich zusammen, Kallie.*

Jake holte sich die Kleidung, die ihm Virgil vor die Tür gelegt hatte: ein schwarzes T-Shirt und eine schwarze Jogginghose. Er zog sich schnell an. Erneut ignorierte er ihre Einwände. Er nahm sie in seine Arme und trug sie ins Erdgeschoss zurück.

Leicht wie eine Feder, zerbrechlich und kostbar. Jedes Mal, wenn er an den Augenblick dachte, als sie sich vor den Mörder hingekniet und sich bereitwillig opfern wollte, flammte Ärger in ihm auf. Am liebsten würde er das verdammte Sackgesicht erneut töten.

Das Wohnzimmer war leer. Laute aus der Küche und eine tickende Standuhr durchbrachen die Stille. Er schaute sich um, wählte einen riesigen Sessel und platzierte Kallie auf seinem Schoß, so dass sie sich an ihn lehnen konnte.

Morgan musste sie gehört haben. Er lief durch den Flur, öffnete die Vordertür und rief nach seinem Bruder. Eine Minute später kam Virgil dreckig und erschöpft herein.

Aus der Küche brachte Wyatt Tassen mit Kakao. Jake nahm eine entgegen und stellte sie auf dem Beistelltisch ab. Dann griff er nach einer Zweiten, probierte den Kakao und befand die Temperatur für richtig. *Einfach perfekt*, dachte er, *verfeinert mit Baileys*.

Er übergab ihr die Tasse. Ihm waren ihre zitternden Hände aufgefallen, weshalb er sagte: „Für dich, Elfchen." Sie schloss ihre Augen und trank von der heißen Schokolade. Er konnte den Blick nicht von den langen Wimpern nehmen, die einen Schatten auf ihre blassen Wangen warfen. Sein Herz zog sich zusammen. Er wollte sie in ihr Zimmer tragen und sie einfach nur in seinen Armen halten.

Jetzt war er ihr Dom – ob sie das jetzt akzeptierte oder nicht. Genauso wie intensive BDSM-Sessions waren dramatische Ereignisse dazu in der Lage, Probleme ans Licht zu bringen, die seine Sub gerade versuchte zu ignorieren. In ihrer Vergangenheit musste etwas passiert sein, was sie zu der Überzeugung gebracht hatte, dass sie nicht liebenswert war. Jeder konnte sehen, wie

sehr ihre Cousins sie liebten. Nur sie musste noch davon überzeugt werden.

Er hätte das Thema morgen ansprechen können. Er wollte
jedoch nicht riskieren, dass sie über die Nacht ihre Schutzmauern wieder aufrichtete. Heute Abend, zu viert, konnten sie
vielleicht zu ihr durchdringen.

Zugegebenermaßen war er für diese Mission nicht perfekt
ausgerüstet. Einen lang gehegten Unglauben zu heilen, war nicht
einfach. Wahrscheinlich wäre es ratsamer, sie zu einem Therapeuten zu schicken. Andererseits: Wer wollte nicht hören, dass
man geliebt und geschätzt wurde?

Virgil setzte sich auf die Couch, Morgan daneben. Wyatt
murmelte etwas Unverständliches und nahm auf einem Sessel
Platz, von wo aus er es sich zur Aufgabe machte, Jake genervt
anzustarren. Anscheinend gefiel es ihm nicht, dass Kallie auf
seinem Schoß saß und Jake die Kontrolle über dieses Meeting an
sich gerissen hatte. „Hunt, ich weiß nicht –"

„Klappe halten." Jake warf ihm einen gleichmütigen Blick zu.
„Auf der Lichtung hat Kallie zu Secrist gesagt, es würde ihr
nichts ausmachen, wenn sie starb, und dass sie nirgends dazuge-
hörte." Er nahm ihr den Kakao ab und stellte ihn auf den
Beistelltisch.

Wyatts Mund klappte auf. Dann zog er irritiert die Augenbrauen zusammen. Er wechselte einen bestürzten Blick mit
Morgan. „Aber –"

Als Jake die Stirn runzelte, brach Wyatt den angefangenen
Satz ab.

Jake sah auf Kallie. Sie war so erschöpft, dass sie bereits kurz
vorm Einschlafen war. Es brach ihm das Herz, wie stark sie
zitterte. „Elfchen."

Sie öffnete langsam ihre Augen, ohne sich wirklich auf einen
bestimmten Punkt zu fokussieren. „Jake?"

„Erzähle mir, wo du gelebt hast, nachdem dich dein Stiefvater weggeschickt hat."

„Jetzt? Aber –"

„Nicht denken; erzähl es mir einfach." Um ihre Reaktionen besser einschätzen zu können, glitt seine Hand in ihren Bademantel. Unter ihren perfekten Brüsten konnte er spüren, wenn sich ihre Bauchmuskeln anspannten und wann sich ihr Herzschlag beschleunigte.

„Ich wurde zu Tante Penny geschickt."

„Warum musstest du Tante Penny wieder verlassen?"

Jeder Muskel unter seiner Hand spannte sich an. Die Verletzlichkeit in ihren Augen zerriss ihm das Herz. „Ich musste zu Tante Teresa. Ich nehme an, dass sie mir überdrüssig geworden sind", flüsterte sie niedergeschlagen.

„Was? Nein!", sagte Morgan so laut, dass Kallie zusammenzuckte. Ihr Cousin sprang auf die Füße. „Nein! Das ist nicht wahr!" Er kam näher und sah ihr direkt in die Augen. „Mein Gott, Kallie, hat es dir denn keiner erzählt? Sie hatte die Befürchtung, dass Charles dir etwas antun könnte."

Kallie runzelte die Stirn und blinzelte verwirrt. Die Bedeutung seiner Worte kam noch nicht ganz bei ihr an. „Charles hat mir nie wehgetan ..." Na gut, einmal. Sie hatte ihre Milch verschüttet und ihr Cousin hatte ihr eine Ohrfeige verpasst. „Ich verstehe nicht."

„Er ist bipolar. Zum Teufel, Kallie, kurz nach deiner Abreise hat er ein Kind in seiner Schule krankenhausreif geschlagen. Penny meinte, dass er manchmal ... die Kontrolle verliert."

Bipolar? Kallie versuchte, ihr Gehirn anzukurbeln. Sie war so verwirrt. Charlie war bipolar? Er war doch so jung gewesen. Ein Teenager. Ein unheimlicher Teenager, der ab und zu die Beherrschung verlor und Dinge durch die Gegend geschmissen hatte. Oftmals nach ihr. „Ich dachte, er mag mich nicht. Ich war so ungeschickt."

„Nein!", brach es aus Wyatt heraus.

Morgan warf ihm einen eindeutigen Blick zu: *Sei still.* Dann nahm er ihre Hand. „Kallie, er hat geweint, als du fortgingst.

275

Lange weigerte er sich, zuzugeben, dass etwas nicht in Ordnung mit ihm war. Genau wie Penny, bis ... er dich geschlagen hat." Er presste die Lippen aufeinander. „Danach haben sie einen Psychiater aufgesucht. Er hat eine Diagnose gestellt und ihm entsprechende Medikamente verschrieben. Tante Penny hat es furchtbar getroffen, dich zu verlieren. Sie konnte mit dem Weinen gar nicht mehr aufhören. Ihr Job hielt sie davon ab, dich mit Charlie nach der Schule allein zu lassen. Sie hatte einfach nicht genug Vertrauen in ihn. Nicht, solange er nicht die Hilfe bekam, die er so dringend brauchte."

Oh. „Das wusste ich nicht", flüsterte sie. Tante Penny hatte nicht gewollt, dass sie ging? Charlie hatte sogar geweint? Die trüben Erinnerungen an das ausdruckslose Gesicht ihrer Tante und den gemeinen Blick ihres Cousins klarten auf. Jetzt veränderten sich die Gesichter ihrer Tante und ihres Cousins. Tränen füllten Kallies Augen. Plötzlich erinnerte sie sich an die Traurigkeit, die sie bei ihrer Abreise hatte sehen können. *Oh.*

Morgan drückte ihre Hand. „Lass mich dir sagen –"

Jake unterbrach ihren Cousin: „Später. Ich bin mir sicher, dass sie später jedes Detail hören will. Jetzt müssen wir uns erstmal –"

„Was denkst du, wer du bist, Hunt?" Wyatt blaffte ihn an. Sie hätte erwartet, dass Virgil zuerst Einspruch erheben würde. „Und nimm deine Hände von ihr weg!"

Kallie merkte plötzlich, wo Jake seine Hand liegen hatte: unter ihren Brüsten. Sie hob die Augen zu seinen und schüttelte den Kopf.

Er bewegte sich nicht. Er hielt ihren Blick gefangen – so intensiv und blau. „Ich bin derjenige, der für sie einen Mörder bekämpft hat."

Im Geiste spielte sie nochmal die Szene ab: Unerwartet war er aus dem Nichts aufgetaucht und hatte sich auf Andrew geworfen. Er hätte dabei sterben können. Wieder begann sie, unkontrolliert zu zittern. Jake zog sie enger an seine Brust und übte mit der Hand auf ihrem Oberkörper Druck aus. Seine Hand auf ihrer nackten Haut. Sie versuchte, diese Hand wegzuschieben.

„Oh nein, Elfchen", sagte er in einem sanften Ton. Sie hatte nicht die Kraft, gegen ihn anzugehen und gab auf. Eigentlich wollte sie auch gar nicht, dass er sie losließ. Sein Blick reichte aus, um ihren Körper aufzuwärmen.

„Okay, weiter im Programm", sagte er. Seine Stimme gab den Eindruck wieder, dass sie in der Taverne zusammensaßen und ein Bier tranken. „Wo hast du nach Penny gelebt?"

Warum fragte er sie über ihre Vergangenheit aus? Sie runzelte die Stirn und versuchte, hinter seine Logik zu kommen.

Er hob das Kinn und seine Augen sahen sie wenig erfreut an. Die nächsten Worte sagte er in einem Ton, der ihr sehr wohl bekannt war: „Antworte mir."

Wyatt gab einen verärgerten Laut von sich. Gleichzeitig sprudelte die Antwort aus ihr heraus: „Danach bin ich zu Tante Teresa und Onkel Pete gekommen."

Er zog seine Hand unter dem Bademantel hervor, strich sanft über ihre Wange und fragte: „Hat es dir bei ihnen gefallen?" Kurz darauf fand seine Hand erneut ihren Weg unter ihre Brüste.

Sie erinnerte sich an das Lachen von Kindern, an Streitereien, an Tante T, die beim Kochen immer gesummt hatte. Sie erinnerte sich an Onkel Pete, der nach der Arbeit immer mit den Worten: *„Wer hat einen Kuss für einen alten Mann übrig?",* durch die Tür kam. Ein Lächeln huschte über ihre Lippen. „Ja. Es war toll."

„Was ist passiert? Warum bist du nicht bei ihnen geblieben?"

Die Frage fühlte sich wie ein Autounfall an. Sie versuchte aufzustehen, aber die Hand auf ihrer Brust hielt sie an Ort und Stelle. Sie wollte nicht mehr reden. „Ich will nicht –"

„Erzähl es mir."

„Sie sind umgezogen." Sie presste die Augen zusammen und erinnerte sich, wie Teresa sie zum Flughafen gebracht hatte. Sie umarmt hatte. *Nur über die Ferien*, hatte Kallie gedacht. „Sie haben mich nach Bear Flat geschickt. Sie wollten mich nicht mehr."

„Das muss wehgetan haben", sagte Jake sanft. „Was war der Grund?"

Sein tröstender Ton lockte die Tränen heraus. „Ich weiß es nicht", flüsterte sie. „Ich weiß nicht, was ich falsch gemacht habe. Keiner hat mich jemals ge – " Das stimmte nicht. Tante Penny hatte sie geliebt. Das hatte Morgan doch gesagt, oder? Tante Penny hatte tagelang um sie geweint. Kallie blinzelte. Sie wusste nicht, was sie noch denken sollte.

Wyatt explodierte: „Der dumme alte Mann! Hat Pa nie mit dir geredet?" Er kam auf sie zugestürmt – ihr mürrischer Cousin – und blickte auf sie hinab. „Verdammt nochmal, Pete hatte seinen Job verloren." Er atmete langsam ein und sein wütender Gesichtsausdruck entspannte sich. „Er wurde entlassen. War plötzlich arbeitslos, mit fünf Kindern – inklusive dir. Sie konnten die Hypothek nicht mehr bezahlen und mussten bei seiner Schwester einziehen. Zwei Familien in einem Apartment, das nur ein Schlafzimmer hatte. Nur mit Lebensmittelmarken sind sie über die Runden gekommen. Pa hat versucht, ihnen Geld zukommen zu lassen, aber du kennst ja Onkel Pete. Er kann so stur sein. Er allein wollte für seine Familie sorgen."

Kallie starrte ihn verblüfft an, während er sich mit den Händen durch die Haare fuhr. „Am Telefon haben sie sich mit Pa gestritten. Sie wollten dich nicht gehen lassen, aber es hätte passieren können, dass sie auf der Straße landen. Pa hat versucht, ihnen Vernunft einzureden. Bei jeder Antwort ist er lauter geworden und zum Schluß hat er gebrüllt, dass er es auf keinen Fall zulässt, dass seine Nichte Hunger leidet."

Sie hatte nichts falsch gemacht? *Oh Gott*, sie bekam keine Luft mehr. Keuchend packte sie Jakes Hand. Sie hörte ihn fluchen. Er positionierte sie auf seinem Schoß um und stabilisierte sie mit einem Arm um ihre Taille.

„Atme, Kalinda. Tief Luft holen. Ganz ruhig, meine Kleine. Einatmen, ausatmen." Seine tiefe Stimme drang zu ihr vor. Ihre

Lungen gehorchten ihm. Trotzdem fühlte sich alles komisch in ihr an. Als wäre ihr Herz zersplittert. Nichts war mehr dort, wo es hingehörte.

Sie krallte sich an seiner Hand fest und wollte ihn nie mehr loslassen. Aber das musste sie ...

„Nein, nicht loslassen." Er nahm ihre Hand in seine. „Atme noch einmal tief ein. Für mich. Es war ein schlimmer Tag – es wundert mich nicht, dass du eine Panikattacke hast." Sein gehauchtes Lachen gab ihr die Sicherheit, die sie brauchte. Sie atmete tief ein und lehnte sich vertrauensvoll an Jakes Schulter. Als sie den Blick zu ihren Cousins hob, schaute sie in erschrockene Gesichter.

Wyatt fasste sich zuerst. „Meine Fresse, Kallie. Jage mir nie wieder so einen Schrecken ein." Er fiel vor ihr auf die Knie und legte seine große Hand auf ihr Bein. „Verdammt, Kallie."

„Ich ... wusste es nicht." Sie versuchte, ihm ein Lächeln zu schenken. Sie vermutete jedoch, dass es einer Grimasse ähnelte. „Ich dachte, dass Tante Teresa Onkel Harvey überreden musste, mich aufzunehmen. Dann musstet ihr mit der Entscheidung leben."

„Kein Wunder, dass du kaum ein Wort herausbekommen hast, als du zu uns gekommen bist." Auch Virgil hatte sich vor sie hingekniet; sein Gesicht war genauso angespannt wie das von Wyatt. „Wir haben dich gerne bei uns, Kallie."

Morgans Lachen klang mehr wie ein Türknarren. „Als Pete wieder eine Arbeit hatte, haben sie versucht, dich zurückzubekommen, aber du hast doch schon uns gehört."

„Pa hat uns verboten, dir zu erzählen, dass sie sich deinetwegen gestritten haben. Er meinte, dass du ein zu weiches Herz hast und ein schlechtes Gewissen bekommen würdest." Virgil berührte sanft ihre Wange. „Gott, Kleines, weißt du denn nicht, wie sehr wir dich liebhaben?"

In ihrer Brust fügten sich die Splitter langsam zusammen und verschmolzen zu einem klumpigen, aber kompletten Ganzen. „I-Ich ..." Ihre Unterlippe bebte.

„Zum Teufel, Cousinchen", sagte Morgan. Seine Stimme brach. „Bei den ganzen Streitereien in dieser Familie, ging es immer nur darum, wer dich in seiner Nähe haben darf. Wir wollten dich alle bei uns haben."

„An dem Tag deines Schulabschlusses hat Teresa Pa schließlich vergeben." Virgils Augenbrauen zogen sich zusammen. „Ist das der Grund, warum du sie nie besuchen wolltest? Weil du dachtest, sie wollten dich nicht?"

Ihre Kehle schnürte sich zu. Sie konnte nicht verbal antworten, weshalb sie nickte.

Wyatt verschluckte ein Lachen. „Ach, Dummerchen. Wie es aussieht, hast du eine Menge Besuche nachzuholen."

Sie lieben mich. Alle lieben mich. Ein Schluchzen entrang ihr. Ihr blieb nur eine Sekunde, um den Schock auf den Gesichtern ihrer Cousins zu bemerken, bevor sie von Jake in die Arme genommen und wie ein Baby gehalten wurde. An seiner Brust ließ sie den Tränen freien Lauf. Tränen der Erleichterung.

„Wir haben's geschafft, Süße", flüsterte er. „Ich habe dich. Ich lass dich nicht los. Lass alles raus, Elfchen."

Sie schluchzte, sie weinte, sie schrie ihren Schmerz hinaus. Ein Schrei für jedes Jahr, in dem sie sich einsam, ungeliebt und verlassen gefühlt hatte.

Gewollt. Sie hatten sie gewollt. Teresa und Pete und Penny und Charles. Harvey und Virgil und Morgan und Wyatt. Sie alle. Als sie sich langsam beruhigte, wurde ihr bewusst, dass Jake einen Arm um ihren Körper geschlungen hatte und er mit der Hand des anderen tröstend über ihren Rücken rieb.

Gott, sie liebte ihn. Sie hob den Kopf. Gerade noch rechtzeitig verkniff sie sich die Worte. Hatte sie denn gar nichts gelernt?

Im Moment fühlte sie sich so mit ihm verbunden, dass ihr angeschlagenes Herz bei der Erinnerung an den Tag, als sie ihm das erste Mal ihre Gefühle gestanden hatte, einen weiteren Schlag einstecken musste.

Nachdem Jake Kallie ins Bett gebracht hatte, war er nach unten gegangen und hatte mit den Brüdern geredet. Er hatte ihnen geraten, sie zu einem guten Therapeuten zu schicken, um mit ihren Verlustängsten klarzukommen. Zudem hatte sie heute einen Mord mit angesehen. Er erinnerte sich daran, wie es Logan geholfen hatte, einfach mit jemandem reden zu können. Man sollte keine Wunder erwarten, aber es war einen Versuch wert. Vor allem, wenn sie weniger bockig an die Idee heranging als sein Bruder.

Da die drei Mastersons noch immer vollkommen neben sich standen, erhoben sie keine Einwände. Er überlegte, ob er ihnen sagen sollte, wie sehr er es sich wünschte, Teil von Kallies Leben zu sein. Schließlich war es eher eine Seltenheit, dass sie sich so vernünftig verhielten. Aber man sollte einen Mann nicht treten, wenn er schon am Boden lag.

Zeit für einen Streit hätte es ohnehin nicht gegeben, denn Virgil wurde von seinen Kollegen bei der Polizei gebraucht. Bevor er verschwand, teilte er Jake noch eine Zeit mit, wann er und Logan in der Wache auftauchen sollten, um ihre Aussagen zu machen. Vor dem Haus rannten überall Polizisten herum. Keine schöne Arbeit, eine Leiche nachts von einem Berg ins Tal zu bringen. Jake war nur froh, dass seine Elfe davon nichts mitbekam.

Bevor er nach Hause fuhr, wollte er ein letztes Mal nach ihr sehen. Er trat in ihr Zimmer und stellte fest, dass sie noch hellwach war und wie Espenlaub zitterte. Lange musste er nicht überlegen. Er ignorierte ihre Proteste, legte sich zu ihr ins Bett und zog sie in seine Arme.

Es dauerte nicht lange, bis sich ihre Atmung normalisierte. Jetzt konnte er es genießen, sie an seinem Körper zu spüren. So warm. So lebendig.

Erleichtert strich Jake seiner kleinen Sub eine Locke aus der Stirn. Farbe war in ihre Wangen zurückgekehrt. Ihr Zittern hatte nachgelassen. Er hingegen hatte immer noch das Gefühl, dass seine Welt nicht mehr in ihre Angeln zurückfinden würde. In der Vergangenheit hatte er Frauen geliebt. Was er aber für Kallie empfand, war nicht von dieser Welt. In ihm war das starke Bedürfnis erblüht, sie vor allen möglichen Gefahren zu beschützen. Er wollte mit ihr Eins sein und sie jeden Abend beim Einschlafen in seinen Armen halten.

Er wollte ihr Lachen hören. *Bald*.

KAPITEL VIERZEHN

Als Kallie die Augen öffnete, lag Jake nicht länger neben ihr. Das Gefühl der Einsamkeit breitete sich in ihr aus. Sie unterdrückte die Tränen und nahm eine kalte Dusche in der Hoffnung, all ihre unangebrachten Gefühle wegspülen zu können.

Sie, Wyatt und Morgan verbrachten den Morgen mit Polizisten, die ihre Aussagen aufnahmen. Danach beschäftigten sie sich mit Hausarbeit. Sie stritt sich sogar mit Wyatt um die Ehre, wer den Komposthaufen umgraben durfte.

Nachdem die Polizisten gegangen waren, bereitete Kallie das Abendessen zu. Ihre Cousins gingen ihr eifrig zur Hilfe. Eigentlich fand sie es amüsant, wie sehr sie sich bemühten. Auf der anderen Seite würde sie am liebsten erneut losheulen, wenn sie sah, wie verzweifelt sie ihr beweisen wollten, dass sie geliebt wurde.

Die friedliche Stimmung hielt nicht lange vor. Im Moment blockierten Morgan und Wyatt die Tür.

Sogar die Nachtluft, die durch die offene Tür hereinwehte, konnte Kallies Ärger nicht abkühlen. Sie funkelte die beiden wütend an und schaute dann zu ihrer Rechten. „Virgil?"

Er verschränkte die Arme vor der Brust. „Auf keinen Fall."

Drei gegen einen. So unfair. „Auf jeden Fall!"

„Klopf, klopf." Jake erschien auf der Türschwelle. Er schob Wyatt und Morgan zur Seite, so dass er eintreten konnte. „Ist es schon wieder Zeit für ein Duell im Morgengrauen?"

„Sowas in der Art", sagte Virgil.

Jake lächelte sie an. Als er den Rucksack zu ihren Füßen sah, hatte sie es mit vier gegen einen zu tun. „Was zum Teufel soll das werden?"

„Ich wollte einen Spaziergang machen."

„Nachts? Und wo genau willst du hin?"

„Das geht dich gar nichts −" Ihr Mund schnappte zu, als er sein Kinn einen Zentimeter hob. „Also gut", murmelte sie. „Ich will auf den Berg zurück."

„Auf keinen Fall", sagte Wyatt zum hundertsten Mal. Morgan tat es ihm gleich und spielte Echo.

Jake schwieg. Er musterte sie für eine Sekunde, rieb nachdenklich über sein Kinn und holte nach einiger Zeit tief Luft. „Sag mir, warum du zurück an diesen Ort möchtest."

Wie konnte sie ihn nicht lieben? Wie ihren Cousins sagte ihm sein Instinkt, dass sie im Haus sicher war und sie sich nicht vom Fleck bewegen sollte. Für sie drängte er diesen Instinkt in den Hintergrund und fragte − na gut, er befahl −, dass sie ihm antwortete. Nichtsdestotrotz: Er war bereit, ihr zuzuhören.

Die Frage, die blieb: Würde er ihren Beweggrund nachvollziehen können? „Ich ..." Sie suchte nach den richtigen Worten und nahm einen neuen Anfang: „Dort oben fühle ich mich Zuhause. Der Berg ist" − ein Teil von mir − „mein Zufluchtsort. Seit ich hier lebe, suche ich diesen Ort auf, wenn ich wütend, oder verärgert, oder ..." Sie schluckte schwer. *Wenn ich einsam bin.* „Plötzlich jagt mir der Gedanke, an meinen Zufluchtsort zu gehen, wahnsinnige Angst ein." Sie legte ihre zitternde Hand auf ihre Brust. „Ich muss zurückgehen und diesen Ort wieder zu meinem Zufluchtsort machen. Ich muss einfach wissen, ob ich stark genug bin, an die Stelle zurückzukehren. Und ich muss das machen, bevor ich zu viel darüber nachdenke."

Es dauerte ein paar Sekunden, aber dann sah sie, wie ein Lächeln über Jakes Lippen huschte. „Ich bin auf einer Ranch aufgewachsen. Ich denke, ich verstehe, was du meinst. Erneut auf das Pferd zu steigen, das dich abgeworfen hat, ist ein altes Cowboy-Gesetz. Ich erlaube dir, zu gehen. Unter einer Bedingung: Ich werde dich begleiten."

„Ganz sicher nicht", mischte sich Wyatt ein. Er kam auf sie zu und bäumte sich vor ihr auf. „Und auch du wirst dich nicht von hier wegbewegen, Cousinchen."

Sie ignorierte ihn. „Jake, du musst das nicht –"

Auch Jake kam zu ihr und strich mit der Hand über ihr Haar – so liebevoll und zärtlich. „Natürlich muss ich. Zuerst solltest du aber mit deiner Familie sprechen."

Familie. Das Wort allein sandte ein wohliges Gefühl durch ihren Körper und gab ihr die Kraft, es mit ihren Cousins aufzunehmen. Sie liebte die drei Dödel so sehr: Wyatt, bei dem der Spruch *Bellende Hunde beißen nicht* perfekt passte; Morgan, der stille Beobachter; und Virgil, der in jeder Situation bewies, wie viel innere Stärke er besaß. Sie wusste jetzt, dass sie den Dreien sehr viel bedeutete. Deshalb musste sie behutsam vorgehen.

„Ich muss das machen, Jungs", sagte sie mit fester Stimme. Sofort schoss ihre Hand hoch, denn natürlich wollte Wyatt ihr dazu ihre Meinung sagen. Sie brachte ihn erfolgreich zum Schweigen. „Ihr könnt mich nicht aufhalten."

Virgil zog eine Augenbraue hoch.

Morgan schob Wyatt zur Seite und starrte Jake feindselig an. „Vielleicht können wir dich nicht davon abhalten, aber wir können verhindern, dass er dich begleitet."

Sie rollte mit den Augen. „Morgan, ganz ehrlich, habe ich dich davon abgehalten, mit der gehirnlosen Blondine auszugehen?"

Er wurde rot.

„Wyatt, mische ich mich in dein Leben ein, wenn du Frauen mit ins Haus bringst? Sogar, wenn es zwei auf einmal sind, halte ich mich mit meiner Meinung zurück."

„Das ist was anderes. Ich bin –"

„Ich bin schon lange kein kleines Mädchen mehr. Ich bin eine erwachsene Frau." Jedem Cousin schenkte sie ein warmes Lächeln. „Hier im Haus ist jeder gleich, erinnert ihr euch? Was für euch selbstverständlich ist, sollte auch für mich selbstverständlich sein. Ich mische mich nicht in euer Liebesleben ein und ihr mischt euch nicht in meins ein. Ich sage euch nicht, was ihr anziehen sollt, und ihr beschwert euch nicht über meine Wahl der Kleidung."

Die missmutigen Gesichter ihrer Cousins regten sie dazu an, einen Schritt zurückzuweichen. Ihre Entschlossenheit wankte. Hatte sie zu viel gesagt? Würden sie sie jetzt –

„Heilige scheiße, schau uns nicht so an!" Virgil packte ihre Schultern und schüttelte sie. „Schrei uns an und schmeiß mit Sachen nach uns! Bring jeden Verbrecher mit nach Hause, den du in Bear Flat findest! Trag den ganzen Tag Bikinis, wenn du willst, aber schau uns nie, nie wieder so an, als zweifelst du an unserer Zuneigung zu dir!"

Oh. Okay.

Wyatt sah für einen Moment aus, als würde ihm das Herz brechen. Dann verschränkte er die Arme vor der Brust und sagte: „Also wirklich. Ich habe dich auch lieb, aber das mit den Verbrechern lassen wir lieber sein."

„Ich habe dich lieb, Wyatt", sagte Kallie. Beim Vorbeigehen verpasste sie ihm einen Klaps auf den Hinterkopf. „Und ich bringe nach Hause, wen ich will."

Der Mond war aufgegangen und spendete den beiden neben ihren Taschenlampen zusätzliches Licht. Kallies Körper schmerzte noch von gestern und sie hatte ein schlechtes Gewissen, dass Jake ihren Rucksack trug. Jedes Mal, wenn er ihn anders positionierte, erinnerte sie sich an den dicken Ast, der ihn an der Schulter getroffen hatte. Dummerweise tat ihre Hüfte wirklich weh. Wahrscheinlich hätte sie den Rucksack von sich geworfen und am Wegesrand liegen gelassen, hätte Jake ihn ihr nicht abgenommen.

Es machte den Anschein, dass er immer genau wusste, wann sie seine Hilfe brauchte. Selbst, wenn sie es nicht sofort erkannte. Sie vermied es, an Jake als mehr als nur einen guten Freund zu denken. Sie könnte sich glücklich schätzen, ihn als Freund zu haben.

Es gab noch etwas, das sie ihm sagen musste. Sie hielt an und drehte sich zu ihm um. „Bisher habe ich mich noch nicht bei dir bedankt. Vielen Dank, Jake. Nicht nur dafür, dass du mein Leben gerettet hast" – sie grinste ihn an – „obwohl ich das wirklich zu schätzen weiß, sondern auch für den Teil danach. Zu wissen, warum ich weggeschickt wurde ... und dass sie mich geliebt haben ... es hilft mir. Ich schulde dir was."

„Ich denke, wir sind quitt. Schließlich hast du mich mit deinem Mundwerk dazu gebracht, mir ein paar Gedanken zu machen. Jetzt sehe ich viele Dinge in einem neuen Licht."

Sie zuckte zusammen. Einen Feigling hatte sie ihn genannt. „Du bist nicht sauer?"

Er grinste. „Wir müssen noch ein bisschen an deinen konfrontativen Fähigkeiten arbeiten. Dennoch habe ich es gebraucht, dass jemand mal Klartext mit mir redet. Dafür muss ich dir danken. Also: danke."

Seine Worte weckten die Lebensgeister in ihr. Er hasste sie nicht für ihre harschen Worte. *Siehst du? Freunde.* Unglücklicherweise verlor sie ihr wohliges Gefühl, als die Erinnerung an die Gewalt vom Vortag zurückkehrte. An die Schreie. Den Tod.

Der Abzweig trat in ihr Sichtfeld und daraufhin zuckte sie bei jedem Rascheln zusammen. Obwohl ihr Verstand eine Maus erkannte, raste ihr Herz. Schon bald übertönte die Erinnerung an das wahnsinnige Monster die Schritte von Jake hinter ihr.

Ihre Knie zitterten. Nicht vor Erschöpfung, sondern vor der erdrückenden Panik, die von ihrem Körper Besitz ergriff. Bei den Kieselsteinen, die einmal ihren Namen gebildet hatten, hielt sie an. Vielleicht sollte sie das als ein Zeichen sehen; vielleicht gehörte sie nicht länger hierher. Sie ließ die Schultern fallen und wollte über den Kieselhaufen hinwegsteigen. Ein Laut von Jake ließ sie innehalten.

Sie warf erneut einen Blick auf die Steine. Das Mondlicht legte die unvollkommene Konstruktion in perlmuttfarbenen Glanz. Sie holte tief Luft. Der Mörder hatte ihren Namen ausradiert, nicht ihre Cousins. Nicht ihre *Familie*. Sie gehörte sehr wohl an diesen Ort. Sie biss die Zähne zusammen, hockte sich hin und legte die Steine zurück an ihren Platz, bis ihr Name wieder klar zu erkennen war. KALINDA.

Mein Zufluchtsort.

Jake lächelte. Die Wärme in seinem Blick fühlte sich an wie eine heiße Tasse Kakao. Ein Laut von ihm hatte ausgereicht, dass sie kurz in ihren Bewegungen innehielt und nachdachte. Ohne seine Einmischung hatte sie eine Lösung gefunden, während er sie moralisch unterstützte.

Mit ihm an ihrer Seite war es ihr möglich, den nächsten Schritt zu gehen und den Trampelpfad zum Bach zu betreten.

Schnell erreichten sie die kleine Lichtung. Nur das blattgedrückte Gras wies noch auf die Gewalt der letzten Nacht hin. Vor ihrem inneren Auge blitzten die Erinnerungen auf: Wie der Mörder zwischen den Bäumen auf die Lichtung trat – Virgil, der leblos auf dem Boden lag – der dumpfe Aufschlag des Astes und das Wimmern eines Hundes.

Eine warme Hand legte sich auf ihre Schulter und sie erschauerte. Jake stellte den Rucksack ab und zog sie in seine Arme. Sie legte ihre Wange an seine breite Brust und lauschte seinen ruhigen Herzschlägen. Er half ihr dabei, zurück in die Realität zu finden. Ihre Atmung wurde regelmäßiger. Es fühlte sich an, als wäre seine Stärke auf sie übergegangen. *Ich schaffe das.* Niemand – und schon gar nicht ein verdammter Mörder – würde ihr die Bedeutung dieses Ortes wegnehmen.

Entschlossen trat sie von ihm weg. Fragend sah Jake sie an und sie nickte ruckartig. „Ich schaffe das."

„Daran habe ich keinen Zweifel. Du bist einer der stärksten Menschen, den ich jemals kennenlernen durfte."

Die Überzeugung in seiner Stimme erstaunte sie. *Stark? Ich?* Sie biss sich auf die Lippe und nickte. *Verdammt richtig! Ich bin stark!* „Lass mich bitte kurz allein."

Stille. Sein Gesicht spannte sich an, als er mit dem Verlangen kämpfte, sie nicht aus den Augen zu lassen. Sein Beschützerinstinkt war der Grund, warum sie sich sicher fühlte. Gleichzeitig half Jake ihr damit, dass sie selbstbewusster wurde. Ein Widerspruch – wie die Liebe, die größer wurde, wenn man sie teilte.

Er streichelte mit seinen Fingerspitzen über ihre linke Wange, drehte sich um und ging zum Pfad zurück. Nur mit ihren Erinnerungen ließ er sie auf der Lichtung stehen.

„Mein Zufluchtsort", flüsterte sie zu dem Geist des Mörders. „Ich gehöre an diesen Ort, du nicht."

Erneut erschien der Mörder auf der Wiese. Sie verschränkte ihre Arme vor der Brust und mit purer Willenskraft allein schrumpfte sie die Schreckgestalt auf die Größe einer Feldmaus. Er bekam winzige Ohren und einen Schwanz und huschte davon. „Deine Eier waren sowieso nur so groß wie die einer Maus, du feiges Arschloch", murmelte sie, als er zurückkehrte und den riesigen Ast in die Luft hob. Wieder und wieder verwandelte sie ihn in eine Maus. Dann wandte sie sich den Schreien in ihrem Kopf, dem Wimmern, seinem Brüllen zu und drehte die Lautstärke herunter, bis die Geräusche der Gewalt vom plätschernden Bach übertönt wurden.

Virgils lebloser Körper war ihre nächste Herausforderung. Mit angespanntem Kiefer ersetzte sie die erschreckende Erinnerung durch ihren lachenden Cousin. Sein schmerzerfülltes Stöhnen verwandelte sich zu einem der Witze, die er so gerne zum Besten gab. Virgils Lachen vermochte es immer, sie glücklich zu machen. Niemals dauerte es lange, bis sie über beide Ohren strahlte.

Schließlich kam sie zu dem Moment, als Jake gegen das Monster gekämpft hatte. Sie ließ ihre Angst um Jake wie Wasser aus ihren Fingern fließen. Es sickerte in die Erde und Kallie umhüllte sich mit Jakes Beschützerinstinkt. Langsam ging sie über ihre Wiese und verwandelte nachklingenden Schmerz in Stolz. Das hatte sie gut gemacht. Sie konnte stolz sein. Ihre Familie lebte; Jake lebte. Und die Frauen in dieser Gegend waren in Sicherheit.

Der Mond erhob sich über der Lichtung. Sogar die Sterne erblassten gegen sein glänzendes Antlitz. Das ermutigende Plätschern des Bachs brachte sie zum Lächeln und die Kiefern segneten sie mit einem tröstenden Rauschen. In der Ferne hörte sie Kojoten auf der Suche nach Beute. Das Rascheln im Unterholz erschreckte sie nicht länger zu Tode. Es war nur eine harmlose, kleine Feldmaus.

Zwar zitterte sie, aber sie hatte sich ihren Zufluchtsort zurückerobert. Sie spreizte die Arme und wünschte, es gäbe die Möglichkeit, einen Ort zu umarmen. Sie wollte dem Bach, der Lichtung, dem Firmament über ihr den Trost zurückgeben, den sie über die letzten Jahre empfangen hatte. „Danke", flüsterte sie.

Zeit verstrich. Als sie sich umdrehte, stellte sie fest, dass sie immer noch allein war. Wo war Jake? Hatte er sie hier zurückgelassen und war nach Hause gegangen? Obwohl sie ihn gebeten hatte, sie alleine zu lassen, brachte sie die Einsamkeit, die sie plötzlich verspürte, ins Wanken. Sie schüttelte den Kopf und lachte. Nein, das würde Jake nicht tun. Mr. Überfürsorglich höchstpersönlich. Das Wissen stabilisierte den Boden unter ihr, als wäre sie von einem schaukelnden Boot an Land getreten. „Jake? Wo bist du?"

„Hier." Seine Stimme kam vom Trampelpfad. Wenige Sekunden später kam er auf sie zugelaufen. Er hatte ihr den Abstand gegeben, nach dem sie verlangt hatte, ohne sie aus den Augen zu lassen – für den Fall, dass sie ihn brauchte. Er hatte ihren Wunsch mit seinen Bedürfnissen abgewogen.

„Danke", sagte sie. Er kam vor ihr zum Stehen.

Durch das Licht des Mondes sah sie den Ausdruck auf

seinem Gesicht. Er musterte sie – ihre Hände, ihre Schultern. Dann zeigte sich ein Lächeln auf seinen Lippen. „Du siehst besser aus."

„Es geht mir auch besser."

„Das freut mich. Solange wir allein sind – ohne deine Cousins – würde ich gerne mit dir sprechen."

Sie trat einen Schritt zurück. *Freunde. Mehr nicht.* Sie schüttelte den Kopf.

„Du vertraust mir doch, oder?"

Eine Erinnerung an das erste Mal, als er gefragt hatte, ob sie ihm vertraute, stahl sich in ihren Verstand: *„Kannst du mir genug vertrauen, so dass ich dich hier, vor anderen Menschen, fessle, deinen hinreißenden Hintern versohle und dir Lust bereite?"* Ihre Wangen erröteten. Sie konnte ihm ansehen, dass er genau wusste, welche Gedanken ihr gerade durch den Kopf gingen. Sie drückte die Schultern durch. „Nur reden. Auf keinen Fall fangen wir wieder etwas miteinander an."

„Verstanden." Er zog eine Flasche Wasser aus der Seitentasche seines Rucksacks. Sie nahm ein paar Schlucke, gab ihm die Flasche zurück und beobachtete, wie auch er von dem Wasser trank. Der Anblick war unglaublich sexy. Danach widmete er sich dem Schlafsack, rollte ihn aus und sagte: „Setz dich."

Im Schneidersitz nahm sie Platz. Jake setzte sich gegenüber von ihr hin. Sie erkannte schnell, dass er sie absichtlich so positioniert hatte. Das Mondlicht strahlte direkt auf ihr Gesicht. Ganz offensichtlich wollte er in der Konversation auch ihre Reaktionen sehen.

Warum zum Teufel hatte sie der Unterhaltung zugestimmt? Es würde nur noch mehr wehtun. Sie fühlte bereits, wie ihre Stärke sie verließ. *Ich schaff das nicht noch einmal: Ihn brauchen, ihn wollen, ihn verlieren. Nein, nein, nein.* „Ich hab's mir anders überlegt. Ich will nach Hause." Sie kniete sich hin.

„Nein. Du darfst nur gehen, wenn du dein Safeword benutzt." Er packte ihr Handgelenk und schaute ihr direkt in die Augen.

„Verdammt, Jake, das ist doch kein Spiel. Ich will hier nicht bleiben."

Sie zerrte an ihrem Arm. Das Problem war: Sie schaffte es nicht, ihr Safeword zu benutzen und alles zu beenden.

Er umfasste ihr Kinn. „Schau mich an, Kallie."

Ohne Vorwarnung füllten sich ihre Augen mit Tränen und sein Gesicht verlor an Spannung.

„Oh, Süße, nicht weinen. Das bricht mir das Herz." Er strich mit dem Daumen über ihren Kiefer.

„Warum machst du das?" Sie schaute in seine Augen. „Es hat sich nichts geändert ..." *Ich liebe dich noch immer.* Sie holte tief Luft. „Ich weiß, dass du nichts Langfristiges willst. Aber das hier halte ich auf Dauer nicht aus."

„Es tut mir verdammt leid, dass ich dich verletzt habe, kleine Elfe. Ich war ein Idiot und genau der Feigling, als den du mich bezeichnet hast. Dass du mich liebst, hat mir Angst gemacht." Seine Augen hielten die ihren gefangen. „Mein erster Gedanke: Nein! Nie wieder die Verantwortung für eine andere Frau tragen."

„Ich weiß", flüsterte sie. Seine Worte halfen ihr nicht.

Er strich ihr eine Strähne aus der Stirn. „Ich war der festen Überzeugung, dass ich in Bezug auf Mimi vollkommen versagt habe. Die letzten zwei Jahre habe ich mich gefragt, wie ich hatte übersehen können, dass sie den Sinn am Leben verloren hat. Ich bin ein Dom. Mein Versagen hat mich zu einem Feigling werden lassen. Auf keinen Fall wollte ich es erneut riskieren, eine Sub zu enttäuschen."

Sie nahm seine Hand in ihre. Er war so stark und doch hatte er in der Vergangenheit so viel Schlimmes erlebt. Ihr Herz schmerzte für ihn. Sein Beschützerinstinkt war eines der Dinge, das sie an ihm liebte. Nun offenbarte sich die Kehrseite der Medaille. „Du weißt doch aber, dass du nichts übersehen hast, oder? Sie hat keinen Selbstmord begangen. Andrew hat sie getötet."

„Jetzt weiß ich das, ja." Sie konnte sehen, wie Wut in ihm

aufkam. Sein Ausdruck wurde frostig. „Ich hätte ihn nicht so schnell töten sollen." Er holte tief Luft und atmete zittrig aus. Sein Gesicht entspannte sich, während er sie anschaute. „Es tut mir leid. Ich wollte dir keine Angst machen."

Wahrscheinlich war es falsch von ihr, sich sicher zu fühlen, wenn sie in sein verärgertes Gesicht sah. Er war ein Kämpfer – wie Virgil – und es gab in der Welt zu wenige von der Sorte. Sie hob ihr Kinn. „Du machst mir keine Angst, Hunt."

Er lachte. „Man sollte meinen, dass ich das bereits weiß." Er rieb mit den Fingerknöcheln über ihre Wange, ohne den Blick von ihr zu nehmen. „Kallie, noch bevor ich erfahren habe, wie Mimi gestorben ist, war ich auf dem Weg zu deinem Haus. Auf dem Weg zu dir."

Der Boden unter ihren Füßen wankte. *Nein. Ich will das nicht.* Vor ein paar Tagen hatte sie noch geglaubt, dass sie seine Liebe dringend brauchte. Jetzt war das anders: zu riskant, zu schmerzhaft. „Nein."

„Oh doch. Du hattest recht: Ich bin vor meinen Gefühlen weggelaufen und habe dir damit das Herz gebrochen. Es tut mir so leid, Elfchen." Dass er sich so schuldig fühlte, brach ihr im Gegenzug das Herz. „Kannst du mir vergeben, dass ich so ein Feigling war?"

Er hatte sie nicht verletzen wollen und sie wollte ihn nicht verletzen, weshalb sie sagte: „Natürlich vergebe ich dir", sagte sie, noch bevor sie darüber nachdenken konnte.

Er hob ihre Hand an seine Lippen und küsste ihre Handfläche. Seine Lippen waren weich, sein Atem warm auf ihrer Haut. „Ich danke dir."

„Okay. Ähm, super."

Er verstärkte den Griff an ihrer Hand und zog sie zu sich. „Und jetzt, wo die Vergangenheit aus dem Weg ist, können wir nach vorne schauen ..." Er strich mit den Lippen sanft über ihren Mund und küsste sie. Es dauerte nicht lange, bis er den Kuss vertiefte.

Sie hätte ihn die ganze Nacht küssen können. Nach einer

Weile kamen seine Worte in ihrem Gehirn an und sie schob ihn von sich. „Warte mal. Nach vorne schauen? Was soll das bedeuten?"

Er grinste. „Dass ich dich liebe", sagte er. Zwar flüsterte er die Worte, aber sie kamen sehr bestimmt über seine Lippen. Er lächelte sie an, als ihr der Kiefer runterklappte. Er nahm ihr Gesicht zwischen seine großen Hände, sah sie unverwandt an und wiederholte die Worte: „Ich liebe dich, Kalinda Masterson."

Zum Teufel, er machte nie halbe Sachen, oder? Liebe? Ihr Erstaunen erstarb in dem Tornado der Angst einen bedauernswerten Tod. Sie konnte es nicht riskieren. Auf keinen Fall wollte sie erneut jemanden verlieren. Ihr Kinn bebte. Er strich mit dem Daumen darüber.

„Nein. Ich will dich nicht." Sie legte ihre Hand auf seine Brust, um ihn wegzuschieben. Sie spürte die Muskeln unter ihrer Handfläche. Sie konnte nicht anders: Sie rieb mit der Hand über seine warme Brust. Sie erinnerte sich an die Haare an dieser Stelle und wie sie ihn dort berührt hatte. Es fühlte sich an, als wäre es eine halbe Ewigkeit her, als sie ihn das letzte Mal nackt gesehen hatte. Ihr Atem beschleunigte sich. Es verlangte ihr verzweifelt danach, ihn zu berühren und von ihm in den Armen gehalten zu werden.

Das Mondlicht schimmerte über sein Gesicht und betonte seine Wangenknochen. Ein Schatten bildete sich zwischen seinen Augenbrauen und er sagte: „Du bist eine kleine Lügnerin. Ich kann dir ansehen, wie sehr du mich willst."

Sie schob seine Hände weg und schüttelte vehement mit dem Kopf. *Nein*. Doch er hatte recht: Nichts wünschte sie sich mehr, als sich an seine starke Brust zu schmiegen.

Jake beobachtete Kallie aufmerksam. Er musste sich eingestehen, dass er mit seiner Reaktion auf ihr erstes ‚Ich liebe dich' sehr viel Schaden angerichtet hatte. Er hatte sie in dem Glauben bestärkt, dass sie niemandem wichtig war. Dass sie ihn liebte, war ein Geschenk, das er nicht verdiente. Wahrscheinlich hätte sie die Worte niemals ausgesprochen, wenn sie nicht im Halbschlaf gewesen wäre.

Er ließ ihr Zeit. Er streichelte ihre Haare und sie kämpfte mit den alten Ängsten des Verlassenwerdens – und mit dem Glauben, dass niemand sie lieben konnte. Ihre Ängste waren begründet. Die Welt hielt keine Garantien bereit. Und er konnte ihr nicht versprechen, dass sie für immer zusammen sein würden. Wenn sie es aber riskierte, ihm ihr Herz zu schenken, würde er ihr zeigen, wie sehr er sie liebte.

Er wusste genau, wie verzweifelt sie sich scine Liebe wünschte. *Meine kleine Elfe.* Ihre Proteste hatten keine Wirkung auf ihn.

Sie wusste nicht, was sie denken sollte. Das konnte er ihr ansehen. Einen Schritt vorwärts war keine Option und einen Schritt zurück wollte sie auch nicht. Eine andere Sub – eine Sub mit anderen Problemen – hätte er einfach auf seinen Schwanz gesetzt und solange gefickt, bis sie ihm die Antwort gab, die er hören wollte. Bei Kallie war es wichtig, dass sie allein eine Entscheidung traf – mit Herz und Verstand. „Kallie, liebst du mich?"

Die direkte Frage war die Lösung. Schließlich konnte sie nicht leugnen, was sie beide bereits wussten. Sie schloss die Augen und flüsterte zögerlich: „J-ja."

Er entließ ein Lachen und sie riss ihre Augen auf. „Süße, du klingst, als hättest du gerade gestanden, dass du in deiner Freizeit Welpen trittst."

Sie blinzelte, schaute ihn finster an und holte dann tief Luft. „Du hast recht." Sie legte ihre Hände auf seine Wangen und sah ihm in die Augen. „Ich liebe dich, Jake Hunt."

Und dann sah er es: Eine Zukunft. Hoffnung. Liebe. Freude sprudelte über und hob ihn aus dem tiefen Abgrund, in dem er so lang gelebt hatte. *Was für ein Ritt.*

. . .

Sie zitterte am ganzen Körper. Es fühlte sich an, als hätte jemand ein Fenster mitten im Winter geöffnet. Die Brise ließ einen frischen, aber beängstigenden Duft ins Haus.

Er setzte sie auf seinen Schoß und flüsterte: „Danke, Elfchen."

Dann zog er sie an sich und streichelte über ihren Rücken. Sie entließ einen Seufzer und versuchte, sich zu beruhigen. Für eine Weile genossen sie einfach nur die Nähe des jeweils anderen, die Laute des Waldes und das Plätschern des Baches. Schließlich rührte er sich und hauchte an ihrem Ohr: „Es wird kalt. Lass uns in den Schlafsack kriechen."

Sie erstarrte. Er wollte die Nacht an diesem Ort verbringen? Bevor sie einen Protest formulieren konnte, stellte er sie auf ihre Füße und öffnete den Reißverschluss des Schlafsacks. „Und rein mit dir."

Sie zog ihre Stiefel aus und quietschte, als er sie plötzlich am Kragen packte und an sich zog. „Ich will dich nackt haben."

Sie starrte in sein selbstbewusstes Gesicht und schluckte schwer. „Ja, Jake."

Mit dem Zeigefinger zeichnete er erst ihre rechte Augenbraue und dann ihren Wangenknochen nach. „Meine kleine Elfe." Die schiere Befriedigung in seiner Stimme stockte ihr den Atem.

Dann trat er zurück und verschränkte die Arme vor der Brust. Erregung meldete sich in ihrem Körper. Je später es wurde, desto mehr kühlte es ab. Auf ihrer Haut breitete sich Gänsehaut aus und ihre Nippel waren steinhart. Sie kam nur langsam voran. Ihre Nervosität führte dazu, dass sie hin und wieder mit den Fingern abrutschte. Als sie ihre Scham entblößte, erschauerte sie. Die kühle Brise, die über ihr feuchtes Geschlecht wehte und die Begierde nach ihm, trieb sie an. Sie wollte seine Hände auf sich spüren. Sie entfernte die zweite Socke – das letzte Kleidungsstück an ihrem Körper – und richtete sich vor ihm auf. Mit der Hand berührte er ihre nackten Brüste.

Sie versuchte, einen Schritt zurückzutreten, und er packte mit der anderen Hand ein Bündel ihrer Haare. Ohne die Möglichkeit, von seinen Berührungen wegzukommen, konzentrierte er sich auf ihre Brüste. „Dein Körper gehört mir, Kallie." Etwas hatte sich verändert: seine Körpersprache – die Art, wie er sie ansah. Noch immer dominant, aber zusätzlich auch besitzergreifend. Als wenn er sagen wollte: *Ich bin dein Dom.*

Und sie war seine Sub. Der Gedanke sandte Lustschauer durch ihren Körper und sie antwortete, ohne nachzudenken. „Ja. Ja, Sir."

Auf seinen Lippen formte sich ein zufriedenes Lächeln. Sie hatte diese Reaktion in ihm ausgelöst. Er ließ sie los und gab ihr einen Klaps auf den Po. „Krieche in den Schlafsack."

Die Innenseite des Schlafsacks war eiskalt. Doch sie wusste, dass sie nicht lange frieren würde.

Inzwischen hatte auch Jake sich seiner Kleidung entledigt. Das Licht des Lagerfeuers warf erregende Schatten auf seinen Körper, betonte seine Brustmuskeln und tanzte über sein Sixpack. Sie konnte sich nicht beherrschen und warf einen Blick auf seine Scham. Sie wollte ihn überall berühren. Er rollte sich ein Kondom über seinen Schwanz und glitt neben ihr in den Schlafsack. Er funktionierte sein Hemd zu einem Kissen um und drehte sich auf die Seite.

Zitternd näherte sie sich. Sein Körper glühte wie ein lodernder Schmelzofen.

„Mein kleiner Eiswürfel", murmelte er und zog sie an sich. Sehr edelmütig von ihm, dachte sie. Während sie ihre Beine an seinen rieb, erkundete er mit einer Hand ihre Hüfte und beobachtete ihr Gesicht. „Noch Schmerzen?" Er berührte den riesigen blauen Fleck auf ihrem Rücken und sie zischte.

„Ich werde mir die Stelle an deinem Rücken merken. Tut es sonst noch irgendwo weh?"

Sie schüttelte den Kopf.

„Gut." Er spreizte ihre Beine und sie stöhnte. Die plötzliche Welle des Verlangens erwischte sie unvorbereitet. Er lächelte befriedigt, als er ihre Schamlippen erkundete und sie feucht vorfand. Sie war bereit für ihn.

Plötzlich bekam sie Panik. Sie packte sein Handgelenk. Ja, sie hatte zugegeben, dass sie ihn liebte. Der Gedanke, ihn nach diesem Geständnis in sich zu haben, war überwältigend. Ihr Herz lag offen vor ihm – ungeschützt. Wenn er sie verlassen würde ...

Er bewegte sich nicht, schwieg und versuchte auch sonst nicht, sie zu beeinflussen. Geduldig wartete er, sein stetiger Blick lag auf ihr. Eine Minute verging und ihre Panik verebbte. Es gab viele Menschen, die sie liebten. Niemand hatte sie verlassen. Und Jake würde sie nie absichtlich verletzen. Er liebte sie und sie wusste, dass sie ihm vertrauen konnte. Mit ihrem Körper und mit ihrem Herzen. Sie seufzte und lächelte ihn an. „Kleine Panikattacke. Ich muss mich erstmal daran gewöhnen, meinem Herzen zu folgen und die Vernunft hin und wieder im Keller einzusperren."

Er lachte und küsste sie so ausgiebig und zärtlich, dass es ihr die Tränen in die Augen trieb. *Oh Gott*, sie hatte sich in einen verdammten Wasserhahn verwandelt. „Ich lieb dich, Elfchen", hauchte er an ihren Lippen.

„Ich weiß", erwiderte sie flüsternd und erhielt ein Lachen als Antwort. Grinsend ließ sie sein Handgelenk los. „Wo waren wir stehengeblieben?"

Die Hand auf ihrem Venushügel machte sich Richtung Süden auf und legte sich flach auf ihre Pussy. „Ich glaube hier."

Ihr Körper erwachte erneut und sie erschauerte. Mit seinem Finger fuhr er durch ihre Nässe und sie sog scharf den Atem ein. Dann fiel ihr etwas ein und sie sagte in einem neckenden Ton: „Keine Seile? Keine Fesseln? Bist du sicher, dass du noch weißt, wie es funktioniert?"

Er lächelte. „Habe ich dir nicht bereits gesagt, dass Bondage über das Körperliche hinausgehen kann? Wie es mir scheint, ist es an der Zeit für eine neue Lektion."

Sie erinnerte sich an den Tag, als er sie auf dem Felsen am Bach genommen hatte.

Er überlegte einen Moment, dann sagte er: „Leg deine Hände hinter deinen Kopf und verschränke deine Finger."

Ihr Herz machte einen Salto. Der unerbittliche Blick in seinen Augen ließ ihren Körper dahinschmelzen. Kalt war ihr nun nicht mehr. Bei dem Wissen, dass er darauf bestand, dass sie gehorchte, dass er nur ihre Hingabe akzeptieren würde, löste sich ihre Panik vollkommen in Luft auf. Ein befreiendes Gefühl erfasste ihre Gliedmaßen und sie hob, wie befohlen, die Arme über den Kopf und verschränkte die Finger.

Er musterte sie. „Wie geht es deinen Verletzungen, wenn du die Arme in der Position hast?"

Es drückte nur ein bisschen. „Es tut nicht weh."

Er nickte zufrieden. „Sehr gut." Er stützte sich auf dem Ellbogen ab, vergrub die Hand in ihren Haaren und hob ihren Kopf zu seinen Lippen. Er küsste sie leidenschaftlich. Er küsste sie, bis es in ihren Zehen kribbelte und Funken über ihre Haut sprangen.

Er schob seinen Zeigefinger zwischen seine Lippen, befeuchtete die Spitze und umkreiste damit erst den einen und dann den anderen Nippel. Begehren loderte in ihr auf. Mit jeder Umrundung spürte sie, dass sie feuchter wurde. Sie schaffte es, ihm in die Augen zu sehen und bemerkte, dass sein Blick nicht auf ihren Brüsten lag, sondern auf ihrem Gesicht. Er beobachtete ihre Reaktionen. Sie wusste, dass sie ihn mit ihren Reaktionen befriedigte. Sie konnte es ihm ansehen und sie hatte es gespürt, als er den Kuss eingefordert hatte.

Er lehnte sich zurück und sofort strömte kalte Luft in den Schlafsack. Ein Schauer erfasste sie und ihre Nippel kribbelten. Er grinste. Dann saugte er eine Knospe zwischen seine Lippen. Sein Mund fühlte sich so heiß wie ein Brennofen an. Er entriss ihr seine Wärme und die kalte Luft knabberte an ihrem nassen Nippel. Mit der Zunge wandte er sich dem anderen zu. Heiß. Kalt. Heiß. Kalt.

Immer abwechselnd. Ihre Brüste schwollen an und sie wand sich unter ihm. Dann saugte er so hart an einem Nippel, dass ihr Rücken ein Hohlkreuz bildete. Wie ein elektrischer Schlag durchfuhr es sie, der sich von ihren Brüsten direkt zu ihrer Pussy ausbreitete.

Ihre Klitoris pulsierte im Rhythmus ihrer schweren Atemzüge. Sie brauchte mehr. Sein Schwanz rieb an ihrer Hüfte; die Hitze war berauschend. „Hör auf, mich zu quälen und bring –"

Er zwickte sie in den Nippel. Bei der Empfindung zogen sich die Wände ihres Geschlechts zusammen. „Ich werde dich quälen" – er zwickte sie in den anderen Nippel – „wann immer ich das will, kleine Sub." Nun brachte er seine Zähne zum Einsatz. Er knabberte an ihrem Nippel und verschaffte ihr Erleichterung, indem er mit der Zunge darüberleckte. Ihre Arme waren angespannt. Sie wollte ihn so verzweifelt berühren, aber hatte Angst, sich zu bewegen.

Mit seiner Hand glitt er über ihren Bauch und näherte sich dem Ort, wo sie ihn am meisten wollte. Federleichte Berührungen folgten, die ihr Verlangen nur noch mehr anheizten. „Deine Klitoris ist geschwollen und will spielen", flüsterte er ihr ins Ohr. „Sie fleht mich geradezu nach meiner Berührung an."

Sie stöhnte, packte seine Schultern und blinzelte zu ihm hoch, als er missbilligend knurrte. Er bewegte seine Hand von ihrer Pussy weg und zog eine Augenbraue hoch.

Oh Gott, sie konnte nicht länger warten. „Bitte!", winselte sie.

Keine Antwort.

Sie löste ihre Hände von seinen Schultern und zwang sich, ihre Arme wieder über den Kopf zu heben. Sie schaute zu ihm hoch und schaffte es gerade so, ihn nicht noch einmal anzuflehen.

Sein Grübchen erschien – die Versuchung schlechthin. „Sehr gut. Und jetzt spreize deine Beine, soweit es dir möglich ist."

Sie drängte ihre Schenkel weiter nach außen und seine Hand landete flach auf ihrem Geschlecht. Das Feuer in ihr loderte.

„Sehr schön", murmelte er. „Gefesselt, ob durch meinen Willen oder meine Stricke, spielt keine Rolle. In beiden Fällen ist mein Ziel, dass ich dich betrachten und ungehindert mit dir spielen kann."

Sie erschauerte. Um nichts in der Welt könnte sie jetzt den Blick von ihm abwenden.

„Und so wird es zwischen uns immer sein, Elfchen", sagte er in einem zuversichtlichen Tonfall. „Zumindest im Schlafzimmer. Ist es das, was du willst?" Sein Finger umkreiste ihre Klitoris, bis sich das Pulsieren auf ihre gesamte Pussy übertrug.

„Ja. Nein." Sie schüttelte ihren Kopf; der Drang, sich zu bewegen, war reine Folter. Ihre eigene Unterwerfung steigerte ihre Erregung bis zum Siedepunkt. *Denk nach, Kallie.* Seine Bewegung verlangsamte sich. „Nicht vierundzwanzig Stunden am Tag, richtig? Du willst nicht versuchen, mich zu deiner Sk –"

Er unterbrach sie mit: „Nein, Kalinda, ich will keine Sklavin. Ich sehne mich nur im Schlafzimmer nach deiner Unterwerfung." Sein Lächeln blitzte auf und er rieb sanft über ihre Klitoris. Funken züngelten über ihren Körper. „Du wirst willig sein und mir respektvoll begegnen. Du wirst mir geben, was dich ausmacht."

Sie sah ihm tief in seine Augen. Gleich darauf ließ er ihre Haare los und schob sich über ihren Körper. Sein dicker, harter Schwanz glitt in ihre Hitze. Tief vergrub er sich in ihr, ohne den Blick von ihr zu nehmen. Durch seine Worte, seine Dominanz, die Empfindungen, die er in ihr auszulösen vermochte, legte er den intimsten Teil von ihr frei. Was er mit ihr machte, wirkte sich nicht nur auf ihren Körper aus. So erschütternd und überwältigend es auch war, er kontrollierte auch ihre Seele. Die Erkenntnis erlaubte es ihr, sich vollkommen hinzugeben.

„Ja", flüsterte sie. „Ja, Jake."

„Elfchen." Er küsste sie, so zärtlich, dass sie seufzte. Lächelnd lehnte er sich zurück und sein selbstzufriedener Gesichtsausdruck löste in ihr den Drang aus, sich ein wenig gegen ihn aufzulehnen. *Schließlich muss es nicht immer nach seinem Kopf gehen, oder?*

Sie sollte es ihm nicht ganz so einfach machen. Urplötzlich

wandte sie eine Wrestling-Technik an, die Morgan ihr vor Jahren gezeigt hatte: Sie rollte ihn auf den Rücken, umklammerte mit ihren Beinen seine Hüften und fixierte ihn.

„Ich denke, manchmal sollte ich oben sein", gab sie bekannt. Sie entschied, die Position zu nutzen und setzte ihre Hüfte in Bewegung. Sein sorgenfreies Lachen brachte ihr Herz zum Schmelzen. Sein Lachen war einfach hinreißend.

Zu ihrer Überraschung erhob er keinen Einwand. Sie fand ihren eigenen Rhythmus und schon bald pulsierte ihr Geschlecht um seine Länge, als sie auf ihren Höhepunkt zuritt. Jedes Mal, wenn ihre Klitoris gegen seine Scham rieb, erhöhte sie das Tempo. *Gleich. Nicht mehr lange. Nicht ... mehr ... lange ...*

Er fuhr mit seinen Fingern an ihren Schenkeln hoch und mied die Verletzung an ihrer Hüfte. Sein Blick schweifte über ihr Gesicht.

Was er in ihren Augen sah, musste ihm die Bestätigung gegeben haben, ihre Hüften zu packen. Er hob sie hoch, bis seine Eichel ihre Spalte nur noch leicht berührte. „Es gefällt dir, auf mir zu sitzen", murmelte er und senkte sie ab. Langsam drang seine Eichel in sie ein, nur um ihr das Gefühl wieder zu entreißen. „Aber das Kommando habe immer noch ich."

Sie war dem Orgasmus so nah gewesen. Wie konnte er ihr das nur antun? „Du Bastard", zischte sie.

Sein Lachen durchbrach die Stille. „Versuch es noch einmal. Sir ... oder Jake. Master ist sehr wirksam, wenn du etwas von mir willst."

Sie brauchte es so sehr! Sie wollte, dass er seinen Schwanz in ihr vergrub und sie ausfüllte. „Master, bitte."

Er grinste und zog ihre Hüften nach unten. Er nahm sie so hart, dass sie nicht wusste, wo oben und unten war. Langsam hob er sie hoch und sie fühlte, wie sein Schwanz über die Wände ihres Geschlechts rieb. Bei jedem Stoß baute sich der Druck auf. Die Wellen der Lust stiegen höher und höher. Ihr Gehirn schaltete sich aus. Sie konnte sich nur noch auf den Ort konzentrieren, an dem er sich auf so köstliche Weise in ihr verlor.

Ihre Klitoris war quälend empfindlich geworden und bei jedem Stoß wurde sie betört. Dann war es soweit. Der Tsunami brach über ihr zusammen. Die riesige Welle schwappte über sie hinweg und riss sie mit sich. Sie hatte jegliche Kontrolle über ihren Körper verloren. Jake packte sie fester an ihren zuckenden Hüften und trieb sie zu einem weiteren Orgasmus, bevor er sich selbst seiner Erlösung hingab.

Ihr Kopf drehte sich und sie brach auf seiner Brust zusammen. Sie war völlig am Ende, ihre Atmung keuchend, während ihre Pussy einfach nicht zur Ruhe kommen wollte. Noch immer zog sie sich um seinen pulsierenden Schaft zusammen. Sie legte ihre Wange an seine feuchte Haut und versuchte verzweifelt, ihre Lungen mit Sauerstoff zu füllen. Was sie letztendlich auf die Erde zurückbrachte, waren die mit jeder Sekunde gleichmäßiger klingende Herzschläge an ihrem Ohr.

Seine Stimme vibrierte durch ihren ganzen Körper. „Du hast mich aus der Dunkelheit ins Licht geholt, Kalinda. Ich liebe dich."

Als hätten seine Worte die Sonne hervorgelockt, schimmerten die ersten Sonnenstrahlen des Tages über die schneebedeckten Berggipfel. Sonnenaufgang. Sie setzte sich auf und sah auf ihn herunter: auf seinen markanten Kiefer, die hohen Wangenknochen und die blauen Augen, in denen sie so viel Wärme erkannte. Jake war jemand, dessen Schulter immer für sie bereitstand. Er würdigte sie als Person. Sie konnte es nicht erwarten, mit ihm zu diskutieren, sich zu streiten und sich zu vertragen. Er war der Mann, dem sie ihre Liebe schenken wollte.

Und bei Gott, sie liebte ihn! „Ich lie –" Ihre Kehle schnürte sich zu. Sie brauchte eine Sekunde, um sich daran zu erinnern, dass sie ihre Gefühle vor ihm nie wieder zurückhalten musste. „Ich liebe dich."

Die Lachfalten neben seinen Augen vertieften sich. Er streichelte ihre Wange und hielt ihren Blick gefangen. „Und ich liebe dich, Kallie Masterson", flüsterte er. „Diese Worte werde ich dir so oft sagen, bis du keinen Zweifel mehr daran hast."

Würde jemals der Moment kommen, in dem seine Liebesbe-
kenntnis nicht länger Freudentränen hervorrufen würde? Sie
legte ihre Hände auf seine Wangen. Sie wollte sein Lächeln an
ihren Fingern spüren. „Bist du dir wirklich sicher?", fragte sie.

„Oh ja." Mit einer geschmeidigen Bewegung rollte er sie
unter sich. Sein Gewicht auf ihr fühlte sich gut an und sie tanzte
mit den Fingerspitzen über seine muskulösen Oberarme.
Lächelnd senkte er den Mund auf ihren und küsste sie. Ausgiebig. Leidenschaftlich. Als hätten sie alle Zeit der Welt. „Und wir
werden heiraten, bevor das Jahr zu Ende geht."

„Heiraten?" Sie blinzelte, runzelte die Stirn. Meinte er das
ernst? Sie versuchte, ihre Freude noch zurückzuhalten. „Solltest
du mich nicht erst einmal fragen?"

„Also gut", sagte er mit einem spitzbübischen Lächeln. Er
zeichnete mit seinem rechten Daumen ihre Unterlippe nach.
„Willst du diesen Monat oder nächsten Monat heiraten?"

Er klang viel zu arrogant. Sie biss ihn in den Daumen.

„Verdammt", schimpfte er und sein selbstgefälliges Grinsen
erlosch.

Sie kicherte. Eine Sekunde später hatte er sie bereits auf den
Bauch gedreht und einen Schlag auf ihren Hintern ausgeteilt.

Verdammt. Au, au, au!

Zuerst versohlte er ihr den Po.

Dann verweigerte er ihr den Höhepunkt, bis ihre Schreie
durch die Berge hallten.

Und dann nahm er sie so hart ran, dass sie bezweifelte, dass
sie den Berg ohne Hilfe herunterkam.

Eine Stunde später lächelte er auf sie herunter und wiederholte die Frage: „Also: Willst du die Hochzeit in diesem Monat
oder im nächsten?"

Es dauerte ein bisschen, bis sie in der Realität ankam und sie
genügend Sauerstoff in ihr Gehirn bekam, um zu antworten:
„Diesen Monat, Master. Sir. Oh, Beherrscher des Universums."
Was war nur mit ihr passiert? Er hatte sie in ein Weichei verwan-

delt. Sie schaute ihn finster an. „Weißt du: Meine nächste Holz-
figur von dir wird einen winzig kleinen Schwanz haben."

Sein tiefes Lachen hallte über die Lichtung, bevor die Hitze
in seinem Blick ihr Feuer erneut schürte. „So respektlos",
murmelte er. „Sieht so aus, als ob wir von vorne anfangen
müssen. Eine Bestrafung nach der anderen, bis du es endlich
verstehst."

Du lieber Himmel. Ihr Hinterteil brannte immer noch. Sie
funkelte ihn an. Dann schloss sie die Augen und überlegte sich
weitere Drohungen: *Ich werde kleine Messingglöckchen an dein
geschnitztes Abbild kleben und es dir dann vor versammelter Mannschaft
zu Weihnachten schenken.*

Jake umfasste ihre Wange. Er musste lächeln. Sie war so taff,
anschmiegsam und bezaubernd. *Meine Sub. Meine Geliebte ... mein
Problem.* Er konnte fast hören, wie Kallies Gedanken fieberhaft
arbeiteten. Und wenn man ihren Gesichtsausdruck betrachtete,
konnte er sich vorstellen, was ihr durch den Kopf ging: Dinge,
die eine erneute Bestrafung nach sich zögen. Er verengte seine
Augen und studierte sie misstrauisch.

Eine Minute später öffnete sie ihre Augen und fand seinen
Blick. Ihr heiseres Lachen schallte über die Lichtung. Noch nie
hatte er sie so glücklich gesehen. „Ich liebe dich, Jake Hunt. Und
ich weiß genau, dass du mich auch liebst."

Verdammt, und wie ich das tue.

ÜBER DEN AUTOR

Autoren sagen oft, dass ihre Protagonisten mit ihnen argumentieren. Dummerweise sind Cherise Sinclairs Helden allesamt Doms. Was bedeutet, dass sie keine Chance hat, jemals ein Argument für sich zu entscheiden.

Als New York Times and USA-Today-Bestsellerautorin ist Cherise dafür bekannt, herzzerreißende Liebesromane mit hinreißenden Doms, amüsanten Dialogen und heißem Sex zu schreiben. BDSM, Leute. BDSM! Wer kann dazu schon ‚Nein‘ sagen?

Mit den Kindern aus dem Haus lebt Cherise mit ihrem geliebten Ehemann und ihren Katzen am pazifischen Nordwesten, wo nichts gemütlicher ist als ein regnerischer Tag, den sie damit verbringt, neue Bücher zu schreiben.